〔清〕錢謙益 撰集

許逸民 林淑敏 點校

列朝詩集

第五册

中華書局

列朝詩集目録

乙集第四

岳閣老正八首
營建紀成詩……二三一
短短牀一首……二三二
題冬日聚禽圖……二三二
題羲之觀鵝圖……二三三
燕臺懷古……二三三
夜雨呈同志……二三三
致仕後戲作……二三四
附見　馬博士軾一首
奉餞季方先生……二三四
郭定襄登七十一首
題蔣廷暉小景……二三五
自飲……二三五
九日喜家人寄書至秉常相過問慰與之共飲至醉述懷有作斐然成章……二三六
送潘御史克容釋累赴京……二三七
哀征人……二三七
自公安至雲南辰沅道中謁山王祠……二三七
飛蝗……二三八
送岳季方還京……二三八
楸子樹……二三八
梟……二三〇
西屯女……二三二
過安南衛……二三二

過西樵賈氏隱居…………二三三
自騰衝歸三月十五日夜至金齒…………二三三
塗中偶成…………二三三
普安道中…………二三三
梅花鋪…………二三三
早發洱海…………二三三
賦素軒沐公家牡丹一首和楊彥謐韻…………二三四
永昌書事寄京中諸友…………二三四
自緬甸回感懷寄沐征南…………二三四
滴牙山…………二三四
竹軒爲阮公振賦…………二三五
孟撒軍中新春…………二三五
又過鎮南州…………二三五
又過趙州…………二三五
遊太華寺和素軒沐公春日韻…………二三六
贈才師用素軒沐公韻…………二三六
寓滇陽寄京中友人…………二三六
入緬取賊早發金沙江…………二三六
經舊戰場…………二三七
暮春登大同西北城樓同仰寺丞瞻潘御史洪賦…………二三七
偶成寄彥謐…………二三七
西巡出境寒甚時五月廿七也…………二三七
軍回…………二三八
舟至高郵風氣尚暖…………二三八
渡江…………二三八
秋日至城南草堂…………二三八
和許太常道中家園成趣軒韻…………二三九
送牟秉常往甘州…………二三九
保定途中偶成…………二三九
甘州即事…………二三九

送季方歸感事有作石生怒季方欲殺之憤云必置汝於天盡處死而後已石氏伏誅季方乃得釋老魅有知含羞地下矣……二三四〇
送岳季方承命釋累回京……二三四〇
過回中謁王母宮……二三四〇
客中春晚……二三四〇
春日遊山偶成……二三四一
送人回京……二三四一
口號寄涇州守李宏……二三四一
至高郵逢邢勉仁……二三四一
送人回京……二三四一
雜詠
瓶笙……二三四二
箏……二三四二
棋……二三四二
天秤……二三四三
筆……二三四三
硯……二三四三
湯婆……二三四三
破扇……二三四三
騏驥……二三四四
蠅……二三四四
蠹魚……二三四四
螢……二三四四
蜂……二三四四
梅子……二三四五
金鳳……二三四五
神靈……二三四五
塔頂……二三四五
恨他……二三四五
土牛……二三四六

雙陸……二三四六
附見 贈定襄鈺七首
陶淵明……二三四六
龐公……二三四七
對雨有懷方内翰……二三四七
期胡祭酒不至……二三四七
夜坐……二三四七
晚坐……二三四八
題盛懋畫……二三四八
附見 郭尚寶武一十三首
乞巧詞……二三四八
烏夜啼……二三四九
閨中曲……二三四九
寄句曲山中隱者……二三四九
晚渡白馬湖……二三五〇
夜泊湘陵縣逢袁公禮戍貴州……二三五〇
舞困圖……二三五〇
寄劉草窗原博……二三五一
江南懷古……二三五一
宿澧陽……二三五一
秋夜懷句曲山隱者……二三五一
江上即事二首……二三五二
附見 牟御史倫一首
留別京師諸友……二三五二
沐定邊昂二首
和逯先生聞砧韻……二三五三
送胡榿軒還永昌……二三五三
附見 沐僖一首
和郊居韻……二三五四
附見 沐璘二首
題所畫風雨漁舟圖……二三五四
送人……二三五四

于少保謙一十三首
古意……二三五五
採蓮曲……二三五六
落花吟……二三五六
題畫……二三五六
秋閨……二三五七
惜春……二三五七
春曉……二三五七
春日登樓……二三五七
暮春小雨……二三五七
夏日憶西湖……二三五八
擬吴儂曲三首……二三五八
陳少保循五首
過徐州回鑾處……二三五九
沛縣……二三五九
開平……二三五九
山城月夜自和東行集句韻……二三五九
薛侍郎瑄二十四首
擬古二首……二三六〇
秋思二首……二三六一
龍陽山行遇雨……二三六一
泊舟貽溪宿陽樓山下……二三六一
平沙落雁……二三六二
煙寺晚鐘……二三六二
瀟湘夜雨……二三六二
江村暮雪……二三六二
漁村落照……二三六二
渡雙溪……二三六三
湘江舟中……二三六三
遊君山寺……二三六三
洞庭遇雨……二三六四
過鹿門山……二三六四

武口守風……二三六四
武陵曉泛……二三六四
滎陽懷古……二三六五
沅州雜詩……二三六五
戲題紅白二梅花落……二三六五
夏日出文明門……二三六五
新鄭學宮夜宿……二三六六
鞏洛道中……二三六六
劉忠愍球二首
古意……二三六六
山居……二三六七
蕭運副翀六首
宿道德壇柬白水道人……二三六七
奉呈子高劉先生……二三六八
余自流江將歸南溪劉先生亦還珠林賦此別伯昂諸友……二三六八
雨寒憶舍弟……二三六八
奉柬蕭子充……二三六八
寄吳所與……二三六九
蕭宮師鎡四首
題山水圖二首……二三六九
樂隱爲尹克俊賦……二三七〇
題九鷺圖……二三七〇
許侍郎彬二首
清明節同高苗二學士扈駕謁山陵次韻……二三七一
送李佑之赴陝西參議……二三七一
魏尚書驥一首
題趙松雪小像……二三七二
劉閣學定之六首
裕陵輓詞……二三七三
五臺行

繁臺……二三七三
愁臺……二三七三
沙臺……二三七四
北臺……二三七四
銅臺……二三七四
張汀州寧 九首
襄陽樂……二三七五
士女圖……二三七五
題姚公綬山水……二三七六
重遊金粟寺有作……二三七六
感事二首……二三七六
送史明古過訪還吴江……二三七七
題伍公炬桂林別意册後……二三七七
莫愁樂……二三七七

乙集第五

瞿長史佑 四十首
春愁曲……二三八〇
春社詞……二三八〇
高門嘆……二三八〇
折花怨……二三八一
古冢行……二三八一
天魔舞……二三八一
安樂坊倪氏女少日曾識之一別十年矣歲晚與其母子邂逅吴山下則已委身爲小吏妻因邀至所居置酒叙話愴然感舊爲賦此……二三八二
烏鎮酒舍歌……二三八二
美人畫眉歌……二三八三
車遥遥……二三八三
春日即事……二三八四

紫微樓夜坐次張士行布政韻……二三八四
暮春有感……二三八四
夏晚納涼……二三八四
暮春書事二首……二三八五
旅舍書事二首……二三八五
清明即事……二三八五
有感……二三八六
題鼓吹續音後……二三八六
汴梁懷古……二三八六
紅甲……二三八六
殘蝶……二三八七
至松江……二三八七
清明……二三八七
過蘇州二首……二三八七
秦女吹簫……二三八八
王母仙桃……二三八八
阿嬌金屋……二三八八
武靈后……二三八八
樂昌分鏡……二三八八
朝雲誦偈……二三八九
盼盼……二三八九
師師檀板……二三八九
春鶯囀曲……二三八九
西湖竹枝詞……二三九〇
看燈詞二首……二三九〇
附見　瞿士衡一首
宋故宮詩次楊廉夫韻……二三九〇
桂奉祠衡二首
春暮……二三九一
讀瞿存齋剪燈新話作歌……二三九一
凌教授雲翰二首
重過柳洲寺……二三九二

題鍾馗圖……二三九三
張主事輿三首
秋日湖中……二三九三
湖上分韻得香字……二三九四
約可閒老人訪王藥圃……二三九四
張　輅二首
次韻王志道元夕……二三九四
贈陳士寧……二三九五
鄧主事林二首
保安留別瞿存齋……二三九五
春夕旅懷……二三九五
李布政禎四十六首
過吳門次薩天錫韻……二三九六
送陳郎中重使西域四首……二三九七
宿端璧寺……二三九七
彭澤縣石崖僧房……二三九八
早發小孤山遇風……二三九八
次襄城……二三九八
送人南歸二首……二三九八
喜張進士叔豫見宿旅舍……二三九九
周原幽居……二三九九
送陳生歸吉水赤岸……二三九九
送周秀才遊長沙……二四〇〇
送戴教授北行……二四〇〇
宿廢普濟寺……二四〇〇
塞下曲……二四〇〇
三月四日即景……二四〇一
賦落花……二四〇一
酬曾學士子棨見贈復職之作……二四〇一
張舒州家觀元承旨危素畫像……二四〇一
柳……二四〇二
駕幸朝天宫祭星之作……二四〇二

孝陵秋日陪祀柬彭贊禮永年……二四〇二
送熊生還鄉……二四〇二
晚春郊外二首……二四〇三
楊柳枝二首……二四〇三
客夜聞砧……二四〇三
房山旅舍……二四〇三
重遊龍濟寺悼無爲能上人……二四〇四
新安謠三首……二四〇四
山路謔花……二四〇四
花答……二四〇四
山中見牡丹……二四〇五
重唁山中牡丹……二四〇五
宜陽山中……二四〇五
嵩縣遇端午……二四〇五
梔子畫眉圖二首……二四〇五
鄉人至夜話……二四〇六
夜雨……二四〇六
至正妓人行并叙……二四〇六
童尚書軒一十一首
感寓……二四〇九
池上夜坐……二四〇九
謫所有懷舊遊諸友……二四一〇
憶金陵……二四一〇
東林小隱爲沈處士題……二四一〇
和劉工部欽謨無題韻四首……二四一〇
清明書感……二四一一
秋夜夢康侍御用和……二四一一
九日……二四一二
張僉都楷一十首
漢宮曲……二四一二
金陵懷古……二四一三
古詞……二四一三

宮中詞……………………………………二四一三
江南春……………………………………二四一三
採蓮曲……………………………………二四一三
田園樂四首 ………………………………二四一四
聶教諭大年一十三首
讀楊廉夫集………………………………二四一五
余讀元人王仲蔚詩愛其楊柳青旗
連坐榻杏花春色過鄰墻之句
惜無全章因足一律奉寄施彥
顒……………………………………二四一五
錫山飲友人樓中臨別贈以詩………………二四一五
蘇堤春曉…………………………………二四一六
寄劉士亨…………………………………二四一六
澄江舟中留別故舊…………………………二四一六
題畫瓜……………………………………二四一六
奉酬王司訓雲箋之貺二首 ………………二四一七
題畫……………………………………二四一七
題彥顒畫中小景二首 ……………………二四一七
夏日次侃禪師韻…………………………二四一七
卞郎中榮五首
春遊圖……………………………………二四一八
嘉興留別諸友……………………………二四一八
贈許德容…………………………………二四一九
述懷效生肖體……………………………二四一九
錦雲軒爲何揮使賦………………………二四一九
唐庠二首
蕉萱仕女…………………………………二四二〇
小景………………………………………二四二〇
附見　唐廣一首
戲贈張伯仁陳邦器二才子…………………二四二一
丘吉一十三首
遊霧山寺和冠萊公韻……………………二四二一

和姑蘇劉工部昌無題三首……二四二
秋日偶成……二四二
採蓮曲……二四三
春夜二首……二四三
因天如寄聲沈啟南……二四三
寄館天寧寺二首……二四三
與唐惟勤索紙……二四三
仕女……二四四
周沭陽鼎一十三首
甲午新歲九日臘盡……二四五
夕陽……二四五
淮南道中……二四五
雜興三首……二四五
月夜湖上……二四六
憩秦溪道院留題壁間……二四六
雜興……二四六
閩中曉發……二四六
偶成……二四七
寄陳叔莊二首……二四七
姚御史綬二首
折枝芙蓉……二四七
洛陽陌……二四八
劉菊莊泰一十七首
冬日曉望……二四八
題畫……二四九
雪景畫……二四九
題戴文進西湖圖……二四九
恰似村爲諸立夫題……二五〇
九月偕沈濬之飲天長寺昌上人所……二五〇
次韻夏大卿寄瑪瑙寺獻上人……二五〇
寄沈大經……二五〇
晚春漫興……二五一

秀上人課經圖……二四三一
新秋示盛伯宣……二四三一
豐樂樓……二四三一
春日湖上四首……二四三二
湖上暮歸……二四三二
陸秀才昂二首
宮詞……二四三二
梅花……二四三三
馬布衣洪六首
續遊仙詩六首……二四三三
莫　璠三首
讀史三首……二四三四
樊廣文阜二十九首
田間雜詠六首……二四三五
山中作三首……二四三六
西樓怨爲孔宗魯悼亡作……二四三六
題山水圖爲劉廷信都憲作……二四三六
馮公嶺道中書所見……二四三七
過故人莊……二四三七
遊黄龍寺……二四三七
靈峰嶺道中……二四三八
遊靈峰寺……二四三八
登觀音閣……二四三八
醉中到白厓而歸……二四三八
城上……二四三九
遊西村……二四三九
數日不出門偶賦……二四三九
久雨……二四三九
舟中作……二四四〇
秋日懷東湖……二四四〇
寒食臨川道中……二四四〇
春日偶成……二四四〇

寒夜……二四一
湖村晚睡……二四一
過村家……二四一
陳丘温禎二首
和弟景容見寄韻……二四二
憶蕭山故友……二四二
附見 陳裕一首
寄兄景祺……二四二
李廣文進二首
過湖……二四三
西湖夜宿……二四四
陳 顥一十一首
題歸去來辭畫四首……二四四
竹西草堂爲曹汝器賦……二四五
題姜舜民竹深處次蘇雪溪韻……二四五
與賀文徵鴛湖痛飲聯句別後再用韻寄……二四五
題吳門趙時俊山樓文會圖……二四六
夜坐……二四六
春日閒行……二四六
題枇杷山鳥圖……二四六
姚 綸三首
水月舫二首……二四七
團扇仕女……二四七
懷 悦三首
登城望鴛鴦湖……二四八
過相湖……二四八
春興……二四八
涂 俊一首
新豐主人……二四八

乙集第六

王舍人紱四十五首

送楊得昂……二四四九
題秋菊軒……二四五〇
寫竹寄贈顧教授禄謹中……二四五〇
題成趣軒……二四五〇
雨中過歐陽編修館題竹木畫上……二四五一
題畫……二四五一
題義方書舍……二四五一
題松鶴軒……二四五二
蔡芝林爲蔣公進求畫扇遂題……二四五二
過華叔端草堂寫晴竹於壁上……二四五三
又雨竹……二四五三
爲宣指揮題枯木竹石……二四五三
吴姬留客行……二四五四
早行索水……二四五四
題青山白雲圖……二四五四
題襏襫軒爲叔敏賦……二四五五
題漁樂圖……二四五五
題畫……二四五五
端午賜觀騎射擊毬侍宴……二四五六
過梅花室……二四五六
夜宿黄牛峽……二四五七
送張知縣……二四五七
寄包徵士公愷……二四五七
代州道中……二四五八
病中雨夜二首……二四五八
題老圃卷……二四五八
韓蒙庵先生同留夏雪洲館中韓以詩留別遂次韻……二四五九
寄孫景昭……二四五九
送黄仲遜之安平鎮巡檢……二四五九
暇日讀楞嚴經偶成……二四五九

花上白頭翁……二四六〇
題竹贈潘晦初……二四六〇
題静樂軒四首……二四六〇
小喬觀書……二四六〇
寫竹寄俞潮宗先生……二四六一
題雁……二四六一
題畫……二四六一
折楊柳詞……二四六一
集外詩三首
爲夏叔度寫葡萄於雪洲之上因賦叙别……二四六二
題真上人竹茶爐……二四六二
題竹……二四六二
史湘陰謹一十首
過揚州……二四六三
桃葉渡……二四六三
湘江夜泊……二四六三
九日次周縣宰韻……二四六四
題畫……二四六四
過七星關……二四六四
宿洞庭廟……二四六四
書鐵爐驛……二四六五
直房聞桂香……二四六五
蜀中道中……二四六五
袁　宗一十二首
車遥遥……二四六五
題美人春睡圖……二四六六
莫種樹……二四六六
夜遊曲……二四六六
曉寒曲……二四六七
鐵簫歌……二四六七
憶錢塘……二四六八

次鐵厓先生和阿春氏春愁詩韻……二四六八
清明日偶成……二四六八
春曉口占……二四六八
江南弄二解……二四六九
沈參議應九首
寄邵德昂……二四六九
江中曉行……二四六九
次錢文伯題雲林詩韻……二四七〇
楚江秋曉圖……二四七〇
送樂仲禮之秦郵……二四七〇
將歸山中留別李二公勉……二四七〇
喜墨生吴與言至……二四七一
春夜二首……二四七一
鄒贛州奕四首
和沈誠莊繹韻四首……二四七一
吴涿州文泰三首
青樓曲……二四七二
横塘採蓮詞……二四七三
送人從軍之永州……二四七三
丁學究敏一首
簫杖……二四七四
趙番陽文一首
金山寺……二四七四
梁典籍時二首
題畫……二四七五
秀野軒詩……二四七五
陳檢討繼一十五首
漁父辭……二四七六
秋晚過西庵……二四七六
偶成……二四七七
賦得山路送友人……二四七七
賦得江天暮雪送友人之官……二四七七

遠歸圖……二四七七
題畫……二四七八
偶成三首……二四七八
春江漁父……二四七八
過玄妙觀……二四七八
題挾彈圖……二四七九
呈內閣諸老……二四七九
題月下裁衣圖……二四七九
錢廣文紳一首
舟泊常州……二四八〇
劉少詹鉉四首
桃花雙鵲圖……二四八〇
送杜亞卿赴南京……二四八一
題沈孟淵所藏王叔明竹二首……二四八一
徐武功有貞一十六首
感寓三首……二四八二
古從軍行三首……二四八二
羽林子三首……二四八三
少年樂……二四八三
擬唐宮行詞樂四首……二四八三
遷秩之後閒居寫懷……二四八四
題畫二首……二四八四
劉僉事珏一十五首
寄傲園小景十幅仿盧鴻一草堂圖
詩自題十首
籠鵝閣……二四八五
斜月廊……二四八五
四嬋娟堂……二四八六
螺龕……二四八六
玉局齋……二四八六
嘯臺……二四八六
扶桑亭……二四八七

衆香樓……二四八七
繡鋏堂……二四八七
旃檀室……二四八七
答陳醒庵二首……二四八八
輓夏太常仲昭二首……二四八八
寄沈同齋……二四八八
劉參政昌一十三首
無題……二四八九
八月三日直内閣楊少保延話率口
呈此……二四九〇
春鳥圖歌……二四九〇
謁孝陵……二四九一
和夏選部齋宿韻四首……二四九一
寄奚元啟顧文之二進士……二四九二
夏布政寅六首
春宮詞……二四九二
虔州懷古……二四九三
送王給事……二四九三
春夜曲……二四九三
梅邊美人……二四九三
芭蕉美人……二四九四
張提學和一十三首
夜宴曲……二四九四
蘭陵秋夕……二四九五
過桐君山……二四九五
蘭陵秋夕……二四九五
悼妾……二四九五
送龔進士文彥……二四九六
賦得柳送人……二四九六
滄江送別劉習之廣西憲幕……二四九六
訪曉庵禪師師以洞庭柑爲供……二四九六
朱日南東歸舊隱……二四九七

與宋千户夜話時上皇北狩未返……二四九七
爲陸以平題圖……二四九七
至晉陵作……二四九七
晚渡石湖……二四九八
杜攸縣庠四首
登滕王閣……二四九八
麻姑酒歌……二四九九
送吴瓊州……二四九九
夏正夫邀飲蛇酒……二四九九
鄭進士文康六首
林東齋居……二五〇〇
寄海上韓杲……二五〇〇
與諸公酌酒……二五〇一
題倪公禮隱居……二五〇一
前元時崑山王君祐有玉立亭會稽楊廉夫嘗飲其中題詩曰王郎崑之秀玉立而長身亭子如笠大不直一欠伸亭前千尺峰倒景入座濱燒琴有爨桐漉酒有烏巾客來塞屋破露坐草上茵時時來鐵叟共酌羅浮春題曰令小朵雲捧硯爲賦此章君祐之宗孫益復亭其地予亦爲賦二絶……二五〇一
蔡祂一首
都門春日寄友……二五〇二
祝參政顥五首
次陽明堡……二五〇三
途中即景……二五〇三
小李將軍院體小幅二首……二五〇三
沙沱晚行……二五〇三
秦布政夔一首

和司馬通伯夜坐有感韻……二五〇四
賀大理言一首
詠殘花……二五〇五
附見　賀承一首
湖鄉佳處爲朱昌年賦……二五〇五
馬主事愈七首
大潮山……二五〇六
太湖……二五〇六
罨畫溪……二五〇六
張公洞……二五〇六
玉女潭……二五〇七
陸相山房……二五〇七
次韻沈陶庵題有竹莊詩……二五〇七
蔣院判用文一首
暮春遇雨……二五〇八
姚僉事山一首
雨後官舍謾成……二五〇八
潘子安一首
送周練師還龍虎山……二五〇九

乙集第七

劉御醫溥六十九首
看花吟……二五一一
秋夜曲……二五一二
江上別……二五一二
相思曲……二五一二
竹枝詞二首……二五一二
送駕北征……二五一三
復仇四首……二五一四
予生……二五一四
題畫……二五一五
范寬寒江待渡圖引爲梁光禄仲齊

賦……二五一五
賦得涿鹿送丘伯純還姑蘇……二五一六
雪山圖爲建德周廷暉賦……二五一七
題滕孟章送金司稅明遠文後……二五一七
節孝堂爲開封程用和賦……二五一八
美人熨帛圖……二五一八
賦得貞松壽姑蘇張繼孟八十……二五一八
題崑山沈愚通理詩集……二五一九
題畫龍虎二首……二五一九
江鄉漁樂圖……二五一九
蘭竹畫……二五二〇
王將軍昭忠詩……二五二〇
題鄭迪畫……二五二〇
趙松雪畫馬……二五二一
趙子昂畫馬爲長庠蕭教諭作……二五二一
鍾馗殺鬼圖……二五二二
金文鼎秋林醉歸圖爲沙溪陳原錫
賦……二五二二
藺庵爲長洲沈孟淵賦……二五二三
送盛侑赴吳江醫學……二五二三
枯木竹石圖爲趙行恕作……二五二三
終南進士行爲劉主事廷美賦……二五二三
白雲軒……二五二四
送夏公瑾還吳……二五二四
賦得瓊花觀送人……二五二四
慷慨歌送葉黄門與中赴山西參政……二五二五
題戴武庫山水圖歌……二五二五
晚過揚州……二五二六
齋居雜興六首……二五二六
寄南京大理廖少卿……二五二七
送周景通還姑蘇……二五二七
賦得石城暮雲送別……二五二七

春晚漫成……二五二八
寒食日過胡汝器墓……二五二八
送徐仲吉赴任龍江……二五二八
感懷……二五二八
大同克敵進封其鎮守總戎都督郭
　清寧爲定襄伯喜而賦此以賀
　之……二五二九
登樓有感……二五二九
寄平江侯陳立卿……二五二九
送蔣知縣忠復任丹徒……二五二九
送盛御史昶巡按廣東……二五三〇
送錢理平還吳……二五三〇
上巳日與諸公遊大同雷公山……二五三〇
使回過獨石……二五三〇
虜使再至喜而有作……二五三一
題福山曹氏畫……二五三一
題畫寄徐州陸九皋二首……二五三一
題雙喜圖送馬勝宗從昌平侯出鎮
　宣府……二五三一
偶作……二五三二
詠衰柳……二五三二
湯參將胤勳一十九首
秋懷……二五三三
秋意……二五三三
守宫……二五三四
題畫唐馬……二五三四
無題詩次劉虞部韻二首……二五三四
題謝衛同鍾馗移家圖……二五三五
竹泉翁席上贈歌者楊氏……二五三五
遊仙四首……二五三六
鐵券歌……二五三六
義婦行……二五三七

水月舫爲奚川錢竹深賦……二五三七
送錢理平之海虞……二五三八
爲錢理容題美人月琴圖……二五三八
竹深處爲奚川錢理平作……二五三八
題錢理平竹深處……二五三九
蘇雪溪平一十四首
白苧詞……二五三九
早春曲……二五四〇
和玉山倥侗生紫鳳曲……二五四〇
塞上曲……二五四〇
班婕妤……二五四一
送駱泰入蜀省兄……二五四一
送張景歸四明……二五四一
送沈愚歸玉峰……二五四一
湘南懷古……二五四二
秋夜與金璘秉貞同酌有懷沈愚……二五四二
和沈愚閶門柳枝詞三首……二五四二
旅次清明……二五四二
蘇雲壑正五首
南州有贈……二五四三
江南旅情……二五四三
重遊金陵有懷玉山沈一愚二首……二五四四
秋日登臨……二五四四
沈倥侗愚三十四首
吴宫詞二首……二五四五
烏夜啼……二五四五
吴娃曲……二五四五
莫愁曲……二五四六
車遥遥……二五四六
大堤曲……二五四六
夜坐吟……二五四六
房中曲……二五四七

春夜曲次趙公子韻……二四七
鴻門會……二四七
湘中曲……二四八
秦筝曲……二四八
弔城南薛烈婦冢……二四八
長安道……二四九
寒食對酒留别金陵知己……二四九
追和楊眉庵次韻李義山無題詩
五首……二四九
秋晚述懷寄蘇秉衡……二五〇
郊居秋晚有懷蘇雪溪……二五〇
和蔣淮南有懷蘇雪溪之作……二五〇
金井怨……二五一
嬉春詞……二五一
閶門柳枝詞二首……二五一
寄淮南……二五一
舊遊即事……二五一
吳中即景……二五二
夏日久病有感……二五二
過桃葉渡……二五二
楊柳灣……二五二
二喬觀兵書圖……二五二
晏御史鐸六首
登黄鶴樓……二五三
折楊柳……二五三
酒肆……二五三
送曾與忠……二五四
九峰山行二首……二五四
王處士淮六首
張道玄天師畫降龍圖……二五五
錢舜舉畫花石子母鷄圖……二五五
劉阮天台謡……二五六

寄吴廷圭……二五五七
遊東林山……二五五七
旅館書懷次韻……二五五七
鄒御史亮九首
長信宫……二五五八
長門怨……二五五八
鳳臺曲……二五五九
湘中絃……二五五九
水仙花效李長吉……二五五九
又效温飛卿……二五五九
梧桐仕女圖爲錢孟實題……二五六〇
雜怨……二五六〇
古意……二五六〇
蔣淮南忠二首
經龍潭故居……二五六一
芙蓉……二五六一
蔣主孝一十首
讀書……二五六二
遊牛首山叙志……二五六二
酈生長揖圖……二五六二
居燕旅情……二五六三
思昔……二五六三
旅邸有懷……二五六三
送劉草窗原博北上……二五六三
無題……二五六四
題陶元亮五柳圖……二五六四
春宫曲二首……二五六四
金粟公子王貞慶三首
春日偕蘇一平蔣五忠沈一愚遊劉公祠……二五六五
清明日寫懷……二五六五
分題得金山曉鐘送金瓚歸婁東……二五六六

贈劉草窗三十韻……二五七五
題畫贈莫文輝……二五七六
採菱圖……二五七六
萍庵……二五七七
蘇臺別意送沈原復還琴川……二五七七
竹……二五七七
竹下水仙花……二五七七
春日……二五七八
春日閒居述懷……二五七八
斑竹……二五七八
沈　翊一首
寄沈介軒……二五七九
謝葵丘晉六首
寒食旅懷……二五七九
晚春四首追次楊眉庵韻……二五八〇
楊花……二五八〇
徐處士震二首
咸陽懷古……二五六六
錢塘懷古……二五六七
徐　章四首
題普春上人所藏謝孔昭畫……二五六七
春日陪孟英陳先生遊横山寺……二五六八
題梅送友……二五六八
入城訪徐德昭……二五六八
張秀才淮三十四首
牡丹百詠録三十二首……二五六九
回文一首……二五七三
遊鶯脰湖……二五七三
陳秀才韶二首
旅館秋夜不寐……二五七四
早春書懷……二五七四
杜淵孝瓊一十首

沈徵士澄三首
題畫……二五八一
寄陳怡庵……二五八一
哭金怡静……二五八一
沈氏二先生八首
沈陶庵貞六首
桃花渡……二五八二
得故人書……二五八三
吴淞漁樂……二五八三
詠劍……二五八三
題畫贈沈臞樵先生……二五八三
題竹贈施堯卿……二五八四
沈同齋恒見前　二首
秋江送别爲戴友諒賦……二五八四
歸雁……二五八四
陸布衣德藴八首
巫山高……二五八五
關山月……二五八五
春曉詞……二五八五
鳳臺曲……二五八六
送人還新安……二五八六
重過河沙有感……二五八六
富林春曉……二五八六
谿橋曉市……二五八七
陳紀善紹先四首
感興二首……二五八七
挾彈圖二首……二五八八
王縣丞肄四首
題沈孟淵江鄉深處二首……二五八八
題謝孔昭雨中過沈孟淵所詩畫……二五八九
題沈公濟雪中過沈孟淵所詩畫……二五八九
沈徵士遇一首

秋夜宿東白啟師方丈……二五九〇
沈御醫玄一首
郡樓有感……二五九〇
張處士肯三首
朱澤民寒林平遠圖爲徐用理作……二五九一
沈如美所畫美人圖爲徐文輝作……二五九一
題海棠雙鳥……二五九二
陳公子寬四首
題沈恒吉畫扇……二五九二
題謝葵丘雨中訪沈介軒畫……二五九三
題沈臞樵雪中訪沈介軒畫……二五九三
訪包山徐德彰……二五九三
陳公子完見前　九首
錢塘懷古……二五九三
和徐德彰春日雜詠八首……二五九四
錢經歷曄二首
過江……二五九五
贈澄江周岐鳳……二五九六
先竹深府君一十首
送湯公子胤勣應薦之京……二五九七
輓徐敏叔……二五九七
送徐守民歸浙之常山……二五九八
賞牡丹呈席上諸友……二五九八
題海棠白頭翁便面次韻二首……二五九八
初夏書懷……二五九八
江上即事三首……二五九九
附見　柳溪府君一首
送湯公子應薦之京……二五九九
祝封君祺四首
海鹽天寧寺作……二六〇〇
峴山望漢江……二六〇〇
寄蘇先生正……二六〇〇

旅中元日……二六〇一
許　穆二首
重遊姑蘇登黃氏舊樓……二六〇一
過謝氏舊宅……二六〇一
謝　常二首
簫杖曲……二六〇二
讀醫士王立方瘦老子傳求歌賦此……二六〇三
徐　庸七首
晴竹……二六〇四
題劉阮天台圖……二六〇四
君馬黃……二六〇四
新絃曲……二六〇五
玉階怨……二六〇五
湘中絃……二六〇五
應轉詞……二六〇五
賀居士甫四首
爲香山顧敬中題畫……二六〇六
題畫次矯以明韻……二六〇六
古詩二首……二六〇六
顧學究亮三首
郡齋獨酌憶蔡章陽馬仲穆諸君……二六〇七
次韻周彥章寒食偶成……二六〇七
廣陵夜泊……二六〇八
王秀才越二首
墅庵爲沈介軒賦……二六〇八
煙雨萬竿圖爲松陵曹少誠作……二六〇八
孫秀才寧二首
題半塘寺潤公房顧叔明所畫松壁……二六〇九
送淵上人……二六〇九
談　震二首
題紅葉仕女……二六一〇
和吳太守登靈巖韻……二六一〇

盛　箴一首
秋夜寓宿江寺……二六一一
張　野一首
秋日有懷二首……二六一一
黄進士閏二首
擬唐長安春望……二六一二
和倥侗生春日看花之作……二六一二
趙宜生四首
自輓二首……二六一三
辭世述……二六一三
追次楊鐵崖題顧仲瑛玉山草堂春夜樂韻……二六一三
徐　雄一首
春日看花之作……二六一四
吕伯剛一首
次韻滕至剛先生别後見寄之作……二六一四
高經歷得暘四首
雅集分韻……二六一五
春夜次韻……二六一五
晚春曲……二六一五
題王叔明枯木竹石……二六一六
錢舜舉寒林七賢圖……二六一六
李　戣二首
過潘韞輝東園……二六一七
幽居……二六一七
趙御醫友同一首
過虞美人墓……二六一八
張　迪一首
宋徽宗畫半開梅……二六一八
時用章一首
遠回吴中……二六一九
錢訓導復亨二首

蘇臺懷古……二六一九
寄陸致中……二六二〇
周傅一首
追和鐵厓先生題黄子久圖……二六二〇
張彦倫一首
愁……二六二一
謝舉人會一首
金臺歲暮有懷……二六二一
王汝章五首
寄席心齋……二六二二
簡心齋席煉師二首……二六二二
重寄心齋……二六二二
送席心齋住白鶴觀……二六二二
顧訓導辰二首
石帆别業……二六二三
題錢山水仙花……二六二三
邵永寧一首
隱耕秋色爲陳孟言賦……二六二四
蕭秀才韶二首
藥名閨情詩二首……二六二五
顧布衣協一十首
江上有懷鄭山人……二六二五
宿照庵僧舍……二六二六
寄芝庵書記……二六二六
陪周處士訪西林上人……二六二六
春日寫懷……二六二六
自遣……二六二七
元日喜鄭山人攜子見訪……二六二七
喜真庵上人見訪……二六二七
枕上偶成……二六二七
次曹以忠……二六二八

乙集第八

劉西江績三十一首

放歌行……二六二九
去婦詞……二六三〇
宕婦怨……二六三〇
阿那瓌……二六三〇
結客行……二六三〇
蓮塘謡……二六三一
秋清曲……二六三一
題宋院人畫着色苔梅……二六三一
送沙門繼徹遊京寺……二六三二
送王廷桂還姑蘇……二六三二
清夜西窗獨坐有懷……二六三二
送周興化還郡……二六三三
送友人歸番陽……二六三三
送王内敬重戍遼海……二六三三
分題得帆山夕照送顧大往遼海……二六三三
早春寄京師白虚室先生……二六三四
次韻愚士兄壁間留題之作……二六三四
題西陵送别圖送姚進士……二六三四
過柯亭懷内敬……二六三四
自題詩本……二六三五
憶原上人……二六三五
經錢塘故址……二六三五
憶蔡維中……二六三五
月夜獨坐憶錢唐暹師房聽施彦昭
摘阮……二六三五
寄内敬……二六三六
畫馬……二六三六
蓬萊小遊仙……二六三六
聽胡琴……二六三六
李迪畫蘆雁……二六三六

錢唐懷舊……二六三七
詠筝雁……二六三七
張助教經一首
寄孟熙高隱……二六三七
劉驛丞恕一首
喜從弟孟熙偕唐愚士楊思齊過宿山齋……二六三八
劉教授師邵六首
送張孝廉……二六三八
寄虞衡王郎中……二六三九
秋塘……二六三九
萍……二六三九
四皓弈棋圖……二六三九
夜雨……二六四〇
王待詔誼一十首
古意……二六四〇
秋夜思……二六四〇
關山別意……二六四一
秋日懷孟熙先生……二六四一
初秋……二六四一
九日稽山懷古……二六四二
宮詞……二六四二
春思……二六四二
畫梅……二六四二
班婕妤……二六四二
王溧水懌七首
江南意……二六四三
關山月……二六四三
秋夕有懷……二六四三
段七娘二十韻……二六四四
石城曉……二六四四
隔谷歌……二六四四

歌妓……二六四五
錢文昌遜七首
春詞二首……二六四五
胡人醉歸圖……二六四六
閨思……二六四六
琵琶士女……二六四六
班鳩……二六四六
杏花畫眉……二六四七
白黃州范二首
薊州……二六四七
八月廿三日夏店驛遇國公入奏得雲字……二六四七
蔡學究庸三首
輓憲上人六韻……二六四八
徐氏席上聞歌有感二首……二六四八
毛學録鉉一首
剡溪霽雪送原上人……二六四九
鄭柿莊嘉五首
木芙蓉……二六四九
題陽關送別圖……二六四九
秋日懷孟熙先生……二六五〇
送辰長老住横山寺……二六五〇
幼女詞……二六五〇
李布衣勖三首
長安道……二六五一
送春……二六五一
山水便面……二六五一
陳縣丞端二首
夏日遊龍山寺……二六五二
以剡箋寄贈陳待詔……二六五二
張處士璨一十九首
深宮春日行……二六五三

吴宫怨……二六五三
宫人斜……二六五三
龍姑廟作神絃曲……二六五四
君子有所思行……二六五四
壯士篇……二六五四
洞房曲……二六五五
春曉曲……二六五五
楊白花……二六五五
婕妤春怨……二六五五
金井怨……二六五六
社廟觀巫師降神……二六五六
梅竹圖……二六五六
惱公詩題遊春士女圖……二六五六
紫虚觀……二六五七
西溪晚步……二六五七
明皇貴妃上馬圖……二六五八
宋徽廟畫蘭……二六五八
韓世忠湖上騎驢圖……二六五八
朱教授純一十七首
古宫怨……二六五九
雜詩二首……二六五九
登龕山……二六五九
湖上……二六六〇
觀燈……二六六〇
賦段七娘次娱清先生韻……二六六〇
讀余忠宣公傳……二六六一
遊絲……二六六一
春詞……二六六一
天寶宫詞四首……二六六一
羅處士紘一首
題畫……二六六二
羅　周二首

寓懷二首……二六六三
羅　頎二十首
艾而張……二六六三
上陵……二六六四
芳樹……二六六四
思悲翁……二六六四
巫山高……二六六四
野田黄雀行……二六六五
雜詩二首……二六六五
從軍行八首　并序……二六六五
遊仙詩二首……二六六七
送下洋客……二六六七
高　瓛一首
隴頭水……二六六八
高　璧一首
秋日逆旅送友人……二六六八
朱　顯一首
歲暮柯亭道中……二六六九
張閩縣倬二首
寄龔大章……二六六九
畫竹……二六六九
丁　岳二首
送沈彦修……二六七〇
送客……二六七〇
漏　瑜
古風……二六七一
平藤縣顯二首
謝寄符……二六七一
題黄鶴山人王叔明畫……二六七一
施　敬一十一首
題梅得芳杏林圖……二六七二
送人還廣陵……二六七二

歸燕……二六七二
沙津送客登望江亭……二六七三
寄伯瞻……二六七三
秋塘曲……二六七三
巴陽夜泊……二六七三
塞上曲……二六七四
南行途中寄錢塘親友……二六七四
讀程原道昆陽詩悵然有懷……二六七四
試筆……二六七四
楊子善二首
江上秋懷……二六七五
書懷……二六七五
胡右史粹中三首
昨夜……二六七五
輓光古逯先生……二六七六
輓鑒機先和尚……二六七六
周　昉一首
寄楊子東……二六七六
韓副都宜可二首
題蓬萊深處……二六七七
登秀山詠雲……二六七七
楊　彝一首
蚤起……二六七八
逯　昶七首
訪友人居……二六七八
郊墟池館……二六七九
遊廣東清遠峽山寺……二六七九
登浪穹縣護民寺……二六七九
古淵房閒書和韻……二六七九
月堂室中閒題……二六八〇
簡澤雨田……二六八〇
朱　緋一首

題淘金驛丞謝子良清隱書房……二六八〇
黎教授擴一十一首
行路難……二六八一
擬古……二六八一
西灞草堂爲廬陵宋内翰賦二首……二六八二
送人還盱江……二六八二
山茶……二六八二
洞庭秋月……二六八二
漁樵耕牧四首……二六八三
蘇布衣大二首
感諷……二六八三
山房睡起……二六八四
唐紀善子儀一首
泊雷港……二六八四
任學官道二首
孟秋陪祀……二六八五
畫菜……二六八五
石博士光霽一首
太學夜宿……二六八六
謝山人績一首
東浦夜泊……二六八六
周學官敬二首
春日雜興二首……二六八七
周台州棨二首
弔席心齋煉師和少師姚公韻……二六八七
王均章畫虞山圖……二六八八
侯助教復一首
題櫻桃翠羽圖……二六八八
彭　鏞一首
送玉笥王道赴京有代祝嶽瀆之行……二六八九
董　儒一首
鳳凰臺……二六八九

黄　裴二首
客夜……二六九〇
南閣病中兼寄黄玄之……二六九〇
徐　璲一首
秋日江館寫懷……二六九一
周　鉉一首
送人……二六九一
陳副都泰一首
題班姬秋扇圖……二六九二
金主事誠二首
江行秋興……二六九二
閨情……二六九二
趙不易二首
棠梨雙白頭……二六九三
楊柳雙禽……二六九三
任　彪一首
隋堤柳……二六九四
李僉事齡一首
輓山雲都督……二六九四
鍾沔陽順一首
清夜聞笛……二六九五
郭　文二首
常州旅宿……二六九五
竹枝詞……二六九五
謝　貞一首
咸陽古堞……二六九六
謝　復二首
暮春懷本厚讀書西峰寺……二六九七
山居……二六九七

丙集第一

李少師東陽古樂府一百一首、古體詩五十六首

擬古樂府
申生怨……二七〇一
綿山怨……二七〇二
屠兵來……二七〇二
築城怨……二七〇二
避火行……二七〇三
掛劍曲……二七〇三
漸臺水……二七〇三
卜相篇……二七〇四
國士行……二七〇四
昌國君……二七〇五
樹中餓……二七〇五
邯鄲賈……二七〇五
易水行……二七〇六
鴻門高……二七〇六
新豐行……二七〇七
淮陰嘆……二七〇七
臣不如……二七〇八
殿上戲……二七〇八
宜陽引……二七〇八
潁水濁……二七〇九
數奇嘆……二七〇九
文成死……二七一〇
牧羝曲……二七一〇
問喘詞……二七一〇
馮婕妤……二七一一
明妃怨……二七一一
九折阪……二七一二
尚方劍……二七一二
四知嘆……二七一二
美新嘆……二七一三
兩虎鬬……二七一三

嚴陵山……二七一四
弄潮怨……二七一四
斷絃曲……二七一四
縛虎行……二七一五
鸚鵡曲……二七一五
漢壽侯……二七一六
五丈原……二七一六
東門嘯……二七一七
南風嘆……二七一七
聞鷄行……二七一七
晉之東……二七一八
伯仁怨……二七一八
氏帶箭……二七一九
五斗粟……二七一九
燕巢林……二七一九
氈狗嘆……二七二〇
鮮卑兒……二七二〇
高凉洗……二七二一
凉風臺……二七二一
歸母怨……二七二一
晉州急……二七二三
和士開……二七二三
吴老公……二七二三
長江險……二七二三
姦老革……二七二三
太白行……二七二三
譽樹行……二七二四
亡賴賊……二七二四
機上肉……二七二五
韓休知……二七二五
卿勿言……二七二五
腹中劍……二七二六

青巖山……二七二六
馬嵬曲……二七二六
曳落河……二七二七
睢陽嘆……二七二七
河陽戰……二七二八
令公來……二七二八
司農笏……二七二八
養兒行……二七二九
問中使……二七二九
侍中走……二七二九
永貞嘆……二七三〇
鄭歇後……二七三〇
白馬河……二七三〇
王凝妻……二七三一
十六州……二七三一
鎖繼恩……二七三二
急流退……二七三二
城下盟……二七三二
金陵問……二七三三
崑崙戰……二七三三
安石工……二七三三
夾攻誤……二七三四
奇才嘆……二七三四
兀朮走……二七三四
兩太師……二七三五
金字牌……二七三五
三字獄……二七三六
參謀來……二七三六
千金贈……二七三六
濟陽怨……二七三七
金大將……二七三七
戚里婿……二七三七

木綿庵……二七三八
冬青行……二七三八
趙承旨……二七三八
劉平妻……二七三九
尊經閣……二七三九
花將軍歌……二七三九
擬古出塞五首……二七四一
夜過邵伯湖……二七四二
藤蓑次陳公甫韻……二七四二
玉堂下直……二七四二
平陰武愍王輓詩……二七四二
捕魚圖歌……二七四三
題丁御史同年墨竹走筆長句……二七四三
題程亞卿所藏劉進畫魚……二七四四
畫松爲顧良弼主事題……二七四五
題邵容城所藏幽松圖……二七四五

蔣御醫黄頭月桂圖……二七四六
沈刑部所藏墨竹歌……二七四六
早朝遇雨道中即事……二七四六
荷鷺圖爲薛御史作……二七四七
題朱儀中雨圖……二七四七
鱖魚圖爲掌教謝先生作……二七四七
彭學士先生所藏劉進畫魚……二七四八
王世賞席上題林良鷹熊圖……二七四八
劉尚質南樓題王舜耕山水圖……二七四九
題畫鷹送羅緝熙南歸……二七四九
徐用和侍御所藏雲山圖歌……二七四九
題魯京尹所藏雙鷹圖……二七五〇
題陸寬瘦竹卷……二七五〇
題畫二首……二七五一
畫禽……二七五一
四禽圖……二七五一

題畫……二七五二
悼竹……二七五三
左闕雪後行古柏下有作……二七五三
題夏仲昭墨竹横卷蓋陳緝熙先生
故物也……二七五三
學士柏……二七五四
四禽圖……二七五四
畫鷹……二七五五
題沈啓南所藏郭忠恕雪霽江行圖
真蹟……二七五五
長江行……二七五六
風雨嘆……二七五七
夜過仲家淺閘……二七五八
徐州洪蘇墨亭書坡老石刻後……二七五八
墜馬後柬蕭文明給事長句并呈同
遊諸君子……二七五九
文敬墜馬用予韻見遺再和一首……二七六〇
文敬攜疊韻詩見過且督再和去後
急就一首……二七六〇
得文敬雙塔寺和章招之不至四疊
韻奉答……二七六一
若虛詩來欲平馬訟五疊韻答若虛
并柬文敬佩之……二七六二
讀柳拱之員外嚴宗哲主事楊應寧
舍人倡和長句戲次韻一首……二七六三
石鼓歌……二七六三

丙集第二

李少師東陽今體詩一百九十首
孝宗皇帝輓歌詞十首……二七六五
南京謁孝陵有述……二七六六
重謁孝陵有述……二七六七

胡忠安公輓詩四十韻……二七六七
立春日車駕詣南郊……二七六八
元日早朝……二七六八
雪後早朝……二七六八
元日早朝……二七六九
郊祀喜晴有述……二七六九
十八日聽傳臚有作……二七六九
十九日恩榮宴席上作……二七六九
賜藕……二七七〇
院中即事……二七七〇
分獻次青溪太宰韻……二七七〇
齋居和舜咨侍讀院署見寄韻……二七七〇
齋和居世賞編修韻……二七七一
大行皇帝輓歌辭二首……二七七一
五月七日泰陵忌晨二首……二七七一
答奚元啓次韻……二七七二
黄土道中李員外同年留宿……二七七二
九峰書屋和曹時和韻……二七七二
次韻答邵户部文敬……二七七三
和若虚郎中贈行韻……二七七三
與顧天錫夜話和留别韻……二七七三
和韻寄答陳汝礪掌教……二七七三
遊城西故趙尚書果園與蕭文明李士常陳玉汝潘時用倡和四首……二七七四
予素不善飲文明詩來有西涯爛醉欲人扶之句且以二樽見惠步韻答之……二七七四
飲士常新居和席上聯句韻……二七七五
遊白秉德西園次韻……二七七五
次韻體齋病起見寄……二七七五
雪後飲胡彦超冬官歸疊席上韻……二七七五
和王世賞韻……二七七六

邵東曹墮馬傷足次武昌韻……………………二七七六
次韻賀彭閣老先生二首……………………二七七六
次韻答愧齋先生……………………二七七七
次韻寄題鏡川先生後樂園二首……………………二七七七
次夏提學韻……………………二七七七
得匏菴觀造雨篇詩輒次韻……………………二七七八
佩之饋石首魚有詩次韻奉謝……………………二七七八
謝原博惠笋叠前韻……………………二七七八
佩之惠笋乾自稱玉版老師謂原博
冬笋爲吴山少俊叠韻奉謝……………………二七七八
謝于喬送楊梅乾無詩用前韻奉索……………………二七七九
寄應寧提學用留别韻……………………二七七九
代石留别用前韻……………………二七七九
用韻答邃庵……………………二七八〇
用韻答邵國賢……………………二七八〇
陵祀歸得賜暖耳詩和方石韻四首……………………二七八〇
厓山大忠祠二首……………………二七八一
聞狼山捷……………………二七八一
京都十景録八首
瓊島春雲……………………二七八一
太液晴波……………………二七八二
居庸叠翠……………………二七八二
薊門煙樹……………………二七八二
盧溝曉月……………………二七八二
金臺夕照……………………二七八三
南囿秋風……………………二七八三
東郊時雨……………………二七八三
河燈……………………二七八三
横塘春水……………………二七八四
團墩秋月……………………二七八四
梅澗……………………二七八四
題數五菊屏……………………二七八四

體齋西軒觀玉簪花偶作……二七八五
風雨種竹……二七八五
夜窗聽雨……二七八五
柳岸垂綸……二七八五
糝徑楊花……二七八六
幽懷四首……二七八六
自笑……二七八七
卜居一首柬南屏……二七八七
九日盆菊盛開將出郭有作……二七八七
重經西涯……二七八七
再經西涯……二七八八
重經西涯……二七八八
西山和許廷冕劉時雍汪時用三兵部韻四首……二七八八
西山三首……二七八九
己亥中元陪祀山陵道中奉和楊學士先生韻四首……二七八九
春興八首……二七九〇
病中言懷四首……二七九一
郊行二首柬張遂逸親家……二七九二
遊嶽麓寺……二七九二
與趙夢麟諸人遊甘露寺……二七九二
泛南池有懷南溪聖公……二七九三
次王古直哭兆先韻柬方石二首……二七九三
聞孔氏女至……二七九三
寄莊定山……二七九四
寄莊孔暘二首……二七九四
送李提學若虛侯僉憲公矩……二七九四
送儲靜夫主事之南京吏部兼寄夏廷章……二七九五
送范秋官以貞謫鳳翔判得真字……二七九五
送唐都憲出鎮薊州諸關……二七九五

送蔣宗誼推官之金華……………………………二七九五
聞劉東山司馬致仕之命是日得謝
　方石祭酒到家日所寄詩感而
　有作……………………………………二七九六
木齋先生將登舟以詩見寄次韻
　二首……………………………………二七九六
東山先生有兩廣之命奉寄…………………二七九六
少保商先生壽七十…………………………二七九七
哭商懋衡侍講………………………………二七九七
哭青溪倪太宰先生…………………………二七九七
再哭青溪……………………………………二七九七
章恭毅公輓詩………………………………二七九八
楊武選輓詩…………………………………二七九八
蘇臺曲五首…………………………………二七九八
西湖曲五首…………………………………二七九九
玉簪花………………………………………二七九九
題趙仲穆挾彈圖……………………………二七九九
讀漢史………………………………………二七九九
燕……………………………………………二八〇〇
柯敬仲墨竹…………………………………二八〇〇
黄鶯…………………………………………二八〇〇
春園雜詩四首………………………………二八〇〇
漫興四首……………………………………二八〇一
茶陵竹枝歌十首……………………………二八〇一
長沙竹枝歌十首……………………………二八〇二
李秀才兆先八首
送人…………………………………………二八〇三
送李士綸南還………………………………二八〇三
漫興…………………………………………二八〇三
春日答所知…………………………………二八〇四
絶句四首……………………………………二八〇四
謝侍郎鐸一十二首

次儒珍韻……二八〇五
病中有懷呈十五叔父……二八〇五
題扇面寄郭筠心……二八〇六
長信詞……二八〇六
新寒……二八〇六
病中懷黄世顯李賓之……二八〇六
古木寒鴉圖……二八〇七
有旨百官帶暖耳陸庶子廉伯限韻用東西涯……二八〇七
湯婆次韻……二八〇七
邸報……二八〇八
捩船……二八〇八
次西涯春興韻……二八〇八
張修撰泰四十首
傷春曲……二八〇九
春寒曲……二八〇九
河仙謡……二八一〇
初寒曲……二八一〇
雨沙……二八一〇
採蓮曲……二八一一
元旦……二八一一
和武季丈早春遊宴……二八一一
遊仙詞十七首……二八一一
吹笛士女圖……二八一三
長門月……二八一三
海城春望……二八一三
長門春思……二八一三
春日睡起……二八一三
足夢中句……二八一四
東風……二八一四
宿雁圖……二八一四
漢宮詞……二八一四

舟中暮歸……二八一四
若耶溪……二八一五
二陸來酌聞鄰家絃索聲二首……二八一五
溪上……二八一五
江南春和杜牧韻……二八一五
陸太常釴三十六首
明仲鳴治師召亨甫賓之同過得復
字……二八一六
西山詩次李賓之韻……二八一七
傅檢討席上得樂字……二八一八
齋居閱東坡定惠院詩次韻遣興……二八一九
再次……二八一九
同寮諸公會飲倪侍讀宅……二八二〇
送邵文敬主事……二八二〇
走筆戲贈若庸司訓……二八二一
題畫……二八二一
范啟東哀辭……二八二一
次韻王元勳主事……二八二二
泊舟……二八二二
題畫……二八二二
寄絹陳雲泉……二八二二
送李善寶……二八二二
寄郭用常……二八二二
三月十八日與亨甫歸自城西並玉
河而北見宮樹參差山日隱映
時已薄暮無人聲獨二騎云……二八二三
瓊林醉歸圖……二八二三
四時詞四首……二八二四
玉河……二八二四
寄亨甫……二八二四
玉堂視篆送王學士赴南京……二八二四
次韻答劉郎中席上之作……二八二五

次韻答亨甫……………………………二八二五
三月三日大雪同亨父次前韻…………二八二五
戲簡文量……………………………二八二六
戲簡文量……………………………二八二六
次韻文量留别之作時文量有俵馬
之役三首……………………………二八二六
齋居次鳴治韻………………………二八二七
集句答若庸用來韻二首……………二八二七

丙集第三

王威寧越一十五首
與李布政彦碩馮僉憲景陽對酌……二八三〇
次趙廣文韻…………………………二八三〇
次韻答馬大理天禄…………………二八三〇
獨坐感懷……………………………二八三〇
走筆送謝大參………………………二八三一
丁亥中秋……………………………二八三二
寄王宗貫冢宰………………………二八三二
自詠…………………………………二八三三
春寒…………………………………二八三三
謝安圖………………………………二八三三
長安懷古……………………………二八三三
過紅石山……………………………二八三三
夜坐…………………………………二八三三
寄王司馬公度………………………二八三三
村樂…………………………………二八三三
倪尚書謙三首
童戲圖………………………………二八三四
雪景爲毗陵陳公懋賦………………二八三四
南郊草堂爲陳天錫賦………………二八三五
柯詹事潛二首
山水圖爲兵部郎中王恕題…………二八三五

僊溪龍華寺……二八三六
楊侍郎守陳三首
不寐……二八三七
送僧歸吴……二八三七
春寒……二八三七
劉讀學儼一首
宫詞……二八三八
彭宫保華一首
明妃曲……二八三八
丘少保濬八首
輓伏羌伯……二八三九
座中有搊箏者作白翎雀曲因話及
元事口占此詩……二八三九
得過且過……二八三九
行不得也哥哥……二八四〇
不如歸去……二八四〇
過會通河有感……二八四〇
客中對月……二八四〇
金陵即事……二八四一
何尚書喬新五首
秋懷二首……二八四一
題蘇李泣别圖……二八四二
題金人出獵圖……二八四二
柴潭樓……二八四三
馬少師文升一首
秦隴道中……二八四三
劉宫保大夏一首
西山道中……二八四四
倪宫保岳一十一首
題胡馬圖……二八四五
孟春奉陪廟享紀事而作……二八四五
孟冬時享齋宿院中和韻答克勤賓

之二同年……二八四五
甲辰正元奉命南郊看牲……二八四六
弘治紀元戊申二月十三日侍從親
耕籍田用程學士韻二首……二八四六
齋宮候駕次西涯學士韻……二八四六
新春感事……二八四七
同寅章德懋黄仲昭莊孔易以言事
去職爲之太息書此自示不寄
三人……二八四七
匡山大忠祠……二八四七
芳池春水……二八四七
章尚書懋一首
禁中聞鶯……二八四八
董尚書越二首
和彭先生入閣述懷韻……二八四九
和師召太常留别韻……二八四九
謝少傅遷二首
偶興……二八四九
習静……二八五〇
梁少師儲一首
元夜……二八五〇
劉少傅忠一首
武廟哀詞和魯南韻……二八五一
費少師宏六首
次邃庵西涯兩公先帝忌辰悲感倡
和之韻……二八五二
南吏侍羅圭峰考滿赴京至良鄉以
折臂乞歸中批遽從之作此奉
寄……二八五二
十二日早發良鄉復雨……二八五二
雪中崇之送麻姑一尊謝以前韻……二八五三
謝姜寬送芋子……二八五三

食梅……二八五三
楊少師廷和二首
送周少宰秦府分封……二八五四
送神武蔡千户致仕還湖州……二八五四
毛少保紀二首
武廟輓歌二首……二八五五
楊少師一清四首
將至凉州……二八五六
五月七日先皇帝忌辰次涯翁先生
詩韻……二八五六
希大司馬扈駕至淮安便道過江訪
余石淙精舍感今憶昔口占一
首……二八五六
嘉靖四年奉詔督師西征再蒙温旨
有趙充國馬援之褒感而有述……二八五六
林宫保俊二十一首
兵書峽……二八五七
鐵門扇……二八五八
嚴田王節婦紀……二八五八
嚴田仇節婦紀……二八五八
東林寺……二八五九
别鄉人……二八五九
題清上人山房……二八五九
瑞州行臺除夕……二八五九
文峰書院次韻……二八六〇
讀唐人錢起詩黄綬罷來多遠客青
山何處不愁人之句……二八六〇
右埡寫懷……二八六〇
北巖寺……二八六〇
到芊原志喜……二八六一
勸駕述懷次東所韻……二八六一
盛山紀事……二八六一

通川感事……二八六一
風木爲康子肅題……二八六二
愁齋爲周彦通題……二八六二
題畫……二八六二
閨懷……二八六二
看梅偶成……二八六二
喬少保宇三首
舟中次楊郎中君謙韻……二八六三
幕府山……二八六三
秋風亭下泛舟……二八六四
王僉都雲鳳三首
玉泉亭次石邦彦韻……二八六四
晚步天津……二八六五
送客……二八六五
王尚書鴻儒一十四首
自興縣赴保德州途中作……二八六六
擬楊鐵厓小游仙五首……二八六六
京華秋興三首……二八六六
自渾源赴大同道中……二八六七
沁州道中……二八六七
讀東漢外戚傳……二八六七
至後三日雨雨連夜復三日……二八六八
送范齋李先生致仕還吴……二八六八
馬左都中錫五首
述懷和敖静之韻……二八六九
西掖晚歸有感時事聊賦述短章用呈同志者……二八六九
早春自述……二八六九
次敖静之九日言懷韻……二八七〇
晚渡咸陽……二八七〇
陸少保完三首
王元章作墨梅並題長句書其後……二八七一

武城道中夜聞作吳語而歌者仿佛竹枝遺響因爲二章……二八七一
周宮保用八首
靜觀……二八七二
至徐州……二八七二
沽酒……二八七二
簪花……二八七二
落花四首……二八七三
劉侍郎玉八首
回龍驛……二八七四
歸途……二八七四
世降……二八七四
宿房村下……二八七四
謾興……二八七五
寄輓陸水村……二八七五
大梁城……二八七五
新春謾興……二八七五
許少傅贊一首
初入棧道……二八七六
趙武靖輔一首
奉和觀車駕祀南郊……二八七七
王揮使清一首
塞上感懷……二八七七
邵巖州珪二首
胡冬官梅花圖……二八七八
馬鬬虎……二八七八
夏評事鍭四首
前有樽酒行……二八七九
遊金山寺還舟中流作……二八七九
巾山……二八七九
廣陵……二八八〇
張興化琦二首

黄昏步溪上見煙月可愛……二八八〇
春詞……二八八一
楊主事榮六首
江西旅懷……二八八一
宿武陽川……二八八一
虢宮送河丞市馬……二八八二
子規啼……二八八二
村南逢病叟……二八八二
吴宫……二八八二
鮑員外楠二首
題畫作……二八八三
舟中……二八八三
杭布政濟二首
次韻楊柳枝詞……二八八四
杭都御史淮一首
送徐石東僉憲潮南分韻得瀟湘……二八八四
浦麗水瑾五首
閒居漫興五首……二八八五

列朝詩集乙集第四

岳閣老正八首

正字秀方。正德十三年進士及第。天順元年，以左贊善改兼修撰，直内閣，内批降欽州同知，謫戍肅州。成化初，復本官，留侍經筵。未幾，出爲興化知府。三年，來朝，致仕。卒，謚文正。李東陽賓之，其女夫也，刻其遺文爲《類博稿》十卷。賓之嘗曰：「蒙翁才甚高，爲文章俯視一世，獨不屑爲詩，云做詩既要平側，又要對偶，安得許多工夫？」其叙《類博稿》曰：「公少以經濟自許，天下亦以此望之。在翰林雖以文顯，而非其志，故氣節蓋天下，功烈震一時，而文章著作有餘力焉。」前輩持論矜慎，不妄許可如此。

營建紀成詩

天眷，美營建也。修焉創焉，民弗知也。

天眷皇明，誕命高祖。俯監萬方，定都江滸。如龍斯蟠，如虎斯踞。以朝以會，以享以祀。逖矣厥謨，欽於世世。天眷皇明，亦啟文祖。爲厥孫謀，聿又胥宇。碣石之西，太行之東。有嚴厥宫，四海是同。維帝即阼，夙夜顧諟。神既受職，民亦冒祉。乃繼乃述，乃經乃營。戢此土工，爲萬國宗。迺召大臣，出任予重。曰某爾總，曰某爾董。役夫總總，工師傱傱。鼛鼓韸韸，人心悀悀。有赫朝堂，有翼廟庭。瑣瑣公府，欻忽偕興。士方畊矣，女方箴矣。曾不驚矣，奏功成矣。匪臣之功，伊民之力。匪民之力，維帝之德。帝曰匪予，文祖之志。天相文祖，爛其營室。

天眷六章。一章章十句①，五章章八句②。

①「一」原作「二」，據實逕改。

②「五」原作「四」，今改。

短短牀二首

短短牀，太局促。徒能坦郎腹，未得展郎足。縱郎有意爲行歡，牀短安能薦郎宿。

太局促，短短牀。流蘇苦不長，蘭麝無馨香。郎欲招妾妾不來，可憐春色無輝光。

題冬日聚禽圖

陰風吹天天欲裂，混沌怕死方愁絶。潛將元氣閉重淵，化工倔强時偷洩。附炎物態本尋常，何怪衆禽爭向陽。紅毛翠鬣莫指數，醉眼僅識雙鴛鴦。聲噤不聞鵁鶄語，羽摇空見鶺鴒忙。白頭罨罨營棲息，黄口飛飛恣頡頏。高岡梧桐結實未，待爾招吾丹鳳凰。

題羲之觀鵝圖

洛陽天子身衣青，典午横被清談傾。群公各抆新亭淚，諸王獨擅江東名。王家子弟誰如玉，郎君解坦東牀腹。内史由來是散階，右軍未必非雌伏。鞠花嗅罷倚高秋，眼中懷祖齊蜉蝣。癡兒翻據臺司榻，羽觴漫作蘭亭遊。填膺豪氣弸莫遏，時于行草露稜角。能雄百代翰墨場，龍跳天門虎卧閣。白鵝修頸西復東，瀟灑頗與吾意同。風情一點當時目，至今傳寫畫圖中。

燕臺懷古

督亢陂荒蔓草生，廣陽宫廢故城平。秋風易水人何在，午夜盧溝月自明。召伯封疆經幾换，荆卿事業尚虚名。黄金不置高臺上，似怪年來士價輕。

夜雨呈同志

雨中燈火夜堂深，無限閑愁損客心。獻玉不逢經兩刖，屠龍學得破千金。生逢鄧禹應相笑，老學南陽祇漫吟。滿目風塵雙短鬢，爲誰蕭索不勝簪。

致仕後戲作

五十年來謝世紛，百年勞逸喜平分。不應又受先生號，去與青山管白雲。

附見 馬博士軾一首

軾字敬瞻，嘉定人。正統己巳，以天文生從征廣東，除漏刻博士。讀書負經濟，精占候。畫宗郭熙，高古有法。天順元年，岳正忤曹石，左遷欽州同知，親交莫敢餞別，敬瞻獨遺詩送之。岳和詩見《類博稿》，子愈，舉進士，亦能詩。

奉餞季方先生

灤江江上水悠悠，送客江邊莫上樓。五嶺瘴高煙蔽日，兩孤雲濕雨鳴秋。豐城劍氣東南起，合浦珠光日夜浮。祭罷鰐魚歸去晚，剌桐花外月如鈎。

郭定襄登七十一首

登字元登，武定侯英諸孫也。年七歲，能詩文。永樂末，充勳衛。正統七年，從王驥征木麓川。九年，從沐斌征騰衝。功皆最。土木之難，以都督僉事守大同，虜擁上皇至城下，登陴謝却之，景泰元年，虜大入，力戰破之，追奔至栲栳山，進封定襄伯。上皇復辟，謫戍甘肅。成化初，復爵。卒，贈侯，謚忠武。李西涯曰：「國朝武臣能詩者，莫過郭定襄。有《聯珠集》行於世。」《聯珠集》者，公自録其詩，而先之以其父鋐暨其兄武之作，凡二十二卷。

題蔣廷暉小景

我家南山中，柴門別經久。不知今春來，新添幾株柳。清江閒釣竹，鷗鷺還來否？對此忽相思，長歌獨搔首。

自飲

我貌不逾人，幸自心不醜。清晨對明鏡，白髮驚老朽。知音苦難遇，時事不掛口。朝盤堆苜蓿，且飲杯中酒。傾陽忽西下，不謂沉酣久。山童笑相語，一醉須一斗。邊城曲米貴，未審翁知否。不惜典衣沽，但問誰家有。

九日喜家人寄書至秉常相過問慰與之共飲至醉述懷有作斐然成章

逐客世多違，浮生自堪悼。塵容絶媚嫵，褊性復昏耄。讀書雖不多，方學苦欲到。矜愚何足計，見善誠所好。多歧詑流俗，詭遇日趨造。臭味異薰蕕，方圓如枘鑿。徒云習静定，無以勝浮躁。祇擬聽乎天，安能媚於竈。青蠅止樊棘，聽熒遂顛倒。白日生風霾，喧騰困陵暴。危如鬼手奪，險若虎尾蹈。鯨鮫一失水，蛙蝻竟争噪。同聲相倡和，挾勢激潢潦。忮嫉爾惟辜，何恃予敢傲。寵恩宏照燭，散地賜休告。去家將萬里，病目嘆雙眊。雖云處困窮，安可變風操。浮生騃而野，内省久矣禱。避地即高隱，杜門恒却掃。村釀夜能賒，園蔬雨堪芼。中卿極愷悌，軟語相慰勞。每嗟千里客，時以一簞犒。優遊期卒歲，辛苦何足道。猶叨品禄官，未免太倉耗。牟君我知己，舊學窮閫奥。辭鋒萬人敵，筆陣百川導。妙手補天媧，雄才蕩舟奡。過從忘爾汝，彼此相戀嫪。看承非珷玞，愛惜比珪瑁。同官附書至，珍重如訓誥。唐虞棄瑕玼，遠邇均覆燾。時方夢良弼，國已誅大盜。老魅竟羞死，明靈逾響報。轟霆拉苦朽，强弩穿魯縞。朋儕悉竄逐，黨與方悔懊。賢愚各以類，水濕火就燥。士生當謹修，天定終怙冒。今晨一尊酒，佳節值吹帽。情欣同啖蔗，志適勝爬瘙。主賓争謔浪，僮僕亦歡噪。酣歌時頓足，起舞欲持翿。賜環應有期，歸韓便須膏。

送潘御史克容釋累赴京

才難不其然，此嘆自千古。淳風散已久，至道卑若土。紛紛事機巧，泛泛播簧鼓。虛名競相尚，實踐反遭侮。髴𩯁起病駒，梔膏詑鞭賈。剖膚藏魚目，聒耳聞瓦釜。悵然思古人，太息心獨撫。世亦有真儒，如何卒難睹。繡衣剛直士，顏色少媚嫵。一朝棄道邊，薄言逢彼怒。咎生本無妄，市豈真有虎。平生金石堅，化作青蠅聚。巍巍堯舜主，燁燁賢良輔。玉燭洽群黎，天戈戢驕虜。微瑕悉湔洗，片善必收取。吹噓布陽春，浩蕩除罪罟。君才素通變，豈肯作迂腐。方承宣室詔，未是東門祖。霜空薦雕鶚，晝省耀簪組。大看作梁棟，小亦試遺補。行行懋道義，與世無舛忤。藻德如啖甘，食蘗不厭苦。出莫由斜徑，斜徑生險阻。渴莫飲盜泉，盜泉多嘔吐。功名垂竹帛，富貴何足數。作詩備忠告，送我克容甫。

哀征人

天迷離，水嗚咽。戰馬無聲寶刀折，冤鬼凄酸啼夜月。青磷熒熒明又滅，照見征夫戰時血。

自公安至雲南辰沅道中謁山王祠

山王廟在山深處，鴉烏亂啼烏桕樹。神威猙獰怖殺人，朱吻長牙眉倒竪。紅綃抹頭袍袖結，手挪黄蛇啖其舌。短碑不題神姓名，蕪詞漫書唐歲月。陰風颯颯吹靈旗，夜聞甲馬空中嘶。老巫開門馬無跡，但見孤鳴鬼嘯鵂鶹啼。山前居民種禾黍，歲歲求晴復求雨。神靈不靈誰得知，老巫分明作神語。往來行人多再拜，爐中無香畏神怪。唱歌打鼓燒紙錢，蒼鵝白羊朝暮賽。還把殘餘抛野草，神意歡欣烏亦飽。老巫叮嚀客無慮，萬水千山放心去。

飛　蝗

飛蝗蔽空日無色，野老田中淚垂血。牽衣頓足捕不能，大葉全空小枝折。去年拖欠鬻男女，今歲科徵向誰説。官曹醉卧聞不聞，嘆息回頭望京闕。

送岳季方還京

登高樓，望明月，明月秋來幾圓缺。多情祇照綺羅筵，莫照天涯遠行客。天涯行客離家久，見月思鄉搔白首。年年嘗是送行人，折盡邊城路傍柳。東望秦川一雁飛，可憐同住不同歸。身留塞北空彈鋏，夢繞江南未拂衣。君歸復喜登臺閣，風裁棱棱尚如昨。但令四海歌昇平，我在甘州貧亦樂。甘州城西黑水流，甘州城北胡雲愁。玉關人老貂裘敝，苦憶平生馬少游。

楸子樹

去歲於太監蒙公家移栽此樹，當就結實繁衍。今年春令已深，草木皆萌蘖，而獨此枯瘁，略無生意。土俗相傳，以爲栽樹當歲著花，特餘氣耳，來歲則否，必三年而後如故。予甚信之。偶數日伏枕不出，今晨就庭事啟窗，則花已爛熳，比他樹尤盛。見者咸以爲異，予亦歡然以喜。因賦長句，并識意云。

窗前新栽楸子樹，去歲移自東君家。根深土凍重莫致，輓以兩犍載一車。方經旬日即蓓蕾，秋深結子如丹砂。人言此餘余氣耳，來歲未必能芬葩。我初聞之稍驚怪，重以土俗相傳誇。今年春風已撩亂，千株萬卉皆萌芽。南山青翠遠可見，獨有此樹猶枯杈。我徵前言苦不樂，行憐坐惜恒咨嗟。連朝病困閉門卧，夢寐猶憶花如何。今晨勿藥强起坐，眊焉兩瞳如隔紗。推窗一見笑絶倒，葱葱滿樹開成霞。冰綃素錦誰剪刻，小紅輕翠相交加。日光照耀春欲醉，翩翩蜂蝶争紛拏。賓朋來觀繞百匝，共疑造化理則那。花枝爛熳色更好，詖辭輕易可信耶？豈非陽春有深意，憐我老憊來天涯。浮生過半身計拙，有足不及蚿憐蛇。故教相伴慰岑寂，豈敢與物争豪奢。六年羈鰥入僧定，但未落髮披袈裟。青裙小鬟别來久，淚眼垢膩首不珈。已聞桂蠹化蝴蝶，忍聽鸜鵒呼琵琶。花雖可愛不忍折，無人插向兩髻丫。鈎簾静坐獨清賞，天明起看到日斜。知音未遇寡歡趣，有酒不飲惟烹茶。前年官司催入貢，六千里路豈不遐。移根天苑比瓊樹，有用未必過桑麻。物生遭遇即珍貴，便應壓盡諸般花。我慚不如花命好，謫官五載辭京華。住迴邊城氣蕭索，旦暮戚戚聞胡笳。自憐淺薄不足忌，群兒何以喙競呀。方圓鑿枘苦難入，冠非豸角强觸斜。古人明哲有深戒，省愆痛欲掩户檛。窮荒雖覺雙眼净，聒耳厭德公私蛙。再歌南風終不競，天驕吹唇魯婦髽。羌胡雜遝近邊鄙，意態詭異聲囂嘩。陰霾接旬不成澤，嗟嗟恒欲噬我瑕。麒麟獅子遠將至，爾曹慎勿相邀遮。馹騎東來鼇山倒，黄口學語聲咿啞。群公羅拜但垂手，踐踏不啻蟲與蝦。人逃馬死金滿篋，一擲何足掛齒牙。我雖無位百憂集，終夜感嘆心如痃。廿年蹤跡半天下，把鏡自照兩鬢髿。老懷食蔗如食蠟，豈但無味仍鐃查。行路難行古如此，道多豺狼水鰐鯊。紛紛兒女競聲利，左蠻右觸方争蝸。金鷄何日解羈去，一竿歸釣吴江槎。箕山潁水跡長往，漁蓑樵簷肩相差。閒看得意鼠如虎，怕説病聰蟻鬭麾。黄鷄紫蟹且慰意，背癢正得麻姑爬。羞將口腹累州里，未能不食如匏瓜。猶勝夷齊待薇蕨，園收芋栗兼梨楂。老農追隨種禾黍，偶耕林下時燒畬。心淳語直意真率，肝膽相照無疵瑕。瑶臺璇室豈不好，囁嚅較此猶争些。囊中黄金尚餘幾，壺乾酒盡還當賒。頹然一醉玉山倒，世間萬事皆由他。

梟

南山萬古雪，六月地上冰峥嶸。况當嚴冬氣尤冽，萬物僵立不識死與生。陽烏戢其羽，顔色慘淡無光晶。朝朝畏寒不敢出，欲挽海水添長更。氈裘蒙茸縮如猬，風沙斷盡行人行。老烏平時最饒舌，攢毛縮頸饑無聲。鵂鶹獨何形，無乃金鐵鑄使成。白日在何處，每到夜黑來飛鳴。有時呼嘯聲愈厲，召號怪鬼徵邪精。鳳凰凍欲死，志意無由平。梟凶不可治，怒瘿空彭脝。南村孀婦貧且苦，夫死未葬兒東征。伏雌五雛初解㲉，偎寒就暖聲咿嚶。土房穿漏窗户破，梟竟突入鷄啼驚。雛死腦盡裂，雌僵不能争。孀時睡黤䵬，欲起視夜無油燈。乞鄰把火照昏黑，梟止未去勢欲相欺陵。口吻尚流血，兩目光睖瞪。孀髮竪股栗，返走撲地魂飛騰。有夫攘臂挾弓矢，弗斬此梟何以徵。入門無所見，但聞狐鳴鬼嘯寒氣颯飂如凝冰。孀悲呼天涕垂膺，卵此惡物當誰憎。戟手訢社公，愧汝威稜稜。雖云土木偶，想亦欽名稱。人皆祀汝作土主，安然坐視反不如梟能。社公顏忸怩，渥若朝霞烝。據案呼吏兵：「卑官亦靈承。廟食於此方，乃被婦訢吾奚勝。便須封皂囊，騎雲款天庭。叩階瀝血天其矜，不以梟磔死，吾道何由弘。」天門九重高且邃，守以夜叉威奰贔。摳衣趨蹌肅鳴珮，以手奉肩心顫悸。大閽倚棖方假寐，瞠目視之訶且詈：「汝官何曹直蟲臂，清都森嚴可輕易！」社公前致辭，大閽已知意：「鼎鐺尚有耳，投鼠須忌器。梟爲天驕子，美惡各以類。羽中豈無靈與瑞，不及梟姿工嫵媚。乘昏伺暗察幽隱，附耳連眉方倚比。汝不知忌諱，胡不膠脣結舌，亦足以自異彼喙。若呀非汝利！」社公頓頭前：「此言得無愆。天道本至公，如何有憎憐？苟不較曲直，何由辨媸妍？以彼醜惡形，乃竊造化權。常聞上古時，宰物無頗偏。禍淫與福善，今豈不其然？地行蒼生何啻千萬億，煩冤疾痛孰不號旻天。混沌苟未鑿，何用呼吸百里晝夜東西旋。」大閽笑絶倒，以掌拍其肩：「小儒强解事，未悟磨兜堅。汝胡不聞天地同一物，不過一十二萬九千六百年。氣機消長豈常好，清淳澆濁各各隨時遷。天人不同道，此理可忘言。」語既復嘆悔，叮嚀極密勿妄宣。社公涕漣如，頫首但長吁。載拜謝不敏，攬轡回其車。錫鑾風冷冷，墜地不須臾。亟往告彼孀，夜降桑林巫。梟雖不勝誅，誰敢訐其辜。朋儕相搆煽，勢與天爲徒。母腦尚忍啄，何有於朱朱。素飱抱深愧，予亦思乘桴。嗟爾門單户弱形羈孤，從今慎勿與梟敵，但須夜夜牢護鷄巢雛。

西屯女

西屯女兒年十八，六幅紅裙脚不襪。面上脂鉛隨手抹，白合山丹滿頭插。見客含羞嬌不語，走入柴門掩門處。隔墻却問官何來，阿爺便歸官且住。解鞍繫馬堂前樹，我向厨中泡茶去。

過安南衛

絶頂見孤城，征驂向曉行。鳥啼多異響，花發不知名。石澗閒雲碓，山田趁火耕。愁聞耆老説，三月未曾晴。

過西樵賈氏隱居

何處覓幽棲，西樵更向西。梨花千樹雪，茅屋數聲鷄。澗水穿林入，春雲壓雨低。仙源知近遠，應使世人迷。

自騰衝歸三月十五日夜至金齒

鄉思今春晚，到邊花又飛。嶺雲銜馬散，山月照人歸。遠戍寒吹角，孤城夜掩扉。功名是何物，猶未解征衣。

塗中偶成

説着滇陽似上天，危橋孤嶺萬千千。高低石路偏嫌雨，遠近林巒半是煙。野樹向冬多不落，居民經瘴少能全。頻年有夢曾過此，今日南來不偶然。

普安道中

竹暗藤荒路欲迷，一重山度一重溪。枯槎偃蹇如人立，蠻語侏儺似鳥啼。花底雨晴飛蛺蝶，水邊冬暖見虹霓。祗應風味堪題處，三寸黄柑壓樹低。

梅花鋪

緑樹冬深不怕霜，怪來風上説南方。人經蠻寨愁蛇蠱，客聚盤江趁虎場。翠黛插雲山似戟，潢流蒸氣水如湯。王師到處霑恩澤，甘雨隨車洗瘴鄉。

早發洱海

長風摇影動旌旗，雙引嗚笳馬上吹。官吏望塵迎使節，壺觴隨路候王師。五營霜雪陳兵甲，千里雷霆震鼓鼙。笑倚肩輿揮白羽，誓將威武定邊夷。

賦素軒沐公家牡丹一首和楊彦謐韻

淺紅深碧畫難分，左紫姚黄未足云。五色應將靈藥染，三生曾用妙香熏。枝頭直訝妝成錦，夢裏還疑化作雲。不與群芳競開落，任教蜂蝶自紛紛。

永昌書事寄京中諸友

略説南方試静聽，侏儒風俗盡堪驚。花間蛩語春風暖，樹上蛙鳴夜雨晴。孤嶺忽從天外出，瘴雲時向水邊生。妖姬妝罷迎人笑，古帽長衫畫不成。

自緬甸回感懷寄沐征南

毒霧昏昏水拍天，孤帆風雨瘴江邊。鯨波去日渾如夢，虎穴歸來始自憐。終夜眼穿看斗柄，幾人身已試蛟涎。滇陽萬里渾驚訝，又隔滇陽路五千。

滴牙山

險障南來獨滴牙，天分夷獠與中華。萬盤山繞一絲路，百丈峰開千葉花。毒霧障煙相映靄，鳥聲人語共咿呀。停驂每勞征南士，莫聽啼猿苦憶家。

竹軒爲阮公振賦

清嘯寥寥久不聞，更開三徑避囂氛。白頭自擬存高節，青眼相看獨此君。當户碧雲晴裊裊，隔簾蒼雪晝紛紛。如今林下閒人少，每坐無言到日曛。

孟撤軍中新春

遠贊元戎掃麓川，異鄉今日又新年。青陽令轉東風裏，黄道春回北斗邊。擾擾兵戈猶選將，珊珊環珮想朝天。願攄忠赤勤功業，散作甘霖洗瘴煙。

又過鎮南州

萬里狼煙去復迴，征衫風露黯黄埃。一年寒食梨花近，二月春晴燕子來。緑水亭前羅帶繞，碧山窗外畫屏開。經過每愛絃歌宰，驥足終非百里才。

又過趙州

芳草茸茸已滿坡，山城春半又經過。輕寒簾外燕來少，細雨庭前花謝多。壯志每思探虎穴，驚心猶想涉鯨波。征衣暫解風霜色，閒對斜陽和凱歌。

遊太華寺和素軒沐公春日韻

鷺渚鷗波接遠天，落花飛絮滿平川。春歸客夢偏驚雨，寒食僧家不禁煙。澗底泉聲消永日，階前草色換流年。何由近向東林住，常得尋師水石邊。

贈才師用素軒沐公韻

蒲團草席任流年，坐斷三生石上緣。空果空花非有相，閒風閒月本無禪。山瓶水冷龍藏雨，石鼎茶香鶴避煙。聞説聲塵悉清净，不將雙耳聽鳴泉。

寓滇陽寄京中友人

霜重梧桐葉漸飛，淺黄欺緑上荷衣。鱸肥江上秋將晚，酒熟山中客未歸。鄉夢夜長鷄唱早，故人書遠雁來稀。黄花兩負東籬約，空對西風賦《式微》。

入緬取賊早發金沙江

征帆如箭鼓聲齊，舟渡金沙更向西。石棧夜添蠻雨滑，曉江晴壓瘴雲低。水邊烏鬼迎人起，竹裏青猿望客啼。又隔滇陽幾千里，桐華榕葉晚凄凄。

經舊戰場

一夜西風捲漢旌，連營兵甲散如星。孤臣獨抱終天痛，諸將難逃誤國刑。自恨中原無猛士，誰知高廟有神靈。黄河白骨斜陽裏，衰草連天戰血腥。

暮春登大同西北城樓同仰寺丞瞻潘御史洪賦

滿地花飛春已闌，溪風山雨更生寒。浮雲蔽日終難散，腐柱擎天恐未安。西北兵戈猶擾攘，東南民庶半凋殘。先朝遺老慚無補，獨對西風把淚彈。

偶成寄彦謐

三歲春風客未歸，邊城無事暫幽棲。朱櫻映日枝頭滿，翠荇牽風水面齊。老樹藏鴉添嫩葉，舊巢歸燕補新泥。閒來漸有漁樵興，更欲移居向瀼西。

西巡出境寒甚時五月廿七也

一帶關河向北流，黄雲衰草不勝秋。征人更有思鄉夢，羌笛休吹《出塞》愁。嚴整甲兵陳虎旅，静聽金鼓招貂裘。臨風却憶江南客，紈扇輕紗笑倚樓。

軍　回

兩行笙旆引鳴笳，萬騎宵嚴不敢嘩。隔岸水聲衝石響，罩山雲脚受風斜。孤村月落時聞犬，古塞春殘不見華。歸騎莫嫌征路滑，涼風吹雨灑塵沙。

舟至高郵風氣尚暖

北地風高水欲冰，南方秋晚尚餘蒸。漁家香飯聞炊芡，溪女纖歌識采菱。鷺渚櫓摇歸夢客，柳汀舟渡夕陽僧。故鄉多少蓴鱸興，三十年來愧未能。

渡　江

北客南歸感壯懷，吴歌幽怨櫓聲哀。秋深楊柳經霜落，江净芙蓉向晚開。沙鳥亂啼山月上，棹郎清嘯水風來。故園佳麗何年别，老去渾無作賦才。

秋日至城南草堂

渡水登山到草堂，田家香稻喜新嘗。墻邊薜荔秋多雨，池上芙蓉夜有霜。看竹每尋扶老杖，借書先録養生方。白頭自笑歸來客，況復江南是故鄉。

和許太常道中家園成趣軒韻

君家三徑幾時開，千個長松繞屋栽。把釣每從溪上去，題詩還傍竹間來。夢闌石枕月相對，花落柴關風自推。有約頻過尋賀老，莫教空棹酒船回。

送牟秉常往甘州

誰折梅花寄隴頭，夕陽低處是甘州。秦關蜀道還家夢，白草黄雲出塞愁。江上秋生張翰棹，月中人倚仲宣樓。壯懷且賦從軍樂，定遠曾封萬里侯。

保定途中偶成

白璧何從摘舊瑕，才開羅網向天涯。寒窗兒女燈前淚，客路風霜夢裏家。豈有酖人羊叔子，可憐憂國賈長沙。獨醒空和騷人詠，滿耳斜陽噪晚鴉。

甘州即事

黑河如帶向西來，河上邊城自漢開。山近四時常見雪，地寒終歲不聞雷。牦牛互市番氓出，宛馬臨關漢使回。東望玉京將萬里，雲霄何處是蓬萊。

送季方歸感事有作石生怒季方欲殺之憤云必置汝於天盡處死而後已石氏伏誅季方乃得釋老魅有知含羞地下矣

轉日回天勢可窺，舊遊今昔事皆非。祇應樗里偏多智，每嘆林宗最見幾。金谷秋深荒草合，玉關春早遠人歸。五湖煙水孤舟穩，吟倚蓬窗送落暉。

送岳季方承命釋累回京

蚤登黄閣贊經綸，欲報君恩敢愛身。青海四年羈旅客，白頭雙淚倚門親。鳴璫又喜趨仙仗，補衮還思用舊臣。謾道歸來心便了，天涯多少未歸人。

過回中謁王母宫

水光山色晃簾櫳，玉殿高居阿母宫。青鳥未歸空夜月，碧桃初綻又春風。泠瀼不救相如渴，狡儈猶思曼倩工。便欲尋仙還自笑，茂陵衰草夕陽中。

客中春晚

遠塞書難寄，空庭花自開。舊巢雙燕子，今歲不曾來。

春日遊山偶成

林下扶藤杖，溪邊整葛巾。春風莫相妒，不是折花人。

送人回京

秦山秋色隴山雲，爲客那堪復送君。八月胡天寒氣早，數聲羌笛雪紛紛。

口號寄涇州守李宏

渡了黄河又黑河，春風秋月五年過。涇陽太守如相問，更比來時白髮多。

至高郵逢邢勉仁

客中相見倍相親，白酒黄鷄莫笑貧。君住淮南我淮北，如何不是故鄉人。

送人回京

迎得君來復送君，櫻桃花發又經春。誰知萬里南征客，却向滇陽作主人。

雜詠

甘州客寓於繡衣牟秉常處，得前人詠物吟四百餘篇，惜其格調卑弱，辭意淺俗，不足以狀物之情，遂因題爲之賦。自念涵養未至，美刺之間，未免黑白太著，甚失詩人忠厚之意。暇日檢拾遺忘，爲之一笑，悉欲棄去。其間有如鷄肋可惜者，因存之，得百廿五篇云①。

① 原注：「今録二十首。」

瓶笙

大杓纔添小器盈，啾啾唧唧似吹笙。兒童側耳山翁笑，一任教他水火争。

箏

謝傅勛勞未可輕，從容談笑却秦兵。君王何事生疑阻，慚愧桓伊爲撫箏。

棋

怕死貪生錯認真，運籌多少費精神。看來總是争閒氣，笑殺傍觀袖手人。

天秤

體物何曾有重輕，相君因爾號阿衡。誰多誰少皆公論，才有些兒便不平。

筆

綰蚓塗鴉不自嫌，却將毫末强楸撏。中書老矣真無用，猶向人前要出尖。

硯

形模粗野已堪羞，況復駑頑滑似油。常笑石鄉才不逮，有何功業便封侯。

湯婆

老去徐娘尚可娱，温柔鄉裏錦模糊。春來漸覺君心改，欲厰沙厨娉竹奴。

破扇

月中誰畫乘鸞女，紫竹銀絲挾素羅。未到秋來先破碎，從前應是受風多。

騏驥

萬里龍沙百戰歸，輕塵不動四蹄飛。可憐汗血常消瘦，不及駑駘似瓠肥。

蠅

眇形才脱糞中胎，鼓翅摇頭可惡哉。苦不自量何種類，玉階金殿也飛來。

蠹魚

瑣瑣如何也賦形，雖無鱗鬣有魚名。元來全不知文意，乾向書中度一生。

螢

腐朽如何不自量，化形飛起便悠揚。臍間祇有些兒火，月下星前少放光。

蜂

花花華華競採花，蜜房收課作生涯。知他有甚經綸處，也向潮時報兩衙。

梅子

饞心才説齒生津，風味雖嚴恐未醇。莫倚調羹全待汝，世間還有皺眉人。

金鳳

鳳德可憐衰已久，梧桐枯槁竹槎枒。自從雲黯蒼梧野，化作人間小草花。

神靈

乞福禳災許幾千，分明報應不曾偏。神靈應是嫌銅臭，祇問人間要紙錢。

塔頂

塔頂新晴獨自登，畫欄高倚十三層。不知眼界高多少，地上行人似凍蠅。

恨他

口似砂糖膝似綿，喣喣惟是乞人憐。恨他不得長生術，祇在人間過百年。

土牛

刻木團泥作禍胎，驅牽不動蠢形骸。須臾齏粉渠休恨，教汝偷寒送暖來。

雙陸

一笑承恩便賜緋，論他當局却全非。平生學得檀公術，打馬沿邊走似飛。

附見　贈定襄鈺七首

郭鈺字景南，營國第八子，定襄之父也。年十三，作《憫農》詩、《大旱爲霖賦》，傳播都下。太祖召見，敷對詳明，極眷愛之。與李曹公景隆、王駙馬寧倡和爲詩。方孝孺尤器重其人。贈定襄伯。

陶淵明

淵明宰彭澤，月請米五斗。折腰鄉里兒，浮名真可醜。鳳凰不啄粟，豈肯同鷄口。悠然見南山，竟擲懷中綬。籬邊幾叢菊，門外五枝柳。不負頭上巾，且盡杯中酒。

龐　公

龐公雖兩足，何曾到城府。躬耕南畝中，農作甘自苦。皇虞世已遠，至道卑若土。君看天柱折，非是不可補。遺安有深誨，百世激貪虜。

對雨有懷方内翰

小齋頗幽僻，窗扉亦宏敞。新槐簷上緑，細草階下長。輕紈散煩溽，覃葛生清爽。寂無人事喧，但愛雨聲響。凉飆動蕭瑟，薄靄生莽蒼。悠然發孤詠，笑歌自鼓掌。緬思同心人，吟懷共清賞。

期胡祭酒不至

空齋坐日夕，有懷期不來。庭樹葉頻下，閒門風自開。朱絲静逸響，緑蟻浮深杯。幽思益填積，悵然難獨裁。

夜　坐

庭虚初月上，樹響微風入。棲鵲聽猶驚，流螢墮還拾。沉沉寒漏滴，隱隱餘鐘急。坐久不知疲，凉衣露吹濕。

晚坐

宴坐庭樹夕，悠然愜清賞。月生微影横，風入繁枝響。啾啾歸鳥集，隱隱疏星上。倏爾朝復昏，流光遞來往。

題盛懋畫

遠島映微紅，疏林帶寒緑。石上一柴關，溪邊兩茅屋。輕風花落地，細雨雲歸谷。側耳試閒聽，疑聞《紫芝》曲。

附見　郭尚寶武一十三首

郭武字炅隆，鈺之長子，定襄其同母弟也。甫總角，仁宗召，試以詩，援筆立就，稱旨。力學不倦，以古人自期。官至尚寶司丞。

乞巧詞

明河拖天玉繩遠，新月招雲銀甲淺。丁東細漏滴金荷，百子樓前桂花滿。三三五五試新妝，鶴扇如霜羅帶長。雲母屏前齊下拜，絞綃帳底共焚香。焚香争乞天孫巧，穿斷蛛絲繡針小。夢裏傳來是有無，入門巧已知多少。織女牽牛别有情，螢飛鵲度兩難憑。芙蓉舞困西風薄，楊柳垂低北斗横。

烏夜啼

金井梧桐霜葉飛，寒烏啞啞中夜啼。蘭閨少婦停燈宿，夢見征人塞上歸。相思未訴烏驚起，千結柔腸碧窗裏。䳺絃羞澀掩瑶琴，綫斷紅珠淚如洗。啼啞啞，聲不住，牽轆轤，逐烏去。

閨中曲

寒衣剪就金刀冷，雲母屏空對孤影。心知井底墜銀瓶，猶把轆轤牽斷綆。

寄句曲山中隱者

康樂平生愛山水，移家直入煙霞裏。一窺塵網便深藏，兩以鶴書徵不起。頭戴皮冠手扶策，蒼蒼滿面風霜色。世人欲見恐難尋，樵客相逢多不識。賣藥修琴還到城，暫來倏去誰將迎。伯陽已信皆糟粕，季子何勞問姓名。予亦曾知君隱處，風泉翠滴琅玕樹。不待長鬚更致書，明朝載酒聽鶯去。

晚渡白馬湖

輕風小寒吹浪花，新柳茸茸啼乳鴉。平湖一望幾千頃，遠水連天飛落霞。斜陽忽墮澄波底，白鳥猶明山色裏。嚴更何處鼓冬冬，棹歌未斷漁燈起。

夜泊湘陵縣逢袁公禮戍貴州

青山如龍渡江去，江上波濤濕煙樹。三湘七澤枉帆過，水緑蘋香是何處。清波渺渺愁予心，寒猿故故啼楓林。誰將横笛叫清夜，一曲《武溪》深復深。憐君遠戍烏蠻客，把酒燈前話離别。相逢何必舊相知，惆悵回船江月白。

舞困圖

内園羯鼓催春風，回環轉珮聲丁東。銀籠高爇百枝火，滿樹梧桐明月中。芙蓉舞困霓裳薄，重叠春寒護簾幕。伊州初换錦屏空，十二峰頭楚雲落。葡萄消渴櫻桃小，一騎紅塵報春曉。荔枝風味不禁酸，分與窗前雪衣鳥。回首漁陽促戰鞍，秋風秋雨滿秦關。誰知按盡梨園譜，都是當時《蜀道難》。

寄劉草窗原博

空堂獨坐葉紛紛，一雁南飛不可聞。野色連天迷遠望，高城落日亂寒雲。故人眼底無多在，客思秋來又幾分。莫怪臨風倍惆悵，江鄉猶憶白鷗群。

江南懷古

隔斷中原數百年，囊沙堪笑況投鞭。桓温不合留王猛，安石終能舉謝玄。日落暮雲斜度鳥，雪消春水遠連天。子山空有《江南賦》，北府淒凉最可憐。

宿澧陽

蘋花風急水茫茫，今夜孤舟宿澧陽。誰在江城吹畫角，五更殘月一天霜。

秋夜懷句曲山隱者

清霜木葉空階滿，静夜鐘聲獨坐聞。遥想山中人未宿，自拈香炷禮秋雲。

江上即事二首

潮迴沙岸漸闊，雲净山峰更高。扶杖僧歸古寺，抱琴客度危橋。

緑水橋邊酒店，白鷗沙上漁家。山前山後春雨，江北江南落花。

附見　牟御史倫一首

倫字秉常，敘州青城人。永樂乙未科進士，任監察御史，以直諫謫戍甘肅。

留别京師諸友

行行策馬出皇畿，古木霜寒獨鳥飛。天上故人青眼在，蜀中諸弟素書稀。秋風故隴雲連棧，夜月胡笳露滿衣。白髮蕭蕭身萬里，不知别後竟何依。

沐定邊昂二首　子僖，孫璘，附見。

昂字景顒，黔寧昭靖王之子，定遠忠敬王之弟。以左都督鎮守雲南。正統間，討平麓川寇任思發。卒，贈定邊伯，謚武襄。所著有《素軒集》。嘗輯國初名士官於滇南及謫戍之詩，爲《滄海遺珠集》。

和逯先生聞砧韻

秋高萬木脱林塢，與子庭前開緑醑。忽聞别院動砧聲，西風吹斷蕭蕭雨。隔岸人家紅樹稀，辭巢燕子故飛飛。酒酣自起爲君舞，正愛凉飆吹我衣。

送胡愷軒還永昌

有客乘驂過洱西，平原春草正萋萋。人煙迢遞連金齒，山勢逶迤拱碧鷄。流水小橋楊柳緑，落花微雨鷓鴣啼。遥知别後相思處，雲樹蒼茫夢欲迷。

附見　沐僖一首

僖字可怡，昂之子。初授南京錦衣千户，贈都督同知。

和郊居韻

山勢青連野，川光白映沙。東風遥見草，小雨半開花。門送攜琴客，橋通賣酒家。徜徉遊物外，隨意樂年華。

附見　沐璘二首

璘字廷章，僖之子。以都督同知鎮守雲南。有《繼軒集》。

題所畫風雨漁舟圖

寒雲翳層空，冥色生平楚。商吹振林巒，驚濤滿洲渚。漁翁何處歸，孤蓑立煙雨。

送人

花柳正芬芳，天涯去路長。陌塵輕作霧，澗草細生香。舟楫通巫峽，山河拱建康。南遊嗟我久，送爾倍思鄉。

于少保謙一十三首

謙字廷益，錢塘人。永樂十九年進士。宣德初，授山西道御史。越五年，超行在兵部右侍郎，巡撫梁、晋，歷十八年還部。己巳北狩，拜兵部尚書，歷陞少保。裕陵復辟，死西市。茂陵念其忠，賜謚肅愍。事具國史。公少英異，過目成誦，文如雲行水湧，詩頃刻千言，格調不甚高，而奕奕俊爽。田叔禾《西湖志餘》摘其七言今體，如「香爇雕盤籠睡鴨，燈輝青瑣散棲鴉」、「紫塞北連沙漠去，黄河西繞郡城流」、「風穿疏牖銀燈暗，月轉高城玉漏遲」、「天外冥鴻何縹緲，雪中孤鶴太凄清」、「醉來掃地卧花影，閒處倚窗看藥方」、「渭水西風吹鶴髮，嚴灘孤月伴羊裘」、「野花偏向愁中發，池草多從夢裏生」，皆佳句也，惜不能全篇耳。

古意

妾顔如花命如葉，嫁得良人傷遠别。别來獨自守空閨，夜夜焚香拜明月。月缺重圓會有期，人生何得久别離。願將身託蟾蜍影，照見良人不寐時。

採蓮曲

朝採蓮，暮採蓮，蓮花艷冶蓮葉鮮。花好容顔不常好，葉似羅裙怨秋早。秋風浩蕩吹碧波，緑怨紅愁將奈何。年年採蓮逞顔色，採得蓮花竟何益。蓮花雖好却無情，夫婿有情常作客。萬里關河歸未得，争如池上錦鴛鴦，雙去雙來到頭白。採蓮復採蓮，採蓮還可憐。願比蓮花與蓮葉，不論生死根相連。

落花吟

昨日花開樹頭紅，今日花落樹頭空。花開花落尋常事，未必皆因一夜風。人生行樂須少年，老去看花亦可憐。典衣沽酒花前飲，醉掃落花鋪地眠。風吹花落依芳草，翠點胭脂顔色好。韶光有限蝶空忙，歲月無情人自老。眼看春盡爲花愁，可惜朱顔變白頭。莫遣花飛江上去，殘紅易逐水東流。

題畫

江村昨夜西風起，木葉蕭蕭墮江水。水邊蘋蓼正開花，妝點秋容畫圖裏。小舟一葉弄滄浪，釣得鱸魚酒正香。醉後狂歌驚宿雁，蘆花兩岸月蒼蒼。

秋　閨

深閨夜勝年，刀尺如冰冷。縫紉不成眠，轆轤響金井。

惜　春

無計留春住，從教去復來。明年花更好，祇是老相催。

春　曉

晝静暖風微，簾垂客到稀。畫梁雙燕子，不敢傍人飛。

春日登樓

柳條如翠綫，萬縷織春愁。遮斷東風路，無緣入畫樓。

暮春小雨

霏霏小雨不霑衣，細逐斜風密又稀。好濕香塵粘柳絮，莫教零落送春歸。

夏日憶西湖

湧金門外柳如煙，西子湖頭水拍天。玉腕羅裙雙蕩槳，鴛鴦飛近採蓮船。

擬吴儂曲三首

憶郎直憶到如今，誰料恩深怨亦深。刻木爲鷄啼不得，元來有口却無心。

憶郎憶得骨如柴，夜夜望郎郎不來。乍吃黄連心自苦，花椒麻住口難開。

儂在西邊郎在東，深堂宅院幾重重。浮麥磨來難見麵，厚紙糊窗不透風。

陳少保循五首

循字德遵，泰和人。永樂乙未狀元，授行在翰林修撰。正統十年，以翰林學士直内閣。景泰中，歷陞尚書少保，兼華蓋殿大學士。復辟後，謫戍鐵嶺。有《東行集句》千首。天順五年，撰進《皇廟中興四朝神功聖德頌》四章，詩二十首，得放還。明年，卒於家。

過徐州回鑾處

偶得回鑾處，遥因想翠華。彩雲飛輦路，象跡印汀沙。曉日彭城地，春風楊柳花。獨慚隨使節，重此泛仙槎。

沛縣

漢祖歌風處，荒臺宿草迷。野雲連碭北，溪雨過豐西。人自殊方至，書因去客題。鴒原千里隔，落筆數行啼。

開平

灤河北開平府，云是前朝故上都。萬瓦當年供避暑，孤城此日事防胡。龍岡夜照烏桓月，鳳輦時巡敕勒處。何區登臨最愁寂，李陵臺上望平蕪。

山城月夜自和東行集句韻

蟾光如水浸清秋，防塞將軍在戍樓。千里無塵烽火寂，夜深猶起看旄頭。

薛侍郎瑄二十四首

瑄字德温，河津人。永樂十九年進士，擢御史。歷大理寺少卿。時人呼爲薛夫子。忤王振，下獄，將殺之。振老奴伏竈下抱薪而泣，人問之，曰：「聞欲殺薛夫子，故泣耳。」振心動，乃免。天順初，以禮部侍郎兼學士入内閣。未幾，引疾致仕。卒，謚文清，從祀孔子廟庭。公正學大儒，不事著述，一掃訓詁語録之習。顧自喜爲詩，所至觀風覽古，多所題詠。《河汾詩集》多至千餘篇，而今體諸詩尤夥。余所録，五言古體爲多。

擬　古二首

白雲在高丘，緑蘿在深谷。中有冥棲士，雲蘿蔽茅屋。獨抱尚友情，緬遂碩人軸。古琴時復彈，古書還更讀。逍遥無外事，俯仰長自足。沮溺耕在野，姜叟釣渭曲。伊人豈無心，耻衒荆山玉。將須鳳來儀，朝陽滿梧竹。

庭樹微飄落，凉氣始披拂。却憶少年時，泛舟湖湘曲。秋風起波瀾，寒霜下林麓。日出江上楓，霧隱楚岸竹。蘭芷亦蕭條，芰荷不秋馥。靈均舊遊處，騒思方滿目。忽忽三十年，凉意復相觸。《九歌》有遺辭，得意在雲谷。

秋思二首

秋來何所思，所思在遠道。洞庭木葉霜，楚澤芙蓉老。欲濟懷方舟，風波殊浩浩。寄言雙白鶴，爾來苦不早。

登高望滄海，長風欻來過。九鰲互低昂，三山鬱嵯峨。綽約衆仙子，飄飄戲其阿。手把珊瑚枝，笑拂扶桑柯。我欲往從之，道遠百怪多。安得騎鴻鵠，乘風越洪波。舉鞭逐蛟蜃，仗劍驅黿鼉。永與衆仙會，遨遊養天和。

龍陽山行遇雨

歲晚山行深，山中水重叠。叢篁夾溪橋，橋斷横槎接。陰雨竟連朝，雲林黯一色。虚風忽泠然，蕭蕭墜黄葉。撫景復何爲，内顧遠遊客。

泊舟貽溪宿陽樓山下

窈窕入清溪，側徑何紆曲。魚梁截奔流，雪瀨漱寒玉。空翠濕人衣，霧雨滿新竹。路窮上野航，前登得平陸。日暮煙火迷，似向桃源宿。

平沙落雁

霜清秋水落，風過人跡平。飛飛隨陽鳥，相呼下寒汀。向夕聚儔侶，月映蘆花明。

煙寺晚鐘

夕照下山門，清音出煙霧。暝壑一僧還，側佇尋歸路。月上楚天寬，露落洞庭樹。

瀟湘夜雨

兩岸叢篁濕，一夕波浪生。孤燈蓬底宿，江雨蓬背鳴。南來北往客，同聽不同情。

江村暮雪

落落漁樵家，蒼蒼起煙霧。岸滑移釣舟，沙平失歸路。似有凌波人，盈盈月中去。

漁村落照

釣艇收晚罾，歸鴉集疏柳。天風吹彩霞，明月映江口。孤村一笛横，萬慮復何有。

渡雙溪

雙溪始合流，崖緒遂經復。洄潭一鏡平，秋影空寒緑。野渡得孤航，山家帶喬木。適意方自兹，前呵戒僮僕。撫景重悠然，誰能和斯曲。

湘江舟中

湛湛湘水緑，夾岸叢篁多。挽舟逆水上，南風起微波。嘉此晴霄景，逍遥玩江沱。沙渚曠緬邈，雲岫紛嵯峨。遠目爲舒暢，客意將如何。濯纓吾所愛，聊爲扣舷歌。

遊君山寺

爲愛湖中山，遂尋山下路。躋攀轉出邃，澗谷亦回互。石磴足莓苔，青林雜煙霧。前行如有窮，嵐嶺乍分布。招提壓重湖，千里周一顧。孤峰四無根，形氣自依附。山僧復導我，窈窕更徐步。疏籬野蔓懸，老圃寒泉注。徑轉山房深，重與絶境遇。白雲簷外生，清風竹間度。庭花雜無名，歲晏色猶故。澄心得妙觀，忘言契良晤。愛此林壑清，遂薄塵俗務。重來待何時，尚子畢嫁娶。

洞庭遇雨

孤舟行何遲，歲晚洞庭雨。跳波亂明珠，隨風揚細縷。雲霧失君山，波浪連吴楚。莫唱斑竹枝，别思滿南浦。

過鹿門山

西來漢水浸山根，舟人云此是鹿門。峭壁蒼蒼石色古，曲徑杳杳藤蘿昏。亂峰幽谷不知數，底是龐公棲隱處。含情一笑江風清，雙櫓急摇下灘去。

武口守風

連日北風疾，江濤拍岸鳴。天垂平野月，浪颭近船燈。湖與歸心闊，秋同客思清。不眠聽鼓角，高枕念王程。

武陵曉泛

今朝風日好，來泛武陵溪。碧水寒依岸，蒼林遠護堤。沙光摇野馬，人語散鳧鷖。二月桃花發，還應處處迷。

滎陽懷古

蕭蕭凉吹動秋空，千古河山一望中。廣武連營秋草碧，鴻溝分壤夕陽紅。石麟有甲含蒼蘚，鐵馬無聲散曉風。何限英豪俱泯滅，白雲依舊出層峰。

沅州雜詩

辰沅風壤帶三苗，一望乾坤納納遥。翼軫衆星朝北極，岷嶓諸嶺導南條。天鄰巫峽常多雨，江過潯陽始有潮。近日詩懷殊浩渺，謾將新句寫芭蕉。

戲題紅白二梅花落

簷外雙梅樹，庭前昨夜風。新英兼舊蕊，墜粉間飄紅。已見苔成錦，方疑色是空。妝娥初點頟，舞女欲迷蹤。雨重胭脂濕，泥香瑞雪融。不知何處笛，併起一聲中①。

① 原注：「李于鱗《詩删》截前後二韻作絶句，亦佳。」

夏日出文明門

文明門外柳陰陰，百囀黄鸝送好音。行過御溝回望處，鳳凰樓閣五雲深。

新鄭學宮夜宿

清飆摵摵響林柯，夜宿秋堂冷簟波。睡醒不禁鄉思切，滿庭明月候蟲多。

鞏洛道中

嵩高雲氣晚嵯峨，清洛西風咽急波。水色山光渾似舊，漢家陵墓夕陽多。

劉忠愍球二首

球字求樂，更字廷振，安福人。永樂十九年進士，除禮部主事。《宣宗實録》成，改翰林侍講。正統八年，應詔陳言，忤王振，矯旨就朝捽繫詔獄，斧頸交下，縻爛而死。布衣成器設位龍泉山巔，爲詩文祭而哭之。人名爲「祭忠臺」。

古　意

慧星並圓月，輝映瑶臺樹。麗日隱重雲，光天遂成暮。室暖蘭無香，庭秋桂方蠹。長門及翠羽，寂寞無人賦。落花虚度春，細草偏承露。玉箸空自啼，金蓮復誰步。凄然感我懷，零淚知何故。

山居

水抱孤村遠，山通一徑斜。不知深樹裏，還住幾人家。

蕭運副翀六首

翀字鵬舉，泰和人。洪武中，以賢良應制賦指佞草詩云：「衹今聖代多賢輔，盡日階前翠色閒。」稱旨，授蘇州府同知。歷山東運副使。少孤好學，從遊於劉子高，得其詩法，宋景濂、劉仲修皆亟稱之。烏斯道曰：「余遊豫章，會蕭鵬舉於逆旅，聽其誦所爲詩，皆清新典麗。問其師，則劉職方子高也。」楊東里稱其「少孤好學，居官清直。隨起隨僕，公暇即閉户讀書哦詩」。有集若干卷。

宿道德壇東白水道人

明月不可得，孤燈還近人。衹緣懷久别，轉覺坐相親。露下松壇夜，雲歸石洞春。所欣心跡静，笑語見情真。

奉呈子高劉先生

剪燭臨清夜，開軒對白雲。眠遲詩共賦，歌罷酒初醺。風起松聲近，溪回野色分。别來愁思滿，南雁正紛紛。

余自流江將歸南溪劉先生亦還珠林賦此别伯昂諸友

白紵明春雪，清尊注晚霞。客行天共遠，人醉月初斜。武岫神仙宅，珠林處士家。東歸三十里，好爲寄梅花。

雨寒憶舍弟

已過清明節，仍餘料峭寒。風聲生樹底，雨氣滿林端。堤草青猶短，山花濕未乾。季方千里隔，誰念客衣單。

奉柬蕭子充

幾年結屋向溪橋，此日飛書肯見招。池上看鵝朝洗硯，月中騎鳳夜吹簫。滿林西日迷花樹，近水南風亂柳條。先與題詩寄離思，青山回首故岧嶤。

寄吴所與

南溪流水北溪雲，無限新愁總憶君。鴻雁歸時天杳杳，鷓鴣啼處雨紛紛。郎官湖口江流合，武姥峰頭樹色分。相去秖緣三十里，此生何事苦離群。

蕭宫師鎡 四首

鎡字孟勤，泰和人。琳之子也。宣德二年進士，入翰林。景泰三年，以祭酒學士入直内閣，加太子少師、户部尚書。景帝立儲，鎡曰：「無易樹子因天變。」陳言甚切。天順元年爲民。成化初，召用，先卒，復其官。

題山水圖 二首

青山何岧嶢，下有嘉樹林。高亭晝閒敞，窗户含層陰。前村夜來雨，石瀨張素琴。好鳥鳴簷間，始知春意深。迥無外物累，嘿處抱冲襟。對此案上書，悠悠千載心。安得謝塵羈，扁舟諧遠尋。

身已與世違，超然景方寂。嘉樹敷層陰，芳苔閒行跡。飛淙如練懸，斷厓若天闢。亭亭山上雲，齒齒溪中石。豈無同心人，高談共晨夕。簷虚嵐濕衣，窗迥風生席。雅趣良足耽，營營竟何益。

樂隱爲尹克俊賦

行愛溪中水，坐愛溪上山。富貴非所願，悠然心自閒。地偏輪鞅稀，蓬門晝常關。清風天外來，入我窗牖間。豈無一尊酒，可以銷憂顔。葉落驚秋徂，鳥啼知春還。既忘是與非，寧復虞險艱。雅志固如此，高蹤安可攀。

題九鷺圖

爲内府傳制賦此。數取九者，象乾元也。

宣德年間邊景昭，彩色翎毛稱獨步。近時林良用水墨，落筆往往皆天趣。鴛鴦鳧雁清溪流，寒鴉古木長林幽。等閒得意即揮灑，一掃萬里江南秋。此圖九鷺真奇絶，散立青煙乍明滅。日長坐久看轉親，飄來點點青天雪。翱翔霄漢殊不驚，欲下未下渾有情。潛蹤獨趁水邊食，延頸忽向蘆中鳴。吁嗟！林生精藝有如此，座客見之誰不喜。洞庭湘渚在眼前，暝色慘淡涼飆起。方今聖主覃恩波，四海山澤無虞羅。悠悠群鷺各自適，雖有鷹鸇奈爾何。

許侍郎彬二首

彬字道中，寧陽人。永樂十三年進士。天順元年正月，以禮部侍郎直内閣。七月，改南京禮部侍郎。謚襄敏。

清明節同高苗二學士扈駕謁山陵次韻

寶纛留行殿，肩輿到上方。明樓通御氣，神道仰重光。柳拂千條翠，花熏百和香。回鑾天已曙，鼓吹入雲長。

送李佑之赴陜西參議

十載含香侍上臺，旬宣分陜用奇才。黄河九曲天邊落，華嶽三峰馬上來。長樂月明笳鼓静，終南雲斂障屏開。行行喜近重陽節，黄菊飄香入酒杯。

魏尚書驥一首

驥字仲房，蕭山人。永樂三年鄉舉，起家松江訓導。累官南京禮部尚書，致仕。卒年九十八，謚文靖。鄭曉云：「公性好吟詠，矢口適情，不求雕飾，自有雋味。」

題趙松雪小像

天潢玉樹溥華滋，水晶宫小春遲遲。漚波桂楫浮輕漪，桃笙豹枕羅香幃。蜀琴啼鳳彈吳絲，翠華渺渺羶塵飛。銅仙淚泣風凄凄，瑶階土蝕秋蟲悲。蟬衫寶璫雙蟠螭，玉堂歸老江南時。

劉閣學定之六首

定之字主静，永新人。正統元年進士第一，廷試第三，入翰林。成化二年，以太常少卿兼侍讀學士，直内閣，進侍郎。五年，卒於位，謚文安。李西涯曰：「劉文安不喜爲詩，縱其學力，往往有出語奇崛，用事精當者。如《英廟輓歌》及《石鍾山歌》等篇，皆可傳誦。」安磐曰：「劉呆齋以淵博之學，英敏之才，發爲文章。名蓋一時，獨於韻語若未解然者，與其文若出二手。」丘瓊臺亦然。

裕陵輓詞

睿皇厭代返仙宫，武烈文謨有祖風。享國卅年高帝並，臨朝八閏太宗同。天傾玉蓋旋從北，日昃金輪却復中。賜第初元臣老朽，負恩未報泣遺弓。

五臺行詠梁、唐、晋、漢、周

繁臺

紇干山頭雀凍死，午溝蛇化爲龍起。禪代不待九錫來，二晋醉投雙陸子。出警入蹕東西京，猶上繁臺自閱兵。群姬麀聚那能辯，諸侯鬮至誰能争。天道好還信豈偶，夜環殿柱仍三走。禄山仰空若猪屠，翟讓仆地如牛吼。

愁臺

莊宗戰敗登愁臺，酒酣四顧悲風來。野人獻雉味徒美，壯士騎馬顔如灰。可憐昔日英雄才，夾河喋血馳風雷。勝兵百萬使臂指，伶官數十爲禍胎。蕭蕭落葉墓門棘，獨眼龍眠墓中泣。生兒但作鬭鷄豪，琵琶火消髑髏赤。

沙臺

穹廬拜受白貂裘，身披入洛垂藻旒。甘呼高鼻胡作父，豈料大目兒爲仇。兒無遠略浪戰爾，紗帽迎降淚如洗。總將血屬入虜塵，但揚骨灰隨漢鬼。建州耕獲風霜寒，猶想沙臺射鹿還。殿前金刀割兔肉，門外雕戈來可汗。

北臺

白睛黑面沙陀劉，乘時虎視吞九州。龍床繼拱兩父子，鳳歷才逾四春秋。湘陰登樓求死所，大原建廟依皇祖。髯王陣敗憤世仇，獨跨黃騮泣山雨。歸來撫劍自悲歌，無兒送老如愁何。薛甥繼了何甥繼，却向北臺降宋帝。

銅臺

銅臺建節亦已好，猶愛金門乘羽葆。盡損骨肉換尊榮，花項皮枯雀兒老。瓦棺紙衾瘞姑公，黃旗紫蓋從柴宗。共誇英主開中夏，倏見寡母遷西宮。當時祇有范丞相，慣識征誅與揖讓。九烏迭落須臾間，又扶紅日一輪上。

張汀州寧九首

寧字静之，海寧人。景泰五年進士，授禮部給事中。成化中，奉使朝鮮。陪臣朴元亨爲館伴，從遊太平館，静之賦百韻，朴隨手和之，殊不相下。静之得「溪流殘白春前雪，柳折新黄夜半風」之句，朴乃閣筆曰：「不能屬和矣。」在省垣，與葉盛、林聰齊名，大臣忌之，出爲汀州知府，與岳正同日拜命。致仕家居，凡三十年。無子，有二妾曰寒香、晚翠，剪髮自誓，不下樓者四十年，詔旌爲雙節。静之題《士女圖》落句云：「陽春宛宛白日暮，空抱花枝歸洞房。」人以爲詩讖。

襄陽樂

襄陽女兒夜行遊，牽衣把袂大堤頭。歌聲未歇笑聲起，唱處無情聞處愁。珠璫玉珮揺春緑，北渚南湖相間屬。至今荆楚宦遊人，猶唱襄陽《大堤曲》。

士女圖

吴城士女越樣妝，籠冠盤髻銷金裳。東風淡蕩桃李月，看花不語情何長。女伴相將牽稚子，庭院無人花正芳。陽春宛宛白日暮，空抱花枝歸洞房。

題姚公綬山水

幽意寫不盡，萬山深更深。白雲無出處，緑樹漫成林。啼鳥醒人夢，流泉凈客心。何當隨釣艇，看弈草堂陰。

重遊金粟寺有作

溪深通小艇，山峻露層臺。林葉經霜盡，河冰近午開。閒雲僧出定，舊雨客重來。擾擾浮生路，經過知幾回。

感　事二首

羽書昨夜報居庸，百萬雄師下九重。天子垂衣臨大漠，群臣端笏扈元戎。禁中已乏回天諫，閫外誰成辟地功。千古澶淵扶日轂，令人長憶寇萊公。

寶馬朱輪接上游，時危誰解奉天憂。鼎湖龍去英雄盡，劍閣雲深日月愁。玉輦已隨胡地草，青山依舊漢宮秋。元勳野死潼關破，誤國何人更首丘。

送史明古過訪還吴江

一燈新火映鄰扉，話盡殘更未解衣。元亮老嗟蕪業改，無功生怯醉鄉非。天孤遠雁和雲斷，風急春潮帶雨飛。蹔爾相逢便相别，衹應清夢送君歸。

題伍公炬桂林别意册後

五嶺行雲七澤風，東將入海泛鴻濛。生還却笑征南老，往事空驚塞上翁。萬里歸心孤磧雁，廿年春夢五更鐘。曲江院裏看花伴，物色於今盡不同。

莫愁樂

金雀玉搔頭，生來唤莫愁。自從歡去後，不出石城遊。

列朝詩集乙集第五

瞿長史佑四十首

佑字宗吉，錢塘人。楊廉夫遊杭，訪其叔祖士衡於傳桂堂，宗吉年十四，見廉夫《香奩八題》，即席倚和，俊語疊出，其《花塵春跡》云：「燕尾點波微有韻，鳳頭踏月悄無聲。」《黛眉顰色》云：「恨從張敞毫邊起，春向梁鴻案上生。」《金錢卜歡》云：「織錦軒窗聞笑語，採蘋洲渚聽愁吁。」《香頰啼痕》云：「斑斑湘竹非因雨，點點楊花不是春。」廉夫嘆賞，謂士衡曰：「此君家千里駒也。」因以鞋杯命題，宗吉製《沁園春》一闋，廉夫大喜，命侍妓歌以行酒，歡飲而罷。洪武中，以薦歷仁和、臨安、宜陽訓導，陞周府右長史。永樂間，下詔獄，謫戍保安十年。洪熙乙巳，英國公奏請赦還，令主家塾，三載放歸。辛年八十七。宗吉風情麗逸，著《剪燈新話》及樂府歌詞，多偎紅倚翠之語，爲時傳誦。其在保安，當興河失守，邊境蕭條，永樂己亥，降佛曲於塞下，選子弟唱之，時值元宵，作《望江南》五首，聞者悽然泣下。又有《漫興》詩及《書生嘆》諸篇，至今貧士失職者皆諷詠焉。

春愁曲

杏雨調泥隨燕嘴，煙重柳條扶不起。採香蝴蝶掛蛛絲，不惜將身爲花死。東風入幕動流蘇，寶篆燒殘睡鴨爐。繡牀塵積錦機怨，巧語誰能憑紫姑。小硏吴箋雙鳳翅，墨痕濃沁相思字。玉釵半脱帕蒙頭，寬盡玲瓏金纏臂。

春社詞

十日一風五日雨，社前拜祝神已許。瓦盆潋灩斟濁醪，高俎縱横薦肥豜。嗚嗚笛聲坎坎鼓，俚曲山歌互吞吐。老巫狡獪神有靈，傳得神言爲神舞。祭餘分肉巫自與，醉裏狂言相爾汝。小兒覓餅大兒扶，頭上神花付鄰女。

高門嘆

高門成，高門壞，不及十年見成敗。獸環移去屬何人，重構高門臨要津。門前牢栽楊柳樹，莫被他人又移去。

折花怨

雙飛蝴蝶翻金粉，風裏流鶯棲未穩。銀瓶汲水漾漣漪，下階自揀珊瑚枝。雖然得入華堂裏，未未春光願如此。樹頭花落還結子，瓶内明朝抱香死。

古冢行

白楊風送棠梨雨，寒食原頭哭伥鬼。馬醫夏畦有子孫，歲歲猶能來作主。孤墳三尺掩黄沙，多年白骨久無家。妖狐穿穴狡兔伏，樹死枝枯啼老鴉。斷碑仆地土花碧，當日争揮諛墓筆。文字摧殘讀不成，牧兒占作攤錢石。

天魔舞

承平日久寰宇泰，選伎徵歌皆絶代。教坊不進胡旋女，内廷自試天魔隊。天魔隊子呈新番，似佛非佛鑾非鑾。司徒初傳秘密法，世外有樂超人間。真珠瓔珞黄金縷，十六妖娥出禁籞。滿園香玉逞腰肢，一派歌雲隨掌股。飄飖初似雪迴風，宛轉還同雁遵渚。桂香滿殿步月妃，花雨飛空降天女。瑶池日出會蟠桃，普陀煙消現鸚䳇。新聲不與塵俗同，絶技頗動君王睹。重瞳一笑天回春，賜錦捐金傾内府。中書右相内臺丞，袖無諫章有曲譜。天魔舞，筵宴開，駝峰馬乳胡羊胎。水晶之盤素鱗出，玳瑁之席天鵝㩦。彈胡琴，哈哈迴。吹胡笳，阿牢來。群臣競獻葡萄杯，山呼萬歲聲如雷。天魔舞，不知危。高麗女，六宫妃。西番僧，萬乘師。回紇種類皆臺司，漢兒回避南人疑。天魔舞，樂極悲。察罕死，孛羅歸。鐵騎驟，金刀揮。九重城闕煙塵飛，一榻之外無可依。天魔舞，將奈何！多藏金叵羅，急駕白橐駝，陰山之北避兵戈。

安樂坊倪氏女少日曾識之一别十年矣歲晚與其母子邂逅吴山下則已委身爲小吏妻因邀至所居置酒叙話愴然感舊爲賦此

吴山山下安榮里，陋巷窮居有西子。嫣然一笑坐生春，信是天人謫居此。相逢昔在十年前，雙鬟未合臉如蓮。學畫娥眉揮彩筆，偷傳雁字卜金錢。相逢今在十年後，鬢髮如雲眼波溜。風吹繡帶露羅鞋，酒泛銀杯淹翠袖。自言文史舊曾知，寫景題情事事宜。但傳秦女吹簫譜，不詠湘靈鼓瑟辭。暮雨朝雲容易度，野鴨家鷄競相妒。當時自詫苑中花，今日翻成道傍樹。日聞此語重悲傷，對景徘徊欲斷腸。渭城楊柳歌三疊，溢水琵琶泣數行。相送出門留後約，暮天慘慘東風惡。醉歸感舊賦新篇，重與佳人嗟命薄。

烏鎮酒舍歌

東風吹雨如吹塵，野煙漠漠遮遊人。須臾雲破日光吐，緑波蹙作黄金鱗。落花流水人家近，鴻雁鳧鷖飛陣陣。一雙石塔立東西，舟子傳言是烏鎮。小橋側畔有青旗，暫泊蘭橈趁午炊。入饌白魚初上網，供庖紫筍乍穿籬。茜裙縞袂搴簾出，巧語殷勤留過客。玉釵墜鬢不成妝，羅帕薰香半遮額。自言家本錢塘住，望仙橋東舊城路。至正末年兵擾攘，憑媒嫁作他家婦。良人萬里去爲商，嗜利全無離別腸。十載不歸茅屋底，一身獨侍酒壚傍。相逢既是同鄉里，何必嫌疑分彼此。小槽自酌真珠紅，長牀共坐氍毹紫。捧杯纖手露森森，酒味雖淺情自深。飛梭不折幼輿齒，鳴琴已悟相如心。晚來獨自登舟去，相送出門淚如注。他時過此莫相忘，好認墻頭楊柳樹。

美人畫眉歌

妝閣曉寒愁獨倚，薔薇露滴胭脂水。粉綿磨鏡不聞聲，彩鸞影落瑶臺裏。鏤金小合貯燈花，輕掃雙蛾映臉霞。螺黛凝香傳内院，猩毫染色妒東家。眼波流斷横雲偃，月樣彎彎山樣遠。郎君走馬遊章臺，惆悵無人問深淺。含情斂恨久徘徊，一脈閒愁未放開。侍女不知心内事，手搓梅子入簾來。

車遥遥

少年離别多苦辛，驅車何處問通津。停轅勸飲一杯酒，酒飲未盡車轔轔。十步百步聞車聲，三里五里望車塵。車聲已斷車塵遠，何況遥遥車上人。

春日即事

晴日暉暉轉緑蘋，東風應候物華新。歸來燕子已知社，開到海棠方是春。淺碧平添湖面水，軟紅浮動馬蹄塵。杜陵野老雖貧困，援筆猶能賦麗人。

紫微樓夜坐次張士行布政韻

天光連水水連山，貝闕珠宫咫尺間。織女金梭投座側，湘娥錦瑟奏江干。杯邀明月清樽滿，簾捲西風畫扇閒。歌舞漸闌更漏永，絳紗籠燭醉扶還。

暮春有感

美人不見已連朝，况值春殘景寂寥。力不禁風紅芍藥，聲偏宜雨碧芭蕉。尋常路隔疑春樹，萬一書來候晚潮。况是頻頻移帶眼，沈郎不復舊時腰。

夏晚納凉

竹床藤簟晚凉天，卧看星河小院偏。雲影恰如衣暫薄，月華那得扇長圓。清泉冷浸冰盤果，嘉樹香籠寶鼎煙。想是高樓風更爽，玉人閒按十三絃。

暮春書事二首

過墻新竹翠交加，緑樹陰陰噪乳鴉。花到酴醾香結局，鳥鳴鶗鴂客思家。煮茶湯沸風聲轉，夢草詩成日影斜。零落殘紅青子滿，漸看金彈熟枇杷。

睡起呼童掃落花，石泉槐火試新茶。樹林深處蜂王國，簾幕陰中燕子家。柳絮乘風投硯水，竹枝摇影落窗紗。幽居莫道無官況，鼓吹猶存兩部蛙。

旅舍書事二首

過却春光獨掩門，澆愁謾有酒盈樽。孤燈聽雨心多感，一劍横空氣尚存。射虎何年隨李廣，聞鷄中夜舞劉琨。平生家國縈懷抱，濕盡青山總淚痕。

茅屋三間白版扉，棲遲四壁嘆多違。揚雄投閣功名薄，王粲登樓事業非。白晝夢回梁燕語，青天目送塞鴻歸。東門黄犬華亭鶴，舉世無人悟此機。

清明即事

風落梨花雪滿庭，今年又是一清明。遊絲倒地終無意，芳草連天若有情。滿院曉煙聞燕語，半窗晴日曬蠶生。鞦韆一架名園裏，人隔垂楊聽笑聲。

有感

世事年來似弈棋，可堪歲月去如馳。肉生髀骨英雄老，金盡牀頭富貴遲。蹈海莫追天下士，折腰難事里中兒。可憐滿眼新亭淚，對泣無人祇自悲。

題鼓吹續音後

效元遺山《唐詩鼓吹》，取宋、金、元三朝律詩得一千二百首，號《鼓吹續音》。

《騷》《選》亡來雅道窮，尚於律體見遺風。平生莫售穿楊技，十載曾加刻楮功。此去未應無伯樂，後來當復有揚雄。吟窗玩味韋編絶，舉世宗唐恐未公。

汴梁懷古

歌舞樓臺事可誇，昔年曾此擅豪華。尚餘艮嶽排蒼昊，那得神霄隔紫霞。廢苑草荒堪牧馬，長溝柳老不藏鴉。陌頭盲女無愁恨，能撥琵琶説趙家。

紅甲

金盆和露擣仙葩，解使纖纖玉有瑕。一點愁凝鸚鵡喙，十分春上牡丹芽。嬌彈粉淚抛紅豆，戲掐花枝縷絳霞。女伴相逢頻借問，幾回錯認守宫砂。

殘蝶

飛鳥曾聞載鬼車，粉香何事亦隨邪。傷生不惜身投火，抵死猶將命乞花。望帝精靈枝上血，韓憑魂魄墓前沙。一般有恨難消滅，夢裏相逢更可嗟。

至松江

投林倦鳥暮知還，傍水人家户半關。煙柳露荷揺動處，岸花檣燕送留間。依稀似識城頭鶴，仿佛曾遊海上山。張翰有靈應笑問，東歸今見一人閒。

清明

兼旬蹭蹬在京華，又見東風御柳斜。客裏不甘佳節過，借人亭館看梨花。

過蘇州二首

白蓮橋下暫停舟，垂柳陰陰拂水流。舞榭歌樓俱寂寞，滿天梅雨過蘇州。

桂老花殘歲月催，秋香無復舊亭臺。傷心烏鵲橋頭水，猶望閶門北岸來。

秦女吹簫

玉琯雙吹引鳳凰，曲中同赴白雲鄉。如何後日秦臺夢，不見蕭郎見沈郎。

王母仙桃

周王漢帝總成空，未及桃花一度紅。殿上小兒差耐久，等閒三入果園中。

阿嬌金屋

咫尺長門有別離，君心寧記主家時。黄金作屋成何事，衹辦相如買賦資。

武靈后

浴苑中間楊白華，隨風飄泊向天涯。悲歌未斷腸先斷，日落長秋起暮鴉。

樂昌分鏡

送舊迎新可自由，笑啼不敢强包羞。熟能耐久如江令，垂老還家尚黑頭。

朝雲誦偈

春樹紅顔一擲梭，六如偈裏暗消磨。主翁不悟榮華過，一笑重煩春夢婆。

盼　盼

亞父冢前秋草合，虞姬墳上暮雲愁。如何一片彭城月，祇照張家燕子樓。

師師檀板

千金一曲擅歌場，曾把新腔動帝王。老大可憐人事改，縷衣檀板過湖湘。

春鶯囀曲

《西清詩話》：「宋駙馬都尉王晉卿歌姬名囀春鶯，晉卿投南，春鶯爲勢家所得。晉卿南還汝陰，道中聞歌聲，曰：『此囀春鶯也。』訪之，果然。賦詩曰：『佳人已屬沙吒利，義士今無古押衙。回首風光雖尚在，春鶯休囀上林花。』」

停驂惆悵惜芳時，嶺海歸來兩鬢絲。縱使鶯聲如舊好，緑楊都是折殘枝。

西湖竹枝詞

西子湖邊楊柳枝，千條萬縷盡垂絲。東風日暮花如雪，飛入雕墻兩不知。

看燈詞二首

傀儡妝成出教坊，彩旗前引兩三行。郭郎鮑老休相笑，畢竟何人舞袖長。

風簾珠翠動紛紛，笑語聲喧隔户聞。明月滿街天似水，不知何處著行雲。

附見　瞿士衡一首

士衡，錢塘人。宗吉之叔祖也。

宋故宫詩次楊廉夫韻

歌舞樓臺似汴州，可憐蠻觸戰蝸牛。臨書玉几雕簷静，行酒青衣罽帳愁。卷土自應從亶父，滔天誰復放驩兜。臺空老樹寒鴉集，落日滄波江上秋①。

①《存齋詩話》云：「廉夫過杭，必訪淑祖士衡於傳桂堂，遊宴累日。叔祖和廉夫《宋故宫》兜字韻詩，廉夫極喜之。

蓋廉夫詩用紅兜字，元廢宋宮爲佛寺，西僧皆戴紅兜帽也。然結句更遒健。」

桂奉祠衡二首

衡字孟平，仁和人。洪武中，爲錢塘學訓導，遷山東。庚辰秋，權停江北五布司學校，貴印納禮部，授谷府奉祠。卒於長沙。孟平刻意於詩，日課不輟。又喜爲小詞，善於俳諧。瞿宗吉極推之。

春暮

忍將愁眼看韶華，桃李無言日月斜。晚白菜肥蠶出火，冬青花落燕成家。歸田誰復如賓饁，入室今惟對影嗟。無可奈何聊且睡，不勞春夢繞天涯。

讀瞿存齋剪燈新話作歌

山陽才人疇與侶，開口爲今闔爲古。春以桃花染性情，秋將桂子熏言語。感離撫遇心怦怦，道是無憑還有憑。沉沉帳裏晝吹笛，煦煦窗前宵剪燈。倏而晴兮倏而雨，悲欲啼兮喜欲舞。玉簫倚月吹鳳凰，金柵和煙鎖鸚鵡。造化有跡尸者誰，一念才萌方寸移。善善惡惡苟無失，怪怪奇奇將有之。丈夫未達虎爲狗，濯足滄浪泥數斗。氣寒骨聳錚有聲，脫幘目光如電走。道人青蛇天動摇，不斬尋常花月妖。

茫茫塵海漚萬點，落落雲松酒半瓢。世間萬事幻泡爾，往往有情能不死。十二巫山誰道深，雲母屏風薄如紙。鶯鶯宅前芳草凄，燕燕樓中明月低。從來松柏有孤操，不獨鴛鴦能並棲。久在錢塘江上住，厭見潮來又潮去。燕子銜春幾度回，斷夢殘紅落何處。還君此編長嘯歌，便當酹以金叵羅。醉來呼枕睡一覺，高車駟馬遊南柯①。

① 原注：「田汝成曰：『宗吉《剪燈新話》粉飾閨情，假託冥報，勸百諷一，間有可採。《秋香亭記》乃其自寓，亦元微之《會真》意也。孟平此歌，語涉諷刺，而思致穠縟可誦。』」

凌教授雲翰二首

雲翰字彦翀，仁和人。至正九年鄉薦，除平江路學正，不赴。洪武初，除成都府學教授，以乏貢舉，謫南荒。卒，歸葬西湖。瞿宗吉作詩送之云：「一去西川隔夜臺，忍看白壁瘞蒼苔。酒朋詩友凋零盡，只有存齋冒雨來。」彦翀於宗吉爲大父行。彦翀作梅詞《霜天曉角》、柳詞《柳稍青》各一百首，號梅柳争春。宗吉一日盡和之，彦翀驚嘆，呼爲小友。宗吉以此知名。

重過柳洲寺

買花載酒憶當年，風景依稀最可憐。彭澤有人歸栗里，海波何處變桑田。聯拳鷺立枯荷雨，寂寞鴉棲古樹煙。幾度湧金門外望，居民猶説總宜船。

題鍾馗圖

湖風吹沙目欲眯，官柳摇金梅綻蕊。終南進士倔然起，帶束藍袍靴露趾。手掣硬黄書一紙，若曰上帝錫爾祉。猬磔于思含老齒，頤指守門荼與壘，肯放妖狐摇九尾？一聲爆竹人盡靡，明日春光萬餘裏①。

① 原注：「《存齋詩話》云：『洪武庚申除夕，彦翀爲人題此詩。不數日，爲鄉人官外郡者飛舉，里胥臨門迫脅上路，到京授四川學官，遂成詩讖。』」

張主事輿 三首

輿字行中，仁和人。洪武初，上書論時務，稱旨，授刑部主事。弟軫，字行素。兄弟咸有文名，所著有《聯輝集》。

秋日湖中

風波千頃畫船開，吹近芙蓉影裏來。倒捲彩霞翻舞袖，斜飛白雨溢行杯。總宜園冷花無主，蘇小墳空草作堆。爲倩金戈揮落日，秋聲莫向樹頭催。

湖上分韻得香字

晴麓雲横萬里長，出門步步是春光。近湖酒閣多紅杏，隔岸漁家盡緑楊。簫鼓聲寒心自醉，綺羅魂冷骨猶香。漫遊不是矜年少，贏得閒情似洛陽。

約可閒老人訪王藥圃

明朝寒食風日晴，可閒欲同湖上行。先拾玉壺園上翠，却聽瑶石山頭鶯。茶鐺煩爲試新火，杏酪不須和冷餳。君若肯將花徑掃，日高相與到柴扃。

張輅二首

次韻王志道元夕

沈水香生寶篆煙，九衢車馬正喧闐。金蓮遍燭三千界，銀筝誰彈五十絃。天上樓臺春靡靡，人間風月夜娟娟。少年行樂情懷異，絳蠟籠紗六轡聯。

贈陳士寧

橫溪別業錦雲鄉，紅白蓮花薜荔墻。百事不開心獨静，孤雲無着興俱長。佳人雪藕供微醉，童子分茶坐晚凉。如此好懷誰解寫，詩成還讓孟襄陽。

鄧主事林二首

林，南海人，初名觀善。以南昌教授擢吏部驗封主事。太宗改名林。後坐法，謫戍保安，遇赦。晚居杭州。

保安留别瞿存齋

兩鬢西風吹斷蓬，杖藜扶病看秋容。菊花渾似詩人瘦，山色不如歸興濃。紫塞一杯桑落酒，彤庭五夜未央鐘。燕鴻歧路東西去，此後相思意萬重。

春夕旅懷

萬里東風故國情，十年幾度鳳凰城。衡陽雁盡春三月，巫峽猿啼夜二更。席上狂言因酒得，鏡中華髮爲愁生。静觀富貴如雲轉，拂袖歸來任俗争。

李布政禎四十六首

禎字昌祺，廬陵人。父伯葵，號盤谷釣叟，有詩名。昌祺弱冠文譽蔚起，與曾子棨輩聲名相頡頏。永樂癸未進士，簡翰林庶吉士，與修《永樂大典》，同事者推其該博，僻書疑事，互相諮决，必以實歸，授禮部主客郎中。仁宗監國，命權知部事。藩憲員闕，以才望特簡出爲廣西左布政。父喪服除，改河南。丁内艱歸，宣宗命奪喪乘傳赴官，風疾增劇，不待引年，堅乞致事。生平剛嚴方直，居官所至有風裁，服食清約，足跡不至公府。富於才情，多所結撰，效瞿宗吉《剪燈新話》作《餘話》一編，借以伸寫其胸臆。其殁也，議祭於社，鄉人以此短之，乃罷。白璧微瑕，惟在《閒情》一賦，其然豈其然乎！安磐曰：「《餘話》記事可觀，集句如『不將脂粉涴顔色，惟恨緇塵染素衣』、『漢朝冠蓋皆陵墓，魏國山河半夕陽』，對偶天然可取也。」

過吴門次薩天錫韻

七澤三江通甫里，楊柳芙蓉照湖水。閶門過去是盤門，半掩珠簾畫樓裏。靡蕪生遍鴛鴦沙，東風落盡棠梨花。館娃香徑走麋鹿，清夜鬼燈明絳紗。三高祠下東流續，真娘墓上風吹竹。西施去後屧廊傾，歲歲春深燒痕緑。

送陳郎中重使西域四首

寶帶懸魚服，雕弧掛馬韉。皇恩覃萬國，虜氣讋諸邊。瀚海寒生月，崖城暮鎖煙。欲窮西域事，班范有遺編。

地勢三城遠，河源二水分。火山稀好雨，鹽澤足愁雲。雕没平沙外，駝鳴絶澗濆。憑高時引睇，何以策中原。

出塞春乘傳，投鞭晚下營。旋風胡馬疾，掣電皂雕輕。浩蕩窮源志，迢遥奉使程。支機如得石，持往問君平。

行盡伊吾道，胡天氣候殊。神僧留白骨，毒草隱玄蛛。近水多行帳，窮荒絶遠書。佇看歸覲日，玉勒控宛駒。

宿端璧寺

遺構象王宫，荒凉小邑東。一燈秋殿閉，孤榻夜窗空。饑嚙牀頭鼠，愁吟砌下蛩。蕭蕭黄葉墜，庭樹顫西風。

彭澤縣石崖僧房

窗户俯澄潭，龍宫似可探。藤蘿棲鶻樹，瓶錫定僧巖。斜日疏疏磬，長風去去帆。衹應輸野衲，長此卧烟嵐。

早發小孤山遇風

湖盡江逾闊，舟窮路若迷。垂楊春寂寂，芳草雨凄凄。漩水鼋鼉窟，平沙雁鶩堤。風波隨地有，何處可幽棲。

次襄城

晨鐸語西風，衣單怯露濃。豆苗遮地黑，柿實照園紅。曉色蒼茫裏，秋光慘澹中。永懷東漢士，風裁李膺雄。

送人南歸二首

離絃兼楚調，忍向醉時聞。連歲長爲客，他鄉更别君。鷗波明夕照，雁字寫秋雲。迢遞還鄉夢，相隨過海門。

年年長在客，北薊復南京。秋雨滄洲雁，春風采石鶯。好山環故里，流水背孤城。去住無拘繫，閒身到處輕。

喜張進士叔豫見宿旅舍

窮巷寂無鄰，青燈共故人。遠聲霜下磬，孤影客邊身。露冷蛩相弔，庭寒月自親。殷勤一瓢酒，更與話酸辛。

周原幽居

山色峨眉秀，江流燕尾分。亂蟬吟落日，獨鶴引歸雲。黄葉溪邊樹，青簾雨外村。興來留客坐，隨意倒芳尊。

送陳生歸吉水赤岸

清砧兼落葉，總是別離情。去路千程遠，歸舟一葉輕。秋雲連樹暗，寒日映川明。亦有滄浪興，何時共濯纓。

送周秀才遊長沙

迢遞長沙道，蕭條晏歲遊。亂山黄葉寺，孤棹白蘋洲。夕鳥銜船過，寒波背郭流。毋論卑暑地，賈傅昔曾留。

送戴教授北行

别路三春雨，行舟五兩風。花香隨路減，柳色上衣濃。共是青雲客，先成白髮翁。離情如逝水，萬折亦朝東。

宿廢普濟寺

青山行欲盡，深樹見僧房。雲氣千峰暝，秋聲一院凉。長縢懸破衲，脱葉覆空廊。龍象黄金地，蕭蕭蔓草長。

塞下曲

鐵騎蹴交河，銜枚半夜過。雪花凝鎖甲，月色冷雕戈。黠虜俱亡命，連營盡凱歌。至今青冢骨，猶恨與通和。

三月四日即景

忽忽春將暮，俄過三月三。草誰憐益母，花自媚宜男。乍到尋巢燕，初眠上箔蠶。新茶與稚笋，鄉味憶江南。

賦落花

愁紅怨粉各依依，樹下偏多樹上稀。總爲春光争艷冶，却教夜雨妒芳菲。數枝浸水魚吹去，幾片縈林蝶趁飛。莫怪東風成薄幸，猶能收拾點人衣。

酬曾學士子棨見贈復職之作

放逐仍居患難中，三年執役梵王宫。病來短髮逢秋白，老去衰顔借酒紅。心似葵花傾曉日，身同樹葉感霜風。杜陵花竹頻生夢，但覺陽春處處融。

張舒州家觀元承旨危素畫像

虞揭凋零玉署空，堂堂至正獨推公。氣全河嶽英靈秀，手抉雲霞制作工。江總歸陳翻恨老，賈生鳴漢早稱雄。丹青似有無窮意，却寫南冠入畫中。

柳

含煙裊霧自青青，愛近官橋與驛亭。春滿章臺偏婀娜，秋深隋岸最凋零。長從蘇小門前折，幾向龜年笛裏聽。絶勝東風桃李樹，飛花猶解化浮萍。

駕幸朝天宫祭星之作

上帝蕭臺衛百靈，儲皇拂曙醮群星。清都秘籙開雲篆，白晝神雷擲火鈴。曉露未乾珠樹濕，天風微動寶花零。叨恩久在南宫裏，長從鑾輿幸冶亭。

孝陵秋日陪祀東彭贊禮永年

鍾山欲曉色蒼蒼，小輦輕輿出建章。苑鹿不驚仙仗過，潭龍故噴御泉香。重城隱霧留殘月，高樹含風送早凉。惟有祠官最清貴，時來導駕沐恩光。

送熊生還鄉

石頭城下柳蕭疏，久客懷歸念遠途。鄉夢每生鐘斷後，客愁偏在酒醒初。扁舟暮雨青衫薄，折葦凉風白鳥孤。擬共丘園尋别業，臨岐相送獨踟蹰。

晚春郊外二首

柳外輕風拂面來，春忙半是杜鵑催。多般野菜參差老，幾樣林花接續開。竹爲近階難迸笋，松因臨水易生苔。追思往日嬉遊伴，聚散如雲倍可哀。

雨外林鳩不住啼，落紅狼藉半霑泥。秧苗帶穀根猶淺，麥幹垂花穗已齊。鷗下祇投荷葉嶼，蝶飛多傍菜花畦。青山緑水饒詩景，歸路扶筇醉懶題。

楊柳枝二首

參差幾樹瞰長河，樹樹垂金拂緑波。不是秋來易零落，自緣人世別離多。

細葉如眉緑未匀，修眉渾似帶愁顰。輸他桃杏東風裏，不管南遊北去人。

客夜聞砧

荒草蕭蕭郭隗臺，清砧明月兩堪哀。千愁百感多如雨，今夜燈前一並來。

房山旅舍

枕寒衾冷對孤燈，室似郵亭榻似僧。清淚幾行揩又落，斜風細雨送殘更。

重遊龍濟寺悼無爲能上人

北涉南遊二十霜，幻身重到贊公房。苔侵素壁松枝偃，獨自焚香拜影堂。

新安謡 三首

新安野老髮垂肩，説着先朝淚泫然。洪武初年真少事，幾曾輕到縣衙前。

垂老頻逢歲薄收，秋租多欠賣耕牛。縣官不暇憐飢餒，唤拽官車上陝州。

當夫當匠子孫亡，田地荒蕪户有糧。昨日迤西蕃使過，盡驅婦女趕牛羊。

山路謔花

枝頭地上總猩紅，幾樹繁開幾樹空。顔色一般榮悴別，誰將此意問東風。

花　答

多謝天公着意栽，不教妝點艷亭臺。無人剪折無人賞，贏得年年自在開。

山中見牡丹

不嫌惡雨并乖風，且共山花作伴紅。縱在五侯池館裏，可能春去不成空。

重㖶山中牡丹

不煩澆灌不煩栽，長過清明穀雨開。爲問洛陽豪貴客，幾家還有舊亭臺？

宜陽山中

緑陰重叠鳥間關，野棗花香宿雨殘。天遣浮雲都捲盡，教人一路看青山。

嵩縣遇端午

老大偏多故里心，一逢佳節一霑襟。誰知此日菖蒲酒，又在山城獨自斟。

梔子畫眉圖二首

薝卜初開雪亞枝，枝頭好鳥立成癡。少年京兆風流處，似汝花間對語時。

昔年曾伴董嬌嬈，長把春山笑倩描。今日梁園空見畫，鳥啼花落鬢蕭蕭。

鄉人至夜話

形容不識識鄉音，挑盡寒燈到夜深。故舊憑君休更説，老懷容易便霑襟。

夜　雨

得失無心總不驚，秋來偏動故鄉情。平常窗外梧桐雨，不似今宵不耐聽。

至正妓人行并叙

永樂十七年，予自桂林役房山。是冬解后一遺姬於逆旅中，雖汩没塵土，有衰老態，然尚餘笑談風韻，猶以紫簫自隨。訪其詳，蓋大都妓人，以才貌隸教坊供奉。陵遷谷變，將落髮爲比丘尼，未果。已而轉嫁編氓，愈益淪落。今垂老無所依，隨孫就食匠營間。遂呼酒飲之，使吹數調。既罷，因與共論疇昔，其言至正時繁華富貴事如目睹。然每一追思，懷抱輒復作惡，豈來今往古紅顔薄命當如是耶？余爲低回悽然慨嘆，且感其意，作長辭贈之，題曰《至正妓人行》，第辭華萎弱，不足以寫其態度之萬一。憂鬱之際，取而讀之，匪慰若人，聊以自解焉耳。

桃花含露傷春老，蓮葉欺霜悴秋早。紅飄翠殞誰可方，大都伎人白頭媪。言辭婉媚雖足愛，顔色萎摧寧再好。姿同蒲柳先凋零，景近桑榆漸枯槁。我役房山滯客邊，客邊意氣迥非前。螺杯謾想紅樓飲，雁柱徒懷錦瑟絃。晏歲荒村因解后，芳尊小酌且留連。陽臺楚雨情磨滅，舞袖弓鞋事棄捐。於今淪落依草木，天寒幽居在空谷。爺娘底處認墳墓，姊妹何鄉尋骨肉。初謂終身永歡笑，那知末路翻撈攎。莫惜縹囊紫玉簫，暫吹絳闕瑶臺曲。停觴起立態是癡，斂衽躊躇半餉時。凝情徘徊傾聽久，微茫杳渺度腔遲。嬌癡睍睆鶯求友，嫩訝呢喃燕哺兒。巨壑潛蛟驚起蟄，危巢別鵠苦分離。分離或變成凄切，凄切愈加音愈咽。蕩子江湖信息稀，疲兵關塞肌膚裂。似啼似訴復似泣，若慕若怨兼若訣。孤舟嫠婦旅魂消，異域纍臣鬢毛折。參差角羽雜宫商，微韻紆餘巧抑揚。墜絮遊絲争繞亂，哀蛩怨蚓互低昂。呦呦瑞鹿剔靈囿，噦噦和鸞集建章。楚弄數聲諧洗簇，氐州一曲换伊凉。伊凉溜亮益閒暇，塤篪笛笙皆在下。琚瑀鏗鏘韻碧霄，機梭淅瀝鳴玄夜。須臾衆調多周遍，返席重論盛年話。一自干戈擾攘，幾多行輩遄淪謝。記得先朝至正初，奴家才學上頭顱。銀環約臂聯條脱，彩綫采絨綴罘罳。博局倦餘邀伴賭，鞦韆蹴罷倩人扶。纖腰數被鄰姬妒，鬢髮常煩阿姐梳。羽林英俊馳輕轂，慣向奴家通夕宿。鳳枕鸞衾肯暫辜，蜂媒蝶使交相屬。冰客反懼胭粉涴，香體匪藉沉檀浴。退居始替興聖斑，内使傳宣又催促。宇宙雍熙百姓安，仁覃四裔覆三韓。畏吾選作必闍赤，欽察恩深答剌罕。已見拂郎呈騣褭，還聞緬甸貢琅玕。丹楹陡峻棲鵷鵲，華表玲瓏鏤角端。神州形勝真佳麗，鬱鬱葱葱蟠王氣。五穀豐登免税糧，九重娱樂耽聲妓。廣寒宵得侍乞巧，太液晨許陪修褉。避暑巡遊欲届程，沿途宿頓争除地。隨鑾供奉揀娉婷，特敕奴家扈蹕行。鹵簿曉排仙仗發，抹倫晴鞠繡鞍乘。營間鼓鐲轟雷動，磧外氛埃掃電清。紈扇試時違大内，花園過去是開平。宗王貴戚咸來會，嵩呼萬歲齊齊跪。緋纓帽妥鉢焦圓，黑瓣髻紉卜郎鋭。後先雉扇怯薛執，左右麟符火赤珮。茜罽縫袍竺國師，霞綃氅帔天魔隊。齊姜宋女總尋常，惟詫奴家壓教坊。樂府競歌新北令，構欄慵做舊《西厢》。煞寅院本編蒙賞，喝采箜篌每擅場。渾脱囊盛阿剌酒，達拏珠絡祗徐裳。胡元運祚俄然歇，遠遁龍荒棄城闕。官裏遥衝朔漠塵，哈敦暗哭穹廬月。壞宫晝静着封鎖，虚室苔生罷朝謁。絶徼陰森部落衰，中原澒洞烽煙熱。填溝塞塹總嬋娟，蟻蝨微軀幸瓦全。窈窕蛾眉渾懶畫，蹣跚繭足亦羞纏。祗園披剃思依佛，梵榻跏趺擬學禪。練衲正宜參般若，赤繩無奈墮癡緣。蘭心慧性非堅固，宛轉綢繆媒妁誤。嫁與凡庸里巷兒，流爲鄙賤糟糠婦。文禽失類偶鷄鶩，孔雀迷群隨鵾鷺。手具盤飧奉舅姑，親操井碓應門户。物换星移十載强，尊嫜殂没藁砧亡。屢遭疾疫男捐館，苦迫饑寒媳去房。瓦缶泥壚長是伴，瑶簪翠鈿已相忘。忍談富貴徒增感，怕説酸辛祇斷腸。筋骸疲憊龍鍾久，里舍么娘嗤老醜。涂抹伊誰識阿婆，彈撥競自矜纖手。偷生又幸逢明代，垂死寧當正丘首。轣轆頹齡諒弗多，槎牙瘦骨行將朽。欷歔嘆古更嗟今，少日榮華晚陸沉。亹亹願毋嫌聒耳，寥寥罕遇是知音。織烏荏苒忙過隙，司馬汍瀾已濕衿。往運推移端莫挽，窮途汩没最難禁。妓人聽我相寬慰，美貌多爲姿質累。倉惶明鏡樂昌分，縹緲層樓緑珠墜。雖云煢獨困貧乏，嬴得嬌嬈到憔悴。世上浮名不直錢，杯中醇酎休辭醉。屏營抆淚起逶迤，載拜殷勤乞賦詩。土炕蓬窗愁寂夜，挑燈快讀解愁頤。那知皓首逢元稹，弗用黄金鑄牧之。灑翰酬渠增慷慨，風流千載繫遐思。

予既贈以是詩，乃起謝曰：「此元、白遺音也。何相見之晚也！老身旦夕且死，當與偕焚，庶讀之於地下。」明年春，予將還京師，重往過之，則果没矣。因誦斯稿，猶若見其俯仰語笑之態。悲夫！永樂庚子閏正月朔日，廬陵李禎識。

童尚書軒一十一首

軒字士昂，鄱陽人。永樂初，以天官學召入欽天監。家於秦淮。景泰辛未進士，以吏科給事往撫川寇，謫壽昌知縣。以太常少卿再掌欽天監，以右副都御史總制松藩。歷陞南京吏部尚書，致仕。詩有唐體裁。書法遒勁。

感寓

老狐戴髑髏，夜拜北斗神。綏綏曳長尾，頃刻化爲人。怪異固莫測，妖術方日新。高城竅深窟，蟠結無與倫。望之不能灌，憂憤填秋旻。

池上夜坐

池上微雨收，凉月吐空谷。蕭蕭敗垣柳，疏影覆我屋。草深蛤争鳴，荷折鷺驚宿。偶此遂閒情，居然忘寵辱。

謫所有懷舊遊諸友

憶昔論交日，相知盡少年。季良身任俠，叔度世稱賢。夜雨彈棋局，春風放酒船。飄零各分手，愁絶越江邊。

憶金陵

金陵佳麗地，風景想依然。城闕金湯固，江山罨畫連。晚風樓上笛，春水渡頭船。惆悵曾遊處，而今又幾年。

東林小隱爲沈處士題

小隱東林地，身閒歲月忘。曲池山倒影，虚閣水生凉。雨潤琴絲慢，風薰藥臼香。羨君清趣好，無夢到巖廊。

和劉工部欽謨無題韻四首

垂楊門巷嫩寒餘，銀鴨香清繞燕居。妝鏡窺紅春有態，黛蛾分緑畫難如。雲行巫峽頻牽夢，潮隔潯陽久曠書。惆悵碧闌干外月，梨花疏影到窗虚。

金殿螢流月半沉，君王當日寵恩深。風清香篋損秋扇，露冷空閨急暮砧。别院頻翻鵝管玉，長門深鎖獸環金。可憐碧海青天外，誰識姮娥夜夜心。
鈿合鸞釵昨尚存，幾看新水化生盆。金魚户鑰花千點，玉虎絲牽月一痕。班竹暝煙思帝子，緑蕪春雨怨王孫。愁來更上危樓望，江水悠悠也斷魂。
簾外東風扇曉寒，碧桃香老共誰看。金鈴犬卧紅綿毯，翠羽鸚啼白玉闌。花暗小機閒舊錦，草深回磴絶鳴鑾。却憐夜月咸陽道，露泣金人十二盤。

清明書感

兩年作縣越江湄，回首鄉關未得歸。華髮又驚佳節换，青雲堪嘆故交稀。山村細雨梨花發，茅屋東風燕子飛。潦倒不須嗟薄宦，且將樽酒送斜暉。

秋夜夢康侍御用和

宦遊歲月易蹉跎，青鏡流光兩鬢皤。客夢不知江水遠，鄉心偏傍雨聲多。張衡有詠唯愁在，燭武無能奈老何。爲問舊遊驄馬客，别來誰與共鳴珂。

九日

蕭蕭木葉下高枝，又是深秋九日期。黄菊酒香人病後，白蘋風冷雁來時。參軍帽落誰同調，宋玉詩成益自悲。有約不能逢一笑，看山窗下獨支頤。

張僉都楷 一十首

楷字式之，慈溪人。永樂甲辰進士。累官南院右僉都御史。生平自喜爲詩，在閩提督軍務，作詩曰：「除夜不須燒爆竹，四山烽火照人紅。」爲言者所劾而罷，不自悔也。李西涯曰：「楊文貞公精於鑒識，尤慎許可，序張式之詩，稱『勖哉乎楷』而已。」國初詩家遥和唐人，起於閩人林鴻、高棅。永、天以後，浸以成風。式之遍和唐音及李、杜詩，各十餘卷。又有并和《瀛奎》三體諸編者，塵容俗狀，填塞簡牘，捧心學步，衹供嘁嘔。昔人有言「賦名六合」，已是大愚，其此之謂乎？余之此集，概從鐫削，不惟除後生之惡因，抑亦懺前輩之宿業爾。

漢宫曲

日暮上簾鉤，春花壓翠樓。忽聞宣召急，羅帕掩箜篌。

金陵懷古

落日滄江雨，東風廢苑春。莫言三國士，猶勝六朝臣。

古詞

羅帕凝香濕未乾，朱櫻窗外雨生寒。燈花知是虚傳喜，落盡青煤誓不看。

宫中詞

宫中楊柳戲青娥，不見葳蕤舞鳳過。怪底東風不相忌，隔墻吹送落化多。

江南春

滿川啼鳥怨殘紅，水郭春園柳絮風。春雨一番江水闊，草痕將緑到吴中。

採蓮曲

青綾裙子試新裁，水面風吹拂拂開。舟小身輕波復静，荷花蕩裏去還來。

田園樂四首

綠楊樹頭山近，碧草門前徑斜。閉户不干俗慮，杖藜時到鄰家。

孤棹斜陽水村，一犂暮雨平原。藤花靡靡落地，桑葉陰陰閉門。

清明處處飛雨，寒食家家禁煙。滿地桑陰獨步，半窗花影高眠。

繞砌一灣流水，當門數個長松。煙中漁艇朝出，雨裏人家夜舂。

聶教諭大年〔一〕一十三首

大年字壽卿，臨川人。用薦授長洲仁和教官。父同文，洪武間進士、翰林侍書，改中書舍人，壬午六月以迎鑾暍死。壽卿，父卒後五月乃生。一目重瞳，長身紫髯，博通經史，儀觀偉然。篤意古文，尤攻唐詩。書法率更、承旨兩家，嘗署其桃符，高自稱許，爲上官所惡。秋闈考文，四省交聘，咸以病辭。景泰六年，徵詣翰林，修實録，卒於京師。病革，留詩别王蒙宰直，有「鏡中白髮難饒我，江上青山欲待誰」之句。蒙宰聞而哀之，爲誌其墓。

〔一〕「教諭」，原刻卷首目録作「廣文」。

讀楊廉夫集

文章五色鳳之雛，酒借詩豪膽氣粗。白髮草《玄》揚子宅，紅妝檀板謝家胡。金鈎夢遠天星墜，鐵笛聲寒海月孤。知爾有靈應不死，滄桑更變問麻姑。

《七修類稿》曰：「廉夫母夢金鈎入懷而生。别號鐵笛道人。晚年避亂淞江之泖湖謝伯理家，蓄四妾，名草枝、柳枝、桃枝、杏花，皆善音樂，每乘畫舫，恣意所之，豪門巨室競相迎致。大年之作，能叙其實。今集中無也。」

余讀元人王仲蔚詩愛其楊柳青旗連坐榻杏花春色過鄰墻之句惜無全章因足一律奉寄施彦顒

夾城門外好風光，曾醉君家碧玉觴。楊柳青旗連坐榻，杏花春色過鄰墻。回鸞錦字新題句，睡鴨銅爐小篆香。酩酊不辭歸路晚，銀鞍驄馬映斜陽。

錫山飲友人樓中臨别贈以詩

小樓燒燭了殘棋，是我孤舟欲發時。千里宦情雙鬢改，十年心事故人知。閒推甲子憐衰態，醉折名花續舊詩。無限西湖風月好，抱琴相訪莫教遲。

蘇堤春曉

樹煙花霧繞堤沙，樓閣朦朧一半遮。三竺鐘聲催落月，六橋柳色帶棲鴉。緑窗睡覺聞啼鳥，綺閣妝殘喚賣花。遥望酒旗何處是，炊煙起處有人家。

寄劉士亨

一樹櫻桃鳥啄殘，麥秋天氣尚輕寒。蠶登曲箔桑初盡，燕補新巢土未乾。囊裏古方閒自檢，鏡中華髮老羞看。花時不共劉郎醉，辜負東家芍藥闌。

澄江舟中留别故舊

雪後晴沙玉一坡，孤舟斜日奈愁何。白頭宋玉偏能賦，紅袖吴姬最善歌。笠澤溟煙連浦樹，惠山寒翠濕漁蓑。傷心一帶梁溪水，添得征人别淚多。

題畫瓜

翠實離離引蔓秋，西風涼露滿林丘。東門尚有閒田地，千載無人説故侯。

奉酬王司訓雲箋之貺二首

雲箋新製出金溪，緘送煩君手自題。寫得新詞誰解唱，薛濤墳上草萋萋。
獨倚東風有所思，霜紈小帖寫唐詩。多情欲爲秋娘賦，老却江南杜牧之。

題　畫

緩鞚青驄踏軟沙，畫橋煙樹酒旗斜。玉樓人醉東風晚，高捲紅簾看杏花。

題彦顒畫中小景二首

水禽沙鳥自相呼，遠近雲山半有無。一葉扁舟兩三客，載將煙雨過西湖。
雨餘芳樹凈無塵，草色蒙茸淺帶春。茅屋石田應尚遠，夕陽愁殺獨歸人。

夏日次侃禪師韻

高亭暑夜景相和，凉月絺衣掛薜蘿。楊柳風輕湖面闊，不知何處藕花多。

卞郎中榮五首

榮字華伯，江陰人。舉進士，終户部郎中。華伯在景泰間盛有詩名，居郎署二十年，朝騎甫歸，持牘乞詩者擁塞户限，日應百篇，風馳雨灑。今所傳卞郎中集，往往率易凡近，叫囂隳突，但以敏捷爲能事，無可諷詠者。國初永、宣後，風尚大都如此。嘗見一小説云，華伯嘗作無題詩，風懷跌蕩，爲緝事者所得，遂至罷官。詩亦穠麗可誦，今忘之矣。薛章憲墓誌亦不及此事。

春遊圖

遊絲百尺蕩空闊，天上有人落白髮。人生行樂及少年，《金縷》一聲杯百罰。翩翩兩騎出郭東，桃花如雨吹東風。願倩遊絲絆西日，不教便入咸池中。

嘉興留別諸友

春波門外上春船，春漲葡萄緑浸天。共君細細酌篷底，西望落日横孤煙。倚篷横玉徹三弄，飛花誰遣迴風送。須臾月出光滿座，杯光灔灔金波動。美人相逢良不多，美景豈可成蹉跎。爲歡未久又爲别，空勞春夢落春波。

贈許德容

少年赤手能縛虎，踏遍東華軟紅土。纏頭百萬輕買笑，挽弓兩石漫好武。江南風月誰平分，拂衣歸卧龍山雲。姑蘇臺下爲别墅，招要三友詠五君。金屏如花人去早，北里薰天跡如掃。平章不必唤張侯，來往風流成二老。

述懷效生肖體

槐葉初生如鼠目，蝸牛緑樹蔭新緑。馮軒高吟坐虎皮，一掃頓令千兎秃。墨池之魚曾化龍，三尺青蛇在袖中。失馬休嗟塞上翁，忘羊歧路迷西東。沐猴而冠良足耻，五百鬭鷄同夢死。狗監明當薦上林，牧猪江揖商丘子。

錦雲軒爲何揮使賦

朝入錦雲軒，莫作錦雲夢。夢中滿袖撲紅香，艷妝醉壓闌干重。酒杯如海和雲吸，簫鼓聲喧令行急。覺來但見膽瓶梅，冷風吹簾雪花濕。

唐庠二首

庠字惟周，湖州人。

蕉萱仕女

羅襪生香踏軟沙，釵横玉燕鬢松鴉。春心正似芭蕉卷，羞見宜男並蒂花。

小　景

落日青山凝紫煙，秋風殘葉雁來天。五湖多少玻璃水，處處堪留載鶴船。

附見　唐廣一首

廣字惟勤，庠之弟也。嘗爲本郡安吉縣醫官。自號半隱。面如紅玉，目光閃閃，如畫中人。善謔好飲。手抄奇書異傳，不惜示人。吴興丘大祐有詩名，纖麗似温、李，惟勤一變爲中唐，冲淡類韋、柳，張淵子静其所造就也。成化辛丑歲卒。朱存理作《唐半隱小傳》。

戲贈張伯仁陳邦器二才子

白下橋邊楊柳枝，新黄嫩緑正當時。重來折入尋春手，不比樊川去較遲。

丘　吉一十三首

吉字大祐，歸安人。天性澹約，遊眺吴越山水間，飄然遠俗。其詩纖麗主温、李，爲吴興詩人領袖。唐惟勤、張子静繼之。陳頎永之曰：「吾鄉陳士英有白紙聚扇，中夾紙剪梅花一枝，照之宛然可見，題詩者多不稱意。一日，予與大祐過士英，士英即以此扇求題。童子擎楊梅啖客，不數顆，大祐遽呼筆研，題曰：『露下銀河月上遲，梨花雪裏夢醒時。水晶簾在瓊樓上，惆悵何由會玉肌。』時號爲絶唱。古人七步成章，觀此亦不足異也。」

遊霧山寺和冠萊公韻　集本不載。

風引鐘聲落大溪，行厨酒盡夕陽低。斗杓斜墜闌干北，澗道横分略彴西。

雲雜天花銀葉舞，門排行樹寶幢齊。普香世界青山繞，一路煙霞送馬蹄。

和姑蘇劉工部昌無題三首

落花空怨五更風，江水無情日自東。秖解詩中嘲阿軟，寧知花裏活秦宮。進來荔子枝猶緑，洗去胭脂井尚紅。多少風流多少恨，玉笙吹斷月明中。

轆轤綆斷玉瓶沉，雙鯉無書碧海深。别夢吹殘吴苑笛，愁腸敲斷漢宫砧。病來眉淡波斯黛，老去屏閒孔雀金。不及浮雲能自在，朝飛暮散却無心。

《玉樹》歌殘譜不存，春泉空瀉洗頭盆。絳桃成子花無色，銀燭燒心淚有痕。南國青春欺客鬢，東風芳草怨王孫。風流已逐紅塵化，空有琵琶寄斷魂。

秋日偶成

江城開近白鷗沙，簾幕風凉秋滿家。昨日鄰姬新壓酒，小槽一夜落蓮花。

採蓮曲

細語呼人遠不聞，水光揺蕩石榴裙。一身肌骨無多重，欲入荷花化彩雲。

春　夜二首

銀瓶澆茗漱春酲，倚遍雕闌睡未成。燈火誰家庭院裏，櫻桃花下尚吹笙。

香盡銅爐火不增，一牀寒被卧春冰。不知明月將人夢，去落紅樓第幾層。

因天如寄聲沈啟南

日望江雲卧草廬，煙波無處覓雙魚。高僧相見能傳語，不寫銀箋小字書。

寄館天寧寺二首

寶樹林中避世情，琴囊長掛白雲層。蒲團學得枯禪坐，合坐東軒長老稱。

茶爐吹斷鬢絲煙，借得禪林看鶴眠。不道秋風何處起，一堆黄葉寺門前。

與唐惟勤索紙

魚網無功補蔡侯，蜀江不洗薛濤愁。教兒昨日翻詩稿，書破芭蕉數幅秋。

仕女

絲抽霜藕織仙衣，立近芭蕉怨落暉。踏破緑苔羅襪冷，宫前昨夜有霜飛。

周沭陽鼎一十三首

鼎字伯器，嘉善人。博極經史，爲弟子師。例當以掾曹得官，謝病歸。正統中，大征閩寇，沭陽伯金濂參贊軍務〔一〕，辟置幕下，議進取方略，多見用。嘗與千户龔遂榮從數騎入尤溪山寨，降其衆而還，幕府不知也。寇平，遇土木之難，格其賞。久之，授沭陽典史。坐累下獄，事白，致仕。以老壽終沭陽。師次杭州，四明章文仲來謁，曰：「聞幕下有周鼎奇才，願與之角。」沭陽出南征百韻詩，朗誦一過，各書一通上之，不遺一字。伯器曰：「能從末句倒誦至前乎？」章謝曰：「服矣。」罷官後，乘小舟遨遊三吴，賣文爲活。吴中墓誌譜牒，皆出其手，造請填咽。晚年，起家爲富翁。年近九十，修《杭州志》，燈下書蠅頭字，界畫烏闌，信手與目，不折紙爲範，毫髮不爽。門人最有名者，松陵史鑒，用柳文例，誌其墓曰《桐村藯室記》，蓋石文。

〔一〕「濂」，原作「忠」，今據《明史·金濂傳》改。

甲午新歲九日臘盡

荼壘明朝滿市新，一杯燈下舊吟身。流年細檢頒來曆，往事都成掃去塵。薄有田廬聊卒歲，可無溝壑尚遲春。殷勤照取田蠶看，同是鷄豚社里人。

夕陽

白頭人愛夕陽紅，短葛凉生緑樹風。别浦帆歸天遠近，乳鴉巢滿屋西東。比鄰酒熟閒招飲，故舊書來喜拆封。珍重曲闌干外月，又分清影照衰容。

淮南道中

葦屋蕭蕭暗市塵，縱多花柳不成春。車聲自繞東風展，不管天涯有遠人。

雜興三首

大字書便老眼，小絃聲惱閒情。養得人來疏懶，枉教天與聰明。

謾道龍蛇起陸，笑看鷄犬能仙。多少江湖奇事，等閒風雨驚眠。

月出山疑欲雪，夜凉天易成秋。老去還能覓句，興來何必登樓。

月夜湖上

移舟煙水上，吹笛藕花前。衣薄露如雨，杯空月在天。

憩秦溪道院留題壁間

徐福樓船去不回，海東門下浪如雷。青鸞自傍瑶臺舞，紅藥何須羯鼓催。劫火凄凉化焦土，重泉寂寞葬寒灰。神仙未隔人間世，爛熳花前酒一杯。

雜　興

夢裏題詩喜欲狂，覺時尋索已渾忘。藏蕉野鹿春無跡，剪雨銀燈夜未央。不信紅塵深没馬，可堪黄妳亂堆牀。醒醒醉醉休相笑，傀儡從教看末場。

閩中曉發

戈有重英劍有房，馬蹄南入荔枝鄉。無端畫角聲中月，偏照征人鬢上霜。

偶成

玉河橋下水如車，楊柳當門是我家。飛過紅塵三四點，有人騎馬向東華。

寄陳叔莊二首

郭外何須二頃田，江湖春水緑如煙。扁舟蕩漾不歸去，日暮蘋花風滿川。許時無暇出城來，漫盡溪橋是緑苔。寄語山中舊猿鶴，紫薇花欲爲誰開。

姚御史綬二首

綬字公綬，嘉善人。天順末進士，拜監察御史。成化初，出知永寧府，解官歸。公綬善書畫，初水墨，後遂進唐品，得古意。作滄江虹月之舟，遊泛吴、越間。粉窗翠幕，擁僮奴，設香茗，彈絲吹竹，宴笑彌日，家設亭館稱是，作室曰丹丘，自稱丹丘先生，人望之亦以爲神仙云。

折枝芙蓉

芙蓉花，隔江水，美人盈盈幾千里。何年濯錦墮新紅，水面西風吹不起。我欲牽之在木末，方舟翻愁江水闊。芙蓉花，似人面，柳眉不在秋時見。墨池爲爾閒寫生，鴛鴦鎖合長生殿。重咨嗟，芙蓉花，擲筆浩歌行踏沙。

洛陽陌

馬上相逢處，春風在洛陽。陌頭楊柳色，一一斷人腸。

劉菊莊泰一十七首

泰字士亨，錢塘人。正景間，隱居不仕，以詩詞名一時。其門人陸昂伯儁、馬洪浩瀾爲冠。於時以爲陸得其詩，馬得其詞。王元美《詩評》曰：「士亨，錢塘名俊，蚤蹈高潔，歌詩宏富清新，未脱宋、元之習。浩瀾少出其門，尤擅詞學，燁燁勝之。」

冬日曉望

寒風薄絮衣，落木紛騷屑。江紅有斷霞，山碧無留雪。隔水一聲鷄，悠悠送殘月。

題畫

千峰落日陰，閃閃鴉飛盡。隔樹暗鳴泉，蒼茫路難認。何處遠歸樵，山花紅插鬢。

雪景畫

高堂怪底寒侵骨，遠山近山銀突兀。細挑松火静中聽，蠶葉蟹沙聲仿佛。水邊老屋伊誰家，爨煙幾縷隨風斜。出門一白已無地，蹇驢何處尋梅花。

題戴文進西湖圖

錢塘西湖天下奇，浮光萬頃澄琉璃。仙宫佛刹涌金翠，簫鼓之聲聞四時。六龍扶日消春霧，畫船撑過茅家埠。吴姬雙唱遏雲歌，驚散鴛鴦與雁鷺。水亭入夏薰風來，鏡裏荷花高下開。蔗漿酪粉出冰碗，對花一飲三百杯。梧桐葉脱屬秋至，籃輿尋僧靈隱寺。深洞老猿呼不應，和得賓王舊詩句。玄冥剪水落九天，孤山突若銀螺然。玉驄駝醉探春去，紅椒已破疏籬邊。戴進胸中有丘壑，揮灑新圖使人愕。羊腸路口樹陰陰，鴨嘴灘頭沙漠漠。和靖東坡不可逢，白雲常護青芙蓉。寄謝山靈莫相拒，早晚來聽煙際鐘。

恰似村爲諸立夫題

非村非郭路縈迴，繞屋薔薇户半開。春暖鶯聲相應答，晚晴鴉陣自歸來。白煙上鐙炊新稻，紅雨糟牀滴舊醅。山色滿窗書滿架，此生無夢落黄埃。

九日偕沈濬之飲天長寺昌上人所

佳節青山懶去登，共緣西郭訪名僧。壺虚暗滴蓮花漏，衣薄寒生柿葉綾。擬薙白頭歸净社，欲留紅日繫長繩。與君且盡杯中物，有約重來恐未能。

次韻夏大卿寄瑪瑙寺獻上人

高僧占斷西湖勝，細草斜連石子坡。度嶺剪來藤作杖，翻畦種得菜成窠。一龕曉日紅蒸衲，四壁秋煙翠染蘿。借問何時開夜講，洗清塵耳定須過。

寄沈大經

吳山山下隱君家，静掩柴荆絶市嘩。徑小黑翻飛去燕，池香紅點落來花。借書不受銀瓶酒，待客惟烹石鼎茶。想得長齋依繡佛，白雲窗户閲《楞伽》。

晚春漫興

單羅初試怯春風，金鴨香銷翠被空。江燕低翻三寸黑，海棠微裙一分紅。酒因睡淺醒難解，詩爲愁多句未工。晴日漸長兒女懶，鞦韆閒在曲闌東①。

① 原注：「菊莊自言：『此詩當與楊孟載頡頏。』」

秀上人課經圖

山繞清溪樹繞亭，隔雲金磬曉泠泠。道人不管花開落，白乳香中讀觀經。

新秋示盛伯宣

暑退新凉透碧紗，砧聲不斷是誰家。酒醒小立殘陽裏，閒數籬邊紫豆花。

豐樂樓

層樓高處宴王孫，湖上青山落酒樽。三百年來春一夢，月明還照湧金門。

春日湖上四首

浴鵠灣頭蕩槳過，雨聲昨夜漲湖波。落梅天氣寒偏峭，未許春衣試薄羅。
步逐東風踏軟沙，背人鷺鷥去斜斜。兩株紅杏疏籬外，知是湖村賣酒家。
小鬟扶處醉瞢騰，落日寒生半臂綾。燕子不來春尚淺，湖陰留得未消冰。
櫻桃花發向陽枝，便覺韶光暗有期。明日重來應熳爛，雙柑斗酒聽黄鸝。

湖上暮歸

小艭馱醉踏殘花，柔緑陰中一徑斜。日暮歸來問童子，春衣當酒在誰家？

陸秀才昂二首

昂字元偁。少遊菊莊之門。有《吟窗涉趣》、《窺豹録》若干卷。

宫　詞

自捲珠簾放燕歸，六宫春盡亂紅飛。從來艷色多傾國，願得君王寵幸稀。

梅　花

春到南枝與北枝，花開的皪照寒漪。何人似解相憐意，不把東風玉笛吹。

馬布衣洪六首

洪字浩瀾，仁和人。善詩詠，而詞調尤工。皓首韋布，含吐珠玉，裒然若貴介王孫也。其詞有《花影集》，自謂四十餘年僅得百篇。又有《和曹堯賓遊仙詩》百首，一時盛傳之。

續遊仙詩六首

玉版金花闊幅箋，朝來次第散群仙。紫皇敕遣謄《真誥》，第一人書第一篇。

巴園橘裏賭棋還，暗憶嬴時笑解顏。兩袖玉塵三百斛，抛爲瑞雪滿人間。

養馴蒼鹿放蓬山，走入煙霞喚不還。明日群中尋却易，七星符在頂毛間。

玉案珠簾翡翠屏，焚香夜誦蕊珠輕。月明鸞背飛瓊過，少駐花陰帶笑聽。

河西昨夜見牛郎，説道天田未大穰。八萬三千修月户，多將玉屑當乾糧。

侍兒扶上紫鸞車，一笑相逢萼緑華。今夜無城好明月，無雙亭上看瓊花。

莫　璠三首

璠字仲璵，錢塘人。隱居西湖，與菊莊爲詩友。

讀　史三首

五湖薦雲擾，晉宇如瓜分。修蛇與封豕，乘時肆妖氛。茁彼池中蒲，雄姿蓋世聞。投策渡江表，目中無晉君。兵威奮烈火，玉石將俱焚。謝傅運帷幄，子弟將中軍。戰血漂淮水，殺氣凌浮雲。遂令軒冕士，不污犬羊群。偉哉淝水捷，可方城濮勳。吁嗟謝安石，後世之桓文。彼哉清談輩，碌碌何足云。

趙宋世忠厚，養士三百年。時危不負主，緊彼文狀元。勤王仗大義，擐甲相周旋。皇天不祚宋，白日沉虞淵。寧甘珠璧碎，不爲瓦礫全。碧血濺燕市，精光上燭天。嗟嗟吾生晚，不得爲執鞭。手持竹如意，擊碎空山巔。魂兮渺何許，涕泗悲茫然。

捐生固不易，處死猶爲難。孰知龔勝後，迺有謝叠山。江東一潰散，跋涉何間關。甌閩苦物色，國破家亦殘。彼哉烈丈夫，矢死無生還。忠孝亦何物，古今稱大閒。耿耿浩然氣，上摩霄漢間。誰謂首陽高，有志能躋攀。至今百世下，清風激懦頑。我讀三上書，凛然毛骨寒。當時裸將士，胡能不厚顏。

樊廣文阜二十九首

阜字時登，號古厓，縉雲縣人。天順間舉人，延平訓導。吴匏庵極推之。

田間雜詠六首

嘉樹蔭衡門，鳴鳩遍村墅。薄言農務興，力作無男女。晨爨煙未起，驅牛理田圃。兹時若宴嬉，争得好禾黍。清曉聞雨過，春流漲溪渚。小兒學把犂，小女亦能杵。生理勿嫌微，浮榮非我取。

少長郊墟中，縣官名未識。長時帶好容，不見惡顔色。高隴麥穗齊，雉鳴自藏翼。野田耕耨餘，工力暫時息。日夕會鄰家，黄牛卧籬側。酒酣勉諸孫，耕作當努力。微雨過前村，鳥鳴催蓐食。

烏桕蔭我墻，白茅覆我屋。荷蓧朝出耘，依依暮歸宿。少婦勤織縫，諸孫解樵牧。秋風禾黍收，寒日照原陸。鳥雀啾啾鳴，園籬多草木。官租及早償，莫待里胥督。

山村頗幽僻，甘向田間老。鄰家隔短墻，出入同一道。桑柘團午陰，鶖雛牝鷄抱。夕陽雨外明，溪上山色好。夫婦話綢繆，農工非草草。秧長及時移，明朝飯須早。

新水漲荒陂，芸芸稻盈畝。東家及西鄰，世世結親友。夏至熟黄瓜，秋來釀白酒。新婦笑嘻嘻，小兒扶壁走。門口沙溪清，垂垂幾株柳。醉卧夢羲皇，凉風入虚牖。近説明府清，征徭曾減否？

棗花落靡靡，一犬護柴關。節序届芒種，何人得幽閒。蛙鳴池水滿，細草生階間。刈麥欲終畝，風吹雨過山。大兒早未飯，嘆息農事艱。豪貴本天命，悠悠不可攀。

山中作三首

夕景延澹陰，微曛射林屋。無營見道真，塵紛悟蕉鹿。此意幾人知，沈吟俯修竹。

西風吹雨收，竹屋雲陰散。酒醒心亦清，忘言玩爻象。老鶴劃然鳴，月上青山半。

高齋臨曲沼，雲澹微雨餘。悟静愜冲素，泛觀莊老書。微言苦未解，日暮將何如。

西樓怨爲孔宗魯悼亡作

鶯啼燕語春漫漫，落花飛絮吹作團。雨歇西樓晚晴薄，絃絲調短催長嘆。玉鏡臺前金剪閒，翠銷帳軟留餘寒。半壁銀燈墮煤小，迴文錦斷脂香乾。魫窗月白光如洗，雙淚如鉛灑髹几。梧桐音冷么鳳鳴，屏山暗結愁雲紫。湘渚飛霜隕蘭茝，些斷巫陽招不起。瑶池青鳥幾時回，幽怨嗚嗚咽江水。

題山水圖爲劉廷信都憲作

我家本在山中住，讀書慣識山中趣。偶落名塗塵眼昏，見山便欲還山去。南陽先生官態無，半醉示我雲山圖。持向檐前再三看，青山突兀雲模糊。百尺飛泉落松頂，顛厓倒䍐晴煙影。神仙樓閣牽翠霞，薇帳圍香晝長靜。人家三兩溪南村，桃李成行門對門。石徑斑斑過新雨，花落點破莓苔痕。鷗鷺飛迴映沙島，夕陽網曬漁舟小。不是苕川與輞川，仙都山下川原杳。先生指我山之西，茅屋數間依竹低。茶竈藤牀舊棲隱，異人墨客多留題。看圖才了眼初醒，人間有此真佳景。由來泉石絶纖塵，當與先生分管領。先生大笑清風生，岸幘佯狂雙鬢星。題詩卷圖謝鴻鵠，浮雲散盡長空青。

馮公嶺道中書所見

馮公今去久，嶺路至今聞。紅樹村村雨，青山片片雲。野橋松板架，巖溜竹筒分。日落人行少，時參鹿豕群。

過故人莊

山村行處好，偶過故人莊。秋竹煙籠色，寒花露浥香。一鷄鳴矮屋，雙鷺落横塘。留飲忘歸去，陶然入醉鄉。

遊黄龍寺

古寺青山上，登臨見遠村。樓虛堆竹粉，崖剥露松根。晚徑雲生潤，秋池漲落痕。高僧宣梵偈，趺坐到黄昏。

靈峰嶺道中

嶺路青林杪，盤迴出亂雲。寺樓當塢見，野碓隔溪聞。屐潤苔花積，衣香蘗草熏。崖陰仙洞在，遥見鹿成群。

遊靈峰寺

步入靈峰寺，嵐霏翠濕衣。野塘蒲葉短，石磴蘚花微。潭静龍長卧，山寒鶴未歸。老僧茶話久，高閣轉斜暉。

登觀音閣

春雲籠碧樹層層，危磴苔交一再登。澗水入溪喧似瀑，松根纏石老如藤。浮生容易休爲客，往事凄凉莫問僧。幾欲下山還不下，塵紛明日又填膺。

醉中到白厓而歸

往事無憑一夢空，悠悠歧路任西東。菊花向晚應嫌雨，梧葉經秋不耐風。自笑長貧仍作客，誰憐多病欲成翁。青山斷處孤城在，一片砧聲夕照中。

城上

獨上高城力未衰，西風吹老桂花枝。山回薄暝牛歸後，江變新寒雁過時。砧杵幾家聲斷續，帆檣兩岸影參差。英雄自古知多少，老得身閒計亦奇。

遊西村

秧葉浮青野水渾，農人籬落散鷄豚。寒煙淡抹梨花塢，夕照微明柘葉村。浮世茫茫何日定，故交落落幾人存。近時一懶寧堪笑，欲學龐公隱鹿門。

數日不出門偶賦

自把梅花比瘦容，愁城須仗酒兵攻。一灘細雨空漁艇，半樹殘陽又梵鐘。多病有妻供饋餉，長貧無客肯過從。石闌倚遍詩初就，溪上寒山晚翠濃。

久雨

高竹鳴鳩未放晴，小牀衾冷夢難成。厨烟着樹添嵐翠，野水歸塘亂瀑聲。吟對落花傷俗態，醉看饑雀嘆浮生。山人自是無塵事，深閉柴門懶入城。

舟中作

青山淡淡夕陽時，狂客扁舟秖載詩。細雨一江菰葉老，西風兩岸柳條衰。雁橫秋影過荒戍，鴉帶寒聲落古祠。但説蓴鱸滋味好，季鷹心事幾人知。

秋日懷東湖

枯荷殘蓼滿秋池，長日思歸未有期。一笛喚愁霜落後，雙砧敲夢月明時。老惟防病勤收藥，貧欲謀生懶作詩。莫怪羈人頭易白，他鄉歲晚倍堪悲。

寒食臨川道中

故交屈指幾人存，雙袖龍鍾濕淚痕。桑葉暝煙橋外路，杏花春雨寺前村。漁舟待渡橫空渚，酒旆招酤出短垣。日暮隴頭堪嘆息，啼鴉飛下乞餘墦。

春日偶成

硯池香沁墨雲乾，酒醒無情懶着冠。燕子歸遲春欲盡，落花吹雨小樓寒。

寒夜

破屋難禁深夜雨，布衾寒濕半牀雲。愁來自起推窗看，人比梅花瘦幾分。

湖村晚睡

村南村北總西風，柏葉先霜淺着紅。野鳥飛邊堪入畫，數家籬落夕陽中。

過村家

細莎村路繞山斜，澗水西頭一兩家。桑柘葉乾鳩雨歇，茅檐索索響繅車。

陳丘温禎二首

禎字景祺，華亭人。洪武中，以税户子弟舉爲禮部主事。永樂中，歷官河南右參政，謫知交阯丘温縣，卒於官。

和弟景容見寄韻

重把離懷託錦箋，征鴻飛去意茫然。要知客裏愁多少，謾數書中字幾千。汴水春行花夾岸，吴山曉望翠浮煙。情深何似來相見，夜雨挑燈酒共傳。

憶蕭山故友

西風吹雨暗書房，每憶蕭山别意長。馬駐西陵秋樹晚，詩吟東浙夜窗凉。石巖晝暖花空好，江樹春晴酒自香。何日南來重有約，蹇驢馱醉過錢塘。

附見　陳裕一首

裕字景容，景祺弟也。洪武丁丑，應薦入京，以母喪歸，累詔不起。與陶九成、顧謹中諸人有《倡和集》。

寄兄景祺

東風無便寄雲箋，西望關河思惘然。白髮相催年半百，清顔一别路三千。杏花門巷聽春雨，楊柳樓臺倚暮煙。征雁已還巢燕至，歸期何事又空傳。

陳景祺有罾字韻詩，陶南村諸公共和。陳詩云：「雨收郊外禾千頃，潮落磯頭水半罾。」南村云：「松頂雲開晴放鶴，溪頭潮落晚移罾。」嘉言云：「庭前洗竹閒留鍤，池上魚鈎不用罾。」弟裕云：「黄犢遠歸秋雨笠，白魚初上晚潮罾。」詩卷藏俞彦直家。

李廣文進二首

進字孟昭，嘉興人。官訓導。泰、順間，海鹽有李孟璿與其弟季衡皆能詩，與孟昭倡和。季衡之子景孟，舉景泰甲戌進士，録其詩爲《皇明正音》，附於先輩名家之後，大率皆《兔園册》中陳言長語。孟璿有《題童居士雲深處》一首，李于鱗《詩删》亦收之，落句云：「欲掃氤氳陪杖屨，重來祇恐路難尋。」亦卑下之調也。

過湖

歸心喜便風，孤棹出吴淞。急雨捎寒浪，殘雲逐斷鴻。漁人舟是宅，龍伯水爲宫。浩蕩煙波裏，長吟興不窮。

西湖夜宿

蹇驢銜雪岸烏紗，夜醉西湖賣酒家。十六吴姬吹鳳管，捲簾燒燭看梅花。

姜南《蓉塘詩話》極稱此詩，以爲蘊藉風流，有唐人之致。

陳顥一十一首

顥字漢昭，四明人。秀民之孫也。移居嘉興。

題歸去來辭畫四首

微風自東來，地脈初回陽。好鳥出幽谷，潛魚躍芳塘。欣欣木向榮，涓涓水流香。萬物俱得時，吾憂亦已忘。歸來衡門下，且復酣杯觴。

人生非金石，寓形宇宙間。抱才既需禄，知休即辭官。委心隨去留，避俗謝往還。遑遑欲何之，富貴不可干。劃然發長嘯，白雲起南山。

農事在東皋，孤往適兹旦。微雨亦既零，土膏濕凝汗。僮奴未盡力，宿草猶餘蔓。植杖隴畝旁，耘耔日過旰。勞生雖多艱，卒歲應飽飯。

帝鄉不可期，歸老全此身。清風謝流俗，高節抗浮雲。舒嘯登東皋，賦詩臨澗濱。有酒輒取醉，不負頭上巾。樂天以乘化，超然真達人。

竹西草堂爲曹汝器賦

新構茅堂就竹西，渭川千畝共襟期。清風掃榻秋來早，蒼雪團陰月到遲。插棘每遮東面笋，脱巾還掛北邊枝。尋君記得曾留宿，日出三竿尚不知。

題姜舜民竹深處次蘇雪溪韻

結茅竹裏似巖棲，面面窗開翠色迷。長聽雨來虚榻外，不知日轉曲闌西。奚奴掃地收新籜，吟客敲門看舊題。幾欲相尋無路入，鷓鴣何處隔煙啼。

與賀文徵鴛湖痛飲聯句别後再用韻寄

鴛湖風日暖薰人，行樂都忘俗事紛。换酒主翁偏愛客，盍簪朋輩總能文。新詞妙絶填《金縷》，醉墨横斜掃練裙。歸到寒齋枕書卧，一燈夜雨正思君。

題吳門趙時俊山樓文會圖

樓居百尺謝囂塵，良會攀躋屬隱君。望處有山皆入畫，坐中無客不能文。一簾花氣香春酒，半榻茶煙暝夕曛。自是高懷尚清事，風流不羨醉紅裙。

夜坐

寒來塵緒不關情，吟對青燈過一更。落葉滿庭風滿樹，小窗無處着秋聲。

春日閒行

睡起閒窗日影斜，欲尋幽處一烹茶。芒鞋踏遍前村路，楊柳春風有幾家。

題枇杷山鳥圖

盧橘垂黄雨滿枝，山禽飽啄已多時。那知歲宴空林裏，竹實蕭疏鳳亦饑。

姚綸三首

綸字允言，嘉興人。

水月舫二首

新緑溶溶漲暖香，春來無處不風光。移舟夜向湖邊泊，分得花陰月半牀。

卧倚蘭橈酒半醺，月寒波冷夜初分。無端羌笛風前起，吹斷梅花夢裏雲。

團扇仕女

濃黛消香淡兩蛾，花陰試步學凌波。專房自倚傾城色，不怕凉風到扇羅。

懷悦三首

悦字用和，嘉禾人。曾以漕粟入官。又嘗輯一時名士之詩爲《士林詩選》，大率「景泰十才子」之流，而丘吉、二唐、李進、陳顥、姚綸皆與焉。詩之格調與《湖海耆英》相類，用和亦可方吴之徐用理也。

登城望鴛鴦湖

一上高城思不群，東風吹面洗餘醺。紅舷烏榜春湖上，多載銀箏入暮雲。

過相湖

扁舟飛出相湖東，花片紅穿樹底風。才聽前村鳩喚雨，斜陽又在莫雲中。

春興

花氣醺人似酒醇，東風隨處掃香塵。不知畫舫琵琶月，載得南湖幾度春。

涂俊一首

新豐主人

客舍新豐往來熟，主人相留上房宿。門外人聲雜暮鴉，尊中酒色浮春竹。鄰家女兒愛月明，玉纖窗下理銀箏。一曲《涼州》腸欲斷，行人猶在武威城。

列朝詩集乙集第六

王舍人紱四十五首

紱字孟端，無錫人。少爲弟子員，免歸。洪武戊午，徵天下罷閒弟子員入官，以事累，謫戍朔州十餘年。永樂初，以善書薦，供事文淵閣。十年，拜中書舍人。明年扈從北京。又明年，卒於官舍。孟端襟度蕭爽，工於繪事，遊覽之頃，遇長廊素壁，索酒引滿，淋漓揮灑。有投金帛購片楮者，拂袖而起，至詬詈弗顧。嘗在京邸，與一商人鄰居，月下聞吹簫聲，甚喜。明日往訪其人，寫竹以贈，曰：「我爲簫聲而來，以簫才報之。」其人甚不解事，以紅氍毹爲饋，乞再寫一枝爲配。孟端大笑，取前畫裂之，而還其饋。沈啟南題孟端畫竹，詳記其事。陳頎永之曰：「玉峰夏太常仲昭亦善寫竹，仲昭寫竹遍四方，饋遺無所不受。二人寫竹著名一代，而識者不甚予仲昭，畫之繫於人品若此。」

送楊得昂

我適桑乾歸，君猶五溪去。飄流若萍梗，何由復相遇。迢迢江上山，歷歷煙中樹。後夜月明時，相思渺何處。

題秋菊軒

九月霜露零，秋氣已云肅。草木盡凋瘁，而有籬下菊。粲粲如有情，盈盈抱幽獨。我欲餐其英，採之不盈掬。呼兒具鷄黍，白酒正可漉。素心二三人，於焉叙心曲。陶然付一醉，萬事亦已足。詠歌柴桑詩，千載有餘馥。

寫竹寄贈顧教授禄謹中

秋聲起巫峽，暝色迷湘渚。悵望千里遥，佳人渺何許。幽期邈難值，欲往復延佇。中夜獨遐思，西窗颯風雨。

題成趣軒

桑麻日已長，稼穡日已成。門巷蔭榆柳，隔屋繅車鳴。生平寡營爲，遂此田園情。衣食喜不乏，公賦尤寬平。舉家情欣欣，澹然忘世榮。力作雖云勞，濁酒時共傾。豈意事高尚，所樂安吾生。

雨中過歐陽編修館題竹木畫上

我生本寂寞，況兹久羈旅。偶君素心人，來往迭賓主。秋聲動高樹，暝色渺煙渚。孤館坐題詩，蕭蕭正風雨。

題　畫

衡門掩秋色，苔徑浄無塵。人跡雖罕至，簡編良可親。修篁度涼颸，高梧落繁陰。時應散幽寂，採藥過中林。

題義方書舍

我昔童丱時，蒙養絶浮靡。朝夕常趨庭，頗解學詩禮。奈何才弱冠，早已失怙恃。徒懷風木悲，没齒殊未已。及余生兩雛，將以託宗祀。既欲承箕裘，當令業經史。無何我多故，謫戍向邊鄙。迢迢父子心，隔越數千里。惟恐有存歿，不暇較賢否。漂流無定居，歲月動盈紀。幸余初還家，無恙共驚喜。踉蹌拜我前，並立肩可比。弱質雖成人，愚騃誠可耻。大兒僅識丁，唯足代耘耔。小兒復癡頑，真乃豚犬耳。近令親筆硯，十日書一紙。我欲痛責渠，隱忍輒中止。邢君義方訓，諸郎盡賢嗣。芝蘭滿階庭，玉樹映屏几。歲時行具慶，稱壽羅拜跽。嘉賓每過從，迎立具甘旨。瞻彼天倫間，藹若和風裏。椿桂同敷榮，雨露光蕤蕤。緬懷燕山竇，今昔良可擬。所云陰報德，諒亦自兹始。詩成發三嘆，愧我曷能企。豈惟頌君賢，尤當示吾子。

題松鶴軒

吾宗有令弟，所志樂夷簡。載筆遊兩京，襟抱常坦坦。自言外祖翁，素不治資產。平生有硯田，耕獲同渭滻。揮毫擬羲獻，伯仲固無赧。前朝雖薄宦，名士交無限。所居有長松，蔚蔚張羽傘。上有雙白鶴，對之怡歲晚。吴興趙公子，書價重圭瓚。爲寫松鶴軒，騫翥龍蛇綰。翁今久仙去，往事不可挽。軒居成丘墟，軒扁獨遺板。青松未化石，白鶴去不返。追昔成夢寐，令人淚長潸。求君爲寫圖，庶或哀可剷。我亦重其請，不復辭以懶。欣然爲一揮，庭宇已蕭散。須臾點染成，高致如在眼。急須潤吾筆，沽酒奉杯盞。九原如可作，翁亦笑而莞。

蔡芝林爲蔣公進求畫扇遂題

蔣君我未識，好事能延賓。從遊蔡夫子，是可知其人。謂我隘而介，傲兀長居貧。尚耽山水癖，豪練掃嶙峋。一介不以取，尤難輒交親。片紙疇可得，吾將永爲珍。夫子爲之請，一一重具陳。仍持君扇來，求寫湘江春。我聞夫子言，笑落頭上巾。丈夫貴知己，誼合情便真。苟能志吾志，寧謂非吾倫。况聞君遠祖，三徑招隱淪。清風千載餘，遐躅君能遵。漬筆一揮灑，翛翛見霜筠。交加林影間，團團月如銀。時方凉雨歇，齋居絶纖塵。緬焉懷二仲，安能與之鄰。擲扇返夫子，衣袂凌風振。爲我先謝君，美酒宜多詢。秋高月明夜，直造君寧嗔。

過華叔端草堂寫晴竹於壁上

我愛君家遠城郭，繞簷竹色侵簾幕。醉中揮翰寫晴梢，湘雲一剪春陰薄。看來頓覺風氣清，耳邊恍若聞秋聲。嘯歌到晚不歸去，高卧翠陰呼月明。

又雨竹

高軒置酒筵夕曛，眼前知己無如君。枯腸醉後有芒角，手揮高節凌青雲。圖成自覺精靈聚，素壁俄然儀鳳羽。擬得秋深直造來，剪燭連牀聽風雨。

爲宣指揮題枯木竹石

修竹娟娟净如洗，古木槎牙半空倚。莫嫌怪石長蒼苔，當年曾中將軍矢。將軍年少多奇勳，平生意氣凌秋雲。他時太史書勛業，汗簡須當用此君。

吴姬留客行

吴姬年少才十六，能抱琵琶唱新曲。愁連山黛鎖青蛾，汗透霞綃濕香玉。問郎今去宿誰家，郎須聽妾彈琵琶。吴城有酒不肯住，巴姬未必顔如花。遲留那得情相與，芳心一一絃中語。空江霜落叫征鴻，孤棹風高響秋雨。須臾彷彿臨三湘，切切哀猿堪斷腸。巫陽雲暗楚臺晚，故山不見關山長。彈到胡笳少三拍，郎心欲去何匆迫。挽郎不住郎過船，滿江月色秋潮白。

早行索水

鷄鳴晨炊戒輪鞅，門開一點明星上。路出長林不見人，煙深咿軋車聲響。須臾日出氣象分，往來行旅繞紛紜。僕夫笑指都城近，宫殿岧嶢五色雲。

題青山白雲圖

我曾九龍山下住，結廬正在雲深處。日日看山還看雲，長教剪却當簷樹。無端一别猿鶴群，馬蹄南北徒紛紜。塵途底事佛衣晚，回首愧負山中雲。

題襏襫軒爲叔敏賦

長年耕鑿東臯阿，結得草軒如草蓑。棲身僅足蔽風雨，抱膝猶能發詠歌。窗外鳩鳴花霧重，門前犢臥柳陰多。嗟予久作京華客，未得歸田奈爾何。

題漁樂圖

遥天雨歇明殘霞，凉風颯颯吹蒹葭。晚來隨處可棲泊，五湖煙水皆吾家。得魚且覓津橋酒，旋採溪毛雜菱藕。除着沙鷗孰可親，隔篷唤取鄰船叟。生計年年一葉舟，全家不識别離愁。婦能斫鱠兒行盞，一笛横吹萬里秋。

題　畫

結屋千山萬山裏，軒窗四面峰巒起。捲幔晴招嶺上雲，烹茶夜汲巖前水。二三高人同素心，杖藜時復來幽林。抱琴相延坐亭上，一曲雅諧山水音。屋頭隙地肯相許，願作比鄰共相處。剩採松花釀玉醪，更覓黄精斫春雨。

端午賜觀騎射擊毬侍宴

葵榴花開蒲艾香，都城佳節逢端陽。龍舟競渡不足尚，詔令禁籞開毬場。毬場新開向東苑，一望晴煙緑莎軟。萬馬騫騰鼓吹喧，五雲繚繞旌旗展。羽林年少青綸巾，秀眉豐臉如神人。錦袍窄袖巧結束，金鞍寶勒紅纓新。紛紜來往尤迅速，馬上時看藏馬腹。背挽雕弓金鏃鳴，一剪柔條碎新緑。忽聞有詔命分棚，毬先到手人誇能。馬蹄四合雲霧集，驪珠落地蛟龍争。彩色毬門不盈尺，巧中由來如破的。剨然一擊電光飛，平地風雲轟霹靂。自矜得雋意氣粗，萬夫誇羡聲喧呼。攙金伐鼓助喜色，共言此樂人間無。鸞輿臨幸天顔喜，宴賜千官醉蒲醑。光禄尊開北斗傍，簫《韶》樂奏南薰裏。微臣何幸遭盛明，清光日近多恩榮。呈詩敢擬《長楊賦》，萬歲千秋頌太平。

過梅花室

我曾泊棹西湖濱，千樹萬樹梅花春。孤山月照一篷雪，十里湖光如爛銀。興豪對客酣清宴，達旦賡吟騁雄健。燈前索紙呵手題，霜兔鏦錚冰滿硯。年來浪跡隨西東，看花多在驅馳中。縱有香醪對明月，渾無好興酬春風。秖今書劍來京國，欲訪梅花杳難得。亭館多栽逞艷姿，山林誰重凌寒色。春來未幾薄雪餘，蹇驢偶過西城隅。疏花寂歷三五樹，中有一室幽人居。室中幽人廣平後，旅寓看花爲花瘦。窗横古影神愈清，杯吸寒香骨應透。相逢休言一事無，鄰家有酒須剩沽。趁取樓頭未吹角，莫教地上魚鱗鋪。我因看花狂興發，花應笑我生華髮。曲逆長貧豈足論，馮唐已老誰能拔。憐君與我同襟期，看花酌酒情相宜。百年一任世所棄，寸心獨許花相知。我家君家隔江浙，一水相通吴與越。此夕何妨對榻眠，夢魂還醉西湖月。

夜宿黄牛峽

煙景暮蕭森，黄牛峽轉深。灘聲孤棹月，山影半江陰。感慨追陳跡，登臨愜壯心。倚篷眠未得，何處又猿吟。

送張知縣

作宰麻堤去，民風雜五溪。世傳盤瓠後，地接夜郎西。臘釀多藤酒，春禽半竹鷄。到官應有便，莫惜寄緘題。

寄包徵士公愷

愛爾閒情好，林堂白晝長。楷書臨小晉，近體學中唐。水蒔一池芡，園栽十畝桑。不知籬下菊，秋後肯分香。

代州道中

堪笑復堪嗟，行行路轉賒。稍陰憂雨雪，才霽苦風沙。逆旅人欺客，征途犬護車。不知緣底事，淪落向天涯。

病中雨夜二首

不眠孤燭在，風雨送淒涼。病骨秋加瘦，羈愁夜併長。自應强飲食，誰復問衣裳。蟋蟀如相念，時來啼近牀。

懷抱怕生愁，病來難自由。雨聲孤館夜，人影一燈秋。書劍乖前志，江湖憶舊遊。無端身外事，一一上心頭。

題老圃卷

桑榆宜晚境，築圃近茅堂。鑿沼分流水，編籬補壞墻。雨晴瓜蔓緑，風暖菜花香。客過饕鷄黍，村醪剪韭嘗。

韓蒙庵先生同留夏雪洲館中韓以詩留别遂次韻

閒身江海上，世事每嫌聽。吟稿逢人論，扁舟到處停。雪銷新水緑，雲盡遠峰青。何事思歸早，潮生未滿汀。

寄孫景昭

每愛孫公子，風情不可禁。留賓開博具，呼妓合胡琴。杯泛忘形酒，囊存買笑金。别來嗟已久，緑鬢雪應侵。

送黄仲遜之安平鎮巡檢

聞説安平鎮，荆湖當要關。瀟湘合二水，衡霍拱千山。地僻居民少，時清邏卒閒。遥知到官後，多在醉吟間。

暇日讀楞嚴經偶成

勞生何擾擾，衰鬢已蕭蕭。偶得《楞嚴》讀，都將世慮消。水流虚谷静，雲度碧天遥。獨坐忘言久，西山對寂寥。

花上白頭翁

欲訴芳心未肯休，不知春色去難留。東君亦是無情物，莫向花間怨白頭。

題竹贈潘晦初

燈下狂歌酒半醺，興來爲爾寫秋雲。故人湖海如相問，骨立蕭然似此君。

題静樂軒四首

前溪冰泮緑生波，好雨催花向曉過。宿酒未醒眠未起，半窗紅日鳥聲多。

竹几藤牀小硯屏，薰風簾幕篆煙青。閒齋幾日黄梅雨，添得芭蕉緑滿庭。

秋聲早已到梧桐，露氣生凉湛碧空。獨倚闌干待明月，紫簫吹散木樨風。

斗帳藏春日醉眠，静中惟與懶相便。尋常甲子無心記，看到梅花又一年。

小喬觀書

雲髻新妝珠翠團，杏花零落曉風寒。每憐春事傷心處，偷把周郎曲譜看。

寫竹寄俞潮宗先生

與君一别十年餘，每見人來問起居。盡説丰神清似竹，霜明鬢髮影疏疏。

題　雁

聯翩飛處影横斜，暝色和煙暗荻花。遠水微茫秋萬頃，不妨隨意落平沙。

題　畫

汀洲潮落雨初晴，獨坐蘭舟酒半醒。欲採芙蓉過江去，迢迢秋水數峰青。

折楊柳詞

每爲多情記别離，道傍披拂亂如絲。東風也學時人態，偏向柔條恣意吹。

集外詩三首

爲夏叔度寫葡萄於雪洲之上因賦叙别

我生負氣尤好奇，襟懷抑塞蟠蛟螭。屢遭屈折莫我知，向人委順長低垂。偶爾逢君雪洲上，酌我涼州寄來釀。醉傾墨汁爲君塗，一吐胸中氣千丈。維時雨歇涼風生，薄陰零亂縱復横。蟄龍蜕骨冷雲濕，驪珠出海秋蟾明。坐間觀者皆驚訝，何由寳帳人間掛。恐令癡眼起貪心，主者收藏始知畫。知我如君能有幾，此術聊將遊戲耳。白鷗湖海一身輕，長揖謝君吾去矣。

題真上人竹茶爐

僧館高閒事事幽，竹編茶竈瀹清流。氣蒸陽羨三春雨，聲帶湘江兩岸秋。玉臼夜敲蒼雪冷，翠甌晴引碧雲稠。禪翁託此重開社，若個知心是趙州。

題　竹

宫樹棲鴉拜夕郎，洞門煙靄竹蒼蒼。珮聲摇曳歸來晚，香篆初消月到牀。

史湘陰謹一十首

謹字公謹，崑山人。洪武中，謫居雲南，與王學士景善。用景薦，爲應天府推官，未幾，左遷湘陰丞。尋罷，僑居金陵。性高潔，耽吟詠，工繪事，構「獨醉亭」，賣藥自給，以詩畫終其身。

過揚州

長空開霽晚霞明，篷底淮山隔岸青。鴉散黑雲爲陣勢，楓飄紅雨作秋聲。蕃釐玉樹應無種，東閣官梅尚有名。惆悵牧之招不得，與誰同醉竹西亭。

桃葉渡

重經古渡立斜曛，愁見桃花兩岸春。欲向東風唱桃葉，江邊怕有別離人。

湘江夜泊

扁舟載月下三湘，露渚風來杜若香。一片秋聲無處着，和愁散入水雲鄉。

九日次周縣宰韻

映水芙蓉簇絳霞，水邊開宴坐臨花。秋娘老去風流盡，繫臂猶懸一縷紗。

題畫

數株煙柳綠毿毿，兩岸青山起暮嵐。多少天涯未歸客，却從畫裏看江南。

過七星關

萬里投南徼，層關度七星。嶺雲和瘴黑，木葉向冬青。路遠家難問，愁多酒易醒。相逢但樵牧，何以慰飄零。

宿洞庭廟

山勢如龍入洞庭，仙人樓閣倚青冥。鐘聲縹緲連三界，雲氣蒼茫護六丁。胡蝶夢回山月曉，鯉魚風起浪花腥。無因得受還丹術，自把長鑱採茯苓。

書鐵爐驛

銅鼓營前日欲西，鐵爐岡下鷓鴣啼。却憐迢遞南來使，萬壑千崖入霄溪。

直房聞桂香

松陰池館晝偏涼，何處飄來佳子香。起傍雕闌看秋色，廣寒宫殿近昭陽。

蜀中道中

盤盤鳥道接峨嵋，劍閣横空北斗低。羈思不堪過夜半，萬山深處一猿啼。

袁　宗一十二首

宗字宗彦，以字行，松江人。洪武中，官王府長史，謫戍滇南。有《菊莊集》三卷。

車　遥　遥

車遥遥，天未明。銅龍鼓響霜滿城，驅車出門何處行。貨多車重牛不進，竹鞭鞭牛牛力盡。車遥遥，不可留。我身願化車下輪，千里萬里從君遊。車遥遥，不可止。我身願化山下石，摧君之車君乃已。

題美人春睡圖

東風小院闌干曲，滿地梨花涴香玉。金窗晝静燕初閒，火養沉煙一絲緑。美人消瘦桃花肌，春腰玉減一尺圍。碧紗帳小蟬翅薄，睡損舞裙金縷衣。緑雲盤盤堆枕重，翠滑斜偏小金鳳。啼殺流鶯喚不醒，風流政作江南夢。檻前芍藥吹幽香，隔花玉漏聲正長。冶情蕩漾收不得，誤隨蝶過東家墻。東家墻裏新妝女，兩兩三三喧笑語。西亭昨夜爛張筵，燭膩銅盤照歌舞。

莫種樹

莫種樹，種樹枝葉稠。春雨枝枝泣，秋風葉葉愁。

夜遊曲

青天雲去如平湖，銀河界空月明孤。百花飄香柳垂影，千金一刻誰能沽。危城移更起瓊箭，華屋向月開銅鋪。青絲綰結白玉壺，酒傾鑿落金芙蕖。瑶箏冰絃掛銀雁，沉水翠縷飛金鳬。美人呼來歌鷓鴣，纏頭匹錦三斛株。鳳皇叫月清可聽，楊柳顫風嬌欲扶。戲揮樽前鐵如意，擊碎座上珊瑚珠。梨花風動香玉膚，片片飛舞雲羅襦。杜鵑啼血吻欲枯，青春屈指一半無。井桐啞啞啼老烏，女垣欻見横星樞。

金篦插月夜莫徂，樓頭畫鼓停一枹。相逢萍水皆塵塗，憂憤暫變爲歡娛。此時不飲胡爲乎，素髮種種侵頭顱。龍鉛虎汞總一爐，顧我凡質非仙徒。牙籌在手身忽殂，白璧烏能潤黃壚。勸爾痛飲毋踟蹰，醉後笑語從盧胡。更買五斗粉與朱，爲我繪作宵遊圖。

曉寒曲

秋江夜雨芙蓉老，翡翠雙飛下紅蓼。鯉魚風起鴻雁悲，徹骨清寒夢魂杳。碧紗如煙隔啼鳥，龜甲屏風香篆小。阿侯白馬不歸來，被冷鴛鴦洞房曉。

鐵簫歌

滇江夜半風雨黑，電火燒空轟霹靂。須臾雨霽波浪恬，江壖脱却蒼龍脊。道人騎鯨江上來，見之錯愕驚而咍。拾得歸來世希罕，土花繡澀生苺苔。上有空星泛宫徵，嶰谷蒼莨豈堪比。六丁鼓鞴神功成，百煉金精雪花起。一吹潛蛟舞，載吹嫠婦泣。孤鸞長吟音裊裊，碎玉玲瓏真可拾。酒酣爲我三復吹，青天行雲不敢飛。初如七十二鳳聲雄雌，又若獨繭抽出冰蠶絲。東望蓬萊山，把酒招安期。飄飄清興不可遏，聽君一曲歌我詩。曲終酒盡客且散，西軒月在梨花枝。

憶錢塘

十載飄零客路賒，錢塘無復睹繁華。六橋楊柳林逋墓，一樹棠梨蘇小家。山徑翠輿湖上出，樓船畫鼓月中撾。如今縱有金如土，坐聽荒城咽暮笳。

次鐵厓先生和阿春氏春愁詩韻

日高斗帳朝慵卧，蝴蝶雙飛繡簾過。庭空花片蜂蜜成，檻落香泥燕巢破。素羅便面題兩行，燒藥幧頭篸一個。清明過却不成妝，梅子枝頭豆來大。

清明日偶成

窗下修書寄遠人，燕泥時復涴衣巾。東風催下清明雨，鶯老花殘又一春。

春曉口占

東風剪剪柳毿毿，欲試羅衣尚未堪。怪我春來愁不醒，杏花微雨似江南。

江南弄二解

妾家横塘東，與郎乍相逢。郎來不須問，門外植梧桐。
妾家横塘西，春花壓枝低。緑波凈如鏡，祇着鴛鴦棲。

沈參議應九首

應字德乾，吴郡人。洪武中，應求賢詔，選入文華堂説書，除江西布政司參議，改山東，卒。詩名《東澗集》。

寄邵德昂

高隱青門不識塵，碧桃花下白綸巾。詩傳畫意王摩詰，船載書聲米舍人。半板水扉兼竹凈，一間草閣與山鄰。閒情不及鷗先往，幾度相思入夢頻。

江中曉行

江店鷄鳴促去橈，月斜灘口又平潮。楚天不盡吴天遠，煙樹和愁望轉遥。

次錢文伯題雲林詩韻

紅葉橋邊草舍低，半灘斜照水平溪。舊時曾記求詩過，疏雨桐花幽鳥啼。

楚江秋曉圖

曾記蒹葭水廟東，客心争渡曉鷄中。平蕪落月三湘路，千里孤舟一雁風。别去鄉關猶在夢，老來江海尚飄蓬。何因得似閒鷗鳥，兩兩沙邊睡正濃。

送樂仲禮之秦郵

江店西風酒味香，匆匆何事促行裝。百年一半常爲客，兩鬢無多易着霜。遠水平蕪秋艇去，斷雲歸鳥暮天長。如今楚地皆吴語，不必逢人嘆異鄉。

將歸山中留别李二公勉

三月風光尚夾衣，暖雲籠日午行遲。杏園却近桃花塢，寒食相兼上巳時。芳草家家迷蛺蝶，棠梨樹樹轉黄鸝。幾回欲共行春樂，南浦歸舟已有期。

喜墨生吴與言至

衣上殘雲屐上霜，遠煩來扣竹邊房。茶爐香滿晴窗下，閒説前人製墨方。

春　夜二首

彩箋吟遍惜春詩，花隱紗窗見月遲。欲問海棠持畫燭，自嗟不是少年時。

半輪月映杏梢頭，小院朱簾却上鈎。鶯怯輕寒猶未睡，畫闌西畔替人愁。

鄒贛州奕四首

奕字弘道，吴江人。秀目美髯，貌若白雪。議論英發，文詞高古。至正中登進士，調饒州録事。洪武初，任御史，出知贛州府。坐事謫甘肅二十餘年。永樂初，以蹇義薦，召還。有《吴樵稿》。

和沈誠莊繹韻四首

春來倦行樂，春去却尋幽。花落隨風舞，溪喧帶雨流。乾坤真逆旅，身世似懸疣。何物令人羨，忘機海上鷗。

閒居忘俗累，行樂喜芳春。露滴烏巾墊，花迎白紵新。清歌移晚興，佳句滌襟塵。處處香醪熟，誰家味最醇。

荏苒傷春老，蹉跎惜歲華。客居移未定，社酒不須賒。花柳知無恙，雲山畫莫加。尋芳徒步好，何用早將車。

長鬢攜尺素，邀客扣塗茨。筋力非前日，襟懷似昔時。酒從花下酌，船傍柳邊維。風景還堪賞，閒遊也未遲。

吴涿州文泰 三首

文泰字文度，吴縣人。性耽於詩，常從事幕府，文書堆案，一無所省，與同郡丁敏遜學爲友，無日夕吟不休。兩人嘗閉户共爲詩，人見其終日突無煙，往視之，兩人方瞠目相對，忘其未食也。文度，洪武中同知涿州，坐累謫徙雲中，卒。遜學老於教授，固窮自好，詩不甚傳。

青樓曲

青樓少婦懸明璫，軟金刺繡羅衣裳。纖歌宛轉聲繞梁，圍屏狎坐飛瓊觴。流蘇錦帳雙鴛鴦，夢魂醉入温柔鄉。東風破暖吹紅香，落花點點更漏長。遊絲飛絮春茫茫，柔腸一寸生秋霜。吴山青青江水緑，燕語鶯啼空斷腸。

横塘採蓮詞

採蓮度横塘，荷花遠近香。花間擘蓮子，多半是空房。

送人從軍之永州

嗟君此别向南州，驛路迢迢萬里秋。愁斷猿聲非故國，夢迴月色在孤舟。湘潭水落魚龍遠，衡嶽雲開霧雨收。聞説從軍還有樂，不須懷土更登樓。

丁學究敏 一首

敏字遜學。弘治中，吴人張習企翺跋張來儀集後云：「吴中之詩，一盛於唐末，再盛於元季，繼而有高、楊、張、徐及張仲簡、杜彦正、王止仲、宋仲温、陳惟寅、丁遜學、王汝器、釋道衍輩附和而起，故極天下之盛，數詩之能，必指先屈於吴也。」先輩推重遜學如此。今人不復知其氏名，可嘆也。余故録一詩，以識其人焉。

簫杖

嶰谷新裁六尺形，半含宫徵半扶行。吹時祇恐成龍去，策處常疑作鳳鳴。掛壁影憐秦女瘦，敲門音合舜《韶》清。月明拄向仙壇上，同和鈞天奏九成。

趙番陽文一首

文字宗文，長洲人。洪武中舉賢才，以母老辭歸。永樂五年，用梁時薦，除番陽知縣。性剛嚴，不阿權貴，坐謫，久之赦歸，卒。有《慎獨齋集》。

金山寺

水天樓閣影重重，化國何年此寄蹤。淮海西來三百里，大江中湧一孤峰。濤聲夜恐巢枝鳥，雲氣朝隨出洞龍。幾度欲登帆去疾，蒼茫遥聽隔煙鐘。

梁典籍時二首

時字用行，長洲人。其父貧無行，以博得婦，生子。逾年，又博而負，人攜之去，隨其母，長乃走會稽山中讀書。洪武中，以善書，選授岷府紀善，遷翰林典籍，修《永樂大典》，充副總裁。

題　畫

炊煙生處是柴關，祇隔前溪半里山。偶展《漢書》隨意讀，不教牛角掛空還。

秀野軒詩

素秉丘壑姿，勞生滯予往。覽兹愜幽情，遽爾成真賞。林霏藹孤墅，春物組膏壤。稍行樵徑遠，忽展耕疇廣。所以山水情，遂結雲霞想。掛冠苟有期，終焉稅塵鞅。

陳檢討繼一十五首

繼字嗣初，吴縣人。生十月，父汝言坐法死，母吴自誓立孤。稍長，令從王行、俞貞木遊，貫穿經學，人呼爲陳五經。奉母至孝，有司上其事，使御史廉之，方隨母抱甕行灌，傴僂甚恭，母以壺漿予之，拜而後飲，上尤嗟異，以爲有禮。初開弘文閣，用楊士奇薦，即日驛召，授翰林五經博士，領閣事，預修兩朝實録，進檢討。時被知遇，每有顧問，必在上左右。逾年，引疾致仕。老而居吴，多聞故實，德尊行成，咸仰爲宗工焉。嘗論作詩之法云：「作詩必情與景合，景與情合，始可與言詩。如『芳草伴人還易老，落花隨水亦東流』，此情與景合也；『雨中黄葉樹，燈下白頭人』，此景與情合也。」嗣初爲文，根義理，辯體制，嚴矩矱，過自矜重，不爲茍作。其於詩似不甚經意，而持論如此，蓋國初前輩風聲未遠，得之師傳者爲多也。子寬、完，皆以詩名。

漁父辭

江柳陰，江水深，釣船不到江之心。江心風高浪相激，縱使魚多不易得。釣絲衹在江邊垂，得魚無魚心自怡。有時投竿把書讀，殘陽漸紅江轉緑。有時沽酒醉風前，沙鷗忘機相對眠。人生富貴那足羨，好似春鴻與秋燕。江柳陰，江水深，釣船不到江之心。

秋晚過西庵

遊吟何處最宜頻，谷木溪西第一鄰。竹徑清風啼黠鳥，柴門落日對閒人。穿雲漸覺香裘重，照水惟憐白髮新。常得杖藜隨去住，不須琴酌在芳春。

偶成

野性耽迂百念輕，幽棲隨處得怡情。山依南郭家林好，水入西莊客舍清。暖日野花常護鹿，春風汀柳不辭鶯。年來夢裏添遊樂，也逐漁樵結伴行。

賦得山路送友人

杳杳盤雲似不通，雨苔分緑斷行蹤。衹應送客聯遊騎，踏破殘花幾處紅。

賦得江天暮雪送友人之官

漠漠江天黯黯雲，晚風吹雪正紛紛。籠寒已禁猿争語，傍夕空教雁失群。影帶楚蘭看不見，聲連湘竹聽還聞。太平未必堪成瑞，一向誰憐好似君。

遠歸圖

杜宇一聲春盡，楊花千里人歸。半捲東風羅幕，任教雙燕飛飛。

題畫

鳥散江村社鼓，花揺酒市風帘。曾記踏青歸去，香羅着雨廉纖。

偶成三首

紫陌輪蹄蹴暖塵，野猿啼處盡遊人。相逢共道看花去，徑草誰憐也得春。
嵐翠霏霏濕潤蘿，青山應喜我來過。莫教杜宇催春去，花落東風已自多。
蘋浦凉風裊鬢絲，釣魚兼得賦新詩。舟移不向江橋泊，意在西巖日莫時。

春江漁父

鬢絲如雪映沙鷗，烟渚風汀醉泊舟。好謝岸傍花共柳，莫將春色忌清秋。

過玄妙觀

影揺紅燭散庭輝，小殿香清午漏遲。啼鳥數聲風習習，碧桐陰下立多時。

題挾彈圖

白馬雕鞍艷綺羅，東城南陌遍經過。金丸且莫輕抛擲，緑樹春深乳雀多。

呈内閣諸老

白髮催年老病身，可堪金屋備詞臣。東風是處花開落，誰識羲和釀得春。

題月下裁衣圖

香幃風捲月團團，睡起裁衣思萬端。秋葉未紅金剪冷，玉門關外不勝寒。

錢廣文紳 一首

紳字孟書，其先自泰州徙吴。父中，字孟則，娶於陳爲惟允之女，夫婦皆讀書善琴。孟書與陳嗣初爲中表，少同居，遊同方，學同師，一時儕輩數人，各以所業，更互辨難，俱爲通儒。孟書質醇行端，所藏書皆手自繕寫。郡學士子願師孟書，延爲訓導，陞鄞縣教諭。

舟泊常州

舟到毗陵日已昏，維舟柳下宿西門。幾家燈火橋邊市，一曲漁歌郭外村。遠樹依微寒鳥集，古城寥落暮雲屯。相親喜有同袍客，吟得新詩可細論。

劉少詹鉉四首

鉉字宗器，長洲人。永樂中，以善書，徵入翰林。明年，中順天鄉試，授中書舍人，預修三朝實録。在翰林歷官至少詹事，卒於位。成化初，謚文恭。平生端謹静退，老而好學，詩文爲詞林所推。文徵仲稱其爲詩，一字不安，更數月必改定。其矜重如此。其家刻《假庵詩集》，殊寥淺，不滿人意。或云公詩毁於火，所傳皆非其佳者。

桃花雙鵲圖

雙鵲何處聲查查，夭桃一樹紅蒸霞。美人忽聽心自喜，捲簾遥對啟窗紗。恐驚枝上鳥，未折枝上花。花任啄殘應不惜，早教歸信來天涯。

送杜亞卿赴南京

一樽傾罷雨瀟瀟，客思離情總不消。廿載禁林同侍講，五更青瑣共趨朝。西風鴻雁南歸急，落日雲煙北望遥。此際送君無限意，疏疏楊柳玉河橋。

世傳公作此詩，書罷慟哭，哽咽不能語，左右無不感動。前輩情誼篤摯，雖應酬寒暄之語，咸有真意。今人知此者鮮矣。

題沈孟淵所藏王叔明竹二首

風露生寒夜若何，月高山館覺秋多。湘靈正作南歸夢，莫向江頭唱楚歌。

煙雨苕溪憶舊遊，畫圖遺墨見風流。不知黄鶴飛歸後，又是山中幾度秋？

徐武功有貞一十六首

有貞初名珵，字元玉，吴縣人。宣德八年進士，選翰林院庶吉士，授編修。歷春坊諭德，以僉都御史治河張秋。天順改元，用迎復功，即日拜華蓋殿大學士、兵部尚書，掌内閣事，封武功伯。未幾下獄，編戍金齒。三年赦還，卒於吴。事具國史。公器資魁傑，文武兼資，於天官、地理、河渠、兵法、風角之書，無不通曉。志在經世，詩文取通達，不屑爲雕章飾句。晚遭屏廢，放情絃管泉石之間，好作長短句，以抒寫其抑塞激昂感慨，有辛稼軒、劉改之之風。草書奇逸，自負入神，登山臨水，釃酒悲歌，筆墨淋漓，流傳紙貴。至今吴下推風流儒雅，亦必以武功爲領袖云。

感　寓三首

阿閣何巍巍，高梁入穹蒼。飛梯十二重，宛在天中央。上當北辰星，下見列宿光。清風流綺疏，祥雲自飄揚。我時臨其上，分明望四方。山河遥鬱盤，宇宙何茫茫。威鳳去已遠，群鳶並翺翔。緬懷軒轅氏，徙倚徒徬徨。

七月大火流，西風凉摵摵。熠耀飛荒除，絡緯鳴虚壁。白露下溥溥，明星何歷歷。起視知夜深，斗柄當頭直。披衣坐不寐，俯仰興嘆息。駸駸歲去逝，冉冉老將迫。人生天地間，還如逆旅客。一過不留名，徒生亦何益。

結裝遠行遊，驅車北燕路。九月氣早寒，河冰已堪渡。朝别黄金臺，夕過望諸墓。其人安在哉，風煙宛如故。我欲一弔之，悽然感中素。戰國方力争，智士得乘勢。出謀契君心，一中如巧注。胡爲被讒間，而弗永終譽。况持孔孟術，十往不一遇。雖復逾歲年，何如亟歸去。

古從軍行三首

塞下日無事，安坐不快心。相呼出塞外，馳獵窮山林。俯身搏猛虎，翻身射飛禽。歸來割鮮飲，班坐榆柳陰。舉杯勸同旅，一一手自斟。笑謂滅寇還，爲君日揮金。朝來射黄羊，馳逐出塞遊。忽聞匈奴至，萬騎寇幽州。被袍不及甲，肘挾雙刃矛。飛身入重圍，手取單于頭。歸來飲轅門，獨耻非伐謀。男兒事征戰，所願樹奇勳。奈何作奴隸，生死隨將軍。寇來不得擊，寇去我始聞。顧慚腰間劍，空有星斗文。豈不爲主用，坐與鉛刀群。身猶執麾蓋，茅土何時分。

羽林子三首

珠袍年少子，名冠羽林中。獨佩流星劍，雙懸明月弓。陪遊向何處，還入華清宫。
羽箭插腰間，騂弓臂上彎。自來從日馭，常得近天顔。借問歸何晚，長楊射獵還。
相逢紅塵裏，勒馬共徘徊。笑語不及了，同行忽見催。問當何處去，明日上之回。

少年樂

少年騎駿馬，意氣兩相驕。馳騁春風裏，人看滿渭橋。

擬唐宫行詞樂四首

仙臺接建章，御道入長楊。户户開妝鏡，人人試舞裳。禽歌天上曲，樹散月中香。更覓延生藥，年年樂未央。

太液洞高秋，晴波入晚遊。露香荷氣潤，雲白柳風柔。紅袖争牽纜，黄門學棹舟。君王回顧笑，妃子唱《齊謳》。

萬歲春遊罷，還來宴紫微。爐薰清寶席，燭影蕩綃幃。王子吹龍管，仙妃舞羽衣。君心殊未樂，潛召念奴歸。

絳闕樓臺擁，琪園竹樹齊。飄裳鴝鵒舞，激管鷓鴣啼。自會春長在，那知日易西。依稀化人國，解使穆王迷。

遷秩之後閒居寫懷

生平謬擬作真儒，消得閒官祇著書。微火㬂薪猶自若，一繩維木欲何如。秋來忽動蒓鱸興，夜夢時尋水竹居。行止由天不由己，臨風空復賦歸歟。

題　畫二首

山下雲連山上，溪西水接溪東。舟度白鷗飛處，人行緑樹陰中。

山路祇通樵客，江村半是漁家。秋水磯邊落雁，夕陽影裏飛鴉。

劉僉事珏一十五首

珏字廷美，長洲人。况鍾守吴，簡名家子爲掾，廷美在選中，辭不願爲吏。鍾喜，令補博士弟子。宣德中，中應天鄉舉，除刑部主事，遷山西按察司僉事。居二載，即棄官歸，年甫五十。操履清白，老而好學，工於唐律，時人稱爲劉八句。行草師李邕，畫師黄鶴，皆得古人筆意。精於鑒古，訪求甚富，殘縑斷墨，靡不藏弆。累石爲山，號小洞庭，仿盧鴻一草堂圖釐爲十景圖，繫以詩，所與唱和者，徐武功、祝侗軒、沈白石而已。曾孫布，舉進士，刻其詩曰《完庵集》，吴原博序之。

寄傲園小景十幅仿盧鴻一草堂圖詩自題十首

籠鵝閣

誰知軒後閣，宛在水之濆。牖外樹交合，階前萍即分。鳥窺書影静，魚伺墨波勤。豈有山陰帖，人言此右軍。

斜月廊

廊傳踏月久，更獲此爲奇。不在照能遍，無妨影乍欹。檻承花始韻，簷閣樹微虧。何以添幽致，恰當弦上時。

四嬋娟堂

嬋娟何以署，到果趣無涯。隙地留移竹，曲闌不輟花。暫延人意愜，久坐客心賒。剝啄無妨静，深山詎有差。

螺龕

竟日雙扉掩，其中草色新。石幢門外樹，法相壁間尋。借渡石微窄，鑿渠雨始深。一登綿晝夜，蕭寂了無音。

玉局齋

戒時非作態，入室自悠然。作古宛如古，可傳無意傳。才情因以勝，位置佐之緣。方識命名者，前身玉局仙。

嘯臺

空臺超以曠，而畝未能盈。綴石僅留意，栽花不在名。借池崇地勢，待月望山情。長嘯豐林下，恒思起步兵。

扶桑亭

虛亭立水面，問樹乃稱奇。不謂虬龍影，能於隙地垂。互承欄並檻，交接澗通池。長日披襟坐，攤書尤所宜。

衆香樓

花扉深不測，危立有層樓。遥矚盈庭樹，宛然别一丘。坐堪邀月下，登或當山遊。桂影趨簷際，清芬却想秋。

繡鋏堂

麗景旁相映，庭空水一灣。借廡通竹徑，留石讓松關。客遠定須到，詩卑必痛删。暗香浮澗外，恍若在深山。

旃檀室

不來深處坐，何以滌吾愁。古井汲苔繡，石牀吟素秋。幽香天際發，奇致室中求。僮僕諳清事，支扉謝俗儔。

答陳醒庵二首

玉堂仙去白雲鄉，更喜風流得仲將。紫玉製簫吹別調，黄金换酒滌愁腸。百年天地雙青眼，十畝園林一舊莊。記得去年同看竹，水雲深處叩僧房。

畫舫頻過柳外莊，南溪原得近東陽。風來絶澗水無跡，月到空山樹有光。愁裏得詩如老杜，醉中揮墨過顛張。别來兩月無清約，孤負寒梅一度香。

輓夏太常仲昭二首

同官十載住京師，一片高情我獨知。簫管隔雲春宴處，珮環摇月早期時。墨翻東絹千竿竹，燈淡西窗數局棋。誰道歸田猶有樂，勝遊常醉習家池。

寫經誰復换群鵝，故舊其如死别何。清淚潺潺流不盡，殘星落落已無多。天邊尺牘催歸鳳，水上孤城隱去騾。日暮不堪東面望，玉峰依舊碧嵯峨。

寄沈同齋

藥欄花徑斷紅塵，坐閱昇平五十春。繭紙有書皆晉體，錦囊無句不唐人。新圖寫就多酬客，美酒沽來祇奉親。昨夜天涯憶君夢，西風吹過楚江濱。

劉參政昌 一十三首

昌字欽謨，吴縣人。早歲穎悟，過目不忘。嘗避雨染肆，閲其簿籍，已而染肆火，書以畀之，不失毫髮。舉進士，對策忤時宰，抑置二甲，授南京工部主事。景泰初，詔選儒臣纂修宋、元史，欽謨與崑山張和在選中。史事寢，復舊任。越五年，朝廷復敕憲臣提督學政，復與和俱拜按察副使以行。欽謨得河南，再考，擢廣東布政司左參政。居艱服闋，卒於家。欽謨博學多聞，勤於纂述。在中州著《河南志》。以先代金石遺文多在汴雒間，綱羅放失，作《中州名賢文表》。他如《懸笥瑣探》、《蘇州續志》、《五臺集》、《炎方慟哭記》，又數百卷，藏於家。欽謨爲郎時，才名最著，《無題》五首，一時傳誦，其他詩可傳者殊寡。子嘉絹，能詩，早夭。楊循吉，其外甥也。

無　題

簾幕深沈柳絮風，象牀豹枕畫廊東。一春空自聞啼鳥，半夜誰來問守宫。眉學遠山低晚翠，心隨流水寄題紅。十旬不到門前去，零落棠梨野草中。

杜鵑殘夢五更餘，人在長安遠索居。貝錦有言讒巷伯，黄金無計買相如。月明滄海添珠淚，雲冷關河滯雁書。睡起閒將宫燭剪，蟬紗光映碧窗虚。玉鼎清香試水沉，湘簾如霧碧窗深。閒中次第占花信，夢裏分明見藁砧。臨鏡慵妝蟬鈿翠，倚闌失墮鳳釵金。東風一夜芭蕉緑，亦似含愁卷半心。辭漢仙人去不存，偶因消渴望金盆。晚風鄰笛吹花落，秋雨門鋪上蘚痕。曾見鳴鑾迎帝子，豈知靈鵲誤天孫。沉香亭北春如海，招得三生石上魂。閒門疏雨立清寒，羅帕無人借字看。草色天涯迷處所，花陰日午上闌干。春情不射屏中雀，秋影孤停鏡裏鸞。碧海茫茫空復夜，西風吹破爛銀盤。

八月三日直内閣楊少保延話率口呈此

翠玉樓臺映碧虚，上皇曾此駐鸞輿。當時官從皆能事，祇説相如有諫書。

春鳥圖歌

王生手持春鳥圖，勸我試作春鳥歌。鳳凰不來碧梧老，喧啾奈此春鳥何。黄鸝巧言紫燕舞，名花掩冉薰天和。一雙飛起白練帶，紛紛引類無空柯。畫眉黄口弄奸麗，白頭何事猶奔波。瑶池蟠桃實如斗，春光似比人間多。青鸞無信靈鵲遠，驚波杳渺生銀河。天孫欲渡未可得，歲月鼎鼎成蹉跎。何爲一朝亦下集，争雄鼓態翻巢窠。不知帝履仁祝網，反説臣尉門張羅。嗚呼我歌止於此，仙人黄鶴當來過。

謁孝陵

佳氣葱葱山勢尊，草香猶藉輦來痕。五更月照滄江樹，萬歲雲開饗殿門。周后神靈依上帝，漢皇基業付諸孫。清平一曲今遭遇，慚愧春暉未報恩。

和夏選部齊宿韻四首

江郭風濤急晚春，薄寒消息上梧桐。憂添白髮三千丈，夢歷瓊樓十二重。龍氣誰占衝斗劍，鯨聲又起隔煙鐘。無媒不用逢人嘆，且自同歌漢業豐。

寂寂寒窗隔市春，嶧陽秋思滿孤桐。省中習静心多感，海上求仙路幾重。凉月九門聞刻漏，晴雲雙闕夢朝鐘。受釐誰得君王賜，應是從容奏歲豐。

清齋孤悄坐更闌，燈下凉風鬢影寒。建業曾勞三尺劍，求仙何用七星壇。月明樓影翔丹鳳，雲爛簫聲叫紫鸞。歲宴江空身萬里，有才不信濟時難。

老鶴無聲近石闌，湘簾高捲夜堂寒。貂聯官列風生坐，珮引仙流月滿壇。見説千金求駿馬，空憐一腐笑鵷鸞。移燈催草昇平策，萬里天門欲獻難。

寄奚元啓顧文之二進士

天涯分手嘆蹉跎，書劍功名近若何。上苑啼鶯春信早，楚江歸夢月明多。舊時詩社誰同飲，長日公庭客少過。此意蕭條總難寫，東風腸斷一悲歌。

夏布政寅六首

寅字正夫，華亭人。正統十三年進士，除南京吏部主事。歷郎中二十年，爲副使十六年，終山東右布政使。李西涯曰：「夏正夫、劉欽謨同在南曹，有詩名。劉有俊思，名差勝，《無題》詩人盛傳之。夏每見卷中有劉詩，累月不下筆，必求勝之。劉早卒，夏造詣益深，竟出其右。然東南士夫，猶不喜夏作，以爲頭巾氣，不知何也。」

春宫詞

重重緑樹圍宫墻，楊花撲人春思長。絳縷重封守宫血，翠鬟空學巫山妝。監宫夜上金門鎖，鑾音漸遠羊車過。熏籠斜倚未成眠，月痕已向樓西墮。

虔州懷古

宋家後葉如東晉，南渡虔州益可哀。母后撤簾行在所，相臣開府濟時才。虎頭城向江心起，龍脈泉從地底來。人代興亡今又古，春風回首鬱孤臺。

送王給事

一語回天事已難，朝居青瑣暮藍關。冰霜夜結孤臣思，花柳春融逐客顏。楚樹荒凉三户縣，越山重叠五溪蠻。殊方本較長沙遠，祇是皇恩許便還。

春 夜 曲

寶鴨煙消幾縷香，月移花影過長廊。春情一種無聊賴，自起燒燈照海棠。

梅邊美人

欲向東風問早春，閒來花底步香塵。試看一種嬋娟態，即是羅浮夢裏人。

芭蕉美人

曉妝才罷思徘徊，羅襪輕移步緑苔。試向芭蕉問春信，一緘芳札爲誰開？

張提學和一十三首

和字節之，崑山人。正統己未進士，廷試擬第一，上偵其眇一目，易置二甲第一，遂謝病歸。久之，授南京刑部主事。景泰中，召纂修秘閣。天順初，還南京，出爲副使，提學浙江。儀範肅然，待諸生有恩義。殁後，浙士數百人賻哭哀之如父。節之讀書，數行俱下，爲文立就。既仕，猶苦學，讀《漢書》必三十遍。有《篠庵集》行於世。弟穆，同年進士，有吏材，終浙江參政。

夜宴曲

余應江西校文聘至蘇，會錢内翰、劉、沈、盛、陳諸子飲徐汝節所，酒酣有述。景泰元年。

銅盤絳蠟流晴虹，蜀絲步障圍香風，瑶釵寶髻光玲瓏。紅牙按腔《白苧》舞，仙袂翩翩欲輕舉，驚鴻翻雲雛鳳語。水晶簾箔摇寒星，金鴨腦麝流芳馨，蘭芽玉茁春娉婷。鈿篝悠悠歌宛宛，鯨吸流霞恨杯淺，曲闌露寒斜月轉。

蘭陵秋夕

碧樹鳴秋葉，芳塘斂夕波。漏長稀箭刻，樓迥逼星河。候雁迎霜蚤，啼螿傍月多。懷人不能寐，彈鋏起商歌。

過桐君山

雲斷山疑合，川迴路忽分。秋聲兩岸葉，曉色萬峰雲。旅雁銜帆度，寒蟬隔水聞。嚴陵遺跡在，我欲問桐君。

蘭陵秋夕

月砌啼秋蛩，風枝起夜禽。洗愁鐙下酒，惜別夢中心。露重驚寒早，更長覺漏沉。明朝覽青鏡，玄鬢有霜侵。

悼妾

桃葉歌殘思不勝，西風吹淚落紅冰。樂天老去風情減，子野歸來感慨增。花逐水流春不管，雨隨雲散夢難憑。宵來書館寒威重，誰送熏香半臂綾。

送龔進士文彦

雪後關河見雁稀，感時傷别思依依。吴門煙月期同醉，天路雲山又獨歸。官驛暮帆和雨落，水城寒鳥背人飛。京華此去推先達，惆悵丘園祇布衣。

賦得柳送人

暖風披拂漸葳蕤，色映鵝黄淡落暉。煬帝宫前春漠漠，闔閭城外晚依依。青驄每綰長條繫，紫燕遥銜落絮飛。有客河橋欲分袂，一枝相贈惜相違。

滄江送别劉習之廣西憲幕

秋波渺渺布帆輕，醉折蘋花贈遠行。萬里一官江上别，楚雲湘月客邊程。關門背嶺寒蕪緑，驛樹迎船瘴雨晴。此去蜒夷知有望，使君心似玉壺清。

訪曉庵禪師師以洞庭柑爲供

十年不到白龍潭，延慶名僧始一參。石鼎未烹陽羨茗，金盤先獻洞庭柑。簷前暮雨霑天棘，席外春風動石楠。明日又從江上别，九峰惆悵隔晴嵐。

朱日南東歸舊隱

秋波渺渺望中平，醉折蘋花寄遠情。千里共看孤棹去，一尊聊爲故人情。雲低碧樹江東驛，水繞青山海上城。林下舊遊如有問，半簪華髮已垂纓。

與宋千户夜話時上皇北狩未返

客裏相逢感慨深，劍歌時復動悲吟。清尊坐對三更月，紫塞遥馳萬里心。瀚海地荒龍駕遠，交河風急雁書沈。微臣愧乏安邊策，北望胡天淚滿襟。

爲陸以平題圖

九疑空翠隔煙波，北渚雲横有雁過。欲採芙蓉寄離恨，碧天秋晚奈愁何。

至晉陵作

布帆摇曳夕陽斜，渡口南風起浪花。路入晉陵三百里，故鄉回首是天涯。

晚渡石湖

畫船摇曳水雲鄉，湖上南風作晚凉。醉擊唾壺歌小海，藕花飛出兩鴛鴦。

杜攸縣庠 四首

庠字公序，長洲人。少從崑山張和學，門人皆輕之，和贈詩曰：「炳蔚虎豹文，犖犖珊瑚枝。」學子乃改視焉。景泰甲戌進士，除攸縣知縣，頃之罷歸。公序負逸才，在都下會飲於陸孟昭館中，海内詩人畢集，雲間張汝弼拱揖曰：「此過赤壁題驚人句杜先生也。」持酒前爲壽。長安中競呼爲「杜赤壁」。仕不得志，放情詩酒，往來湖浙間，自稱西湖醉老。有《楚遊江浙歌風集》。公序與卞華伯、張汝弼遊好，詳其詩體，粗豪奔放，不暇持擇，亦卞、張之輩流也。

登滕王閣

滕王高閣壯洪都，此景多應海内無。山截地形横隔岸，江流天影下平湖。鳴鑾聲斷停歌舞，蛺蝶香消冷畫圖。一片閒心誰解得，白鷗飛入暝煙孤。

麻姑酒歌

麻姑之山撑半空，麻姑之水飛長虹。奔流到城不到海，釀春盡入糟丘中。前年足跡半天下，曾訪麻姑當盛夏。麻姑酌我三百杯，玉山頽然醉方罷。麒麟之脯擘薦酒，世間此味何曾有。醒來欲再訪麻姑，萬叠千重雲有無。君家留我亦不減此味，酒泉如海何須沽。

送吴瓊州

瓊守相逢晚，來從海外頭。島微猶有國，沙盡更無州。風雨迷蛟室，雲霞結蜃樓。喜聞爲政好，黎俗遍歌謳。

夏正夫邀飲蛇酒

藤峽香醪遠寄來，一樽公館晚涼開。功同薏苡能消瘴，色勝葡萄乍潑醅。錢在杖頭宜剩買，壁懸弓影莫深猜。主人情重憐衰病，入夜張燈再舉杯。

鄭進士文康六首

文康字時乂，先世自開封徙崑山。長身偉軀，目耽耽光射人。尚友古人，氣蓋一世。登正統戊辰進士，見者咸以公輔期之。觀政大理寺，未久移疾歸。父母繼喪，宿疾加劇，遂不復仕。家居枕籍經史，雖病不少休。好爲詩文，指物操觚，頃刻數千百言。稿成輒爲人持去，或爲編類成，見即火之。其存者有《平橋集》十八卷，多記載時事，有益勸懲，而文尤簡質有法度。

林東齋居

泉流一曲繞柴門，屋後園田有路分。莊在輞川成故事，客歸盤谷見遺文。借書夜讀三更火，聽鳥春眠半榻雲。堪笑幾人雙健足，每於城市報新聞。

寄海上韓杲

行盡清溪到水涯，好山環繞故人家。寥寥一犬柴門外，祇隔橋東幾樹花。

與諸公酌酒

燕趙多豪傑，悲歌不暇裁。素知黄祖性，敢恃禰衡才。酒盡月將落，燭殘風又來。下階成獨步，惆悵一興哀。

題倪公禮隱居

家近閶門市，清風一草廬。窗明人問卜，山晚僕收書。客笑鳩巢拙，妻憐蟻甕虚。城南炎熱地，不識近何如。

前元時崑山王君祐有玉立亭會稽楊廉夫嘗飲其中題詩曰王郎崑之秀玉立而長身亭子如笠大不直一欠伸亭前千尺峰倒景入座濱燒琴有爨桐漉酒有烏巾客來塞屋破露坐草上茵時時來鐵叟共酌羅浮春題曰令小朵雲捧硯爲賦此章君祐之宗孫益復亭其地予亦爲賦二絶

亭中曾寫鐵仙詩，人去亭荒碧草滋。千尺危峰今尚在，重來磨洗認當時。

王立長身舊主君，百年遺事至今聞。宗孫賓客還如舊，祇欠楊君小朵雲。

蔡　昶一首

昶字元昶，上海人。

都門春日寄友

曲曲宮墻繞御河，春冰消盡水生波。桃花帶雨垂枝重，柳色籠煙隔岸多。白首蔡邕嗟老矣，青年沈約奈狂何。典衣莫惜沽新釀，笑聽吴姬《子夜歌》。

祝參政顥五首

顥字惟清，長洲人。正統己未進士，授行在刑科給事中。累官山西布政司右參政，年甫六十，致仕。惟清廣顙修髯，易直强毅，風流談論，最爲人所傾慕。歸田之後，一時耆俊勝集，若徐天全、劉完庵、杜東原輩，日相過從，高風雅韻，輝映鄉邦，歷二十年，而惟清最後卒。孫允明，撰次大中遺事，有聞於世。

次陽明堡

晚次陽明堡，登樓望雁門。牛羊歸遠楚，燈火映孤村。塞近風遍勁，山高日易昏。羈懷何以遣，公館自開尊。

途中即景

野曠雲初捲，山晴翠欲流。殘陽牛背笛，新月水邊樓。異土逢佳景，危途得勝遊。浩然襟抱豁，清興落滄洲。

小李將軍院體小幅二首

金屋瓊臺擁畫樓，錦雲香滿採蓮舟。人間盡道仙家樂，不識霜娥有底愁。

花暗宮垣柳映堤，五陵春色望中迷。昭陽月上長門閉，猶放香紅逐馬蹄。

沙沱晚行

野曠天清落日黃，西風衰草白茫茫。停驂四望行人絶，一片寒雲逐雁行。

秦布政夔一首

夔字廷韶，無錫人。天順庚辰進士。累官江西布政使。自幼齡即工詩，博覽群書。有《中齋集》。

和司馬通伯夜坐有感韻

仕路無媒雪鬢寒，枝頭黄菊抱香乾。冰山富貴從人競，雲雨交情洗眼看。羅雀已空廷尉宅，沐猴誰制楚人冠。唾壺擊碎吟懷惡，數盡長更睡未安。

賀大理言〔一〕一首

言字公宣，蘇州人。仕爲江陰縣學訓導，擢大理評事。死於工役。

〔一〕「大理」，原刻卷首目録作「評事」。

詠殘花

滿架開初盡，唯留幾許春。輕風南陌上，落日莫江濱。影淡簾櫳月，香消輦路塵。漂零莫飛去，别院有愁人。

附見　賀承一首

承字宗振，吴人。公宣之子。束脩厲行，弟子從遊者甚衆。

湖鄉佳處爲朱昌年賦

湖鄉佳處足幽棲，路入蒹葭望欲迷。一水遠連天上下，幾家如在瀼東西。紅塵市迥人稀到，緑樹春深鳥自啼。何日編茅居此地，杏花春雨看扶犂。

馬主事愈七首

愈字抑之，嘉定人。漏刻博士軾之子也。天順甲申進士，官止南京刑部主事。能詩善書，尤長於南詞樂府。縱佚不羈，人號爲馬清癡。

大潮山

峨峨大潮山，雲氣日來往。中有仙人居，軒窗静而敞。仙人□□□，歸來月華上。載唱逍遥詞，空山有餘響。

太湖

太湖何茫茫，一望渺無極。但見青蓮花，峨嵯水中立。仙人雙髻丫，弄影鏡光碧。皎皎山月高，船頭幾聲笛。

罨畫溪

溪藤蕩微風，溪水清見底。照映青藤花，摇摇不能已。仙人紫綺裘，嘯詠溪光裏。慨彼塵俗心，誰能此涓洗。

張公洞

懸崖瀉紅泉，石洞掛鐘乳。仙房碧玉梯，清凉了無暑。仙人洞口呼，相隨看花去。欲往還自迷，雲深不知處。

玉 女 潭

潭花散清香，潭影照眉宇。不見玉女容，騎鸞杳何去。丹光罷青紅，石屋亦輕舉。惟有菰蒲根，年年自春雨。

陸相山房

陸君真不凡，作相秉樞軸。歸來住頤山，清泉繞茅屋。空堂儼遺像，夜深螢火燭。時有仙人過，題詩弔幽獨。

次韻沈陶庵題有竹莊詩

獨擕《真誥》西林住，便是仙人葛稚川。一個茅亭修竹裏，幾聲茶臼夕陽邊。閒抄玉子餐秋月，細摘松花釀乳泉。昨夜夢君高閣上，曉來清思滿江煙。

蔣院判用文一首

用文名武生，以字行，儀真人，徙句容。六歲賦萬年松詩，師爲避席。精醫術，戴原禮薦，授御醫，陞院判。事獻陵於東宫，即位後，特賜謚恭靖。

暮春遇雨

暖風吹雨浥輕塵，滿地飛花斷送春。莫上高樓凝望眼，天涯芳草正愁人。

姚僉事山一首

山字文静，吴郡人。河南按察司僉事。

雨後官舍謾成

雨歇涼生風入扉，日長官舍客來稀。竹窗破夢人初起，松院新晴鶴試飛。花落殘紅知蝶少，樹垂重緑見春歸。客懷無事難消遣，閒對青山看夕暉。

潘子安一首

子安字□□，和州人。有《海天清嘯集》。

送周練師還龍虎山

年來忽憶舊巖扉，即向青天跨鶴歸。老樹著風驚虎睡，好山和雨作龍飛。松間夜月封丹竈，花底秋雲補練衣。辟穀有方仙有術，笑人空餓北山薇。

列朝詩集乙集第七

劉御醫溥六十九首

溥字原博，長洲人。祖彦敬，以良醫事太宗潛邸。原博八歲，賦《溝水》詩云：「門前一溝水，日夜向東流。借問歸何處，滄溟是住頭。」人皆以爲聖童。長侍祖父遊學兩京，研覃載籍，尤精天文律曆之學，有志用世。宣德初，授惠民局副使。己巳之變先二年，京師有牛禍，一牛五足，一足生於領，蹄反向上，原博占云：「小人在上夷狄横。」至是言者交薦，不報。久次，調太醫院吏目，非其志也。其詩初擬西崑，晚益奇縱，悲愁嘆憤，一寓於詩，塞雁南飛之什，聞者傷之。於時有晏鐸、王淮、湯胤績、蘇平諸人，號十才子，每推原博爲盟主。湯尤自豪，不可一世，遇原博輒俯首屈服。原博詩《草窗集》上下卷，有《送錢理平還吴》詩，則余六世祖也。

看花吟

白日已墮地，迴光燭青天。人生時景祇如此，莫將眉目誇盛年。花開容易落，花落難復開。開落竟誰有，對之心爲摧。君不見玉山山下樹，曾見主人羅笙歌。主人去後亭館廢，空餘滿樹秋風多。若將金玉駐光景，鑒之前事將如何。

秋夜曲

絲繩玉瓶引深井，冰厚銀牀夜初冷。素手深籠倚轆轤，月明獨照娉婷影。井上高高兩桐樹，烏啼祇在人愁處。金鳳銜珠壓鬢雲，彷彿隨風欲飛去。井水雖深有限期，人心有愁無盡時。桐陰散亂月將落，滴盡銅龍誰得知。

江上別

相逢蘭渚潮長，相送煙江日斜。祇説儂家好認，門前一樹梨花。

相思曲

相别誰知許久，相思不道能深。一夜五更妾夢，千山萬水郎心。

竹枝詞二首

江心溅溅秋影，煙外亭亭緑痕。帝子祠前别思，鷓鴣聲裏黄昏。

微風細雨初至，碧水遥天未分。借問黄陵遠近，江心一片春陰。

送駕北征

正統十四年，秋七月甲午，皇帝提大兵，親行討北虜。

其晨日旁氣，中黑外如火。北風轉旗脚，獵獵不停舞。此行爲宗社，倉卒出未預。虜人方恃驕，况復值秋暑。文臣雖表留，奏上不蒙可。留之恨不力，苟力必中阻。小臣從百官，拜送伏道左。懸絶不得言，徒有淚如雨。前驅至榆河，營壘亂旗櫓。後隊復踉蹌，不復辯什伍。挽車避泥潦，前後相接軻。裸身走中道，車駕從傍過。紛紜無紀律，將臣殊莽鹵。既蹈不測淵，可不嚴爲矩。憶昔虜單弱，款附來塞下。歲貢馬萬疋，未敢設鈎距。皇眷來意勤，賞賚特過厚。一時失防隙，遂得肆强圉。氈衣易龍錦，皮帽變珠朵。束腰金匾絛，編貝五色縷。玉劍懸轆轤，雕弓插文笴。黄沙白草間，金銀耀樽俎。鞍韉畫麒麟，旌旗繡飛虎。供具與樂器，事事無不有。一年復一年，屢有望外取。豈但不知感，其心竟包禍。勾連併衆力，紿以驕諸部。罕東兀良哈，久矣被飲羽。邇來雖納貢，其意則狎侮。吾皇天地量，垢穢悉容受。今來犯我疆，我往非過舉。剿此違天賊，豈爲拓疆土。戎狄無人性，堯舜不親附。秦有長城築，漢有和親許。雲擾東西晉，厥後極凶醜。李唐納婚姻，石晉甘餌誘。宋初論金幣，中敗青城旅。分裂已不堪，末復遭蒙古。歷年九十三，夷風洽華夏。乾坤合清寧，篤生我太祖。聖德克肖天，飛龍起淮右。長驅掃羶氈，直出古北口。净洗歷代羞，日月開天宇。太宗龍鳳姿，丕承奮英武。天戈時一指，殘孽竄他所。漠南無王庭，漠北走窮狗。於今已不然，信非朝夕故。必欲羅奔鯨，在衆密網罟。胡乃勞聖躬，執政何以處。臣聞千金子，尚不垂堂坐。虜罪誠可誅，持重慎勿苟。稽首早回鑾，天位要有主。欽哉祖宗業，正擬磐石固。

復仇四首

天有必還運，人無不報仇。乘輿久蒙塵，吾屬得無羞。江海有時盡，此恨何時休。徒有犬馬心，孤身誰與謀。有髮上衝冠，有淚懸河流。安得倚天劍，爲君斬旃頭。

大仇一云復，草木亦勾踐昔滅吴，用心非一朝。種蠡若相忌，宿恨誰與銷。既切嘗膽苦，復甘即薪勞。光昭。於今虜方殷，矧恃屢勝驕。苟能伺其隙，賊首必見梟。

苟能一斯奮，殊勝新土木昔喪師，實爲權姦誤。存者多創瘢，死者骸骼露。何彼骨肉親，迷方不知顧。所募。上以雪國耻，下以申私愫。蚩哉釋耕者，守株焉得兔。

所以安成君，受教魯上爵不虚賞，受者誠爲難。惟此鐵兜鍪，中有玉貂蟬。既貴惜其軀，反欲圖自安。仲連。請君迂往駕，急爲濟時艱。豈但生富貴，血食千萬年。

予生

予生鄙性嗜奇古，北走青徐南走楚。千金不惜買干將，寶匣騰光快先睹。龍文星彩瑩深秀，結緑青萍何足數。河漢常時失斗牛，雷電中宵吼風雨。腰間轆轤引玉鼻，走馬走看若環堵。居然聲價盛洋溢，始悟漂山因衆煦。欲將入水屠蛟龍，又欲登山刺豯虎。前鋒呀豁盡低伏，至寶誰能不誇詡。自從拔仗挺而出，反與鉛刀日爲伍。古稱知己極難遇，黄鵠摩天困堂廡。謂是雖能掃妖沴，破屨不及銛錐補。吹毛可斷玉可切，斫木還須避樵斧。耳側腸酸極惆悵，涕淚滂沱心更苦。豈意前人百煉精，出非其時坐招侮。古云責人必責己，眦裂唇焦膺屢拊。衒鬻求售予固昧，遺實事名爾何取。橐中黄金落深水，覓索徒勞施網罟。有用物置無用地，志士居常心爲憮。泰山雖高隱煙霧，目眩心疑類盲瞽。駑駘齷齪市者多，騏驥忿饑常致瘦。吁嗟通塞固由命，不免重言更覼縷。仰視青天發嘯歌，海上鷺鵝今臭腐。低徊拂拭且歸匣，半夜鷄啼莫輕舞。知音倘不遺此才，即向沙場殄强虜。

題畫

荻花吹雪江風冷，江上微雲淡山影。誰將水墨染生綃，一片江南晚秋景。人家住近紅葉村，紅葉照水如春源。問津有客遠相訪，童子候迎先掃門。隔岸分明皆橘樹，看來應是横塘路。水禽格格踏波飛，沙雁悠悠入雲去。我别江南今十年，客窗見畫心茫然。明年準擬買歸棹，漫遊重賦江南篇。

范寬寒江待渡圖引爲梁光禄仲齊賦

梁公騎馬到我門，手持一幅范寬畫。入門大笑挽我臂，請向中堂壁間掛。絹闊四尺高丈餘，一片雪意寒模糊。蓋因此畫歷歲久，坡脚破缺裁欲無。大山小山玉相瑣，樹石人家無不可。有人騎驢涉長道，有人下馬呼江舸。想其盤薄心神融，布置自與元氣通。筆勢慘澹魂神泣，藝苑久矣無良工。其上已有三人作，巢雲①留清②與耕樂③。或情或景各其妙，我欲續之愧粗惡。梁公梁公聽我語，此畫曾入《宣和譜》。真是《寒江待渡圖》，切莫向人容易與。

①原注：「陳員外。」

②原注：「許醫士。」

③原注：「陳博士。」

賦得涿鹿送丘伯純還姑蘇

平生愛訪古，走馬遊四方。金臺南去百餘里，乃是涿鹿古戰場。軒轅騎龍上天去，鼎湖何處秋茫茫。蚩尤死後幾千載，青山蜿蜒至今在。當時妖霧久銷沉，空餘易水東流海。海水變桑田，天地幾翻覆。龍争虎鬭且莫論，捲起飛塵縱雙目。三晉在西秦在東，北京正在天之中。金樓玉殿仰頭看，日月普照開鴻濛。萬國朝宗必經此，舁金載玉何匆匆。紫荆崔嵬雁門固，塞斷胡奴往來路。一錐孤塔河間城，千仞層冰海邊戍。下馬促沽酒，洗我磊落懷。扶桑矗天起，泰華隔雲排。手攀北斗發長嘯，鳳凰飛上青雲叫。官亭齊和遠遊篇，燕姬嬌笑弄鵾絃。不將寶劍舞秋月，且贈珊瑚白玉鞭。

雪山圖爲建德周廷暉賦

我昔曾見《寒林圖》，范寬妙筆天下無。千山一白氣栗冽，萬木盡黑雲模糊。此圖乃是誰作者，布置大抵如臨摹。比之寒林勢差小，木石瑣碎何其殊。周君持來索我詩，我爲品藻精與粗。吁哉畫法且勿論，且將畫景相排鋪。其時嚴冬十二月，大雪照映如冰壺。千巖萬壑凍初合，山腰有路鬱以紆。何人馬上正癡絶，冒寒不顧冰滿鬚。復攜肴酒欲何往，不念跣行雙僕夫。茅亭孤高在絶頂，直下萬仞當平湖。風波茫茫鳥飛絶，却有漁艇行相呼。此曹豈不畏冷冽，但苦衣食來求魚。世間苦樂有如此，使我不覺長嗟吁。我從挈家來帝都，僑寓於此三月餘。北風怒號捲飛雪，厨中久矣薪無儲。乃令我僕入山去，歸來滿擔歡妻孥。妻孥所歡在暖熱，豈知此僕寒而痡。頃因見畫感懷抱，正與此意同一塗。詩成併以寫其上，幸勿向此憎囁嚅。

題滕孟章送金司税明遠文後

滕君文章不輕作，滕君情懷絶傾倒。如今尤信古人言，文章有神交有道。昨日爲文送知己，士林往往皆稱好。復來珍重索我詩，我詩近來絶草草。第愧未得交其人，始向文章見懷抱。萬里長江炯秋月，一片春雲麗晴昊。走向離筵與相見，氣宇孤鶱更文藻。不揣新知贈一言，莫負文章自須保。

節孝堂爲開封程用和賦

母年三十失所天，形容憔悴心煩冤。懷中之兒僅一歲，忍死不得趨黄泉。眼中有淚不敢哭，鬻纑買書教兒讀。兒今老大五十餘，阿父聲名可相續。往時疽發背胛間，表潰岑岑如負山。兒心痛切無所措，口吮膿出隨無艱。如今母已八十五，節操冰霜人所睹。况復賢郎著孝稱，翼翼高堂燕今古。

美人熨帛圖

霜帛丁東擣初歇，女伴相憐白如雪。掩帷下堂同此情，白腕對曳當中庭。中庭無風乾未得，銅斗自燒還自熨。只愁熨着有焦暈，難表此身如此白。小鬟莫更蹲復蹲，復恐皺却葵花紋。

賦得貞松壽姑蘇張繼孟八十

徂徠之松何蜿蜒，根盤厚地枝摩天。氣横東南動光彩，泰山風雪衡山煙。長風吹天天宇開，颯颯海濤天上來。世間草木總卑小，如就彭祖觀嬰孩。古來君子不改德，松亦何嘗改其色。往往工師求棟梁，重如山嶽誰移得。春風細灑金粉香，茯苓寒凝琥珀光。爲君取此製春酒，飲之眉壽同無疆。

題崑山沈愚通理詩集

吴城東頭八十里，玉山青插婁江水。何人秀發山水間，沈生文章妙無比。清如玉樹含秋霜，麗如五色雲錦張。琅然天外度靈響，一曲一奏春風香。春風吹入長安陌，紫陌煙花爛晴色。隋珠趙璧常自珍，樂府詞林盡相惜。生今年才二十餘，聲名欲與前輩俱。方今四海被皇化，好協雅頌歌唐虞。

題畫龍虎二首

古來畫龍稱葉公，後來又説陳所翁。嗚呼二人不可見，神妙誰復追其蹤。此圖知是何人作，一見令人即驚愕。勢翻滄海起風雷，身湧長空奮頭角。雙睛潑電鱗鬣分，左盤右蹴拿飛雲。軒然天地動光彩，此時不顧魚蝦群。滿堂慘淡凝煙霧，相對咨嗟毛髮竪。田疇歲旱望甘霖，破壁須看上天去。

千山萬山日向晡，啞啞老樹愁啼烏。長途迢遞人絶跡，奮躍祇有黄於菟。長風飂飂震林木，百獸紛披望風伏。霜牙凛凛摧萬夫，金鏡瞳瞳射雙目。饑來擇肉惟熊羆，不更小取豺與狸。田家黄犢要耕種，又肯搏攫誇能爲。如今天闕求守備，蓋世雄威素稱異。舉首爲城掉尾旌，願保皇家千萬世。

江鄉漁樂圖

桃花雨歇春潮長，江中鯉魚隨水上。香蒲葉短白鷺飛，漁父乘船自來往。船頭巨罾三丈餘，轆轤引綆如引車。浪花觸船魚亂躍，兒女相顧争歡呼。江頭賣魚朝買穀，晚來還向江頭宿。老翁不愁兒不啼，新婦船中炊欲熟。

蘭竹畫

湘江雨晴白雲濕，湘妃愁抱香蘭泣。望望夫君去不還，珮珠落盡無人拾。碧天秋冷明月多，千里洞庭横白波。請君莫唱《竹枝》曲，水遠山長其奈何。

王將軍昭忠詩

將軍虎鬚如刺針，胸中八陣瞿塘深。昔陪元戎事南事，寶劍入手雙龍吟。麓川小醜據巢穴，沙木龍高瘴雲熱。歲金不貢抗王師，象陣横刀亂飛雪。將軍前鋒不作難，百騎馳突風雷寒。陣前妖星欲墜地，戰久力盡先摧殘。大軍當時若相援，拜將豈得重築壇。國殤多年歸不得，血染蘼蕪至今碧。旌忠有誥五色文，絶勝區區一方石。

題鄭迪畫

闔閭城北陽城湖，一碧萬頃涵太虚。玉山虞山迭襟帶，林屋矗矗當前袪。君家還在河之北，喬木森然圍大宅。長風捲浪送高帆，一日行程才頃刻。我因瓜葛長往來，南汀西渚芙蓉開。尊翁平生好懷抱，長日與我銜金杯。一朝我應徵書起，高步天門拜天子。獻策慚無一萬言，歸夢常飛四千里。四千里路何悠悠，暮雲春樹難爲愁。忽報尊翁已淪没，使我慟哭無時休。今年省侍還鄉遇，訪舊還來舊遊處。却將愁思改歡容，二子森然如玉樹。舊書增多新宅高，萱堂日日堆蟠桃。里中長老説佳子，邑里官吏稱賢豪。伯也從容性非懶，仲也謙恭我東坦。從來孝友出故家，讀書出仕亦未晚。

趙松雪畫馬

王孫畫馬世無敵，一畫一迴飛霹靂。千里長風入彩毫，平沙碧草春無跡。硯池想是通渥窪，突然走出白鼻騧。翻濤浴浪動光彩，雲影滿身堆玉花。玉花連錢汗流血，駿馬捎風蹄踣鐵。何時騎得似畫中，踏破陰山古時雪。

趙子昂畫馬爲長庠蕭教諭作

朔風如刀剪飛雪，冰叠龍池凍痕裂。成群撲簌正猥寒，千里驕嘶汗流血。雲邀電影入四蹄，海霧捲天葱嶺低。一團旋風去無跡，平沙碧草愁萋萋。珊瑚作鞭金作勒，緑髮奚官騎不得。王孫老去綵毫乾，玉棧幾回驚霹靂。

鍾馗殺鬼圖

空山無人夜色寒，鬼群亂嘯西風酸。緑袍進士倚長劍，席帽颭影烏靴寬。燈籠無光照斜水，怒裂鬼頭燃鬼髓。大鬼跳踉小鬼嚎，滿地鷺鷀飛不起。如今城市鬼出遊，青天白日聲啾啾。安得此公起復作，殺鬼千萬吾亦樂。

金文鼎秋林醉歸圖爲沙溪陳原錫賦

霜華灑紅樹頭葉，白雲掩映山重叠。黄犍馱醉出西莊，童僕扶持穩如楫。此時陶然那復知，世塗奚較險與夷。眼中萬物一何有，秖有松風吹接䍦。疏林斜光漏殘照，酡顔霞影争輝耀。深山闃静不逢人，豈有襄陽小兒笑。柴門向晚猶未關，山妻煮茶方候還。人能出飲醉即返，千里龍媒應是閒。

繭庵爲長洲沈孟淵賦

兜羅膩叠香雪温，影逼混沌春無痕。龍精出火玉抽縷，剡楮粘番羞薄昏。纖華茸茸白雲老，雙輪斂輟晴留曉。擘開元氣納崑崙，身外乾坤一漚小。水晶簾幕相間垂，鮫綃掩映光參差。落花成團捲蝴蝶，蹴破東風閒不知。東風吹塵塵默默，紫麟駝醉華胥國。海桑含緑又千年，走馬西陵報消息。

送盛佾赴吴江醫學

闕下新凉生潞河，江南猶唱採菱歌。菱歌裊裊唱不斷，畫舫載風衝白波。香蘭葉勁那堪結，美人不是輕離别。一階領得故鄉官，堂上雙親正垂雪。玉壺滿注香露清，欲别未别難爲情。梧桐楊柳秋未老，積水半涸天河横。吴江一望五千里，鴻雁亦逐孤雲征。長橋鯉魚黄金色，太湖影動羅衫碧。好將尺素待東風，杏花春雨傳消息。

枯木竹石圖爲趙行恕作

露華洗濕江上秋，美人不來生别愁。洞庭瀟湘隔千里，兩岸白雲如水流。碧空茫茫九疑道，君山一點青螺小。鷓鴣啼斷竹枝寒，鳳凰飛去梧桐老。

終南進士行爲劉主事廷美賦

長空糊雲夜風起，不分成群跳狂鬼。倒提三尺黄河冰，血灑蓮花舞秋水。飛螢負火明月羞，櫟窠影黑啼鵂鶹。緑袍烏帽逞行事，磔腦刳腸天亦愁。中有巨妖誅未得，盍駕飆輪驅霹靂。如何袖手便忘機，回首東方又生白。

原博題此詩，廷美懸之堂上。次日賀正，客至，競裂門籍紙傳寫，廷美曰：「此馗乃耗紙鬼也。」

白雲軒

山中多白雲，天上多清風。清風解炎熱，白雲自西東。江頭坐看雲起處，一片從龍上天去。化爲甘雨潤枯苗，不作繁陰宿高樹。清風泠泠吹我衣，還送白雲天上飛。天香不斷瑶草碧，何處玉笙騎鶴歸。

送夏公瑾還吴

愁結望冰消，冰消愁轉結。不見鄉人來，翻與鄉人别。叵耐東風又弄寒，楊柳長條亂吹折。一壺旋買金臺春，難洗行人衣上塵。糧車芻載擁官道，岐路復岐愁殺人。念昔君官考功部，仙才不負親題柱。誰知造物如小兒，疋馬雲中枉高步。去年上皇北狩回，詔書復用賈生才。身輕已得釋重負，遥指庭闈歸去來。歸去來，不可留。腰間寶帶懸吴鈎，故園山水今復遊。竹輿青舫詩酒儔，請君莫忘皇恩優。邊城米貴人不飽，征戍未知何日休。

賦得瓊花觀送人

瓊花觀，在江都，雲窗月館仙人居。無雙亭前一方地，昔日瓊花今已無。玉女香車游碧落，回首人間塵漠漠。重闌空護八仙花，環珮誰乘九皋鶴。古城楊柳接東橋，十里紅樓路不遥。行舟過此一停泊，琪樹陰中聽紫簫。

慷慨歌送葉黄門與中赴山西參政

且莫歌，遠别離，别離戀戀兒女悲。又莫歌，長相思，相思懸懸天一涯。君今參政晉藩去，何乃慷慨增吁戲。憶昔混沌初，元氣未破時。動變隱其象，用捨憑何施。自從開闢顯朕兆，陰陽進退争雄雌。有時賈誼去作長沙傅，有時吕尚來作周王師。一得一失古來有，往往虚占夢芻狗。青天白日風雨來，泥竅嗵嗵蟪蛄吼。欲洗胸中萬古愁，豈在區區一杯酒。酒杯不暖東風寒，錦袍亂撲沙成團。楊花着地捲春去，立馬四顧天漫漫。君不見伊皋與益稷，回乾轉坤在頃刻。五雲高護黄金臺，行色匆匆留不得。斷不是鵶鴞逐鳳凰，亦不是蒼蠅污白璧。獻納之官合峻升，空使傍人惜顔色。請君停鞭聽我歌，歌聲欲盡愁轉多。太行西來碧嵯峨，黄河萬里奔洪波。呼兒緘辭送君去，極目浮雲奈爾何。

題戴武庫山水圖歌

長笑司馬遷，足跡半天下。天下區區祇九州，何乃中塗便迴駕。崑崙拔地撑九天，地脈四走瓜蔓延。星分棋布聳喬嶽，千里萬里相鉤連。元氣胚渾異南北，荒服之外何茫然。天山冷斷黑樓雪，海國瘴隔蒼梧煙。大江西來匯百川，黄河觸裂蛟龍淵。長風吹濤捲高霧，扶桑咫尺眉睫邊。周王八駿不足貴，蹀躞弄影瑶池前。何不駕飆輪，望八極，手握斗柄雲中旋。仙人驂紫鸞，一去不復返。浩蕩千古懷，堯舜事已遠。不如高卧讀書樓，采芳摘秀春復秋。《六經》爲山道爲海，稷卨伊傅期同遊。手掖疲癃登壽域，熙熙皞皞無時休。況君少年飽經濟，直上天門朝冕旒。昔人文勢君可敵，昔人事業君須惜。吐我胸中五色奇，醉倚秋雲寫寒碧。

晚過揚州

長河懸落照，短棹尚孤征。衰柳愁邊斷，殘霞雨外明。人喧揚子渡，鐘動廣陵城。漸去鄉關遠，悽然倍旅情。

齋居雜興六首

緑水平橋北，青帘小巷西。酒香春甕滿，山色晚樓低。半醉歌新曲，閒眠改舊題。偶因乘雨出，雙屐盡霑泥。

情懷甘澹泊，書史自逍遥。夜讀妨鄰睡，晨眠誤客招。燕歸簾半捲，鳥散竹還摇。雨足軒東圃，緣溪認藥苗。

北岫青當檻，南園緑近門。蛛絲粘樹葉，蟻穴蝕花根。移石揞茶竈，臨池濯酒尊。何須求分外，遲起上朝暾。

涼意生新浴，幽情遠垢氛。雨階行亂蟻，風箔散饑蚊。興好多題扇，神清不茹葷。有時絃緑綺，横膝奏南薰。

詩客每相過，書齋常不扃。雨生枯木菌，風約小池萍。得興翻琴譜，乘閒刻硯銘。近來耽野趣，頻到水西亭。

撫景憐秋盡，觀書喜夜長。露蟲喧砌石，風葉墜琴牀。舊集裁蔬語，新傳製墨方。曉來雙鶴舞，踏碎一庭霜。

寄南京大理廖少卿

塞北風塵暗，江南道路賒。上皇猶在虜，賤子敢思家。歲去人空老，天寒日易斜。不堪千古恨，撫劍獨興嗟。

送周景通還姑蘇

塞雁盡南飛，西風及授衣。不愁孤客老，惟喜上皇歸。雪恥心猶壯，還鄉夢獨稀。匆匆一杯酒，何必嘆相違。

賦得石城暮雲送别

石城千仞鬱嵯峨，城上春雲向晚多。薄映殘霞分雉堞，暝隨歸鳥渡龍河。依依欲散風前角，冪冪猶停柳外歌。又逐行舟過江去，相思回首奈愁何。

春晚漫成

重城楊柳晝沉沉，坐久黄鸝囀夕陰。幾處閑門芳草緑，一簾微雨落花深。年光暗覺隨流水，春色長看滿上林。故國松篁還似舊，莫教奔走負歸心。

寒食日過胡汝器墓

雨晴泥滑路微分，駐馬南原日未曛。白下一杯寒食酒，青山三尺故人墳。野田行客愁深草，江樹殘鶯泣斷雲。俯仰光陰傷往事，落花清淚共紛紛。

送徐仲吉赴任龍江

楊柳陰陰乳雀飛，可堪相見復相違。南風草色連江舍，北闕鐘聲繞禁闈。盛世一官隨處好，故人千里幾時歸。欲知後夜相思意，疏雨寒松獨掩扉。

感　懷

塞雁南飛又北旋，上皇音問轉茫然。孤臣自恨無容地，逆虜猶存共戴天。王衍昔年知石勒，謝玄何日破苻堅。京城四塞山河固，一望龍沙一淚漣。

大同克敵進封其鎮守總戎都督郭清寧爲定襄伯喜而賦此以賀之

捷書飛奏入明光，邦伯榮封位定襄。邊閫到今方得將，漠庭從此不稱王。正愁白髮逢多難，忽對青春喜欲狂。却愧無緣走相賀，典衣聊自醉壺觴。

登樓有感

翠華遥隔塞雲寒，白草黄沙道路難。國耻幾時能雪洗，群言何事祇瀾翻。河東未必無關羽，江左誰知有謝安。俯仰乾坤獨惆悵，夕陽樓上一憑闌。

寄平江侯陳立卿

梧桐葉老菊花肥，秋氣催寒及授衣。青眼故人頻入夢，白頭孤客未言歸。江湖寂寂雙魚冷，風雨凄凄一雁飛。尊酒論文久相約，不堪時與素心違。

送蔣知縣忠復任丹徒

緑酒紅亭紫禁東，不堪行色苦匆匆。正期霄漢登黄霸，又見江湖復魯恭。沙氣半蒸梅子雨，浪花初過鯉魚風。道涂跋涉須珍重，自古循良簡帝衷。

送盛御史昶巡按廣東

玉驄金豸下青霄，庾嶺南頭道路遥。霜葉定從行處落，瘴雲應嚮到時消。山鷄吐繡風號雨，海蚌含珠月映潮。最喜送行冰雪霽，臺中老柏讓孤標。

送錢理平還吴

江上蘆花似雪飛，玉京遊客正思歸。畫船載酒尋詩社，沙鳥銜人下釣磯。南浦早霜秋潦涸，西風殘照故山微。到家想見開筵處，翠竹黄花晚更輝。

上巳日與諸公遊大同雷公山

群公佳會屬芳辰，自笑遊人是遠人。花下共拚今日醉，江南又負一年春。雲山滿眼傷前事，風雨何時洗戰塵。回首斷溝横古道，不勝悲憤欲霑巾。

使回過獨石

邊城二月暗塵沙，吹過東風不見花。天上玉京旋日騎，水通銀漢繫星槎。雲中路出高山險，上谷營連獨石斜。正是旅愁消未得，夕陽樓外又嗚笳。

虜使再至喜而有作

北使成群去復來，喧傳欲奉上皇回。懸河涕淚經年盡，匝地風塵一旦開。福德果符休士兆，英雄空抱救時才。祇愁猾虜多翻覆，早迓鳴鑾入紫臺。

題福山曹氏畫

歌舞當年祇醉遊，不知何物是閒愁。如今桐樹無人洗，風雨空山幾度秋。

曹氏富甲一郡，植梧桐數畝，主人將納凉其下，令人以新水沃之，謂之洗梧。淮兵由福山入吴，曹氏園亭首被禍，故草窗詩云云。

題畫寄徐州陸九皋二首

別後重來未有期，且憑圖畫寄相思。秋風黄葉茅亭上，猶記逢君是此時。

目極天涯酒半醒，楓林斜帶遠山青。故人家在秋雲外，百步洪邊水繞亭。

題雙喜圖送馬勝宗從昌平侯出鎮宣府

遠隨金印出邊州，早報平安入鳳樓。剪取白羅飛繡影，旗竿十丈掛胡頭。

湯東谷作此詩，未出，見草窗作，乃嘆服曰：「此真題邊將白鵲詩，吾詩乃學課語耳。」遂焚其稿。

偶作

燈影分明隔絳橋，玉階行盡轉迢迢。春風衹在銀屏裏，殘雪和愁幾日消。

詠衰柳

露葉煙梢翠色浮，向人長是弄春柔。多情自是多憔悴，莫向西風錯怨秋。

湯參將胤勣一十九首

胤勣字公讓，東甌襄武王之曾孫也。年十五六，入學爲生徒。應天尹下學，傳籌召諸生，後至當答，大呼折尹，聲撼庭木，攘袂走出，題詩府署，闔扉而去。周文襄聞其名，召令作啟事，即席具狀數萬言。文襄上書薦其有文武才，驛召赴京。于少保請試之，立將臺下，摘古今將略及兵事以問，應對如洪鐘，萬衆環視嘆賞。于公入對，授錦衣衛百户，轉千户。通問裕陵於沙漠，虜大酋脱脱不花問中國事云何，抗對不少屈，又於坐上箕踞岸幘，朗誦所著《平胡論》，虜酋語譯者曰：「彼髯何人哉，恨不殺之耳！」景泰中，用胡文安薦，進署指揮僉事。天順中，爲校事者捃拾下獄，謫爲民，編籍常州。成化初，復官，充參將守禦延綏孤山堡，堡無城堡，戍卒不習戰。丁亥八月虜大掠子女而東，率麾下百餘人邀虜於境上，衆寡不敵，力戰死之。公讓爲人軒豁倜儻，兩眸睜然，髭奮起如戟。奮髯談論，欲起古豪傑與之友，視世人無如也。爲歌詩豪放奇倔，援筆揮灑，如風雨晦冥中電光翕焱，人多爲之奪氣。死之日，朝士皆嘆曰：「公讓以醜虜一箭，破其書囊，惜哉！」程克勤爲立傳，以謂公讓不死爲大將，提數萬兵出陰山，其功名不在衛、霍下也。公讓歿，未幾邊人見一大將，盛服鼓吹，擁衆宿郵舍，質明寂無人聲，題詩壁間，有「血污遊魂歸不得，幽冥空築望鄉臺」之句，見者知爲公讓手跡也。公讓遊吴中，與六世祖竹深府君契厚，而五世祖益齋府君實出其門。詩文盈卷軸，互見《東軒集》及譜牒中，謹節而録之，庶幾吾家故事亦附以不朽焉。

秋懷

紺髮青瞳未有涯，雲山交付兩芒鞋。乏財原憲貧非病，荷插劉伶死便埋。有趣不須詩過巧，無謀方覺事多乖。秋深更值連宵雨，一霽苔痕總上階。

秋意

牀頭連日酒瓶乾，旅寓何心定飽餐。有勢欲封千户易，無才剛道一秋難。鏡中咄咄容顔改，壁上行行指血殘。黄葉滿庭人倦掃，惡風翻瓦作秋寒。

守宫

誰解秦宫一粒丹，記時容易守時難。鴛鴦夢冷腸堪斷，蜥蜴魂銷血未乾。榴子色分金釧彩，茜花光映玉鞲寒。何時試捲香羅袖，笑語東君仔細看。

劉欽謨曰：「此詩不減李商隱。」

題畫唐馬

苜蓿含花草露班，奚奴擾擾出沙灣。塵飛大夏三千里，泥滿東風十二閒。直内銅符初上繳，征西鐵甲未東還。可憐絶代賢王手，少畫漁陽阿㷍山。

無題詩次劉虞部韻二首

梨花宿酒半腔存，自壓春風紫蔗盆。血沁臂鞲牙有跡，酥凝乳酪爪無痕。金塘水暖魚跳子，玉陛塵清鶴弄孫。回想宫人斜畔路，幾家寒食未招魂；

杏花枝上曉風寒，鏡裏愁容不耐看。千里雲濤迷下若，五城煙火接長干。當時偶作來儀鳳，此日翻成弔影鸞。恐負遠山雙黛曲，燭煤輕掃落金盤。

題謝衛同鍾馗移家圖

寒雲潑墨陰風峭，冬青葉底休留叫。老魅梁間忽作聲，四下妖精俱起嘯。兩星執法未能訶，坐見綠蕪生白波。曲逗銅魚窺寶甕，倒騎鐵馬試金戈。草煙花霧横鋪襯，十二闌干飛鬼磷。足健何妨海藏深，耳頑不怕雷司近。腓猪犽狗森森立，虎豹九關隨意入。移山换水奏新功，鏤雪雕冰增舊習。須臾煽動民間怪，州閭遍索羔豚賽。寺中石佛擁來行，廟裏泥神推出拜。掃帚斜揮簸箕舞，掇轉沙盆齊擂鼓。長蝎潛舒壁上鈎，短狐暗發溪邊弩。八洞真仙尋斂跡，河伯土公咸辟易。適從牖下竊聽琴，又向階前偷弄笛。終南進士鬢垂胸，挈家遠避群魔鋒。鼻息衝開刀兩刃，目光射透甲三重。清漏滴殘更漸急，玉宇沉沉露華濕。扶桑湧上一輪紅，髑髏墮地無人拾。

竹泉翁席上贈歌者楊氏

秋風茉莉吹香雨，簾外燕嬌肆輕嫵。醉眼矇矓酒盞空，睡著司空相公府。席前一點櫻桃破，雲揭楚天飛鳥墮。鴛鴦小袖將紅綃，二十五絃重抹過。三寸麻霞黄鵠嘴，錦地氍毹蹴春水。回身偷眼顧周郎，舞困落花扶不起。雙檠殞淚爐薰熄，對景無言恨如織。翠靨光浮琥珀痕，鮫綃冷沁珍珠跡。兩剪晴波拂曉山，白衣孤客感鄉關。何幸梨園舊宫使，偷傳樂譜向人間。

遊仙四首

月照參差海上峰，飇輪度處滅行蹤。玄冥宫裏留宵宴，傳得新方解擾龍。
掛樹玄猿朗朗呼，蘚侵石壁字模糊。癡龍頷下珠如月，照見寰中五嶽圖。
鶴氅斜披出市喧，青霞窟裏聽啼猿。半酣騎着壺公杖，直溯黄河到水源。
若木枝頭露未乾，五雲噴水浴鵷翰。須臾轉過金鼇背，九點齊州鏡裏看。

鐵券歌

海虞之奚川，錢理容偕弟理平，謹重博雅人也。系出武肅，譜牒可考。一日，出諸賢題先世鐵券詩以示，且欲再發其意，因爲一歌，用塞其請。

羅平逆鳥窺唐鹿，太宗泉下英靈哭。錦樹將軍握槊來，妖氛一掃乾綱肅。半邊古瓦黄金鏤，翰苑文章鋪錦繡。宰臣擎出鳳凰城，兒孫永世承天祐。堂堂坐控十三州，長驅鐵弩射潮頭。擾攘中原糜在釜，東南民庶不曾憂。邯鄲未待三方癗，大集朝臣封府庫。舉家齊上汴河船，回首錢塘宛如故。虜騎紛紛壓舊畿，海門倏見雙龍飛。馮夷借玩水仙府，幸從魚網獲全歸。歸來五廟咸登薦，銹蝕刮磨光彩見。珍襲誰同簡子書，寶全自别桑公硯。昭代真人爵群武，首法宏模錫吾祖。多感寛洪美弟兄，拉向奚川看家譜。

義婦行有引

吳越王有大功於東南，而子孫食其報者，復異乎人世傳忠孝，雖婦女亦可嘉焉。顧處士女妙貞，繼其十七世孫，時用室遭張氏亂，棄其所生而全前妻之子，其孫理容、理平出事跡觀焉。爲古體一章，以厲世云。

顧家一女膚如玉，炯炯靈臺抱貞淑。擇配奚川武肅孫，井臼親操謝膏沐。不必荆釵并布襖，雍雍自是閨中寶。撫卑事上盡歡心，內外皆稱新婦好。歡樂未央災禍來，閭閻滿眼飛塵埃。長鯨大豕互吞食，雌凰雄鳳難徘徊。强將性命依巖壑，柏葉松肪共咀嚼。草衣木履度晨昏，乃畏强梁横侵掠。丈夫前室有佳兒，哇哇相逐遠奔馳。足趼腹枵行不得，鋒横矢亂計寧施。妾身有子年尤少，恩義欲兼嗟力少。殘生苟幸得完全，孤誠自有神明表。拊膺長慟望天呼，回頭已作溝中枯。男子雖羞鄧伯道，婦女何慚魯義姑。皇明九五真龍出，一掃寰區群蚤蝨。歸來室宇尚依然，四方重睹昇平日。砣然婦織與夫耕，眼看家道日康寧。蒼蒼主者豈無謂，兩男一女連綿生。五十年來三百指，螽斯奪盡前人美。珍珠簾捲畫堂深，鶴髮披肩全壽祉。節孝賢能世豈無，蒼黄誰得展良圖。傷哉此道日凋喪，事跡何繇付董狐？

水月舫爲奚川錢竹深賦

太一真人蓮一瓣，飄飄萬里來天漢。移入江南錦繡窠，蘭橈桂槳空凌亂。長鯨對舞碧紗窗，缺兎潛窺紫絲幔。黍甕浮香香可斟，蒲帆揚彩風堪喚。老興閒攄曲數謳，幽情緩發琴三嘆。古跡多因潮洗平，遠山忽被雲遮斷。曩時螃蟹落錢昆，今日鱸魚到張翰。莫令惠子識逍遥，且拉盧生遊汗漫。冰壺影裏塞鴻飛，海鏡光中沙鳥散。好天良夜屬君多，大壑深溪留我半。乾坤正乏濟川材，忍教獨繫黄蘆岸。

送錢理平之海虞

故人别我向奚川，滿掬恩光下九天。客夢未需菰米飯，歸心已付木蘭船。弦高致犒由安上，卜式傾貲爲助邊。一片離情誰寫得，金臺落日薊門煙。

爲錢理容題美人月琴圖

芙蓉小院秋如海，凉月半空凝素彩。羊車軋軋過西宫，一失君恩不堪悔。緑銅古阮鵾絃溜，陶寫襟懷三五奏。血色深紅軟繡墩，唾花淺碧香羅袖。先及《關雎》後《麟趾》，雅調雍雍塞人耳。曲終閒倚太湖峰，驚風掉落椶櫚子。

竹深處爲奚川錢理平作

瑶空露滴秋光冷，冰壺倒浸琅玕影。玉簫聲裏鳳皇飛，一色緑雲三萬頃。主人高思油然發，六尺桃笙湖水滑。左琴右史恣倘徉，大俎深杯從曠達。幽玄占斷乾坤奥，明月清風滿懷抱。嗟吾老癖近來增，可許肩輿時直造。

題錢理平竹深處

瘦不勝衣强着冠，肩輿一罄子猶歡。日光碎布金三頃，秋色高攢玉萬竿。幸備酒籌催急鼓，忍看菹笋簇深盤。九天雨露雖如許，長屐無由數就看。

蘇雪溪平一十四首

平字秉衡，海寧人。永樂中，舉賢良方正，不就。與其弟正，俱在「景泰十才子」之列。少時作《繡鞋》詩，人呼爲「蘇繡鞋」，今委巷間猶傳之。秉衡論詩甚嚴，嘗言宋一代今體僅王禹玉《元夕》一章彷佛唐人，猶惜其落句「沾」字不諧，欲改爲「陪」；高青丘詩二千首，近體止取《吴女誦經》一首。然於時好事者剌取某某八字，管定雪溪律詩，云「禁是莫能爲也」，蓋與許洞詩僧事相類云。

白苧詞

館娃宫中露華冷，月落啼鴉散金井。吴王扶頭酒初醒，秉燭張筵樂清景。美人不眠憐夜永，起舞亭亭亂花影。新裁白苧勝紅綃，玉珮珠瓔金步瑶。回鸞轉鳳意自嬌，銀箏錦瑟聲相調。君恩如水流不斷，但願年年同此宵。東風吹花落庭樹，春色催人等閒去。大家爲歡莫猶豫，頃刻銅龍報天曙。

早春曲

青樓昨夜東風轉，錦帳凝寒覺春淺。垂楊搖緑鶯亂啼，裊裊煙花不堪剪。博山吹雲龍腦香，銅壺滴愁更漏長。玉頰啼紅夢初醒，羞見青鸞鏡中影。儂家少年愛遊逸，萬里輪蹄紅無跡。朱顔未衰消息稀，腸斷天涯草空碧。

和玉山倥侗生紫鳳曲

銀蟾帖天流素光，玉峰仙人吹紫凰。紫凰離群發孤嘯，思入寒雲悲怨長。餘音嘶風崖石裂，梅花飛春墮香雪。馮夷宫中龍夜愁，鮫人學語聲幽修。江波淡淡寒不流，七十二峰凝暮秋。急管繁絃不須數，轉羽移商調尤古。空山野人踏哮虎，隔竹江妃泣秋雨。有時無聲似有聲，欲與彩鳳相和鳴。秦王女兒去不返，碧海三山夢魂斷。

塞上曲

戰馬聞笳鼓，横行出塞門。陣雲凝隴黑，殺氣入邊昏。決策平胡虜，捐生報國恩。猶慚漢公主，萬里嫁烏孫。

班婕妤

一自辭同輦，深宮草又生。甘隨紈扇棄，猶記玉階行。明月愁中影，流鶯夢裏聲。笙歌前殿夜，教妾若爲情。

送駱泰入蜀省兄 別本作張光啟。

回首鴒原感別離，遠攜書劍上巴西。雲深蜀魄呼名語，月冷猿聲向客啼。諸葛祠堂春草没，杜陵茅屋夕陽低。相思亦有南來雁，莫道音書懶醉題。

送張景歸四明

萍水相逢此識君，天涯蹤跡又離群。夢隨海月鄉心遠，愁逐江流客路分。極浦斷鴻驚暮雨，亂山孤騎入寒雲。空齋别後門還掩，詩酒何人話夕曛。

送沈愚歸玉峰

皇州鶯囀柳條新，客裏那堪此送君。歸夢不離吴苑月，還家高卧玉峰雲。江村貰酒逢寒食，驛路看山對夕曛。最是臨歧分手處，落花離思共紛紛。

湘南懷古

江山摇落獨登臨，草色湖南入望深。萬古空留湘女恨，九歌誰識屈原心。霜清楚畹蘭香歇，雲暗巴陵雁影沉。正是客懷消不得，《竹枝》聲裏斷猿吟。

秋夜與金璘秉貞同酌有懷沈愚

舊遊心事念多違，此夕憐君扣竹扉。客裏清尊明月在，山中白社故人稀。凉歸苑樹秋聲早，漏盡江城燭影微。暢飲莫辭同一醉，相思空遣淚霑衣。

和沈愚閶門柳枝詞三首

此地吴王舊市朝，空遺衰柳日蕭蕭。行人不用頻回首，煬帝宫前更寂寥。
裊裊煙絲拂畫橋，紛紛春日上長條。館娃宫女能相妒，莫向東風學舞腰。
拂水揺煙積翠深，闔閭城外晝陰陰。花飛便作浮萍草，恰似儂家蕩子心。

旅次清明

萬家煙樹散啼鴉，上國清明好物華。滄海幾回驚節序，東風隨處見鶯花。山迴鳳闕雲邊出，柳帶龍旗雨外斜。欲醉芳尊消客況，鵑聲落日在天涯。

蘇雲蟄正 五首

正字秉負，平之弟。少從修撰張洪習舉子業，已而棄去，與其兄遊京師，並有詩名。還家教授弟子甚衆，張寧、祝淇其高弟也。又有蘇忠秉直，亦能詩。

南州有贈

天路無期到，春湘帶恨流。亂山愁對酒，落日獨登舟。書劍憐同客，江湖耐薄遊。離心寄明月，相逐遠悠悠。

江南旅情

天涯爲客久，生計日蕭條。旅況頻看月，鄉心獨聽潮。春歸江上早，家在夢中遥。無限相思意，東風白下橋。

重遊金陵有懷玉山沈一愚二首

別離何處是幽期，水遠山長信息稀。獨坐相思秋色裏，滿天霜月雁南飛。
歧路東西奈別何，壯心憔悴惜蹉跎。重來雲物非前度，黄葉秋風積恨多。

秋日登臨

海外寒雲暝不開，望秋閒上夕陽臺。江流東去疑天盡，山氣中浮覺雨來。緑水平蕪孤鳥下，白雲空去斷猿哀。臨高謾有滄洲想，愁向西風見雁回。

沈侄侗愚三十四首

愚字通理，崑山人。父方，清修好學，積書數千卷，皆親點校。通理博涉百氏，以詩名吴下，與劉溥諸人稱「十才子」。善行草，曉音律，詩餘、樂府傳播人口。或勸之仕，曰：「吾非籠絡中物也。」斂跡不出，業醫授徒以終其身。有《篔籟》、《吴歈》二集。弟魯，字誠學，專攻古學，爲文閎博，一時稱爲作者。

吴宫詞二首

銀箭金壺清漏長，錦雲百隊紅鴛鴦。春風侍宴蘇臺畔，歌吹連宵聲不斷。盤中絳蠟光玲瓏，玉缸霞液玻璃鍾。吴王醉擁西施卧，靈巖山頭月將墮。

柳腰雲鬢如花女，飄飄長袖隨風舉。且停緑水歌《白紵》，急管繁絃雜宫羽。姑蘇臺前秋夜長，星漢低垂明月光，金盤高燒蘇合香。君王酒酣情未央，銀燈相照歸蘭房。

烏夜啼

月邊驚烏尾畢逋，夜飛三匝啼高梧。緑窗織素誰家女，低蹙蛾眉淚如雨。銀燈照影翠屏深，聲聲似聽夫君琴。霜華滿庭天欲曙，正是愁人斷腸處。

吴娃曲

海棠含愁泣春雨，弱柳垂煙鎖金縷。東風裊裊吹晴絲，雙燕飛來向人語。西鄰小姬年十五，細骨輕軀學歌舞。將身嫁與冶遊郎，無奈花前别離苦。琵琶撥斷《鵾鷄》絃，玉釵擊碎鴛鴦股。低眉斂恨對銀缸，紅粉樓頭月當午。

莫愁曲

光風轉蕙吹幽香，遊絲薄霧春茫茫。百壺緑酒勸郎飲，多情誰似盧家娘。明珠雜珮聲玎璫，鸞裾鳳帶茱萸囊。蛾眉八字寒翠濕，星眸兩點秋波光。楚腰衛鬢桃花妝，敲金戛玉歌新腔，牽雲曳雨歸蘭房。

車遥遥

車遥遥，聲轔轔，西風吹車滿面塵。阿郎愛走長安道，不惜愁老閨中春。車遥遥，去如箭。郎歸來，早相見。

大堤曲

妾家住近横塘隅，鴛鴦紋繡紅羅襦。蛾眉淡掃遠山碧，耳璫低垂明月珠。蘭風吹散大堤上，柳絲摇金花作障。玉壺清酒波粼粼，鯉魚尾雜猩猩唇。艷歌宛轉凝流雲，勸郎徘徊留好春，好春不留愁殺人。

夜坐吟

漏板敲愁寒夜永，璧月流輝洞房静。香鎖鴛鴦生微塵，阿姬抱恨嬌眉顰。褰裳起唱相思曲，秋葉滿家霜簌簌，含啼背影吹殘燭。

房中曲

葳蕤繡帳垂蘭堂，緗簾摇月蝦鬚光。象牀塵污凌波襪，雲鬟釵横金鳳皇。杓欄深鎖鴛鴦窟，翠被生寒愁兀兀。玉奴夜搗紅守宫，春風染透桃花骨。蠟燈懸影碧窗紗，青絲嘶騎不歸家。琵琶撥盡相思曲，楊柳櫳門啼乳鴉。

春夜曲次趙公子韻

重門漏静烏啼歇，冰簾冷浸沉沉月。錦牀薇帳凝流塵，腸斷蕭郎隔雲别。嫣紅落粉愁宵眠，箜篌怨入朱絲絃。蠟燈高懸照孤影，水沉香散茱萸煙。柳鶯花困芳心亂，蝶思鶯情夢中見。綵毫題就惱儂詞，羞掩春風白團扇。

鴻門會

天柱崩摧地維裂，日月無光烏兎缺。撞鐘擊鼓海揚塵，刺豹搥牛飲生血。磨牙猰貐争雌雄，横眉炙錦眩重瞳。芒碭雲瑞不改色，座中有客乘飛龍。舞劍當筵勢揮霍，老增有言君不諾。將軍怒髮衝危冠，目光射入肝膽落。倒傾巵酒擘彘肩，呼龍歸去龍騰淵。百二山河付真主，玉斗聲中淚如雨。

湘中曲

玉笙吹斷蘭皋暮，萬里寒波向東注。孤鸞驚啼老蛟舞，雜珮叢鈴滿煙雨。湘娥凝愁低翠鬟，淚痕漬袖紅斑斑。蒼梧天高九疑碧，雲中帝子何時還。

秦筝曲

高樓欲暮花含煙，嫣紅落粉愁無眠。含羞起舞銀燭前，玉纖輕抹鴛鴦絃。鴛鴦絃，鳳凰曲。移妾心，置君腹。

弔城南薛烈婦冢

馬鞍山南溢瀆西，凄凉孤冢臨荒蹊。行人借問白頭姥，云是東鄰小吏妻。良人犯法因貪墨，京府差官受驅迫。瞥然見此花娉婷，輒起狂心勢相逼。貞白之身豈可污，分甘苦樂隨其夫。寧爲天邊失群雁，肯學水面雙飛鳧。發憤捐軀自經死，烈烈英風有如此。嘆息人間兒女曹，剛腸絶勝奇男子。百年過眼成匆匆，感今懷古情無窮。蒼苔怨骨斜陽裏，粉閣遺基蔓草中。聖朝褒恤誰曾舉，青史芳名未收取。君不見從來埋没知幾人，何獨區區薛家女。

長安道

西望長安道，東風吹緑塵。鬬鷄三市曉，躍馬五陵春。柳色迷行客，花香撲麗人。金張居戚里，遊宴不辭頻。

寒食對酒留别金陵知己

别離頻對酒，去住惜分襟。楚水歸帆遠，吴門驛路深。曉鐘孤客夢，寒月故鄉心。爲語同袍者，愁多莫苦吟。

追和楊眉庵次韻李義山無題詩五首

蘭槳雙欹倚桂舟，隔花臨水思夷猶。香囊玉珮勞相贈，繡幄銀屏惜共留。愁繞鳳臺秦樹暝，夢回巫峽楚雲秋。多才苦被春情惱，鏡裏潘郎雪滿頭。

行雨行雲少定蹤，夢回時節怕聞鐘。竹枝寄恨心偏懶，桃葉題情意轉濃。香冷繡鞍閒騕褭，燭殘金障掩芙蓉。紅樓緑水無多遠，如隔江山幾萬重。

纖纖斜日弄微風，腸斷仙山碧海東。鸞鏡有塵空自掩，雁書無路若爲通。愁横柳葉眉顰翠，淚濕桃花臉暈紅。盡道芳年易憔悴，莫教青鬢作秋篷。

油壁香車幾度來，赤闌橋畔起驚雷。夢隨暮雨陽臺去，愁踏春波洛浦回。青鳥銜書通密意，彩鸞留詠惜奇才。苦心一寸如紅燭，總遣燒殘未作灰。瑣窗珠户别離難，蘭蕙柔姿惜易殘。曲斷瑶箏銀甲冷，書留錦字墨花乾。羅衾積夢驚春晚，寶鴨銷香覺夜寒。檻外碧桃花自好，一年芳景共誰看。

秋晚述懷寄蘇秉衡

西風臨望極南天，楚客思歸倍黯然。雲樹遠連秋浦路，塞鴻初度秣陵煙。半江明月聞寒笛，荒渚孤燈泊夜船。遥憶長卿詞賦好，異鄉應得故人憐。

郊居秋晚有懷蘇雪溪

半生蹤跡嘆蹉跎，對景其如感慨何。浮世交遊黄葉散，故鄉煙水白雲多。樹銜斜日低臨海，風送歸鴻早度河。念爾貂裘猶在客，後時應賦《式微》歌。

和蔣淮南有懷蘇雪溪之作

客裏誰憐季子裘，半生多是異鄉遊。清尊對月成孤賞，殘笛臨風動遠愁。淮浦斷雲隨雁没，楚江寒水帶冰流。相思何處勞凝望，煙草微茫白鷺洲。

金井怨

牽絲猶怯冷，照影却含羞。獨立梧桐月，芳心不奈秋。

嬉春詞

酒盡情無極，花深眼欲迷。拂鞭歸去晚，月在畫樓西。

閶門柳枝詞二首

黄金枝軟翠煙濃，幾縷柔絲揚晚風。莫向尊前争婀娜，細腰人在館娃宫。

小蠻能唱白家詞，笑把纖腰鬬柳枝。愁絶尊前春未老，風流太守鬢成絲。

寄淮南

江南相望路迢迢，風滿關河雁影飄。最好鳳凰臺上月，共誰攜酒聽吹簫。

舊遊即事

冶城東畔舊亭臺，寂寂朱扉映竹開。一樹碧桃都落盡，去年蝴蝶却飛來。

吴中即景

白雲收盡晚山青，水鳥雙飛入翠屏。一派歌聲何處起，採蓮人在錦帆涇。

夏日久病有感

蕉葉垂風拂暝煙，海榴開近曲欄邊。病中寂寞誰相向，十日西窗背雨眠。

過桃葉渡

江花含笑欲争春，江水籠煙柳色新。商女停舟唱桃葉，東風愁煞渡江人。

楊柳灣

金縷垂波香霧濃，春風黄鳥畫橋東。多情却笑隋堤樹，長帶凄凉暮雨中。

二喬觀兵書圖

一卷龍韜講未終，温柔鄉裏出英雄。二豪不得陰謀助，敢向江東立伯功。

晏御史鐸六首

鐸字振之，蜀人。爲監察御史。與王淮、蘇平兄弟號「十才子」。嘗採國朝人製作爲《鳴盛集》。

登黄鶴樓

宦遊歲月易蹉跎，對景其如感慨何。黄鶴不來仙已去，古樓猶在客重過。青山遠戍寒煙積，芳草平洲夕照多。此日獨吟傷往事，長江渺渺水空波。

折楊柳

河橋殘柳半無枝，多爲行人贈别離。羌虜不知蕭索盡，月明空向笛中吹。

酒肆

半幅青帘柳外斜，甕頭春色泛桃花。遥思昔换金龜處，知是長安第幾家。

送曾與忠

送送臨歧路，滄江欲暮時。我懷殊未已，君去獨何之。鄉國多歸夢，天涯少故知。别來明月夜，無那思淒其。

九峰山行二首

三徑重開書屋，九峰舊隱人家。欲辨武陵春色，溪流泛出桃花。
曲徑沿流上下，蒼苔白石磷磷。落日惟聞啼鳥，空山更少行人。

王處士淮六首

淮字柏原，慈谿人。「景泰十才子」之一也。長身美髯，博極群書。嘗與湯公讓遇於吴興之慈感寺，皆以辨博相誇詡，對語移日，不相下。及徵青陵臺事，各得其二，柏原問公讓曰：「止於此乎？」復舉其一，歷歷口誦無所遺。公讓嘆服，語太守岳璿曰：「柏原真行秘書也。」好作長歌，下筆輒數十韻，造語奇麗，擅名江湖間。卒年八十。所著有《大愧稿》。

張道玄天師畫降龍圖

老龍不識天有數，剛要爲霖觸天怒。天呼六丁驅下來，不容駐脚天街路。雷神伐鼓雲揚旗，火鞭亂打列缺馳。海波起立一千丈，陽侯叫噪馮夷嘻。泥鰍土蟮妖鬼技，側睨坳窪務得志。那知龍抱九土憂，弭角摧鱗潛出涕。哀哉九土毛骨焦，蝦蟆蜥蜴搶工勞。爾龍穩穩卧海窟，再莫多事生驚濤。海中雖無五花樹，海中綽有寬閒地。朝吐扶桑白日光，暮呑細柳赬霞氣。我聞北周是太荒，一團陰氣余無陽。何不銜取玉燭上天去，矖破鰲足八極俱輝光。

錢舜舉畫花石子母鷄圖

落紅香散東風軟，靈巖絡翠苔紋淺。閒庭晝永日當空，花影團團移未轉。兩鷄不識春意佳，棲遲也傍庭前花。父鷄昂然氣雄壯，獨立峰顛發高唱。母鷄喈喈領七雛，且行且逐鳴相呼。兩雛依依挾母腋，母力已勞兒自得。兩雛啾啾趨母前，有如嬌兒聽母言。兩雛唧唧隨母後，呼之不前不停口。一雛引首接母蟲，兒腹已飽母腹空。嗟爾愛雛乃如此，不知爾雛何報爾。錢翁摹此悦生意，我獨觀之暗流涕。劬勞難報慈母恩，漂泊江湖復何濟。展圖三嘆重摩挲，鷄乎鷄乎奈爾何！

劉阮天台謡

天台山，乃在錢塘之南，甌越之間。上有撑雲掛日千丈高峰挺岌嶪，下有奔雷噴雪萬仞深壑流潺湲。銀河倒瀉石梁滑，自非仙風道骨誰能攀。紫芝吹香緑煙暖，碧桃影鎖青霞閒。是爲上清玉平洞天府，樓閣十二神仙寰。中有綽約兩姝子，玉爲肌膚花爲顔。壺裏乾坤貯甲子，鼎中龍虎燒靈丹。彼美劉阮郎，採藥於此擕傾筐。幽尋遠去不知極，遂使歸路迷羊腸。載饑載渴日云暮，欲進不進徒徬徨。且攀桃實當饑糧，且掬澗泉爲渴漿。一瓢何處忽流出，知有人家居上方。再涉一水盤一岡，可人正見雙姝行。雙姝笑相迎，喜氣回春陽。問郎來何晚，邀郎歸洞房。先呼小玉排金門，推鎖窗，水晶鈎掛珊瑚帳，雲母屏開玳瑁牀。與郎夙世有緣契，願郎結作雙鴛鴦。四鄰仙客來相賀，手持七寶玻璃觴。酌郎酒，勸郎嘗，願郎慎勿思故鄉。燒鳳燭，爇龍香，五雲絢爛流祥光。青鸞歌，白鶴舞，金童吹簫玉女鼓。胡麻飯，山羊脯，勸郎飽餐心勿苦。尤雲殢雨昏復晨，天家日月四時春。翠禽何事苦饒隔，窗舌唤醒思歸人。郎思歸心何切切，祇爲塵根難斷絶。留郎不住送郎行，袖羅掩面難爲情。擕手行行出洞天，歸尋舊跡都茫然。但見崩城敗郭慘淡照斜日，荒林故隴蕭瑟凝寒煙。甫欲詢子孫，子孫已是七葉傳。甫欲詢故人，故人枯骨消黄泉。祇道山中才半載，豈知世上成千年。進無所依退無據，却憶仙家遊樂處。撫心惆悵欲往從，奈此萬壑千峰隔雲樹。仙姝有約不負人，到頭畢竟還相遇。何人貌此仙家蹤，縞素淅淅迴靈風。黄絹索我寫新句，惜無健筆爲形容。舉頭遥望天台路，赤城霞氣横天東。神仙之説未必無，但恨凡胎俗骨難輕逢。

寄吴廷圭

雁叫新霜九月時，客邊情況日凄其。枯風敗葉藤纏屋，細雨疏花豆壓籬。鷄嫩蟹肥村店酒，鷺閒鷗淡野橋詩。待君流水柴門下，共醉斜陽倒接䍦。

遊東林山

具錦峰頭揖下菰，睢雄樹底數榮枯。落花煙冷燒丹竈，芳草雲深賣酒壚。高塔守燈留獨鶴，敗祠銜鼓失群烏。秋風一片榴皮跡，零落祇園壁上圖。

旅館書懷次韻

吹斷金猊一縷煙，凄風忽到鬢毛邊。出門嘆有千歧路，負郭慚無二頃田。淺水乾蘆秋雨雁，荒村病柳夕陽蟬。空窗獨掩黄昏後，半壁寒燈對榻燃。

鄒御史亮九首

亮字克明，長洲人。少善爲文，援毫無停思。輕俠無行，嘗薄遊，爲人所擊。周文襄愛其才，訓誡之，乃折節好學，爲名儒。正統初，用郡守況鍾薦，擢吏部司務，遷監察御史。酷嗜書，積至千餘卷，手自鈔録讎較。撰《詩宗韻海》，未就。克明與湯胤績諸人共集，湯豪伉不可一世，克明每氣凌之，已而相折，又相好也。詩爲劉原博所推，時稱「十才子」，克明與焉。

長信宮

妙舞方承寵，愁懷獨感傷。金輿門外度，紈扇篋中藏。別殿閒秋月，空階粲曉霜。凉飇太情薄，渾不到昭陽。

長門怨

寵極愛憐初，憎生妒忌餘。隔花聞鳳吹，卷幔望鸞輿。夜月閒金屋，秋塵暗綺疏。悲愁誰解賦，惟有馬相如。

鳳臺曲

月明露濕宫花影，夢斷瑶臺桂香冷。闌干縹緲碧雲齊，銀潢欲墮星斗低。紫簨吹殘彩霞墜，翩然同上青鸞背。青鸞背穩仙骨輕，玉妃笑倚珠宫迎。銅梟漏盡秦樓曙，瓊管遺聲落何處？

湘中絃

緲緲煙波帶白蘋，露寒風細月如銀。沙棠舟上愁回首，祇聽猿聲不見人。

水仙花效李長吉

馮夷鏤水駐花魄，奇芬染肌沁仙骨。天風吹夢落瑶臺，家住江南水雲窟。弄珠拾草瀟湘渚，帶月迷煙愁不語。小龍潛開水晶殿，玉杯凉露承華宴。青鳥銜書來閬苑，笑指蓬萊水清淺。

又效温飛卿

宓妃肌膚瑩冰雪，體素含香复清絶。驪宫夜寒愁不眠，微步滄洲拾明月。月光如練波茫茫，仙魂不歸愁斷腸。湘娥含顰老龍泣，鮫人灑淚銅槃濕。瑟瑟江風吹夢醒，翠袖籠寒襪羅冷。白露無聲滿瑶草，煙水迢迢鏡光曉。

梧桐仕女圖爲錢孟實題

蘭膏膩滑金釵溜，繡帶斜分犤香袖。鎖窗睡起思嬌慵，練裙六幅湘波皺。月轉虚簷風滿林，碧雲迢遞銀河深。香塵不到襪羅冷，下階踏碎梧桐陰。梧桐老去孫枝長，枝上鳳凰棲兩兩。憑誰巧斫琴瑟成，諧奏宫商協幽響。蕭郎不歸春意闌，夢繞梨雲花作團。銀塘露冷芙蓉老，錦鴛怨入秋風寒。楚雲湘水鱗鴻杳，兩點春山愁不掃。低徊顧影悄無言，明朝衹恐朱顔老。

雜　怨

漾舟採芙蓉，回橈過蓮浦。與君剖蓮房，試看誰心苦。

古　意

妾如江邊花，君如江上水。花落隨水流，東風吹不起。

蔣淮南忠二首

忠字主忠，儀真人，徙句容。太醫院判謚恭靖用文之子也。與其兄主孝皆有詩名。與蘇平、沈愚唱和，有名於時。當時所稱「景泰十才子」者，吴下劉溥、中都湯胤勣、崑山沈愚、海昌蘇平、蘇正、西蜀晏鐸、四明王淮，其三人爲主忠兄弟、戚里王貞慶善甫，或云洞庭徐震叔重也。崑山陸伸題蘇秉衡《雪溪漁唱集》云：「雪溪所與交遊，如金粟公子、蔣淮南及吾崑沈倥侗，俱有盛名。集中稱沈愚者，倥侗；主忠者，淮南也。每卷之前題戚里王貞慶善甫者，金粟也。」觀此則淮南、金粟在「十才子」之列無疑矣。

經龍潭故居

不到故園久，寧辭歸路遥。山光自今昔，人物嘆蕭條。古鎮東西市，長江旦暮潮。何當尋舊業，來此伴漁樵。

芙蓉

清露下林塘，波光净如洗。中有弄珠人，盈盈隔秋水。

蔣主孝一十首

主孝字務本，用文之子也。嘗語其子誼曰：「楊仲弘謂作詩取材於漢、魏，而音律則以唐人爲宗。」自選其詩曰《樵林摘稿》，其大指蓋如此。

讀書

夕陽下山暝，篝燈坐中庭。縹帙亂几案，寒芒射奎星。綃綃雲邊月，移光照疏欞。恍然若自得，碧水涵圓靈。善惡何所召，持鑒以照形。不鑄考父鼎，乃勒燕山銘。嗚呼彼何人，蒼天正冥冥。

遊牛首山叙志

夙昔抱奇氣，遨遊山水中。山水豈不佳，心懷自忡忡。於今老將至，遨遊興無窮。青天倚絶壁，白石懸孤桐。時乘小紅車，朝西暮復東。登登牛頭嶺，浮雲繞蒼空。楊柳落晴雪，桃李吹春風。斜陽下鳥道，野雉藏蒿蓬。偶逢碧眼僧，呼我贅世翁。叩之不復語，矯首看歸鴻。

酈生長揖圖

拔劍斬蛟神媪哭，蓋世英雄逐秦鹿。君本高陽一酒徒，乃敢庭前嗔濯足。五年帝業本天命，待君濯足何爲辱。溺冠不罵老書生，猶有攻齊半分策。君不見子陽磬折竟如何，回首江山空碌碌。

居燕旅情

不上黄金臺，早歌歸去來。平沙無草木，短褐有塵埃。故裏愁言别，明時敢論才。燈前一舞劍，豪氣轉成哀。

思 昔

昔日輕王猛，如今重管寧。煙塵猶浩蕩，豪傑故飄零。客况風中絮，交遊水上萍。空憐乞米帖，愁絶老横經。

旅邸有懷

風雨茅齋夜，青燈照客眠。故人霄漢上，歸思楚江邊。短角吹殘夢，長歌感昔年。自憐身老大，何以繼前賢。

送劉草窗原博北上

管庫誰憐有俊才，買舟今日上燕臺。繞堤江燕對人語，千樹野桃當午開。使者再來顔闔去，箭書初下魯連回。煩君此别須珍重，莫遣兒童浪自猜。

無　題

鳳輦朝遊繡嶺宮，村花野柳笑春風。自懷白璧無田種，莫信蓬山有路通。孤館暮雲迷舊夢，閒庭小雨落殘紅。貞元朝士知誰在，一曲琵琶月正中。

題陶元亮五柳圖

所事既非主，不歸將若何。門前五株柳，空惹北風多。

春宮曲二首

豆蔻花開蛺蝶飛，晚妝樓上换新衣。吴王不解琵琶怨，祇道新傳緩緩歸。

木槿芙蓉繞曲闌，露珠斜墜覺衣單。傳呼不用輕羅扇，未必人人似我寒。

金粟公子王貞慶三首

貞慶字善甫，淮甸人。附馬都尉永春侯寧之子也。寧字清真，戚里中以文雅著，嘗與姚少師、釋南洲爲鬬茶之會，有詩流傳長安，以爲韻事。善甫尤工詩，折節好客，劉原博諸人集中所稱金粟公子者也。善甫亦「十才子」之一。

春日偕蘇一平蔣五忠沈一愚遊劉公祠

都城二月春熙熙，尋芳每共幽人期。長干白下總名勝，載酒攜琴隨所之。今晨乘輿出西郭，花底停驂遊古祠。祠宫岧嶢白雲裏，丹青臺殿張罘罳。落梅紛紛墮香雪，垂楊冉冉摇金絲。憑高縱目倚欄檻，乾坤清氣凝詩脾。從遊賓客盡文彦，豪吟謔浪忘吾誰。東海蘇公最英俊，掀髯一笑摛雄詞。天孫機杼織雲錦，五色絢爛含朝曦。淮南蔣生尤敏捷，吐語字字皆新奇。長鯨怒吸海波竭，峥嶸露出珊瑚枝。玉山沈郎更瀟灑，芙蓉秋水涵清姿。摩挲石壁寫新句，毫端墨汁光淋漓。呼兒洗盞罄餘興，醉來不覺烏巾欹。飛光百歲猶瞬息，人生行樂須及時。樹林陰翳鳥聲雜，斜暉又駐西山陲。馬啼歸去踏芳草，風流不減高陽池。

清明日寫懷

地僻長時少送迎，坐看春色又清明。傳家舊物青氊在，處世中年白髮生。楊柳東風猶料峭，杏花疏雨半陰晴。塞翁得失何須論，且共沙鷗暫結盟。

分題得金山曉鐘送金瓚歸婁東

孤刹天心起，疏鐘月下鳴。沉沉催曙色，隱隱帶潮聲。近渚鷗群散，空林鶴夢驚。扁舟有歸客，欹枕不勝情。

徐處士震二首

震字德重，吴人。洞庭巨族，家世好文。少從陳嗣初學詩，有《弔項羽廟》、《睢陽懷古》、《輓岳武穆》詩傳播人口。與西蜀晏鐸、海昌蘇平倡和，亦與「十才子」之列。久之，謝賓客，歸山中，垂簾焚香，雖鄰里無行跡。孫縉，官翰林，有名，王濟之誌其墓。

咸陽懷古

阿房宫殿對南山，閣道縈迴霄漢間。伯業終隨烽火盡，遊魂俄載屬車還。三千童女空浮海，十萬貔貅已入關。留得當年遺恨在，長城血淚土猶斑。

錢塘懷古

黄沙漠漠起邊烽，萬里山河落照中。姦佞遽成南渡計，英雄空誓北征功。冬青樹老無遺種，瑞石山荒有廢宫。此日經行弔陳跡，野花和露泣殘紅。

徐　章四首

章字德彰，吴縣人。震之兄也。王守溪撰徐震墓誌云：「與其兄德彰日相劘切，學益進。」

題普春上人所藏謝孔昭畫

葵丘先生才絶奇，詩情畫筆追王維。家君曾延主西席，講罷我輩從遊嬉。呼童時背錦囊出，寶馬金鞍過南陌。春色不知何處來，柳花亂捲東風白。普春上人尤知心，相逢留坐長松陰。閒將瑶琴撫一曲，散作青天鸞鳳吟。是時先生縱吟目，對景寫成圖一幅。興闌人散夕陽西，長笑一聲山水緑。先生仙遊已十秋，至今惟有斯圖留。持來索我賦長句，等閒成作古今愁。

春日陪孟英陳先生遊横山寺

懶逐輪蹄走市塵，却來林下重盤旋。天開圖畫丹青繞，嵐近樓臺紫翠連。春水落花孤島外，夕陽歸鳥片帆前。閒情不獨耽幽僻，爲喜山僧似皎然。

題梅送友

萬樹籠香障白雲，孤山深處隔塵氛。玉顔爲惜君歸去，却向東風瘦幾分。

入城訪徐德昭

家住湖山小洞天，數村鷄犬自風煙。因過城市逢君話，流水桃花又隔年。

張秀才淮三十四首

淮字豫源，吴縣人。少業舉子，一試鎖院即棄去。家貧落魄，天才豪宕，頃刻千百言，見者辟易。合肥徐志以詩自負，倜然謂吴無人，衆中自誇《蘇臺覽古》之作，豫源破衣垢帽，援筆屬和，徐意輕之，俄而立成二章，皆出意表，徐噤不敢復言，明日遁去。嘗燕一富人家，牡丹盛開，主人謂曰：「子能用中峰梅花詩韻賦百篇乎？」豫源信筆成五十首，笑曰：「詩腸枯矣。」亟呼酒沃之，日未昃，竟成百篇，又回文一首。人以爲神。性嗜酒，朝暮不離杯勺，沈醉墮水而死。時有老儒陳體方者，亦嗜酒，有索詩者，醉之以酒，輒有佳句。將死，頭戴野花，肩輿遍遊田間，狂醉三日而逝。其子韶，字大和，一生恒遊僧舍，號無住髮僧，縱酒工詩，名亞豫源，一夕醉死友人家。豫源《牡丹》詩，都玄敬序而刻之。體方詩不傳，韶僅得二首。

牡丹百詠 録三十二首

緑雲堆裏露精神，依約如羞認未真。開落後天皆有數，品題先漢却無人。金鈴送響多驚鳥，翠幄圍嬌不受塵。何處託根偏得地，年年獨讓魏家春。

一撚殘脂暗有神，至今猩血印來真。蓮清誤得稱君子，梅瘦虚曾化美人。六曲闌前凝倦態，五紋茵上委芳塵。若爲得有韓湘術，四序常逢富貴春。

紛紛畫史筆通神，誰與花王寫得真。臨水似窺捐佩女，倚風如畫墜樓人。芙蓉祇合稱凡品，芍藥端教接後塵。興慶池東誰更賞，冷風凄雨不禁春。

酷愛園丁技獨神，染來隨意却能真。奇香滿院若薰麝，嬌影隔簾如覘人。三五朵皆呈絶色，百千花盡避清塵。有因自與東風好，不肯吹殘枝上春。

皓臉微凝不語神，誤疑薝卜又非真。瑶臺月下吹簫態，姑射山中絶粒人。洗出玉杯承白露，蜕來玉質出緇塵。善和坊裏端端去，今日憑誰管領春。

胭脂爲骨暈生神，不許緋桃更逼真。疑謫艷陽天上質，絶勝佳麗水邊人。染來香骨薔薇露，點破紅腮柳絮塵。莫向花時不歡賞，人生能見幾番春。

萬姿千態逞嬌神，誰更嬌神與賽真。樓外吹簫秦弄玉，帳中鳴珮衛夫人。金錢卜遠微聞語，羅襪凌波暗惹塵。始信此爲傾國色，與君同占可憐春。

南威不敢鬬丰神，除是楊家有太真。不語每憐猶想匹，無情誰信解留人。蕊心蝶粉粘金縷，葉尾蛛絲罥紫塵。莫笑百花開後發，懶隨兒女共争春。

獨有天公造化神，釀成珍卉吐來真。百般嬌態生成種，一味穠香惱殺人。金縷盡容歌白日，紫絲曾爲障紅塵。若教青帝堪通賂，萬斛明珠定買春。

深深着色淺浮神，恍惚麻姑舊日真。似爾銜嬌寧有敵，如儂鍾愛恐無人。條風吹破當三月，穀雨過來又一塵。如此名花如此景，可容孤負玉缸春。

紅玉肌容艷有神，九天飛下一仙真。垂頭雨後猶傾國，點額風前欲喚人。龍腦薰成香世界，蝶翎逗落錦埃塵。春光得我方能麗，笑殺凡花號麗春。

十二峰頭行雨神，香魂忽變此花真。顰眉似恨争妍女，着眼如羞快睹人。天亦有私全與艷，雨何無賴使爲塵。不須羯鼓催先發，遲發還留幾日春。

十分嬌處十分神，一度看來一度真。數朵背翻如避客，幾苞争向似迎人。惟應玉樹堪同價，不許瓊花

獨離塵。惆悵枝枝零落盡，滿天風雨送殘春。融融暖日微微露，冉冉遊絲

乾坤淑氣毓爲神，幻出嫣然態獨真。異品合栽金谷地，連枝偏惱繡闈人。細細塵。一段風流誰解識，錦罘罳外不勝春。

不是金錢果是神，花王那得此留真。未舒冶艷先驚俗，才逞芳心便感人。照影池涵澄碧水，懸枝犀闢軟紅塵。年年無奈花時別，辜負平章宅内春。

半吐檀心已露神，膩紅嬌白一何真。慣親擊折珊瑚客，曾賞歌殘《玉樹》人。宜醉暖風宜醉日，不隨流水不隨塵。東家小婦顔如玉，猶妒鞦韆架外春。

誰道元輿賦有神，個中風味語難真。半庭遲日晴薫骨，四座香風暖襲人。枝弱不勝霞朵重，葉疏難蔽露房塵。浩歌日日宜歡賞，積玉如山莫買春。

微微浮彩暗浮神，桃避輕明杏避真。紅意思疏難引蝶，緑精神重正愁人。香和鵲尾罏中馥，影襯鴉頭襪底塵。安得黄金三萬鎰，累渠成屋貯嬌春。

十分霞艷十分神，萬種風流萬種真。此日既專天下美，前身應是月中人。對君縱酒杯傾緑，廢我題詩研積塵。蝴蝶祇疑韓壽化，飛來偷撲異香春。

碧池光裏巧傳神，上下相輝一樣真。黠蟻根頭行識路，狂蜂葉底去隨人。飄來不冷胭脂雪，落盡猶香錦繡塵。更把清平舊時調，翻成一闋《沁園春》。

嬌柔無朵不舒神，呑盡群花意外真。連日輕寒知勒爾，今朝殊艷正娱人。一樽豪興三生約，九陌風光

十丈塵。唤取吴姬到花畔，遏雲重唱《竹枝》春。

百味狂香三昧神，就中誰解獨知真。開臨玉女窺窗外，賞許金貂换酒人。鶴頂映來猶尚色，馬蹄踏去易爲塵。遍憑十二闌干曲，一曲闌干一曲春。

鬱藍天上艷肌神，降作人間第一真。葵萼任含傾日態，梨花翻作洗妝人。巧添綺繡叢中景，濃污笙歌窟裏塵。風雨經旬看不得，鷓鴣啼老夢中春。

霧閣雲窗隱映神，宜晴宜雨不同真。醉開笑口幾豪客，倦破妖顔一麗人。閃爍映肌霞似綺，空濛罩影霧如塵。等閒寂寞垂枝緑，何異空花過眼春。

間氣名花不世神，山丹爲相敢同真。東門欲傲如雲女，南國應移夢雨人。蜂抱香鬚還釀蜜，燕銜嬌瓣誤隨塵。多才潘令何曾識，錯種河陽滿縣春。

司花未省是何神，不合教渠盡領真。方半吐時偏愜意，到全開日便愁人。紅雲冷慘枝間露，緑霧香流葉底塵。一曲山香莫輕舞，臨軒方欲賞長春。

榆莢雨疏還養神，楝花風急欲侵真。偷藏翠葉棲邊鳥，戲摘頳葩醉後人。細看始能知絶韻，偶飛深爲惜嬌塵。對花我欲長歌舞，怕數階蓂幾莢春。

獨對紅膚久愴神，蠟鬚巧映蝶鬚真。祇疑目過曾留彩，未信花飛不感人。赤玉盤高還捧日，紫霓裳薄不留塵。長繩可繫西飛日，簫鼓還娱不夜春。

芳蘭氣味海棠神，併作庭前錦樣真。風葉似來遺佩女，露腮如遇泣珠人。數枝宿艷欺山日，百歲浮生棲草塵。正是及辰君不賞，莫教春去却懷春。

夜深桃李慣遊神，逢着應降敢抗真。倦緑似嗔狂飲客，欹紅如效倦妝人。真舒艷氣凌芳景，肯把仙姿翳俗塵。對酒幾番當酒渴，玉瓶還啜鳳團春。

風外香來覺爽神，龍涎也合讓其真。綺羅舊夢應隨蝶，時世新妝欲媚人。高閣望來疑似錦，香階堆處嘆如塵。彩毫濃蘸金壺墨，一一題詩應付春。

正艷陽和正噴神，最妖嬈處最舒真。舞憐《垂手》風前女，香引返魂天上人。艷蕊欲欺殘朵色，新梢能拂舊枝塵。何由會得東皇面，分付明年早破春。

回文一首

華浮月夜静飛神，妙出天工盡奪真。斜葉趁風摇翅蝶，艷姿嫌酒病心人。霞翻麗質晴烘日，露浥微香暖涴塵。家世古稱應獨魏，花飄未盡占芳春。

遊鶯脰湖

白鳥眠沙夢不驚，寒生水國半陰晴。酒涵春色花邊過，船載湖光鏡裏行。南浦愁連芳草緑，東風歌送《落梅》聲。那堪日暮臨歧别，更聽河橋柳上鶯。

陳秀才韶二首

韶字大和，吴縣人。

旅館秋夜不寐

殘夢驚回枕半欹，山城何處角聲悲。鬢毛似葉秋都落，骨肉如星曉漸離。沽盡酒資爲客久，欠多詩債了人遲。黄花開處憑誰報，三徑歸看未有期。

早春書懷

春來生怕惱吟魂，不待春來便出村。詩骨瘦來山並聳，酒腸寬去海都吞。板橋晴雪梅花路，茅店東風竹葉尊。囊底青蚨有三百，未甘騎馬傍人門。

杜淵孝瓊一十首

瓊字用嘉，吴縣人。從陳繼先生學，博綜古今。爲文和平醇實，本乎理道。詩以博達爲宗。尤善寫層巒疊嶂，師法董源，秀潤可觀。性至孝，父名玉，終身諱玉。嘗刲股已母疾，有司將上其事，請移以旌母節。每求賢詔下，有司輒首舉。郡守況鍾兩薦之，固辭不出。自號鹿冠老人。晚而徙家東原，得朱長文樂圃家焉，學者稱東原先生。戴鹿皮冠，持方竹杖，出遊朋舊，逍遥移日，歸而菜羹糲食，怡怡如也。卒年七十有九。三吴會葬者數千人，門生趙同魯輩私謚曰淵孝先生。同時有邢量用理居葑門，不娶，不畜奴婢，足跡不出里門，於書無所不通。吴中布衣高隱王仲光、韓公望之後，杜、邢實繼踵焉。

贈劉草窗三十韻

河圖一畫人文現，書畫已在羲皇時。鳥跡科斗又繼作，象形取義日以孳。肖形求賢在商世，書畫從兹分兩歧。秦漢畫工可指數，筆跡已遠不可追。顧陸張吴後先出，六法盡得誇神奇。山水金碧到二李，水墨高古歸王維。荆關一律名孔著，忠恕北面稱吾師。後苑副使説董子，用墨濃古皴麻皮。巨然秀潤得正傳，王詵寶繪能珍琦。乃至李唐尤拔萃，次平仿佛無崇庳。海嶽老仙頗奇怪，父子臻妙名同垂。馬夏鐵硬自成體，不與此派相和比。水精宫中趙承旨，有元獨步由天姿。雪川錢翁貴纖悉，任意得趣黄大癡。净明庵主過清簡，梅花道人殊不羈。大梁陳琳得書法，橫寫竪寫皆其宜。黄鶴丹林兩不下，家家屏障光陸離。諸公盡衍輞川脈，餘子紛紛奚足推。予生最晚最愛畫，不得指引如調饑。幸逢聖世才輩出，且得遍扣容追隨。友石先生具仙骨，落筆自然超等夷。葵丘爛熳文鼎潤，獨醉獨數寒林枝。

綿州寓意最深遠，數月一幀非爲遲。我師衆長復師古，揮灑未敢相驅馳。涸練涴楮且不厭，寫就一任傍人嗤。劉君識高頗見録，往往披對心神怡。且云慘澹有古意，口不即語心求之。我有鷺瓢富題詠，欲得長句須君爲。十年不與豈有待，以彼易此何嫌疑。我詩我畫既易得，請君不吝勞心思。

題畫贈莫文輝

蜀中有士雷濟民，天機之精如有神。遠追顧陸得深趣，近於馬夏尤相親。朅來放浪學司馬，足跡還令半天下。山川奇勝納胸臆，熔會精神任陶冶。并刀剪取交州纑，筆灑墨沈翻金壺。峰巒巖嶂樹參錯，元氣慘淡雲模糊。夔塘險没天地户，神斧中分兩崖竪。八陣深藏神鬼愁，三峽奔流雪濤怒。朝辭白帝暮江陵，一日經行千里程。篙工長年假水力，舟中人坐無憂驚。我生不作遠遊客，每檢輿圖心頗識。幸而得此川峽圖，十二巫山若親歷。乃知妙奪造化功，幾回坐對心神融。風雷欻翕妙不測，頃刻縮地來壺公。莫君與予交莫逆，髫齔以來今五帙。愛我能如鮑叔賢，慚予不似夷吾德。君來見畫心亦珍，雙手捲之持贈君。世間奇玩豈我獨，眼底知心能幾人。

採菱圖

苕溪秋高水初落，菱花已老菱生角。紅裙緑鬢誰家人，小艇如梭不停泊。三三兩兩共採菱，纖纖十指寒如冰。不怕指寒并刺損，祇恐歸家無斗升。湖州人家風俗美，男解耕田女絲枲。採菱郎是採桑人，又與家中助生理。落日青山斂暮煙，湖波十里鏡中天。清歌一曲循歸路，不似耶溪唱《採蓮》。

萍　庵

閒把浮萍號葉舟，百年身世總如浮。若爲有跡成棲泊，可事無根任去留。楊柳晚風移別浦，桃花春水泛中流。楚謡驚斷江湖夢，隨處忘機逐海鷗。

蘇臺別意送沈原復還琴川　集本不載。

相逢未幾即思歸，忍聽朝來歌《式微》。緑酒數杯遊子去，青山百里故人稀。杏花微雨飄離席，楊柳東風拂釣磯。明日到家春正暖，祓除時節試春衣。

竹

露葉風梢接水鄉，幾回相對憶瀟湘。寒雲流水斜陽暮，一曲清歌斷客腸。

竹下水仙花

珮環香冷水風多，步底輕塵襯襪羅。二十四絃何處奏，又將哀怨託湘娥。

春　日己巳歲作

白髮慵梳不裹巾，高齋無語獨傷神。憂君誰似監門女，匡世難求築版人。天外亂山迷落日，雨中芳草戀殘春。新芻未熟難成醉，欲借醇醪問比鄰。

春日閒居述懷

紅塵道上馬紛紛，延緑亭中杳不聞。日轉長林移樹影，雨餘芳徑長苔紋。閒吟自策青藜杖，高卧誰書白練裙。寡過未能身易老，此生惟恐負斯文。

斑　竹

重華南去不南還，二女啼痕在竹間。亦有富川蘇子墨，至今枝葉尚斑斑。

富川有東坡竹，蓋公嘗以題壁餘墨灑竹上而不滅，新篁枝葉皆有墨痕。後百八十年，謝叠山謫居是地，其竹尚然，豈蘇公之忠誠不減英皇之貞節乎？

沈翊一首

翊字廷佐，長洲人。

寄沈介軒

錦繡湖山罨畫樓，君家住在小瀛洲。洞簫吹上花間月，十二珠簾不下鈎。

謝葵丘晉六首

晉字孔昭，吴縣人。號葵丘。工畫山水，重疊爛熳，尋丈之間，不日而就。嘗自戲爲謝疊山，吴原博詩云：「風流前輩杳難扳，謔語空傳謝疊山。」爲此也。性耿介，里人疾之。以繪工起貢京師，僑居金陵廿餘年，以目眚放歸。亦能詩，有《蘭亭集》。

寒食旅懷

簾外春陰似去年，異鄉寒食倍凄然。梨花香褪空飄雪，楊柳條長不禁煙。無處追遊乘款段，誰家歡笑送鞦韆。晚來走向東鄰媪，乞與青燈照客眠。

晚春四首追次楊眉庵韻

水淹榆莢半堆墻，細雨生寒潤袷裳。芳草遠迷樓外眼，飛花空斷客邊腸。風簾静罥餘春絮，煙篆微銷過午香。睡起不知庭院晚，陰陰高柳映殘陽。

年來疏散任清貧，藜杖荷衣白葛巾。傍竹看山行怕晚，對花臨水坐傷春。擬將蘭棹爲漁父，來訪桃源避世人。回首仙蹤無處覓，東風吹緑半江蘋。

移家住近闔閭城，花繞衡門柳拂楹。新社未來先有燕，一春將盡始聞鶯。杯緣醉少長嫌淺，巾爲凉多却愛輕。日暮小齋清沐罷，顆頭閒取一琴横。

節序匆匆改歲華，滿庭芳草一池蛙。吟髭總爲傷春白，病眼長因中酒花。夢裏暫歸憑蛺蝶，江頭相送憶琵琶。過窗過盡清明日，風雨昏昏噪暮鴉。

楊花

飛飛衮衮復揚揚，送盡春歸客路傍。雪爲有才曾似詠，風因無力却欺狂。妝樓曉起縈奩白，水郭晴來滿店香。莫向隋堤凝望眼，斷煙斜日正迷茫。

沈徵士澄三首

澄字孟淵，以字行，長洲人。永樂初，以人材徵，引疾歸。好自標置，恒著道衣，消遥池館，海内名士莫不造門。居相城之西莊，日日具待賓客，飲酒賦詩。或令人於溪上望客舟，惟恐不至。人以顧玉山擬之。晚自號蜼庵。卒年八十有八。二子，曰貞吉、恒吉。

題畫

采盡芙蓉秋不知，水聲流去少年時。西風吹醒江南夢，月色滿船歌《竹枝》。

寄陳怡庵

十年千里各天涯，盼得還家會面遲。雲冷夜窗聽雨坐，相思却似未歸時。

哭金怡静

憶君空使淚潸然，詩酒無情又一年。腸斷楚雲愁不盡，夕陽疏柳自鳴蟬。

沈氏二先生八首

沈貞字貞吉，號南齋。恒字恒吉，號同齋。皆以字行。其父徵士孟淵，好客，多長者之遊，而塾師爲陳繼先生，耳目濡染，蔚有聞望。所居窗几明潔，器物古雅，奇石嘉樹，儼如畫中。風日晴美，兄弟被古冠服，登樓眺望。或時扁舟入城，留止僧舍，焚香瀹茗，累夕忘返。皆善繪事，妙處逼宋人，然自重不苟作。每營一障，賦一詩，必經旬閱歲乃出。皆善爲詩，兄弟自相倡酬，下至僮僕，皆諳文墨。南齋年八十餘，同齋六十有九。同齋則石田先生之父也，吴文定爲表其隆池阡云。

沈陶庵貞六首

桃花渡

渡頭渾似曲江濱，誰種桃花隔世塵。紅雨緑波三月暮，暖風黄鳥數聲春。舟横落日非無主，樹隔層霞不見人。幾欲前源訪仙跡，迷茫何處問通津。

得故人書

蕭蕭落葉蔽荒苔，流水柴門晝始開。紫塞雁從江上過，故人書向日邊來。秋風客舍心千里，夜雨燈窗看幾回。迢遞關河空念別，何時能報一枝梅。

吴淞漁樂

家住滄洲白鳥邊，捕魚沽酒自年年。桃花浪暖堪垂釣，楊柳風輕不繫船。帆影帶歸孤嶼月，笛聲吹散一江煙。武陵亦是人間路，誰説仙家别有天。

詠　劍

三尺精靈夜吐輝，曾聞天上化龍飛。千金空落英雄手，不斷人間是與非。

題畫贈沈臞樵先生

春山如黛柳如煙，罨畫樓臺小洞天。容得踏雲雙短屐，碧桃花裏訪臞仙。

題竹贈施堯卿

冷煙籠翠濕晴梢，江月沉時影漸消。正是故人相憶處，秋聲無雨亦蕭蕭。

沈同齋恒見前　二首

秋江送別爲戴友諒賦

別本誤作「瑞安項伾」，今正之。

蕭蕭落葉早寒天，忽送秋聲到耳邊。千里客心驚歲月，五湖鄉夢入風煙。青山紅樹還家路，緑水滄洲載酒船。夜半燈前對兒女，白頭重話謫居年。

歸　雁

冥鴻不覺又逢春，遠別湘南北向秦。雲接斷行天漠漠，江涵歸影水粼粼。關山叫落三更月，旅館愁驚萬里人。莫怪東風催去翮，清秋蘆渚又來賓。

陸布衣德蘊八首

德蘊字潤玉，雲間人。隱居北郭，好古博學，攻吟詠。相城沈貞吉招致家塾教其子，即白石翁也。潤玉有女，能詩，以女貞著。

巫山高

攢峰十二青叢叢，層臺曲房雕綺櫳。行雲逗雨春迷濛，軟風吹夢春無蹤。蘭香滴露啼幽翠，江波粼粼月光碎。老蛟踏波呼木魅，青鸞何處迎飛珮。

關山月

青海城高寒吐月，白龍堆下沙如雪。一鏡明明圓復缺，長倚關山照離別。胡笳聲悲胡馬嘶，五更影落陰山西。鐵衣寒重露凄凄，蘭閨正掩殘燈啼。

春曉詞

窗明雲母光催曙，嬌鳥驚啼畫欄樹。流蘇復帳開芙蓉，枕屏殘夢猶朦朧。東方風來寒剪剪，蘭香熏衣藕絲軟。銀蟾隔簾斜墮雲，捲簾花霧春無痕。

鳳臺曲

宮樹層層隱欄曲，紫箕吹動參差玉。秋聲裊裊月滿臺，青鸞銜信三山來。弱流拍山險難渡，飛瓊別掃叢霄路。綠香繡帳塵夢消，紫箕聲沉鸞影遥。金屏鸚鵡泣煙曙，海闊雲深不知處。

送人還新安

以下二首，別本皆云吴鎮，字陽稽，松陵人。考《湖海耆英集》，鎮別有詩，定爲陸作。又云「津亭」一首，伊女陸娟作，入閏集。

津亭芳草碧毵毵，人立東風酒半酣。萬點落花舟一葉，載將春色到江南。

重過河沙有感

白鶴沙頭水自波，扁舟曾載夕陽過。東風一路蘼蕪綠，添得春愁別後多。

富林春曉

旭日始啓旦，鳥聲出煙蘿。草堂檢春事，花落風簷多。

谿橋曉市

石梁雙跨谿，虹影倒涵水。斜月未墮煙，煙中市聲起。

陳紀善紹先四首

紹先字宗述，世爲吴人。祖深，字子微，元天曆間處士。父植，字叔方，元末累辟不起。宗述仕王府紀善，謝歸。爲文簡質，書亦清潤。家居後，以筆硯食，人購之，多不與，故尤以少貴。年九十三，與沈貞吉兄弟優遊山澤間，稱遺老焉。

感　興二首

豐城蝕利劍，藍田没良玉。出處諒有時，光芒豈終伏。一拂即世用，三獻徒自辱。安知莘渭間，養晦恒自足。龍興雲亦從，夢筮若秉燭。經濟成大業，誰復繼遐躅。

荷篠丈人輩，沮溺同其流。潔身匪良圖，與世空沉浮。禹稷抱大器，孜孜爲時憂。手足俱胼胝，驅馳行靡休。水土既平治，稼墻云亦稠。粒食惠萬載，厥功孰與儔。

挾彈圖二首

連鑣驄馬雕鞍新，銀蹄蹀躞揚風塵。一聲嘶過沙堤畔，雨香雲暖當芳春。烏紗雲錦新承賜，侍宴明光醉歸去。彎弓挾彈望飛禽，落花滿地無尋處。

奚官平明出建章，金羈白馬多恩光。翻身忽見草中兔，雕弓滿彀如鷹揚。四蹄蹴踏煙莎短，垂鞭緩把絲韁綰。歸來猶帶上林酣，揮袂香風春日暖。

王縣丞肆四首

肆字敏道，長洲人。受學於陳嗣初。正統中，以賢良舉，爲安吉縣丞。解官歸，授徒爲業。父穆，字仲遠，築東郭草堂，讀書不仕，王汝玉嘗爲記，博識古今，吴中宿儒也。

題沈孟淵江鄉深處二首

村西村北路相連，處處桑麻緑野田。一帶好山如畫裏，幾灣流水到門前。漁歌唱過鷗邊月，牧笛吹殘谷口煙。不獨仙源異人境，杏花春雨自江天。

路入江鄉覓隱淪，遠隨流水度前津。雲遮茅屋不知處，舟過柳橋方見人。白鳥下汀芳杜雨，紫鱗吹浪落花春。相逢説罷忘機事，一道香風起緑蘋。

題謝孔昭雨中過沈孟淵所詩畫

竹邊書屋柳邊舟，白髮相逢酒一甌。回首舊遊成遠夢，滿林風雨不勝秋。

題沈公濟雪中過沈孟淵所詩畫

白髮交遊二隱淪，西莊一別幾經春。雪中客有重來日，不見當年冒雨人。

沈徵士遇〔一〕一首

遇字公濟，號臞樵，吴縣人。善山水，淺絳丹青，種種能之，晚工雪景。永樂末，嘗召見。歸以高年終。吴原博曰：「余數過雅趣堂，臞樵翁出見客，衣冠雅而言貌古，宛有前輩風雅，非今世所謂畫史也。」

〔一〕「徵士」，原刻卷首目録作「臞樵」。

秋夜宿東白啟師方丈

竹梧滿秋庭，蕭蕭凉氣早。孤燈照跏趺，高僧坐來曉。風清鶴夢醒，雲淡鐘聲杳。塵事永相忘，心空衆緣了。

沈御醫玄一首

玄字以潛，以字行，吴人。宣德初，徵入爲醫士，未甚知名。院判蔣用文病革，舉以自代。進對稱旨，即日擢御醫。工詩，好琴。有《潛齋集》。

郡樓有感

獨倚危欄思欲迷，蒹葭何處越來溪。豪華自逐東流去，形勝空存刺史題。萬井轆轤秋草没，幾村煙火夕陽低。蕭條千古長洲苑，風雨年年鳥自啼。

張處士肯〔一〕三首

肯字繼孟，一字寄夢，吴縣人。子昭之孫，蕓己之子也。繼孟少從宋金華學，爲詩文清麗有法，尤長於南詞新聲。卒年八十餘。有《夢庵集》。

〔一〕「肯」，原刻作「肎」。

朱澤民寒林平遠圖爲徐用理作

凍雲壓空雪欲作，野曠陰凝氣蕭索。朔風一夜捲長林，萬木離披盡摇落。天連平遠眼界寬，前山宛在空濛間。溪頭流水急如瀉，日夕噴瀑聲潺湲。我嘗經行出林際，望斷孤村日將暮。野烏啼饑那忍聞，瘦馬經寒縮行步。悄無人跡途路賒，此時寧不思還家。人生慎勿事行邁，披圖尚爾添咨嗟。

沈如美所畫美人圖爲徐文輝作

流蘇綴彩鴛帳寒，金鴨不飛香縷殘。新霜撲簾白如粉，啞啞烏啼金井欄。芙蓉屏開睡初醒，守宫淺褪胭脂冷。玉釵慵整雙鳳凰，春愁壓翠蛾眉長。

題海棠雙鳥

雙雙何事爲春忙，花底飛來羽翼香。今夜且留枝上宿，莫燒銀燭照紅妝。

陳公子寬四首

寬子孟賢，檢討嗣初之子。初，惟允兄弟避兵來吴，居船場巷，得朱勔故居，名朱家園，更名緑水，高、楊輩咸有詩題詠，陳氏世居焉。與其弟完，字孟英，自相師友，被服甚古，儀觀儼然，鄉閭敬之。兄弟皆工詩，頗得唐法。孟賢尤自矜重，日鍛月煉，不輕下一語。有侍姬辯慧知書，號曰梅花居士。孟賢苦吟，忽忽多所遺忘，姬輒能記之。沈貞吉兄弟學於嗣初，而石田又受業於孟賢。吴中稱經學者，皆宗陳氏。

題沈恒吉畫扇

紅樹丹山領去舟，蘋花香老不勝秋。滄江風月誰人管，且向前汀問白鷗。

題謝葵丘雨中訪沈介軒畫

詩題畫裏記相尋，白髮蕭蕭別意深。惆悵十年遺墨在，秋風暮雨故人心。

題沈臞樵雪中訪沈介軒畫

雨中訪舊憶葵丘，冒雪臞樵又泛舟。兩度共留詩畫去，山陰誰説晉風流。

訪包山徐德彰

青山湖上是君家，有約來看巨勝花。踏破白雲秋一片，不知還隔幾重霞。

陳公子完見前　九首

錢塘懷古

邊塵捲地北風號，泥馬南來駐六橋。汴水故宫空有月，海門沙溆寂無潮。銅駝夜泣霜華冷，銀雁秋飛王氣銷。五國城頭魂不返，傷心誰賦《楚辭》招。

和徐德彰春日雜詠八首

暖色晴光處處迷，畫橋楊柳路東西。千村紅亂桃花雨，一夜香生燕子泥。鶯舌語雙諧作瑟，草根枯半踏成蹊。最難留得芳時在，怪殺枝頭杜宇啼。

花摇銀壁影幢幢，香靄寧濛撲瑣窗。留客小鶯偏恰恰，可人飛蝶故雙雙。好山罨畫連平野，新水挪藍正滿江。紅粉蹋歌溪上女，彩雲隨處度新腔。

三竿紅日曉輝輝，流水平蕪燕子飛。芳徑露香花錦碎，深山雲暖蕨芽肥。烏紗別製籠頭帽，白苧新裁稱體衣。社鼓冬冬桑柘外，野翁扶醉蹋歌歸。

蹀躞青驄款款騎，淺村深巷柳如絲。土墻茅草低低屋，竹徑柴門短短籬。細雨一簾飛燕子，香風十里醉花枝。館娃溪上春如海，時有人歌《白紵》詞。

鷗沙十里帶平沙，茅屋人家柳半遮。柔櫓嘔啞移畫舫，輕雷轣轆走香車。泉如燕尾清流拆，草似裙腰白路斜。何處玉錢都化蝶，夜來飛上一林花。

十里香塵暖霧消，緑煙芳草去迢迢。春風春雨花邊巷，溪北溪南柳映橋。遊女踏青羅襪小，粉郎沉醉玉驄驕。謝家庭院鞦韆下，會有何人拾翠翹。

勝賣東風富貴春，青衣催坐疊花茵。鶯欺皓齒清歌妓，柳妒纖腰學舞人。猩色屏風圍孔雀，麝香衾被壓麒麟。任教日日如泥醉，不負韶華一度新。

繡户凝香瑞靄浮，日催紅影上簾鈎。鶯捎飛蝶穿花去，水學驚蛇抱石流。緑酒金尊邀醉飲，朱絃銀甲按歌謳。若教買得春常在，不用良宵秉燭遊。

錢經歷曄二首

曄字允輝，常熟人。祖蘇，字更生，以布衣上疏論星變，撰祭元幼主文，見知於高帝者也。允輝幼而能詩，豪富好客，有顧玉山之風。園亭種荷數十畝，作錦香亭其中。亭苦炎日，以巨艦載大樹，視日所向陰之，林木鬱然，不知爲水榭也。入貲爲浙江都司經歷，與郡守楊貢憤争，廷鞫日，中官右之，貢罷官恚死，楊南峰記其事。晚自號避庵。允輝江行詩，誤入張東海集中，「六朝遺恨晚山青」，遂爲東海平生警句，今改定爲允輝作。《麓堂詩話》亦載其贈周岐鳳之作，則允輝之能詩審矣。

過江

篷底茶香午夢醒，大江風急正揚舲。浪花作雨汀煙濕，沙鳥迎人水氣腥。三國舊愁春草碧，六朝遺恨晚山青。不知别後東湖上，誰愛菱歌倚棹聽。

《皇明珠玉》、程氏《聲文會選》皆載此詩爲曄作。東湖者，虞山之東昆承湖也。曄家居其旁，故有「别後東湖」之句。東海雲間人，安得有此。

贈澄江周岐鳳

琴劍飄零西復東，舊遊清興幾時同。一身作客如張儉，四海無人是孔融。野寺鶯花春對酒，河橋風雨夜推篷。機心盡付東流水，惟有家山在夢中。

《麓堂詩話》云：「江陰周岐鳳多技能，坐事亡命，扁舟夜泊。錢曄投之以詩云云，岐鳳得詩，爲之大慟。江南人至今傳之。」

先竹深府君一十首

天順間，吴郡徐庸先生編次永樂以後名人之詩曰《湖海耆英集》，第四卷載竹深府君詩，題曰「錢洪，字理平，號竹深，常熟奚川人」。其六世孫謙益謹按故僉事湯公琛、参政徐公備之誌碣而書之曰：府君吴越武肅王之裔，自通州徙海虞之奚川者，八世祖也。明允特達，倜儻好義，賑荒拯溺，活人以萬計，邦人所傳誦也。隱病讓夷，布衣憂國。己巳之難，輸馬助邊，人以弦高、卜式擬之。歸而賦詩寵行者，劉公原博、湯公公讓、卞公榮、錢公昕也。性愛竹，種竹數十畝，有堂曰竹深處，日與通人高士賦詩讀書其中。其爲之賦詩及記者，鄒公克明、晏公振之、祝公維清、聶公壽卿，而賦若詩重出者湯公公讓也。所居奚川釐爲八景，爲之圖者沈公啟南，而賦詩者則吴公原博、蔣公芾、李公用和，其載於《耆英集》者尤公彦達也。府君之詩，有《竹深遺稿》，藏於家，喪亂之後，幸而僅存。而白石翁奚川畫卷，則既失而復得。小子不肖，遑敢以忍死餘生稱述祖德，惟是兹帙所登載，咸《湖海耆英》之作。展卷而吾祖之詩儼然在焉，爲後人者，其敢略而弗存乎？謹仿元氏《中州集》録先大夫東巖之例，庶幾先世風流附先哲以不朽，而南州之表章吾祖，二百年之後青簡猶新，亦庶幾曠世而相感乎！柳溪府君者，吾祖之仲兄也。諱寬，字理容，博學修行，兄弟競爽。東谷諸公每並稱之。詩載《耆英集》第三卷，謹附見於後。

送湯公子胤勣應薦之京

襄武家風迥出群，奇才能武又能文。劍鋒足壓三千士，筆陳還驅十萬軍。銀管緑沈新草檄，丹書盧矢舊銘勳。臨風自顧長纓在，醉袂蒼茫欲贈君。

輓徐敏叔

一卧春風竟不回，鄰舂罷相寢門哀。南州詩禮遺家教，中論文章負大才。芸葉墮香書室掩，燭花飛影繐帷開。青山數畝松千樹，愁絶心知掛劍來。

送徐守民歸浙之常山

壯遊湖海幾經年，老氣凌雲雪滿顛。詩思已成芳草夢，歸心又上木蘭船。長亭人折春前柳，驛路梅開雪後天。萬壑千巖舊形勝，酒樽茶竈向誰邊。

賞牡丹呈席上諸友

國色天香映畫堂，荼蘼芍藥避芬芳。日熏絳幄春酣酒，露洗金盤曉試妝。三月繁華傾洛下，千年紅艷怨沉香。看花判泥花神醉，莫惹春愁點鬢霜。

題海棠白頭翁便面次韻二首

緑草成茵一徑幽，芳園日晚罷春遊。海棠如雨啼花鳥，似怨東風白了頭。

山禽原不解春愁，誰道東風雪滿頭。遲日滿欄花欲睡，雙雙細語未曾休。

初夏書懷

黄個啼暖隔江村，嫩緑團陰暗小門。昨夜茅簷雷過雨，階前添𪆟籜龍孫。

江上即事三首

芸草吹香撲研屏，遠峰數點隔江青。門前夢絶徵書擾，閒坐南薰注《六經》。

晚江如畫晚山孤，萬頃煙波一釣徒。縱有羊裘休浪著，客星昨夜照東吴。

山高月小水迢迢，斷岸微茫夜寂寥。三國英雄誰復在，船頭煙浪坐吹簫。

附見　柳溪府君一首

《湖海耆英集》云：「錢寬字理容，號柳溪，常熟奚川人。」

送湯公子應薦之京

高冠長劍並嵯峨，許國籌邊感慨多。少擬過秦追賈誼，老思用趙憶廉頗。封侯萬里寧非命，募士千金豈論科。執手離亭饒酒伴，飛揚跋扈奈君何。

祝封君祺四首

祺字汝淵，海寧人。以子萃封刑部主事。

海鹽天寧寺作

歸人征路晚，雲裏問僧家。獨樹臨秋水，孤城上暮鴉。山池芳草没，疏磬夕陽斜。獨坐談經處，天風送落花。

峴山望漢江

峴首一登眺，春城花草繁。江山迴楚國，煙靄散荆門。水闊晴空寫，風高夕浪翻。襄陽冠蓋里，甲第敞朱軒。

寄蘇先生正

西風倚棹問歸程，詩酒應多慰别情。黄葉疏鐘溪上寺，白雲孤角海邊城。鷗飛煙渚連秋色，雁下寒塘起暮聲。回首天涯嗟落莫，夕陽歸路萬山晴。

旅中元日

異鄉一夜换風煙，屈指關山路八千。正是欲歸歸未得，看人兒女拜新年。

許穆二首

穆字重深，華亭人。

重遊姑蘇登黄氏舊樓

吴門煙柳緑參差，倚遍闌干有所思。雨暗園林花落早，春寒簾幕燕歸遲。峨眉尚想臺前月，鶴髮空添鏡裏絲。一曲悲歌弔陳跡，傷心不似舊遊時。

過謝氏舊宅

舊日繁華散曉煙，尚餘甲第瀫湖邊。春風舞榭空羅綺，夜月樓臺歇管絃。鶴唳華亭雲杳杳，鶯啼金谷草芊芊。誰憐門下傷心客，一度登臨一悁然。

謝常二首

常字彦明，吴江人。

簫杖曲

簫杖者，黄大癡之珍玩也。杖乃湘竹一枝，皇英淚血斑儼在，修不逾五尺，竅兩節間而吹之，聲清剛而奇，淵魚皋禽，驚騰應和，非止梟梟餘音而已。提之出遊，以古錦囊蒙其首，人謂筇枝在握，不知爲簫管也。遇佳山水處，或當風清月白之夜，啟囊出弄，聞者有飄飄然仙舉之意。大癡晚遊華嶽山，不知所終。傳於松陵古祥徐氏，余嘗艤舟垂虹，徐爲按舊習《洞仙歌》、《水龍吟》弄詞數闋，因製曲贈之。

桂楫蘭舟誰弔古，往尋美竹瀟湘浦。淋漓恨血染秋煙，千載娥皇淚痕苦。當時得之無所施，愛同海底珊瑚枝。金刀横截瘦蛟頸，剜作玲瓏簫管吹。驪珠上連星點七，竅竅清圓俱應律。有時提挈坐花前，葛陂老龍眠在膝。世人不知何如名，但見鹿斑碎點琅玕青。掀髯一笑發孤弄，杖頭忽作嗚嗚聲。一聲崑岡山石裂，兩聲梅花盡飛雪。三聲群仙飛珮聽，四聲吹墮瑶臺月。五聲銀潢驚倒流，霜凋蘆葉風鳴秋。六聲鳳叫海日出，吴姬斂黛凝春愁。七聲八聲毛髮聳，露寒乳穴浮銀汞。九聲連十怒濤翻，鯨魚鼓鬣三山動。停吹起坐向客言，此是黄癡之所傳。斯人已騎鵬翼去，老眼摩娑今幾年。我云道人休嘆息，猶勝蓬萊鐵仙笛。古物存亡奚足悲，雲斷蒼梧暮山碧。

讀醫士王立方瘦老子傳求歌賦此

瘦老子，吴門生，雙瞳碧焰骨有棱，形臞力弱須杖行。草堂卧病留不得，聲名早動金門客。走書遠至闔閭城，起躡芒屩强匍匐。春風放舟東海邊，相知喜遇王侯賢。聞言太液間弱水，乃云自致非由天。當年挾書躋華嶽，八尺青藜手中幄。窮探極討竟忘疲，肌骨秋清宛如鶴。有時醉夢羅浮村，冷香細和明月吞。緑么啼春呼不醒，翛然化作梅花魂。後來尋師江海外，扣舷足踏金鰲背。神枝采得賦歸來，鐵舟機觸鯨牙碎。生平非慕賈浪仙，苦吟寂寞空逃禪。前呵不識京尹至，騎驢高聳雙吟肩。又不學東家沈郎愁萬斛，老大爲官恨羈束。帶圍頻減不勝衣，吟腰瘦得無纖肉。侯聞此語驚且憐，異方豈惜千金傳。試斟清泉煮石火，佇看健步如飛鳶。歸來著書修藥裹，竹房閒把秋雲鎖。相逢湖曲看青山，恍若杜陵遊飯顆。君才君名何太奇，此生不愧賢侯知。净觀著傳三嘆息，絶憐我輩空肥癡。

徐　庸七首

庸字用理，吴郡人。採輯永樂至正統四代之詩爲《湖海耆英集》一十二卷，鄭亮爲之序。楊君謙曰：「用理本富家，以詩著。其吟詠大抵長於香奩，亦膏粱之餘習也。」用理同時，有賀甫美之、顧亮寅仲、王越孟南、孫寧繼康及常熟陳蒙、吴江吴璩，皆以詩名。

晴竹

白露團團楚天碧，鳳凰叫起扶桑日。晴陽有影生竹枝，枝上鷓鴣啼不得。江雲初定江風静，江水無波若明鏡。照見靈妃一片心，隔岸清歌有誰聽。翠華不來春杳杳，淚痕積血愁中老。錦瑟空彈五十絃，九疑數點煙中小。

題劉阮天台圖

白雲蒼靄迷行路，水複山重不知處。行過澗谷有人家，忽見東風萬桃樹。芳香艷態娱青春，花間得遇娉婷人。五銖衣薄捲煙霧，笑語便覺情相親。神仙雖遇終離别，千古佳名自傳説。天台山水至今存，桃源望斷空明月。

君馬黄

君馬黄，我馬赤。君馬紫絲韁，我馬黄金勒。兩馬馳騁長安陌，相逢宛若曾相識。公子王孫天上客，玉鞭指點分南北。善和坊裏多青樓，不知今夜誰家笛。

新絃曲

鸞工擘繭冰絲香，舊絃未斷新絃張。移宮換徵再三按，金雁鈿蟬光歷亂。憐新棄舊非偶然，始終那得長周旋。他日還當繫裙帶，世情如此君休怪。

玉階怨

宮院生秋草，流螢入夜飛。玉階零白露，凉沁越羅衣。

湘中絃

蘋花含露荻含風，霄漢無雲水接空。二十五絃今夜撥，沅湘江上月明中。

應轉詞

疏樹疏樹，黄葉亂飄江路。西風吹鬢颼颼，景色渾如去秋。秋去秋去，塞外遠人歸未？

賀居士甫四首

甫字美之，吴中耆舊。剛明介特，有通變之才，以老儒致産千金。持邦人風俗之柄者數十年。有《感樓詩集》千篇，楊君謙選得數十首，序而刻之。

爲香山顧敬中題畫

芳草晴煙處處迷，畫堂應在畫橋西。花開記得尋君日，一路香風送馬蹄。

題畫次矯以明韻

畫舫西湖載酒行，藕花風度管絃聲。餘情未盡歸來晚，楊柳池臺月又生。

古詩二首

焦桐古製作，乃是爨下材。金徽燦星斗，玉軫調風雷。寶之不欲彈，撫視日幾迴。囊韜籍文錦，有待知音來。

冶金鑄爲劍，精光射牛斗。鋒芒帶血腥，曾斬樓蘭首。埸來開石函，忍作蛟龍吼。不將持贈人，當世承平久。

顧學究亮三首

亮字寅仲，長洲人。嘗遊名區奥壤，梵宇仙宫，遇異人，得異書，必盡其藴。郡守況公因木蘭堂舊址創書塾，聘爲師，固辭，況躬詣起之。巡撫重臣皆延訪禮重焉。

郡齋獨酌憶蔡章陽馬仲穆諸君

半生徒碌碌，百事未能周。白屋方甘老，朱門忽見收。登龍應有愧，得馬正堪憂。坐對盈樽酒，寥寥憶舊遊。

次韻周彦章寒食偶成

杏子花殘燕子忙，佳辰百五媚春光。萬家庖舍膠觴冷，幾處墳塋麥飯香。幽鳥送聲多杜宇，野林抽葉半吴桑。閒邊賸有登臨興，都付吟箋與酒觴。

廣陵夜泊

風風雨雨暗江津，愁裏青燈照一身。夜半忽聞江上櫓，往來還有未歸人。

王秀才越二首

越字孟南，長洲人。孟南與孫繼康俱享高壽。

甕庵爲沈介軒賦

扶桑葉老玉窩新，不似黄金箔上身。四壁有光留片月，一絲無罅入纖塵。醉酣柳絮天涯夢，香暖梅花帳底春。機事息來還自笑，白頭多少未閒人。

煙雨萬竿圖爲松陵曹少誠作

瀟瀟南下路漫漫，薄暮歸來倚棹看。疏雨淡煙秋一片，滿江飛翠濕衣寒。

孫秀才寧二首

寧字繼康，長洲人。

題半塘寺潤公房顧叔明所畫松壁

顧君叔明善寫松，妙趣直與韋偃同。片縑幅紙不易得，人争一睹清雙瞳。玉巖上人即粲可，早躋十地成全功。禪房素壁耀霜雪，繪畫未許來庸工。叔明對此役意匠，捉筆跳叫聲摩空。須臾貌作老蛟影，毫端瞥若回腥風。隔座時疑翠濤響，鈎簾日訝玄雲封。宿鶴已去落花盡，庭前細雨春濛濛。老夫尋幽適相過，覽之便覺心神融。酒酣信手爲長句，醒愧浣花溪上翁。

送淵上人

遠公無定跡，心與白雲閒。瓶錫春風裏，帆檣暮雨間。鳥啼臨水樹，猿響隔溪山。此際隨緣去，家林幾日還。

談　震二首

震字克威，吴縣人。

題紅葉仕女

初試宫妝步玉除，詩成把筆更躊躕。舊愁新恨知多少，盡向霜紅葉上書。

和吴太守登靈巖韻

騎馬看山度水涯，楓林紅葉醉霜華。欲窮西子曾遊處，踏遍蒼苔一徑斜。

盛　箴一首

箴字仲規，吴人。

秋夜寓宿江寺

天涯歲晚倦宵征，望裏鄉山路幾程。落日遠投江口寺，疏砧遥隔水邊城。一身在客驚秋序，孤夢還家厭雨聲。賴得遠公消此況，夜深香茗説無生。

張　野一首

野字君文，吴人。

秋日有懷二首

雲散長天見晚霞，江濤千頃漾晴沙。西風門巷飄桐葉，疏雨園籬落豆花。笛韻已殘漁罷釣，砧聲初起客思家。舊交契闊稀相見，閒倚西樓數去鴉。

寂寂孤村獨掩扉，滿階荒草客來稀。秋霜未降蓮房老，社日初臨燕子歸。半壁燈光才照字，一窗涼思又添衣。故人千里無書到，多少長天旅雁飛。

黄進士閏二首

閏字期餘，贛州信豐人。永樂戊戌進士。穎敏不群，預選翰林院，爲忌者所阻。詩名《竹居集》。此詩見《湖海耆英集》。諸選皆作謝復古，安福人。

擬唐長安春望

南山晴望鬱嵯峨，上路春香御輦過。天近帝城雙闕迥，日臨仙仗五雲多。鶯聲盡入新豐樹，柳色遥分太液波。漢主離宫三十六，樓臺處處起笙歌。

和倥侗生春日看花之作

多情才子惜春華，樂府新聲對客誇。朱雀橋邊舊遊路，東風開遍小桃花。

趙宜生四首

宜生字德純，會稽人。宋太宗十三世孫。

自輓二首

嗚呼騎牛人，汝往一何速。形神如此癯，壽命豈終促。壯歲即抱病，有書不能讀。守兹固窮節，不能養親禄。既無耕種力，靡適水與菽。日月忽不掩，今晨當就木。大化已云終，何勞妻子哭。永別竟無歸，荒墳草餘緑。

先輩多達士，後人罔知死。苦爲聲色迷，蚩蚩竟如彼。我當半百年，已悟此中理。富貴隨所望，貧賤隨所以。布衣及蔬食，適足充諸己。修短自由天，氣化返爲鬼。哭者何必哀，爾豈不然爾。田横有悲歌，秋風起蒿里。

辭世述

浮雲歸大壑，斂跡隨風去。我生等浮雲，亦與飄風遇。馳送山谷中，邈然不知處。雲散風已息，澄秋廓天宇。庶雲大化盡，詎爲身後慮。

追次楊鐵崖題顧仲瑛玉山草堂春夜樂韻

畫堂燭影摇春紅，錦衣公子新乘龍。朱絃初障黄蜂蠟，彈破桃花紅指甲。玉脂泣釜鳴雁烹，鹿麷馬乳開瓶罌。衆賓笑接杯流行，春風吹動雙垂纓。哀絃要眇驚促柱，短曲新歌送賓主。拍手催歡小娃舞，偷看梨花帶春雨。

徐　雄一首

雄字子雲，會稽人。

春日看花之作

才子乘春覽物華，錦囊詩句向人誇。東風二月長干路，幾樹垂楊掃落花。

吕伯剛一首

伯剛字□□，金華人。

次韻滕至剛先生别後見寄之作

半山殘照獨回舟，一片閒雲任去留。水屋風簾餘晚興，雨花燈影共春愁。從來養鶴山中住，不學騎鯨海上遊。自此易知東浦路，茅堂祗在澗西頭。

高經歷得暘四首

得暘字孟升，錢塘人。洪武間以文學薦，授教諭。永樂初，召爲宗人府經歷，與修《大典》，進講東宫。博物洽聞，名重一時。所著有《節庵集》。

雅集分韻

帝里春風早，金河凍雪消。暗黄初著柳，新緑已平橋。東閣情何限，西園景倍饒。朋簪喜相盍，歌詠樂清朝。

春夜次韻

柳葉蛾眉緑，花枝粉臉紅。金鬟籠細霧，繡幕護香風。夜氣三更後，春光二月中。梨雲隨蝶夢，來往繞簾櫳。

晚春曲

香雨飄紅换新緑，雛鶯怨咽參差玉。畫闌墜露泣殘妝，遠翠愁山蛾黛蹙。勞勞乳燕説烏衣，海天凝雲煙草迷。東流苦長西日短，惆悵花前鸂鶒巵。繡幕深沉雨聲小，夢入神山良夜悄。鏡裏韶華又一年，曲渚鷄鳴錦屏曉。

題王叔明枯木竹石

吾鄉畫手鶴山樵，鶴去山空不可招。真跡幸留王宰石，疏篁老樹共蕭蕭。

錢舜舉寒林七賢圖

騷壇逸響何寥寥，作者逝矣誰能招。詵然七子美風度，乃有遺像圖生綃。衣冠半帶晉秀氣，人物絶是唐中朝。想當朝事得休暇，擬采野景歸風謡。青驪黄犢踏凍雨，寒驢瘦馬銜寒飈。醉鞭笑停以按轡，吟鐙戲拍摧聯鑣。有花多情且少待，尋梅有興非無聊。此圖我嘗見十數，高林大樹風蕭蕭。掃除閒冗存簡素，吴興筆老才尤超。方之粉墨巧塗染，奚止天地相懸遼。尚疑高李六君子，當時未見潘逍遥。道同氣合志相感，雖曠百世如同僚。畫師晚出有深意，況自昔日傳今朝。屋梁落月見顏色，妙處不待窮摹描。君不見袁安僵卧寒正驕，王維乃作雪裏之芭蕉。

李　戣二首

戣字桓仲，無錫人。同里楊璿叔璣有輓詩云：「不見丘園起孝廉，白頭蹤跡竟長淹。落日山陽聞弄笛，春風座上想掀髯。」於時傳之。

過潘韞輝東園

爲愛東園好，春來事事宜。藥名人不花，識信蝶先知。晉帖臨青李，商歌詠紫芝。小車乘興往，何必訂幽期。

幽　居

狂簡誰諧俗，幽居頗自便。看雲常獨坐，聽雨或高眠。字許鄰人問，詩從野老傳。久知山木喻，細讀養生篇。雨後看新水，天空望遠山。入雲蒼隼健，坐浪白鷗閒。慮淡時時遣，詩清字字删。才疏信樗散，非爲惜朱顔。

越御醫友同一首

友同字彦如，金華人，徙長洲。少篤學，嘗從宋景濂，戴良遊。洪武末，任華亭訓導。永樂初，滿考當遷，用姚廣孝薦，授太醫院御醫。詔從夏原吉治水浙西。預修《大典》、《五經大全》。

過虞美人墓

聽罷悲歌血淚凝，舞衣零落帳前燈。千年荒冢埋遺恨，不勸君王用范增。

張　迪一首

迪字文海，華亭人。

宋徽宗畫半開梅

上皇朝罷酒初酣，寫出梅花蕊半含。惆悵汴宫春去後，一枝流落到江南。

時用章一首

用章，無錫人。自號希微道人。

遠回吴中

船首看山興不孤，西風吹我過姑蘇。寒煙古木夫差墓，落日平蕪范蠡湖。野店喚沽雙酘酒，漁舟争賣四腮鱸。故鄉咫尺明朝到，十載離愁一旦無。

錢訓導復亨二首

復亨，松江人。訓導。

蘇臺懷古

闔閭楊柳幾春風，山遠臺高望眼空。麋鹿不來人亦去，鷓鴣啼處是吴宫。

寄陸致中

長憶離亭數斷鴻，碧山千里暮雲紅。欲知别後愁多少，都在寒江暮雨中。

周　傅一首

傅字叔訓，吴人。

追和鐵厓先生題黄子久圖

最愛山居養性靈，空山爲幾翠爲屏。亂峰雨過雲猶合，小洞春深草更青。對月謾題招鶴詠，臨池長寫换鵝經。興來還解吹簫管，有約離人夜半聽。

張彦倫一首

彦倫字□□，□□人。

愁　此詩出《湖海耆英》，又見《元音》，是元人同恕作。

來何容易去何遲，半在胸中半在眉。門掩落花春去後，窗含殘月酒醒時。濃如野外連天草，亂似空中惹地絲。除却王侯歌舞地，人間無處不相隨。

謝舉人會 一首

會字維貞，長洲人。中正統甲子鄉試，兩得教職，不就。景泰初，特起爲御史，命下先一日卒。《容庵集》遺詩二十三首。

金臺歲暮有懷

寒盡天涯歲又新，一尊孤賞帝城春。懸知江畔尋梅路，踏雪吟行少一人。

王汝章 五首

汝章，吴人。有《青崖集》。

寄席心齋

老子齋心與世違，山中春雨藥苗肥。騎將鶴去身俱瘦，煉得丹成骨自飛。青簡風雷行秘籙，紫綃雲霧出仙衣。明年海上金桃熟，并就安期作燕歸。

簡心齋席煉師二首

山色摇春發翠妍，憑軒把酒答流年。自知原憲貧非病，人謂陶潛醉欲眠。霧洗百花熏白日，天開一鳥入青煙。席謙已作東遊想，異氣看從海上先。

西林谷口群仙宅，青髮蕭蕭古逸民。煉過神丹專奉母，著成《真誥》必傳人。青山不下烏皮几，留客先除白葛巾。門外松花如可服，豈無方術爲輕身。

重寄心齋

西北高峰秀可拈，青蓮一朵立纖纖。種來仙李如瓶大，煮得春醪似蜜甜。嘆老詩題常在手，信公詩句好掀髯。相過爲問長生理，《雲笈》今開第幾籤？

送席心齋住白鶴觀

昔在鴻山遇席謙，長松落雪下飛簷。道歸玉局心逾達，詩到珠宫律更嚴。鸞版晝鳴雲擁座，龍文夜誦月窺簾。應思慈母營甘旨，春雨園林笋露尖。

顧訓導辰 二首

辰字孟時，海寧人。嘉興府訓導，致仕。號石颿歸叟。

石帆别業 海寧縣

買斷西鄰水一灣，開門正對馬鞍山。半茅半瓦屋不漏，一詠一觴心自閒。牧笛雨中春鳥散，釣絲風裏暮潮還。更無豚犬平生累，肯信桃源隔世間。

題錢山水仙花

宴罷瑶池曙色凉，凌波仙子試新妝。金盤露積珠襦重，玉珮風生翠帶長。萬里弱流通閬苑，一簾疏雨隔瀟湘。歲寒林下花時節，祇許梅花壓衆芳。

邵永寧一首

永寧字昇遠，松江人。許穆有《送邵昇遠之官吉州》詩。

隱耕秋色爲陳孟言賦

香稻收花穗已齊，幽棲渾似瀼東西。萬竿修竹千叢菊，十角黄牛五母鷄。婦起炊糜朝出饁，客來留榻夜分題。橙黄蟹紫新醅熟，日日何妨醉似泥。

蕭秀才韶二首

韶字鳳儀，常熟人。生宣德間。有俊才，嘗集藥名作《桑寄生傳》，邑人至今傳之。傳中有《閨情》詩二首，頗麗。《湖海耆英集》載其他詩，不能工也。子奎，字漢文，中吴寬榜進士，官終僉事，吴有詩贈之。

藥名閨情詩二首

菟絲曾附女蘿枝，分手車前又幾時。羞折紅花簪鳳髻，懶將青黛掃蛾眉。丁香漫比愁腸結，荳蔻常含別淚垂。願學雲中雙石燕，庭烏頭白竟何遲。

天門冬日曉蒼涼，落葉愁驚滿地黃。清淚暗消輕粉面，凝塵閒鎖鬱金裳。石蓮未嚼心先苦，紅豆相看恨更長。鏡裏孤鸞甘遂死，引年何用覓昌陽。

顧布衣協一十首

協字允迪，無錫人。隱居賦詩，與王孟端、王達善友善。有《鳴志齋稿》。

江上有懷鄭山人

故人不可見，悵望晉陵東。客久夢多異，身閒詩益工。山寒雲護雪，江暝水涵空。若買扁舟去，應消半日風。

宿照庵僧舍

煮茗復煮茗，笑談忘寢眠。斷鐘春雨裏，古佛夜燈前。詩好無多首，琴殘剩幾絃。年來掛行跡，多半在林泉。

寄芝庵書記

長老披一衲，家住白雲鄉。吟思秋偏苦，詩名老更香。筍根斜透壁，苔色冷侵牀。記得相逢處，松林正夕陽。

陪周處士訪西林上人

偶陪周處士，采訪白雲居。借筆抄僧偈，焚香看佛書。林疏松露鶴，池冷藻藏魚。梧得閒邊趣，勞生總未知。

春日寫懷

百年春夢短，倏忽鬢成絲。待有身閒日，應無事了時。捲簾通燕子，沽酒對花枝。值此芳菲月，愁多奈廢詩。

自遣

衡門無過客，終日懶衣冠。身賤埋名易，家貧徇俗難。就風移卧榻，選竹作漁竿。賴有青山色，長年得笑看。

元日喜鄭山人攜子見訪

宦遊二十載，喜君清更貧。初攜異鄉子，歸拜故園親。野艇空江晚，梅花小店春。相逢飲椒酒，况值歲華新。

喜真庵上人見訪

幾時離隱處，拋却舊煙霞。舟卧寒江雪，村行晚徑沙。送泉來野館，看鶴到鄰家。興盡思歸去，青山樹裏斜。

枕上偶成

聽盡城南漏，依微向曙天。鷄鳴疏雨外，月落斷鐘前。處世無良策，謀生欠薄田。花時可行樂，底事猶愁眠。

次曹以忠

草堂門對浣花溪，林影蕭疏鶴並棲。對酒有時歌白雪，讀書長夜照青藜。鳥啼窗户驚幽夢，風裂芭蕉失舊題。幾度相思徒悵望，斷鐘殘月曉峰西。

列朝詩集乙集第八

劉西江績三十一首

績字孟熙，山陰人。渙之子，貢友初之甥也。教授鄉里，不干仕進。家貧，轉徙無常地，所至署責文榜於門，有所得輒市酒樂賓客，緣手而盡。嘗有客至，呼名，久不出，怪之，其妻方拾破紙以代爇薪，一笑而已。家有西江草堂，人稱爲西江先生。著《嵩陽稿》、《詩律》及《霏雪録》。

放歌行

銅駝故國風煙慘，譜牒煌煌猶可覽。軍壁焚燒紀信車，諫臺攀折朱雲檻。當時圭組盛蟬聯，世澤相承五百年。城中甲第連雲起，樓上歌鐘鎮日懸。人生富貴如翻手，萬事紛綸無不有。國步艱難徒扼腕，世情猜忌唯鉗口。亂離家業散無遺，環堵蕭然隱在兹。門前屢揖經濟士，眼底不掛屠沽兒。十載飄零寄他縣，懶將衣食看人面。橐裏長嗟無酒錢，牀頭却喜留詩卷。東鄰惡少鬬鷄回，白璧黄金滿屋堆。也知六博無高手，時至君看好采來。

去婦詞

去婦兩眼淚，爲君滴平生。一滴致妾意，再滴感君情。三滴眼欲枯，血點淋香纓。不滴堂前花，死株有時榮。不滴階畔草，苦心展芳萌。請滴橋下水，長煎嗚咽聲。

宕婦怨

宕子行天涯，行行日云賒。詎知閨中婦，夙昔減容華。憶夫上青山，下車逢狹邪。路遥不可見，拭淚徒怨嗟。愼勿令婦嗟，宕子蚤還家。不應蘼蕪草，竟作菖蒲花。

阿那瓌

夜雪没氈城，聞笳三兩聲。漫山是獵火，照着漢家營。

結客行

結客千金盡，酬恩一劍存。羞爲狗盗伍，不傍孟嘗門。

蓮塘謡

疊翠參差水容浄，蘭芽半吐蒲根冷。膩極紅蓮怨臉明，霞綃委墜千重影。藕腸斷處絲暗牽，荷露學珠那得圓。小姑羅袂拂秋月，鏡裏紅妝秪自憐。《吴歈》響斷平橋晚，溝水漾愁愁不淺。摇蕩輕橈泛灧光，銀塘鴛鴦雙飛遠。

秋清曲

吴紗織霧團香玉，八尺銀屏畫生緑。睡鴨閑氤惹夢長，重城漏板聲相續。西風淅淅吹蘭唐，雲波微茫連洞房。芙蓉膩臉啼秋露，怨緑愁紅俱斷腸。交河萬里知何處，啁哳金鷄報天曙。玉鬃駿馬歸不歸，含情自折相思樹。

題宋院人畫着色苔梅

濃露洗花骨，苑空勞勞春。緑厮疊仙帔，粉姿疑笑人。畫屏罥幽夢，夜苦香不歇。楚竹裂鳳膺，恨魄如懸玦。

送沙門繼徹遊京寺

芳蘭不怨秋，幽桂不媚春。拂拭片月心，斗藪孤鶴身。采珠須采鷁，懷玉休懷珉。當思鏡中淥，歸濯屐底塵。

送王廷桂還姑蘇

王郎入骨愛風雅，自言生長姑蘇下。一片清冰映玉壺，判知不是棲棲者。越王臺畔偶相逢，握手高談意頗濃。西陵緩轡吟秋霽，北鶩西杯坐日春。酒酣擊節因懷古，壯心磊落嗟誰仵。却笑將軍類沐猴，每輕丞相稱倉鼠。即今身世兩悠悠，浪跡翻成汗漫遊。誰信魏牟偏戀闕，自憐王粲數登樓。故國繁華寂如掃，送君祇欲傷懷抱。子胥墓下但白楊，泰伯祠前空緑草。三十男兒宜遠圖，功名富貴等樗蒲。且須一舸還三泖，莫作扁舟泛五湖。

清夜西窗獨坐有懷

杯罄燭花殘，沈沈夜向闌。吟兼鄰笛怨，坐怯客氈寒。露蕙蟲争緝，風枝鳥畏彈。未能消俠氣，時拭劍鐔看。

送周興化還郡

中朝人共説，未見已相知。此别又千里，再逢還幾時。雨來崖樹暗，風静浪花遲。歸到公堂裏，停雲合賦詩。

送友人歸番陽

芳草緑尚淺，故園春又殘。平生爲客慣，今日别君難。短棹吴郎曲，哀絃楚女彈。江花正滿眼，且莫下長干。

送王内敬重戍遼海

别淚不可忍，杯行到手空。風塵重作客，寒暑易成翁。曙色連關樹，秋聲起塞鴻。天涯見親友，還與故園同。

分題得帆山夕照送顧大往遼海

落景石帆秋，餘紅掛樹頭。斜憎樵笛送，遲賴估檣留。鴉背光猶閃，霓邊彩漸收。依依映征旆，遠過驛西樓。

早春寄京師白虛室先生

帝城佳氣接煙霞，草色芊芊紫陌斜。霽雪未消雙鳳闕，春風先入五侯家。歌鐘暗度新豐樹，遊騎晴驕上苑花。獨有揚雄才思逸，應傳麗句滿京華。

次韻愚士兄壁間留題之作 初聞留大寧，後却從李曹公西征。

常共鷦鷯守一枝，忽隨搏擊過天池。當君仗劍西遊日，是我登樓北望時。華嶽天青雲棊斷，葱河風黑雪花垂。白身萬里參戎幕，馬上題詩最憶誰。

題西陵送別圖送姚進士

悠悠復悠悠，風吹江上舟。今朝天色好，送客西陵頭。西陵在何許，冪䍥春郊樹。搔首望行人，迢迢上京路。京路一千程，官梅照眼明。春風濃似酒，難浣別離情。別離餘幾日，佇得君消息。折取杏園花，慰我長相憶。相憶夢相仍，高樓秪自登。春潮知我意，日夜向西陵。

過柯亭懷内敬

生怕柯亭路，扁舟況獨行。見人防淚下，不敢問君名。

自題詩本

幼小工刺繡，極知針綫難。衹緣花樣古，不耐入時看。

憶原上人

一兩椶鞋八尺藤，廣陵行遍又金陵。不知竹雨松風夜，吟對秋山那寺燈。

經錢塘故址

潭潭第宅俯長衢，杏閣桐窗似畫圖。三十年來陵谷變，耕人猶識舊銅鋪。

憶蔡維中

璧破珠沈劍掩光，此生無地見中郎。剛留南堰門頭月，長爲愁人照屋梁。

月夜獨坐憶錢唐暹師房聽施彥昭摘阮

忽思吳客四條絃，出谷新鶯咽洞泉。一曲醉翁何處聽，冬青樹底佛堂前。

寄内敬

草没龍城不見家，遠隨氈騎獵平沙。知君五載思鄉淚，滴損營前苜蓿花。

畫馬

雙駒汗血已班班，蹀躞春風意態閒。聞道千金求駿骨，不應龍種在人間。

蓬萊小遊仙

仙子新從紫海歸，酒香浮着五銖衣。卧看白鹿吃瑶草，滿地瓊雲凝不飛。

聽胡琴

胡絃輕軋語星星，破入《甘州》便淚零。一種尊前沉醉客，解聽争似不曾聽。

李迪畫蘆雁

遠别胡天趁稻粱，秋風吹斷不成行。夜深獨宿江南渚，夢怯黄蘆葉上霜。

錢唐懷舊

眉易生愁臉易消，一聲歌斷碧雲遥。祇今惟有西湖柳，留得殘枝似舞腰。

詠箏雁

絃絃相趁不相離，入調頻將玉手移。最恨曲終人散後，影分行斷各參差。

張助教經一首

經字孔升，蕭山人。洪武末，舉明經，除國子助教，致仕。

寄孟熙高隱

投老留京國，相思數倚樓。江山迷故郡，風雨送殘秋。黄菊誰同賞，丹楓我獨愁。西陵渡頭月，遥駐木蘭舟。

劉驛丞恕一首

恕字如心，涣之從侄。洪武間爲福建某驛丞，歸隱越山之西。喜爲古文及篆隸章草。

喜從弟孟熙偕唐愚士楊思齊過宿山齋

净掃松間榻，孤懷得重陳。清尊今夜月，華髮去年人。病欲抛詩卷，閒思理釣緡。殷勤二三友，相過莫辭頻。

劉教授師邵六首

師邵字師邵，績之子也。篤志經史。嘗遊京師，徐武功諸公争欲推薦，力辭。歸里教授，弟子知名者甚衆。

送張孝廉

別離知不遠，情至亦潸然。樹引投京路，鷗隨出浦船。去程秋雨裏，歸夢曉霜前。親舊如相問，卑棲似往年。

寄虞衡王郎中

倏忽三載別，故園春又殘。因風數問信，見月每憑闌。野服從相笑，塵冠未許彈。惟餘千里夢，夜夜繞長安。

秋塘

煙水微茫漾遠愁，採菱歌斷夕陽收。鷺鷥不省紅衣老，猶戀銀塘十里秋。

萍

乍因輕浪疊晴沙，又趁迴風擁釣槎。莫怪狂蹤易漂泊，前身不合是楊花。

四皓弈棋圖

雲霄萬里羨冥鴻，曾爲儲皇出漢宮。數着殘棋猶未了，五陵松柏已秋風。

夜雨

海風吹雨夜瀟瀟，一滴愁魂一種消。自是客邊聽不得，不關窗外有芭蕉。

王待詔誼一十首

誼字内敬，山陰人。嘗坐累遣戍遼陽，守帥賓禮之，使教諸生。宣德初，待詔翰林，與修國史。尋乞歸，開門授授。用子佑封工部右侍郎，以壽考終。

古意

獻玉無良媒，漂淪寡歡豫。壯齡已非昔，馳暉日西騖。嘉木無榮柯，修條亦成故。一感《式微》吟，吁嗟在中路。

秋夜思

北風凄凄寒雁飛，明月皎皎穿羅帷。空閨思婦不能寐，起望明月臨清池。清池隱映高臺側，月明正照交河北。錦帳連營夢不同，同心百結空相憶。相憶相思春復秋，月明應在望鄉樓。妾心便是交河水，日夜隨君向北流。

關山別意

蓮葉未青時，沙頭話別離。舟行期早發，日晏未曾移。遲迴一何久，念我平生友。莫問去程遥，且盡杯中酒。君今往何處，萬里長城路。路遠人跡稀，黄雲黯朝莫。隴阪歷欹傾，雙輪不暫停。時聞嗚咽水，流作斷腸聲。驅車無少息，又度長蘆北。八月雁南飛，天山草俱白。横笛在高樓，關山月裏愁。離人聽此曲，白盡少年頭。

秋日懷孟熙先生

倏忽成遠别，幽棲仍薜蘿。草芳經雨歇，蟲響入秋多。夜月柯亭市，凉風鏡水波。相期盡一醉，何日重經過。

初　秋

片雨曉初過，青桐隕素柯。客衣身上薄，鄉淚枕邊多。水落牽牛渚，機催織女梭。玉門班定遠，歸興欲如何。

九日稽山懷古

山水自如昨，古人今復誰。雲煙謝家墅，松柏禹陵祠。聖代身全老，秋天景易悲。毋將搖落意，相對菊花枝。

宫詞

花樹重重隔翠華，玉顔無事駐羊車。碧紗籠裏銀缸影，照見深宫夜合花。

春思

山映簾櫳水映窗，浣紗人在苧蘿江。年年三月梨花雨，門掩東風燕子雙。

畫梅

揚州詩閣掩芳塵，萬蕚千葩冷照春。十里珠簾一聲笛，東風腸斷倚樓人。

班婕妤

玉簟夜凉新，秋蛾暗裏顰。如何天上月，獨照掌中人。

王溧水懌七首

懌字内悦，誼之弟也。知溧水縣，致仕歸。

江南意

郎居横江口，妾住横江上。生小慣風波，蓮舟喜摇蕩。蕩舟蓮花灣，花紅照人顔。舉頭見郎來，低頭隱花間。花疏不成隱，相見還相哂。都緣春意深，留連夕陽盡。前洲伴將稀，那能不相違。抛情明月下，各自唱歌歸。

關山月

漢月孤生瀚海頭，迥臨荒野照邊州。光殘金柝聲中曉，暈滿雕弓影外秋。漠北征人齊倚劍，城南思婦獨登樓。那堪今夜關山月，况有胡笳引淚流。

秋夕有懷

洛浦遺衾未可將，露蛩凝思滿中堂。鵲橋已散銀河影，雁柱初傳玉宇凉。燈近暗窗星有焰，扇歸秋笥月無光。懷人不寐多惆悵，更耐悠悠漏點長。

段七娘二十韻

度曲千金賤，凝妝一面紅。聲迷銅雀妓，艷奪館娃僮。白雪飄朱閣，香塵散綺櫳。淚濡司馬袖，腸斷使君驄。秋水涵瞳潤，春山入黛濃。弄簫驚紫鳳，拂軫怨離鴻。鏡展金鸞月，釵横玉燕風。謝娘收鈿匣，嬴女掩香筒。石竹簪芳髻，夫容隱繡幪。燈然珠樹側，人醉錦蓮中。粲粲星輝户，微微露洗空。幾年憐宋玉，今夕遇韓馮。密意蜂攢蕊，芳心蝶戀叢。春箋封豆蔻，羅帶綰芎藭。步障重拋錦，門鐘疊綴銅。曲闌裝翡翠，高榭璪花蟲。鴛睡煙蒙柳，烏棲月浸桐。銀觥休鑿落，瓊箭起丁東。客散歌屏冷，香昏睡閣融。日高春夢覺，嬌額散花綏。

石城曉

城角曉嗚嗚，城西月痕墮。城中春思慵，楚夢熏蘭火。玲瓏金馬門，玉珮聲瑣瑣。紅日壓宮垣，千花眠貼妥。

隔谷歌

兄羈囚，弟露宿。兄弟本連枝，誰令隔山谷。兄受饑寒日困辱，弟欲救之力不足。力不足，可奈何，願作高飛鴻，銜之出網羅。

此詩爲其兄適戍而作。

歌妓

銀燭前頭見楚蓮，雪香輕袂掌中旋。章華臺上春風起，一片楊花拂玳筵。

錢文昌遜七首

遜字謙伯，山陰人。洪武末，以薦授寧夏水利提舉吏目。壬午，還京，拜孟津知縣，改弋陽，坐累謫戍交阯。復以薦對策稱旨，授文昌主簿。謙伯狀貌魁梧，所至有聲跡。中更顛躓，卒能保全壽考。有《謙齋集》二十卷。

春詞二首

宿靄溟蒙曙色新，牡丹凝露曉妝勻。樓臺乳燕輕翻雨，簾幕遊絲不動塵。黃鳥喚醒中酒睡，緑窗愁損惜花人。軟紅深徑香埃裏，走馬題詩正及春。

紅杏蕭墻翠柳遮，重門深鎖屬誰家。日長亭館人初散，風細秋千影半斜。滿地緑陰飛燕子，一簾晴雪捲楊花。玉樓有客猶中酒，笑撥沉煙索煮茶。

胡人醉歸圖

貂帽錦靴明繡衣，調鷹射虎捷如飛。紫髯寒作猬毛磔，碧眼夜看霜月輝。篳篥聲中傳漢曲，琵琶帳底醉明妃。更深宴罷窮廬雪，亂擁旌旄馬上歸。

閨　思

望斷傷春眼，湘簾懶上鉤。落花深院静，鸚鵡對人愁。

琵琶士女

下馬陵西是妾家，十三曾學理琵琶。自從流落商船上，幾度春風怨落花。

班　鳩

鬭草歸來女伴尋，遊絲飛絮惱春心。紫鳩聲歇鑪煙冷，門掩梨花莫雨深。

杏花畫眉

紅杏花開好鳥啼，章臺走馬未歸時。螺青鈿合蛛絲滿，誰畫春山八字眉。

白黄州范二首

范字以中，山陰人。洪武間，膺薦典教公侯子弟，爲李曹公之客，陞黄州府同知，卒於官。

薊　州

西來山盡處，始見薊州城。地拱三門峻，天回一面平。人煙多戍卒，市語雜番聲。回首松亭道，秋風幾日程。

八月廿三日夏店驛遇國公入奏得雲字

玉塞函封上紫宸，清秋使節净埃氛。寸心已近長安日，萬騎猶屯朔漠雲。丹陛敷陳天語問，青蒲奏對史臣聞。老夫白首轅門下，惟待將軍蚤策勲。

蔡學究庸三首

庸字惟中，越人。家貧教授。與唐之淳、劉績、毛鉉並以詩名，時稱「唐劉毛蔡」。

輓憲上人六韻

舊禪棲古越，旅櫬隔新亭。社散蓮猶白，吟餘草自青。鳥迹行道路，蛙産灌畦瓶。雨濕眠來石，風翻讀半經。補衣荷片片，照佛火星星。聽絶晨參磬，寥寥人杳冥。

徐氏席上聞歌有感二首

休遣雙鬟唱《竹枝》，聽來渾不是當時。自從夢隔巫山雨，贏得秋風宋玉悲。

暗將羅扇遮新聲，巧似東風柳樹鶯。唱徹梨園譜中曲，内中一曲最關情。

毛學録鉉一首

鉉字鼎臣，山陰人。從唐肅授《毛氏詩》。洪武中，從戍關陝，安貧守道，守帥重之。膺薦，官國子學録。

剡溪霽雪送原上人

積雪蔽招提，虚空夜生白。開門不見人，烏棲山正寂。疏星帶長汀，澹月照幽壁。遠樹看欲無，近水聞更滴。傍觀雲外峰，忽現青蓮色。此境足安禪，何爲迷所適。

鄭柹莊嘉五首

嘉字原亨，山陰人。篤行好古，母病，嘗糞甘苦，未復，不就枕。鄉人稱柹莊先生。

木芙蓉

緑岸芙蓉花，花穠葉逾翠。影落空潭秋，新妝鏡中媚。朝來白露濃，胭脂墮紅淚。

題陽關送别圖

漠漠楊柳花，青青楊柳樹。帶花折長條，將送行人去。灞陵勿淹留，明日發沙洲。沙洲連塞路，望望使人愁。願推雙車輪，推過壽昌縣。壽昌何蔚蔚，邊城如眼見。别曲歌且停，春醪香更清。一杯歌一曲，曲盡兩含情。含情豈無語，别離心更苦。懊恨别離多，歡娱能幾許。萬水復千山，人去幾時還。誰言功名好，儂道不如閒。

秋日懷孟熙先生

故人丘壑隱，塵路往來遲。寒暑空相憶，雲山不可期。古碑梅福寺，荒井石郎祠。舊日遇遊處，偏勞入夢思。

送辰長老住横山寺

紫檀煙凝鶴迴翔，清磬泠泠出上方。巖畔異花熏講席，澗邊修竹護禪房。東林結社蓮初種，南嶽分春茗乍香。三伏炎蒸應不到，緑蘿風灑石龕凉。

幼女詞

下牀着新衣，初學小姑拜。低頭羞見人，雙手結裙帶。

李布衣勖三首

勖字文勉，山陰人。性卓犖不羈，自少好與文士遊，鄉先生劉績、王誼、鄭嘉謂曰：「爾欲與我輩游，須讀書乃可。」感悟力學，遂成名儒。時人稱「劉王鄭李」。詩宗晚唐，好李義山。

長安道

層城迢遞入雲賒，處處春風面面花。長樂鐘聲催漏箭，新豐樹色擁行車。妖姬舞榭留明月，貴主妝樓結綺霞。日莫鄰塵連九陌，鸞輿傳幸五侯家。

送春

强對東風酒一尊，留君無計黯消魂。緑波芳草汀邊路，飛絮殘陽柳外村。鶯倦語時渾寂寞，客傷離處又黄昏。寒燈孤館何曾寐，山雨瀟瀟獨閉門。

山水便面

峰巒迢遞水微茫，葭菼連天雁嗷霜。仿佛湘南舊行路，短篷秋色近斜陽。

陳縣丞端二首

端字用端，山陰人。古田縣丞。

夏日遊龍山寺

永日厭馳驅，於焉此遊息。苔徑匝清溪，松廊連峭壁。經聲出遠林，泉響逗幽石。長嘯倚茂松，鐘殘景方夕。

以剡箋寄贈陳待詔

雲母光籠玉楮温，得來元自剡溪濆。清涵天姥峰頭雪，潤帶金庭谷口雲。九萬未充王内史，百番聊贈杜參軍。從知醉裏縱横墨，不到羊欣白練裙。

張處士璨一十九首

璨字藴之，嵊縣人。嘗從羅頎學經史，一覽不忘。爲詩文，操筆立就。天性孝友，父跛不能行，背負終身。弟病癡，養之至老。人以爲古壹行云。

深宮春日行

漢家飛樓凌紫煙，盤空複道雲相連。簫《韶》一聲落九天，綵鳳驚起雙聯翩。離宮三十六臺館，百花叢裏迂遊輦。柳色初迷太液池，鶯聲正繞宜春苑。美人如花舞娉婷，手調朱絃彈玉箏。内庭曲宴仙樂鳴，歌曲共和昇平行。六龍時巡出龍城，還過崆峒尋廣成，王母酌以瑶池九醞之霞觥。三千綵女踏歌笑，他日隨龍歸紫清。

吴宮怨

水殿新凉生白苧，紫金鴛鴦錦雲裏。吴王醉擁捧心人，七寶牀中嬌不起。粉黛三千鎖别宮，畫船相憶採芙蓉。芙蓉未老白露濃，館娃裊裊生西風。

宮人斜

雷霆絶響山陵起，三十六宮土花紫。委環遺珮總成塵，一抔黄土埋艷春。蓬科棲煙竄狐鼠，蕭颯酸風迷楚雨。三更磷火作紗燈，冢上嘍嘍話紅鬼。

龍姑廟作神絃曲

香熏畫壁光如漆，旋風吹幡海腥入。龍姑佩馬夜鈴釘，飛裙織翠蘭葉濕。海童騎魚歸杳冥，魚鬣鼓浪玻璃聲。鱗堂曲宴鼉鼓鳴，燕酣喝潮潮倒行。玉皇無敕催行雨，淵都群蛟眠貼尾。廟下誰歌白石郎，共賀雌龍産龍子。

君子有所思行

騁駕向名都，縱觀極西京。煌煌九衢裏，列第起雕甍。虹梁駕層漢，輦閣凌紫清。高槐蔭金溝，弱柳垂雕楹。前揚許史鑣，後擁金張旌。燕姬撫瑶瑟，趙女彈鳴筝。歡娱豈終極，爲樂擬千齡。清川去悠悠，白日光易傾。金谷嘆緑珠，上蔡悲蒼鷹。繁華會當歇，大運有虧盈。忽嗤黔婁室，寂寞掩柴荆。

壯士篇

腰懷七尺劍，思欲從沛公。項籍婦人仁，不足與成功。乾坤動殺機，慘淡鬬蛇龍。縱觀天下勢，形勝惟關中。據險臨諸侯，孰敢當吾鋒。古來豪傑士，不識刀與弓。良平真壯夫，籌畫在心胸。樊灌鷹犬勞，蕭何爲發蹤。君看帷幄裏，實有萬夫雄。

洞房曲

鴉雛夜宿迷蒙柳，斗帳燒燈蠟光透。銀罌注酒芙蓉香，金絲檀槽爲君奏。歌喉寥寥鶯兒語，象口吹香凝碧縷。盤龍繡帶結同心，牽惹巫雲隨峽雨。歌聲未闌香未滅，曲屏生香暈眼纈。小玉催鋪蜀錦衾，紗窗影轉桐花月。

春曉曲

蒙蒙碧柳垂輕煙，露花千朵胭脂鮮。東風無力颺羅幕，曉閣香温人正眠。春眠更比春酣重，情深每作相思夢。間關黄鳥莫驚啼，正是離人相見時。海棠嬌多扶不起，簾外日高花影移。

楊白花

輕盈楊白花，風吹渡江去。金屋閉重重，莫鎖楊花住。

婕妤春怨

太液柳垂絲，昭陽花滿枝。如何長信草，獨是見春遲。

金井怨

照井怨憔悴，顧影莫垂淚。猶勝張麗華，愴惶井中墜。

社廟觀巫師降神

靈風吹壇毛髮豎，老巫跳踉作神語。千輪萬馬空中來，東海神君許行雨。急釃椒酒祭神兵，黑旗颭日陰雲興。鼓聲冬冬未徹鳴，紙錢灰濕天瓢傾。須臾雨歇神歸去，神鴉猶噪壇前樹。

梅竹圖

鮫綃數尺捲煙霧，誰剪瓊瑶貼輕素。湘靈夜彈五十絃，博羅小鳳來翩翩。翡翠旌幡矗空影，珠衱生輝夜光炯。澄凝古月冰潭冷，紫凰叫斷眠龍醒。

惱公詩題遊春士女圖

眉黛彎新月，瞳人剪碧波。態濃娃館妓，腰細楚宫娥。緩踏金蓮步，新翻《白雪》歌。輕顰迷下蔡，妙舞絶陽阿。寢閣珠爲網，妝樓錦作窩。梨花香玉破，柳穗鬱金拖。瑟柱鏘鸞鳳，尊罍列象犧。寶釵横玉燕，綵帔砑銀鵝。小汗肌香膩，微酣臉暈酡。櫻唇朱滴滴，鴉髻黑峨峨。司馬憐琴癖，周郎顧曲訛。喜窺韓壽户，怒擲幼輿梭。曉睡啼鶯唤，春遊細馬馱。宓妃臨洛浦，漢女出江沱。拾翠煙堤蕙，搴芳露渚荷。畫船青雀舫，彩騎玉蹄騧。虢國輸妝靨，羅敷避翠蛾。使君逢調笑，丞相近嗔呵。絶艷方如此，幽懷定若何。琵琶勞問卜，烏兔恐蹉跎。睡鴨頻添火，牽牛奈隔河。幾愁鴛浦隔，偶借鵲橋過。蝶思迷芳蕊，蜂情戀蜜窠。封緘書豆蔻，密意託絲蘿。錦被薰濃麝，霞漿酌巨螺。流蘇垂裊娜，蜀綺疊陂陀。井樹棲烏鵲，篘籠睡翠哥。更壺催漏箭，火樹爛瓊柯。的的緣思合，蒙蒙與醉和。曲屏嫌夜短，斗帳得春多。海誓寧教爽，山盟詎有它。兩情成比翼，萬事付蠻蝸。蘭帶同心綰，菱盤照膽磨。豈徒消夙恨，頓覺起微疴。畫裏腸猶斷，桑中句厭哦。始知傾國貌，能作合歡魔。麗玉埋馨地，秋娘瘞粉坡。至今遊冶客，猶爲酹蓬科。

紫虛觀

紫峰壇上鶴成群，碧洞靈芝産石根。雲引晝陰歸竹塢，水流春色出花源。藥爐伏火仙留訣，茶竈生煙客到門。欲就上清傳寶籙，未知何日謝塵喧。

西溪晚步

空闊川原入望平，晚來天色弄陰晴。虹邊殘雨疏疏下，鴉背斜陽閃閃明。淺渚微波群鷺浴，斷堤高柳一蟬鳴。行吟澤畔非憔悴，漁父無勞詠濯纓。

明皇貴妃上馬圖

七寶妝鞍蜀錦堆，黄門扶控踏紅埃。君王祇顧蛾眉笑，末路誰知到馬嵬。

宋徽廟畫蘭

御墨淋漓寫楚蘭，披圖却憶政宣間。分明一種湘累怨，萬里青城似武關。

韓世忠湖上騎驢圖

神州難復舊山河，散盡熊貔事講和。驢背看來猶矍鑠，朝廷誰説召廉頗。

朱教授純一十七首

純字克粹，山陰人。淳雅有儒行，教授於鄉。與羅頎、張昺輩結鑒湖詩社。好遊佳山水，旬月忘返，所至多題詠，惟南明爲尤數。

古宮怨

濃妝耀日羅幃曉，鴉髻盤雲金鳳小。春花一面惱人紅，長恨海棠嬌艷少。繡被重重覆錦茵，麝臍龍腦香氤氳。蜀絃新調作鶯語，小蓮頻候羊車塵。秋風吹散填河鵲，深情竟負良宵約。化作妖雲逐楚王，金魚空鎖重門鑰。

雜詩二首

子房有奇志，功高不自居。晚從赤松遊，竊笑淮陰愚。煌煌漢家業，終焉成霸圖。神人固難遇，授書非典謨。

浮雲起山澤，靄靄敷重陰。迴薄遍太虚，膚寸即成霖。飄風使之漓，跡滅不可尋。偉哉賢達士，澤物固其心。遭時爲卷舒，陸沈詎無因。誰言擊磬聲，不及南薰音。

登黿山

長江限吴越，形勢一何雄。夷島蒼茫外，乾坤浩蕩中。江連埋日霧，汀暗走沙風。忽起乘桴嘆，滄洲不可窮。

湖上

寥落暮天迥，蒼茫湖水平。秋雲開雁路，涼雨静蟬聲。坐石忘收釣，臨流愛濯纓。自緣耽野趣，不是爲逃名。

觀燈

春色滿侯家，金蓮夜吐花。香膏融絳液，細燼落金沙。閃閃明珠箔，熒熒映碧紗。煙凝微作暈，焰暖欲成霞。綰結流蘇重，繽紛寶帶斜。人看隘珠翠，月出讓光華。遍列雕闌護，高張繡幄遮。休言非敕送，吟對亦堪誇。

賦段七娘次娱清先生韻

步窄倚嬌容，霞裾拂地紅。艷歌驚越女，曼舞壓巴童。衢柳籠朱閣，湘桃燦綺櫳。調人抛錦字，揖客駐花驄。翠𩊄鴉鬟重，黄塗蝶粉濃。簫聲清引鳳，箏柱密排鴻。篝暖沉檀火，衣翻茉莉風。金絲綃佩帶，碧玉鏤脂筒。臂冷新籠釧，肌香薄護幪。詩留紅葉上，曲度綵雲中。長擬文鴛並，寧愁繡幄空。含嬌迎李白，誓死逐韓馮。思結丁香蕊，情緘豆蔻叢。醉傳金錯落，笑擷碧芎藭。宴罷樓扃翠，妝殘鏡掩銅。帳羅垂掩冉，漏板送丁東。靄靄花凝霧，離離月掛桐。扇間抛畫蝶，簪滑褪青蟲。重覆霞衾暖，疑熏雪體融。巫山妖夢斷，雲雨濕衣縷。

讀余忠宣公傳

羽書無路達深宫，力障孤城勢轉窮。卞壼一門甘死難，張巡千載凛英風。空期戎馬收江左，又見真龍起泗中。試看盡忠池上水，當年劍血尚流紅。

遊絲

紫陌遥看一縷微，籠煙曳日轉依依。不隨蛛網縈鈿合，肯逐鸞梭上錦機。香罥落花低趁蝶，暖隨柔絮欲罥衣。無由繫得東君駕，空向春風上下飛。

春詞

瑶瑟聲沉閉緑窗，月明空吠隔花尨。綵幡零落宜春字，綃帳低迴照夜釭。好夢每嫌鶯唤醒，傷心况對燕飛雙。奢雲艷雨情多少，遠逐楊花渡楚江。

天寶宫詞 四首

長安胡騎正啾啾，塵暗宫花粉黛愁。鳳輦不知何處去，野烏啼月上延秋。

賞月看燈樂未央，忽驚鼙鼓動漁陽。太真莫更思鮮荔，飛騎于今幸蜀忙。

落盡宮花輦路荒，鑾輿西狩嶺雲長。詞臣休望金鷄赦，蜀道艱難勝夜郎。

玉環忍棄馬嵬坡，南内歸來意若何。落盡梧桐秋雨夜，凄涼更比壽王多。

羅處士紘一首

紘字孟維，山陰人。博學修行，及門之士著名者，張燦輩二十餘人。

題畫

入山採靈藥，山深愁日短。空林獨自行，木客時爲伴。朮肥晨露滋，芝秀春泥暖。荷鑁暮歸遲，前溪白雲滿。

羅周二首

周字汝濟，紘之子。嘗辟儒官，不就。

寓懷二首

爲山在終蕢，鑿井須及泉。弱齡昧所適，中道遂棄捐。窮廬耻衰朽，肝腸日憂煎。我思古達人，亦以文辭宣。不聆南山歌，誰知甯戚賢。

有兔正爰爰，雉乃罹于羅。福善與禍淫，此理今則那。醇風日澆漓，笑談生矛戈。陸行畏巉巖，水往多風波。兀坐若無覺，秋風振庭柯。

羅頎二十首

頎字儀甫，紘之孫，周之弟子也。敦篤古道，於書無所不窺，下上今古，成一家之言。褒衣博帶，從容曳履，人不敢以貴勢加之。所著浩繁，稱《梅山叢書》，二百餘卷。

艾而張

艾而張羅，鷹鸇罔過。但我欲致雲間鴻，奈爾群雀啾啾何。鴻之飛，極天池。掩浮雲，繳罔施。疇能頓天綱，恢地網，鴻飛冥冥逝將往。

上陵

上陵巍哉中有窟，楚柎生堂枝鬱鬱。野有喬松斧奚從，赤烏飛逝不來葉，鵂梟晝鳴我心悲。

芳樹

芳樹，曷以花自賊。樹何貴，貴有質桂之香靡嘉實。桃以妍，根則蝕。柳以枝攀，桑以葉摘。俱不如松與柏，挺孤直。物性固不同，芳菲諒何益。

思悲翁

思悲翁，在彼西山，我心悹。謂我瘋憂，孰可終？楸梧鬱鬱，松柏依依。翁歸曷之，所莫知。鳳鳥不至梟于飛，昕不旦出目無輝。已焉哉！陸行舟，水行車，復何歸禍夫騰驤？雅人微我思也，憫先人云胡亡，哀我生遘二喪。嗚呼！蒼天曷有常？悲夫！

巫山高

巫山高，猶可陟。江之永，限南國。我欲西遊，誰爲泛舟？我陸無輿，我行安休？翩翩悠悠。鬱鬱陽臺，靄靄朝雲。有所思，思美人。美人不可見，猿狖今爲群。猿狖隱爾形，嗚聲還獨聞。黯山谷，慘晨昏。泫予淚，盈衣巾。嗟彼嗷嗷愁殺人。

野田黄雀行

十畝之間雀啾啾，止蒿集萊鳴相酬。遠川遥陌路孔修，原田茫茫禾黍稠。秋來古樹風颼颼，夕陽慘淡沉西丘。群飛群下不相求，銜穗食穀安無憂。南有樛木在芳洲，雌雄迫暮共依投。咄哉兹禽多詭謀，性行佻巧誰與儔。穿屋作巢於高樓，食彼粢盛令人愁。非羅非丸致無由，草竊姦宄將何尤。吁嗟此鳥毋久留，願汝化蛤湮東流。

雜　詩二首

鳳凰遊北極，金風襲郊扃。衆穢俱零落，芳草亦不生。徘徊幽巖中，但見松枝青。託根未得所，嘆息此孤英。

鳳雛不能翔，鴻鵠自高舉。遺身中林間，羞與衆鳥侶。羽翼諒未成，不復思故宇。惜哉無知音，鸑鷟難與語。

從軍行八首　并序

正統十四年，甌閩皆叛，里中有從南討者歸，言其事，頎因感夫軍中苦樂，援筆寫其道路之思，作《從軍》詩。

日旰陟高山，山高鳥不飛。徒步愁力弱，策馬畏險巇。猱狖隨我行，豺豕怒我啼。輕身先儔侣，勇往多捷蹊。去去莫復留，被甲平東夷。

山行窮深林，林深人跡稀。五里一荒村，十里無澗溪。路逢飢老翁，投杖向我啼。宣言盜賊暴，民庶久流離。我惜爲徒卒，對之空傷悲。

賊盜布山岡，往來森若麻。捐生寇我壘，咆哮肆爪牙。儔侣季壑死，將軍竄水涯。匹身禦勁敵，奮首揮鏌鋣。雖獲猛盜歸，援甲自悲嗟。

建施徂甌野，整陣嚴三軍。開榛創戎壘，斬木守要津。賊來相格戰，志已無東閩。可惜將校愚，退止間道濱。未戰先土潰，坐使黎庶湮。

冒暑行山阿，日赫草木焦。溪獸苦炎熱，獨行向我號。南望建嶺巔，嵬嵬一何高。暖熾白日融，岡阜自不毛。持謝邦族間，遠役無乃勞。

獨行越荒溪，屍積溪流丹。四郊何蕭條，慘戚秋日寒。回顧望修途，淒風集高巒。掩淚自流涕，哀鬱傷朱顔。悲哉《城南》詩，古今同所嘆。

軍動自無律，刑殺雜僞真。濫誅及黔黎，勘夷被齊民。日晚入山隅，有客泣水濱。哀哀一何苦，叩首訴蒼旻。泣盡赴修川，甘之澗溪瀕。

里中遇故人，相與語疇昔。歸家門户静，階除少行跡。蚯蚓穴砌間，蠨蛸網四壁。撫事多踟躕，不知時節易。上堂拜雙親，入室長太息。

遊仙詩二首

蟠木倚滄溟，花開隱耀靈。高臨四海碧，下視九州青。地遠無風雨，天低動日星。不須乘鶴去，三島亦浮萍。

幽徑赤城顛，松蘿九曲連。千林喧藥杵，一嶂起茶煙。深竇源通海，層巖樹隱天。攜琴就猿鶴，同種玉峰田。

送下洋客

積木連檣杳，煙濤絶域均。星河插天秤，日月轉波輪。地拆炎洲迥，山横昧谷鄰。巖鷄半夜曉，海樹隔年春。玳瑁沙籠蜃，珊瑚窟聚濱。風帆摇霽媚，霜杼響鮫人。五色翻鯨浪，三花渡鶴津。鄉心看斗近，旅夢怯潮頻。燈遠明南極，舟移按北辰。刀書藩俗古，行説上皇民。

高瓛一首

瓛字惟珍，山陰人。

隴頭水

隴坂崎嶇隴水長，征人隴上望家鄉。停車駐馬不能渡，嗚咽聲中欲斷腸。抽刀斬水水不絶，拔山塞川川更咽。前軍洗瘡血尚存，後軍滴淚水復渾。丈夫有志沙場死，未到隴頭愁塞耳。

高璧一首

璧字貴明，山陰人。

秋日逆旅送友人

七澤波濤險，三邊道路窮。同悲跡類梗，獨詠首如蓬。晚色平蕪外，秋聲落木中。毋將衰颯淚，臨别灑西風。

朱顥一首

顥字子榮，山陰人。

歲暮柯亭道中

行旅正紛然，危亭古道邊。晚峰千樹雪，寒隴幾家煙。孤棹荒城外，歸心去鳥前。浮蹤未能定，況復值殘年。

張閩縣倬二首

倬字士昭，山陰人。閩縣知縣。

寄龔大章

半生心跡任虛舟，風雪飄蕭一弊裘。獨抱龍門太平策，滄浪亭下看沙鷗。

畫竹

黄陵祠下月明多，不見湘靈翠輦過。留得蕭蕭數竿竹，至今腸斷楚人歌。

丁岳二首

岳字長山，蕭山人。

送沈彦修

江上秋風吹客衣，江邊把酒對斜暉。江鷗不解離人意，故作三三兩兩飛。

送客

蘆花飛雪水增波，一曲尊前感慨歌。客裏可堪頻送客，眼中知己漸無多。

漏瑜

瑜字叔瑜，一字大美，會稽人。授監察御史。後寓烏鎮。宣德中，有《烏鎮九老》詩。

古風

麒麟四靈長，群獸孰敢當。木精著文彩，肉角仁且良。生草既不折，生蟲亦不傷。在魯何成悲，來周乃致祥。一去餘千載，中原有豺狼。

平藤縣顯二首

顯字仲微，錢塘人。以薦授廣西藤縣知縣。謫戍雲南，沐黔國請除其伍，延爲西席。卒，年七十四。張洪序其集，以爲溯長江，徑洞庭，道夜郎，謫昆明，其爲歌詩怪變豪放，有得於遠遊之助云。

謝寄符

百道仙符下武當，電光隨繞讀書堂。詩魔懼挾文窮遁，酒聖靈驅瘧鬼藏。墨汁潤分瑤草色，篆文清帶榔花香。壁琴自此如神助，長覺風霆響洞房。

題黄鶴山人王叔明畫

我昔見之湖上居，當門萬朵翠芙蕖。承平公子有故態，文敏外孫多異書。閒吮綵毫消白日，夢騎黄鶴上清虚。此圖定倚吴山閣，醉點南屏春雨餘。

施敬一十一首

敬字孟莊，錢塘人。

題梅得芳杏林圖

梅仙煉丹處，山杏栽無數。賣藥到人間，衣裳帶紅霧。花開不知歲，子落還成樹。我欲與之言，飄然騎虎去。

送人還廣陵

會晤情方洽，睽違意更長。天涯同是客，秋杪各還鄉。黄葉飛楊子，青山繞夜郎。分襟即萬里，相顧兩茫茫。

歸燕

已知秋社近，更繞畫梁飛。主意豈不念，天時難獨違。雙歸遼海遠，對語夕陽稀。花雨重來日，故巢還是非。

沙津送客登望江亭

沙市津頭送客行，西風江樹數蟬鳴。夕陽靄靄千山暝，秋水迢迢雙鷺明。蔓草已蕪王粲宅，亂雲長繞呂蒙營。登臨不用攜尊酒，若箇能平感慨情。

寄伯瞻

別後悠悠渺所思，使來渾不寄新詩。雲林一去無多地，風雨相違又許時。茉莨緑深江路草，枇杷黄盡客窗枝。多情惟有西齋月，曾照清宵醉酒巵。

秋塘曲

蓮謝秋塘晚，風來野水香。採蓮休採葉，留蓋睡鴛鴦。

巴陽夜泊

獨棹三巴夜，秋高片月孤。灘聲將客夢，萬里下東吴。

塞上曲

八月秋高塞草斑，將軍千騎獵前山。彎弓不射南飛雁，恐有征人附信還。

南行途中寄錢塘親友

萬里移家入瘴煙，故鄉音耗若爲傳。衡陽自古無來雁，况去衡陽又八千。

讀程原道昆陽詩悵然有懷

昆陽市上美人家，飲酒曾停過客車。萬里相思不相見，東風吹盡蜜檀花。

試筆

試筆山窗竹影凉，閒臨小字换鵝章。定巢燕子時飛過，帶得殘花落紙香。

楊子善二首

子善，天台人。別本作楊子東，誤也。

江上秋懷

水國風高木葉霜，滿舟山色入荒涼。小孤殘照收江左，大別寒煙鎖漢陽。新飯軟炊菰米白，濁醪香泛菊花黄。故鄉千里空回首，雲樹茫茫鬢髮蒼。

書　懷

舵樓空闊望京華，蘆荻江楓岸岸花。山色淡濃昏霧薄，水光浮没夕陽斜。故鄉鴻雁書千里，遠浦牛羊屋數家。邊塞柳營多苜蓿，石田空憶舊桑麻。

胡右史粹中三首

粹中名由，以字行，山陰人。治《毛詩》、《春秋三傳》。永樂初，楚府右長史。在王門凡二十年，悉心輔導，及卒，府中皆涕泣。著《漢史筆紀》、《元史續編》，行於世。

昨　夜

昨夜霜初重，他方葉又黄。蛩聲悲月冷，客意怯風涼。孤嶼漁村外，荒郵野戍傍。因思舊遊處，魚稻滿江鄉。

輓光古逯先生

獨騎玄鶴上丹丘，爲記鈞天白玉樓。詩板刊成應自校，草書零落有誰收。可能覓酒府中去，無復攜笻寺裏遊。欲寄東風一行淚，蜀江不肯向西流。

輓鑒機先和尚

曾將一葦渡瀛洲，信脚中原萬里遊。日出扶桑極東處，雲歸滇海最西頭。經留髹几香猶炮，棋斂紋楸子未收。老我飄蓬江漢上，幾回中夜惜湯休。

周　昉一首

昉字原亮，新城人。

寄楊子東

錢塘舊友知誰在，萬里滇南見子東。夜市鬬茶凉雨後，晴湖載酒夕陽中。龍梭織錦翻新様，鳳繡縈絲記舊工。不是吾儕不歸去，六橋行處草茸茸。

韓副都宜可 二首

宜可字伯時，會稽人。洪武初，徵拜御史，出爲山西布政，與參政括蒼王奎俱謫臨安。奎即王景章也。逾十年，復起爲左副都御史，卒於官。

題蓬萊深處

聞道蓬萊別有春，五雲深處隔凡塵。松迷鶴徑渾無路，花暗簫聲不見人。滄海日華翻貝闕，三山霞氣逐飆輪。劉郎自是神仙侶，何用天台更問津。

登秀山詠雲

宜可在譴謫時，故托寓如此。

突兀峰巒入翠微，白雲如練久相依。祇堪仙子裁春服，曾與君王補衮衣。風裏卷舒還有態，眼前聚散本無機。一從醉抱山頭石，未得從龍萬里飛。

楊彝一首

彝字宗彝，會稽人。

蚤起

一聲殘角數聲鷄，南斗高懸北斗移。多少行人度關去，東方曙色尚凄迷。

逯昶七首

昶字光古，覃懷人。

訪友人居

攜書訪故人，豈憚往來頻。潭净開天鏡，山昏着霧巾。林居常掃葉，石徑不吹塵。幽僻宜淪隱，時時得句新。

郊墟池館

何人小池館，閒得在郊墟。花晚留棲蝶，萍朝見躍魚。幽墀滋蘚暈，老竹帶蟲書。自計無錢買，憑誰可借居。

遊廣東清遠峽山寺

寂寂長林下，僧房鎖碧苔。樹枝猿掛折，花片鳥銜來。池溢流過水，爐存爇後灰。賦詩殊未就，徙倚故遲回。

登浪穹縣護民寺

浪穹西阜寺，獨眺有餘情。落日秋山色，西風古樹聲。征衣憐舊弊，客路喜新晴。洗鉢焚香事，誰能了此生。

古淵房閒書和韻

禪房碧樹深，坐久語幽禽。葉罅日穿透，林端雲過陰。筆新微蘸墨，書故少生蟫。憎有思鄉者，時時亦起吟。

月堂室中閒題

清心投静室，童子啓雲關。秋色老着樹，夕陽明在山。高崖泉落響，遠漢鳥飛還。擾擾紅塵裏，無如僧最閒。

簡澤雨田

花時曾惜别，菊候又相逢。落日深山道，清風古寺鐘。往來非定跡，彼此是衰容。何日隨師去，棲禪共竹松。

朱綝一首

綝字士林。

題淘金驛丞謝子良清隱書房

驛官近日逢迎少，清隱何妨結草堂。門對好山蒼霧濕，窗連修竹翠雲涼。侍童解誦《閒居賦》，過客求書《急就章》。愧我驅馳塵滿面，濯纓爲爾詠滄浪。

黎教授擴〔一〕一十一首

擴字大量，臨川人。以薦授貴池訓導，陞蘇州府教授。在吴與杜東原、徐用理爲文字交。有問吴士者，對曰：「吴中俊乂如林，大魁天下者，必吴寬也。」人以知人歸之。

〔一〕「教授」，原刻卷首目録作「廣文」。

行路難

行路何難，塵沙如霰。塵以涅衣，沙以垢面。行路何難，路行多阻。水渡無梁，山行有虎。我欲行路，路苦難行。雖有塵沙，尚全吾生。水雖無梁，不渡由我。我遭猛虎，曷爲而可？

擬古

乘此日少霽，辭君將遠遊。所遊雖云遠，前途契深求。鳥歸認舊林，狐死懷故丘。微物尚有知，吾心安所尤。清時不屢得，欲往步難北。回首仰日光，復被浮雲隔。鬢髮變秋霜，衣帶減疇昔。此意難重陳，重陳復何益。

西灞草堂爲廬陵宋内翰賦二首

聞説西溪上，春風小院開。野蠶成繭盡，江燕引雛回。竹裏圍棋局，荷香沁酒杯。晚凉疏雨過，隨意步蒼苔。

聞説西溪上，波光映遠天。吟蛩催急杵，落雁近漁船。紅樹斜暉淡，黄花曉露鮮。田家新釀熟，共醉月明邊。

送人還盱江

新凉生白苧，遊子倍悽然。客思秋砧外，鄉心旅雁前。西風千里道，斜月五更船。亦有還家夢，隨君到汝川。

山茶

葉苦寒摧緑，花愁雪妒紅。自知榮適晚，不敢恨春風。

洞庭秋月

湖上清秋夜，扁舟泛碧波。紫簫吹不斷，無奈月明何。

漁樵耕牧四首

漁水心情淡淡，鷗波身世悠悠。清風楊柳一曲，明月蘆花滿洲。
窈窈徑穿林下，丁丁斧徹雲間。耳慣猿驚鶴怨，跡窮紅樹青山。
南村北村雨足，十畝五畝秧齊。帶月肩犁未出，催人布穀先啼。
芳草茸茸暖碧，烏犍濕濕春肥。滿蓑煙雨朝出，一笛斜陽暮歸。

蘇布衣大二首

大字景元，休寧人。貫穿群經，通趙東山《春秋》屬辭之學，教授弟子。嘗輯《新安文粹》，撰國朝人歌詩爲《皇明正音》。成化中，年七十，自爲墓誌而卒。

感諷

兵刃何最貴，匕首同干將。所鑄皆匪凡，用有祥不祥。荆柯信國士，未抵專諸勇。闔廬因成功，燕國幾亡種。所託若匪雄，不如投閒餘。免令將軍頭，不及筵中魚。

山房睡起

砌草茸茸石徑斜，竹籬茅舍帶江沙。晝長睡起多情思，看遍林陰商陸花。

唐紀善子儀一首

子儀名文鳳，以字行，歙人。山長仲實次子。生而穎悟過人，以文見重當世知名之士，得從諸故老遊。經史百氏，無不精究。善真草篆隸書。辟教紫陽書院。以文學徵於朝，授知興國縣。擢趙王府紀善，以禮義導翼，數有諫諍。卒年八十六。子儀與祖元、父仲實，俱以文學擅名，時號「小三蘇」。爲詩文豐縟閎深，有《梧岡集》。

泊雷港

晚泊豁吟緒，行行步渚沙。雨添新柳耳，水減嫩蒲芽。烏鬼來漁艇，青蚨付酒家。微風吹短褐，倚杖數歸鴉。

任學官道二首

道字原庸。錢復亨有《送任原庸先生率諸生背誦大誥詩》云：「偉矣文章儒，賢哉弟子師。」

孟秋陪祀

親王代祀撫松楸，玉座金門敞素秋。日月麗文深睿想，風雲齊仗儼神遊。鍾離樹老幻宮壯，芒碭山高王氣浮。此日彤庭瞻拜地，祠光應徹五城樓。

畫　菜

露芽煙甲曙光寒，紫翠溥香濕未乾。記得花開曾病酒，玉人纖手薦春盤。

石博士光霽一首

光霽字中濂，泰州人。元末，從張以寧於江淮，授《春秋》之學。洪武十年，舉明經，爲國子學正。十七年，陞《春秋》博士。以寧没於交南，仲濂訪其遺集行世。

太學夜宿

蠟炬燒殘夜二更，高齋蕭爽客懷清。山林祇在虚簷外，錯把風聲作雨聲。

謝山人績一首

績字世懋，黄巖人。少與兄省相爲師友。讀書務極底裏，人或以古迂譃之，弗顧也。李文正評之曰：「山人之詩，始規仿盛唐，得宛轉流麗之妙；晚獨愛杜少陵，則盡變其故格，益爲清激悲壯之詞，思極其所欲言者。」

東浦夜泊

日落潮生浦，天空月上沙。歸舟與飛鳥，相趁入蘆花。

周學官啟二首

啟字公明，吉安人。以薦爲教官，召與纂修，廷試《大明一統賦》，擢爲第一。有《溪園集》。

春日雜興二首

門對江村八九家，紅塵晝靜寂無嘩。鳳巢遥傍新移竹，魚浪輕吹細落花。春剪未開深院響，野壺時過短墻賒。少年幾許須行樂，莫惜芳尊賞物華。

一片殘紅落紫苔，笙歌無夢到樓臺。溪山晝鎖石橋斷，山雨夜添春水來。江上客扶歸馬醉，柳陰人唤打魚回。不知上苑花開否，無路行看羯鼓催。

周台州椝〔一〕二首

椝字仲方，吉水人。洪武三年進士，侍從翰林，除中牟令，遷台州同知，謫戍盧陵。士人李昌祺自陳有志經學，願得椝爲師，起爲盧陵訓導。夏原吉治河蘇松，薦椝爲幕官。用經義治水，吴人稱之。

〔一〕「台州」，原刻卷首目録作「同知」。

弔席心齋煉師和少師姚公韻

冠裳已葬海虞峰，竹下茶甌不復同。華表人歸身是鶴，葛陂仙去杖成龍。七星檜老瑶壇静，午夜猿悲蕙帳空。徒遣友朋懷遠致，驛亭惆悵立西風。

王均章畫虞山圖

中陽山人思超逸，圖寫江山用金碧。滄海紅塵幾度飛，尚有人間留妙跡。層巒萬叠煙霧浮，禪宫道院當山頭。浮屠屹立遥漢外，危石正瞰清溪流。平橋渡水西林去，草屋茅亭隔煙樹。童子攜笻獨鶴隨，仙人背立溪橋路。前山矗矗知幾重，懸崖怒瀑飛晴虹。漁舟影没汀樹遠，牧童聲斷江天空。中陽妙手誰復擬，咫尺依稀如萬里。仙巖有路疑可到，便欲振衣凌拂水。君不見吴山吴水南海堧，隨闔老人留七年。紅橋畫舫姑蘇市，晚稻香粳湖上田。江山千里總奇絶，我昔思歸情惘然。還君此畫一長嘆，花外聲聲啼杜鵑。

侯助教復一首

復字祖望，進賢人。永樂中，官助教。有《觀光詩集》十卷。

題櫻桃翠羽圖

幾點丹砂照緑陰，瑶池内使翠霞襟。東風何處曾相識，沉水香消午院深。

彭　鏞一首

鏞字聲之，臨江人。時稱才子。

送玉笥王道赴京有代祝嶽瀆之行

王子緱山載碧笙，遠隨丹詔覲神京。秩宗祀典虞書在，封禪壇壝漢時平。
玉笥雲連龍虎氣，金陵天近鳳凰城。祝官拜望承恩早，小朵樓西散珮聲。

董　儒一首

儒字大賓，鄱陽人。

鳳凰臺

臺上吹簫作鳳聲，鳳凰相應共和鳴。一從仙侶乘雲去，幾聽遺音傍月明。
芳草洲前閒宿鷺，烏衣巷口語流鶯。可憐虎踞山邊土，頻築南朝六代城。

黄　聚二首

聚字仲聚，文江人。撰《詩法》三篇。

客　夜《詩删》作鄭起。

西風蕭蕭木葉稀，秋深作客何時歸。城頭月出照擊柝，江上露白催搗衣。雁鴻附書遠莫致，烏鵲繞樹還驚飛。三更不眠欲起舞，躍馬卧龍誰是非。

南閣病中兼寄黄玄之

水市南頭畫掩扉，衰容垂柳共依依。雁來高閣春歸盡，雀下閒門客過稀。對酒花枝憐獨卧，盍簪芳草念多違。憑君爲問清吟處，何日相從賦《采薇》。

徐　璲一首

璲字德熙。

秋日江館寫懷

水國天寒樹影稀，西風又見雁南飛。郢中《白雪》無人和，湖上青山有夢歸。獨對浮雲傷往事，驚看秋草又斜暉。十年浪跡煙波外，滿眼塵氛未拂衣。

周　鉉一首

鉉字□□，□□人。

送　人

越河臘盡雪澌流，千里離心醉未收。今夜山城聞笛恨，斷腸那似古梁州。

陳副都泰一首

泰字文舉，邵武人。永樂中鄉舉。正統初，擢監察御史、四川按察使。己巳歲，協守紫荆關，有功。景泰，天順間，歷陞右副都御史。

題班姬秋扇圖

摇落秋梧十二闌，掌中心事扇中看。君恩不似齊紈薄，無奈瑶臺風露寒。

金主事誠二首

誠字誠之，番禺人。刑部主事。

江行秋興 一作董紀。

江水悠悠行路長，雁聲啼月有微霜。十年蹤跡渾無定，莫更逢人問故鄉。

閨情

欲剪紅霞作舞衣，薄雲涼霧共霏霏。玉簫吹冷天邊月，祗待乘鸞子晉歸。

趙不易二首

不易字不易，南海人。

棠梨雙白頭

萬騎西行日已斜，咸陽宫闕鎖煙霞。梨園弟子知何處，啼鳥凄凉怨落花。

楊柳雙禽

千樹垂楊繞汴堤，錦帆去後草萋萋。迷樓紅粉俱塵土，野鳥逢春空自啼。

任　彪一首

彪字文甫，東莞人。

隋堤柳

剪綵池邊楊柳條，垂金拂翠逞春嬌。不知亡國多遺恨，猶自風前舞細腰。

李僉事齡一首

齡字景齡，潮陽人。御史詹事府丞，兼史館，官江西按察司僉事。

輓山雲都督

當年匹馬剪天驕，南靖諸蠻翊聖朝。灞上共傳周太尉，軍中惟數霍嫖姚。轅門角斷秋淒切，玉帳香銷夜寂寥。遥望龍江遺廟下，滿庭落葉雨蕭蕭。

鍾沔陽順一首

順字必華，南海人。沔陽知州。

清夜聞笛

小樓人静月初斜，歸思迢迢隔海涯。短笛誰吹腸斷曲，滿庭香雪落梅花。

郭文二首

文號舟屋，蜀人，寓滇。楊升菴曰：「滇中詩人，永樂間稱平、居、陳、郭。郭詩有唐風，三子遠不及也。」舟屋《登太華寺》詩云：「湖勢欲浮雙塔去，山形如擁五華來。」於時以爲絶唱。

常州旅宿

堤邊流水高于城，摇摇孤艇如空行。欲晴未晴小雨外，斷虹落日争鮮明。峨峨塔勢遠凌漢，隱隱雁行斜墮汀。遊人夜向酒樓宿，月明風冷吴歌清。

竹枝詞

金馬何曾半步行，碧鷄那解五更鳴。儂家夫婿久離别，恰似兩山空得名。

謝貞一首

咸陽古堞

咸陽古帝宅，雉堞何崔嵬。積石隱雪色，金銀雲中開。咸陽昔日稱百二，函谷鷄鳴客如霧。秦王按劍叱風雷，天下諸侯盡西顧。三户蕭條易水空，齊歌趙舞入秦宫。龍旂五丈金樓下，鳳吹千門馳道中。璇霄閣道通天極，仙掌芙蓉正相直。月過文窗寶扇移，星臨繡户妝奩密。繡户文窗拂采霞，黄山翠繞繞宫斜。王孫挾彈影臺樹，遊女回舟緑岸花。岸花蹙繡連阡陌，十萬朱門色相射。玉檢登封邸嶽靈，金鑪鑄冶銷鋒鏑。風馳萬國秦威聲，四夷愓息敢横行。金湯千里扶王業，猶遣將軍北築城。可惜繁華不知極，三十六年如一日。樓船童女望蓬萊，玉琢軒窗五雲色。童女成仙去不歸，咸陽古堞空崔嵬。黄雲捲雪城頭路，城下行人嘆落暉。

謝復二首

復字一陽，祁門人。正統間人。

暮春懷本厚讀書西峰寺

雨水連三月，風光又一年。桃花餘滿地，柳葉漸迷煙。幢影翻燈外，鐘聲落枕邊。懷君讀書處，寂寞伴寒禪。

山居

衰疾朝慵起，荆扉午未開。雲閒不飛去，鳥倦却歸來。果熟從人摘，松疏擬自栽。狂歌白日永，獨步前山限。

列朝詩集丙集第一

李少師東陽古樂府一百一首、古體詩五十六首

東陽字賓之，茶陵人，以戍籍居京師。四歲舉神童，景皇帝抱置諸膝。六歲、八歲兩召見，講《尚書》大義，命入京學。天順八年進士，選翰林庶吉士。成化元年，授編修。八年，以禮部左侍郎兼文淵閣大學士直内閣，累官少師兼太子太師、吏部尚書、華蓋殿大學士。正德七年致仕。又四年卒，年七十，謚文正。公慧悟夙成，風神娟秀，歷官館閣，四十年不出國門，奬成後學，推挽才儁，風流弘長，衣被海内。學士大夫出其門墻者，文章學術，粲然有所成就，必曰「此西涯先生之門人」也。罷相家居，購請詩文書篆者填塞户限，頗資以給朝夕。一日，夫人方展紙砥墨，公有倦色，夫人笑曰：「今日方設客，可使案無魚菜耶？」遂聽然命筆，移時而罷。其風操如此。詩文有《懷麓堂集》及《續集》、《南行》、《東祀》諸集若干卷。國家休明之運，萃於成、弘，公以金鐘玉衡之質，振朱絃清廟之音，含咀宫商，吐納和雅，渢渢乎，洋洋乎，長離之和鳴，共命之交響也。北地李夢陽一旦崛起，侈談復古，攻竄竊剽賊之學，詆諆先正以劫持一世，關隴之士坎壈失職者，群起附和，以擊排長沙爲能事。王、李

代興，祧少陵而禰北地，目論耳食，靡然從風。吾友程孟陽讀懷麓之詩，爲之擿發其指意，洗刷其眉宇，百五十年之後，西涯一派焕然復開生面，而空同之雲霧漸次解駁，孟陽之力也。余嘗與曲周劉敬仲論之曰：「西涯之詩，原本少陵、隨州、香山，以追宋之眉山、元之道園，兼綜而互出之。其詩有少陵，有隨州、香山，有眉山、道園，而其爲西涯者自在。試取空同之詩，汰去其吞剥尋扯吽牙齟齒者，求其所以爲空同者，而無有也。」敬仲深思久之，亦以余言爲然。今年録西涯詩，思與孟陽、敬仲後先，揚扢之語，爲之慨然。而又念西涯、北地升降之間，文章氣運胥有繫焉，不得不詳切言之，非欲與世之君子争壇墠而絜短長也。

擬古樂府

謝鐸、潘辰評　何孟春注

擬古樂府引曰：「予嘗觀漢、魏間樂府歌辭，愛其質而不俚，腴而不豔，有古詩言志依永之遺意，播之鄉國，各有攸宜。嗣是以還，作者代出。然或重襲故常，或無復本義，支離散漫，莫知適歸，縱有所發，亦不免曲終奏雅之誚。唐李太白才調雖高，而題與義多仍其舊，張籍、王建以下無譏焉。元楊廉夫力去陳俗而縱其辯博，於聲與調或不暇恤。延至於今，此學之廢蓋亦久矣。間取史册所載忠臣義士、幽人貞婦奇蹤異事，觸之目而感之乎心，喜愕憂懼憤懣無聊不平之氣，或因人命題，或緣事立義，託諸韻語，各爲篇什，長短豐約，惟其所止，徐疾高下，隨所會而爲之。内取達意，外求合律，雖不敢希古作者，庶幾得十一於千百謳吟諷誦之際，亦將以自考焉。其或剛而近虐，簡而似傲，樂而易失之淫，哀而不覺其傷者，知言君子幸有以正我云。弘治甲子正月三日，西涯李東陽書。

王元美《書西涯古樂府後》云：「余嚮者於李賓之先生擬古樂府，病其太涉議論，過爾剪抑，以爲十不得一。自今觀之，奇旨創造，名語疊出，縱未可被之管絃，自是天地間一種文字。若使字字求諧於房中鐃吹之調，取其字句斷爛者而模仿之，以爲樂府如是，則豈非西子之顰、邯鄲之步哉！余作《藝苑巵言》時，年未四十，方與于鱗輩是古非今，此長彼短，未爲定論。至於戲學《世説》，比擬形似，既不切當，又傷狷薄，行世已久，不能復秘，姑隨事改正，勿令多誤後人而已。」嘉、隆之際，握持文柄，躋北地而擠長沙者，元美爲之職志。至謂長沙之啟何、李，猶陳涉之啟漢高。及其晚年，氣漸平，志漸實，舊學銷亡，霜降水落，自悔其少壯之誤，而悼其不能改作也。於論西涯樂府，三致意焉。今之談藝者，尊奉弇州《巵言》，以爲金科玉條，引繩批格，恐失尺寸，豈知元美固晚而自悔，以其言爲土苴唾餘乎？平津刻舟之人，知劍去已久，未有不爽然自失者也。微元美之言，將使誰正之哉！

申生怨

十日進一胙，君食不得嘗。讒言豈無端，兒罪誠有名。兒心有如地，地墳中自傷。兒生不如犬，犬得死君傍①，天地豈不廣，日月豈不光。悲哉復何言，一死以自明②。

① 原注：「潘云：『使晉侯聞之，未必不憮然自失。』」

②原注：「謝云：『説得申生心透。』潘云：『聲氣俱盡，更著不得一語。』」

綿山怨

五蛇上天一蛇蟄①，綿山經月火不滅。君侯恩重翻爲仇，不如放作山中囚。君侯有臣一非少，貪天之徒但自保。臣心見如不見君，誰言如死非君恩②。今辰何辰夕何夕，留與千年作寒食。

①原注：「叶。」

②原注：「潘云：『其委曲至此。』」

屠兵來

兒勿啼，屠兵來，趙宗一綫何危哉。千金賣兒兒不死，真兒却在深山裏，妾今有夫夫有子。死兵易，立孤難，九原下報無慚顏。趙家此客還此友，穿何故亡盾何走①。誰言趙客非晉臣，當時嬰杵爲何人。

①原注：「潘云：『客不負趙，趙乃負晉，此意亦甚警切。』」

築城怨

築城苦，築城苦，城上丁夫死城下①，長號一聲天爲怒，長城忽崩復爲土。長城崩，婦休哭，丁夫往日勞寸築②。

① 原注：「叶。」

② 原注：「謝云：『當與《崩城操》争長。』」

避火行

夫人避火，避火不可。婦人不下堂，下堂羞殺我。夫人避火，避火不可。我身有傅還有姆，傅姆不來心獨苦①。君不見宋姬一卒春秋悲，文姜辱死《南山》詩。

① 原注：「叶。潘云：『只用本色語，律協意足。他篇多類此。』」

掛劍曲

長劍許烈士，寸心報知己。死者豈必知，我心元不死①。平生讓國心，耿耿方在此。

① 原注：「潘云：『意不近名。』」

漸臺水

漸臺水，深幾許。使者來，誰遣汝①？不見君王符，空傳君王語。漸臺水，行宫不可度。妾死猶首丘②，君行在何處③。平生委質身爲君，此時重信輕妾身④。君不還，妾當死。臺高高，水瀰瀰⑤。

① 原注：「潘云：『只一誰字，意便是。』」

②原注:「謝云:『顛沛必於是。』」

③原注:「潘云:『死不忘君,更見忠厚,非徒死者。』」

④原注:「潘云:『又是一意。』」

⑤原注:「謝云:『結尤灑落。』潘云:『斬絶之後,轉覺含蓄,作手,作手。』」

卜相篇

家貧思良妻,國亂思良臣。薦成成不知,告璜璜不嗔。克也與國論,此國尚有人。能令汝卜相,誰使汝爲君。東周一失馭,全晉遂三分。但知晉國亂,不念周家貧。史官謹初命,千載傷彝倫①

①原注:「潘云:『卜相事,史家以爲美談,提出「誰使汝爲君」一句,大義方明白。晉亂周貧,此意更警切。』」

國士行

漆爲癘,炭爲啞,彼國士,何爲者?趙家飲器智家頭,一日事作千年仇。報君仇,爲君死。斬仇之衣仇魄褫,臣身則亡心已矣①。

①原注:「謝云:『義者不以存亡易心,故如此。非身有之不能道。』」

昌國君

齊城下，即墨守。燕將代，昌國走。卑辭累使招不歸，臣心上有先王知①。先王知，心獨苦。義君臣，邦父母。當時誓死却齊封，更忍還兵向燕土。終不似信要劉胥報楚②。

① 原注：「潘云：『只一句道盡。』」

② 原注：「謝云：『説得樂毅心出。』」

樹中餓

山深雪寒路坎坷，兩死何如一生可。桃才自信不如哀，君若有功何必我①。楚王好士得燕才，燕家未築黃金臺。當時周室何爲哉？吁嗟乎樹中餓死安足惜②，何似西山采薇食。

① 原注：「潘云：『若己有之。』」

② 原注：「潘云：『必如此方見賢者之過。』」

邯鄲賈

邯鄲奇貨千金抵，陽翟賈兒雙睥睨。掌珠飛墮華陽宮，宮中老蚌光如虹。關門不開玉符剖，秦人河山趙人手。邯鄲種玉玉不死，移向宮中生玉子。長安寶氣横九州，賈兒身貴封爲侯。匹夫懷璧尚不可，何怪貪兒死奇貨①。

①原注：「潘云：『通篇比興，中叙事曲盡，似此絶少。』」

易水行

田光刎頭如拔毛，於期血射秦雲高①。道傍灑淚沾白袍，易水日落風悲號。督亢圖窮見寶刀，秦皇繞殿呼且逃。力脱虎口争秋毫，荆卿倚柱笑不咷。身就斧鑕甘腴膏，報韓有客氣益豪。十日大索徒爲勞，荆卿荆卿嗟爾曹②！

①原注：「潘云：『起得突兀。』」

②原注：「謝云：『匹夫不及智士，信哉！』潘云：『只合如此。』」

鴻門高

鴻門高，高屹屹①。日光蕩，雲霧塞。雙舞劍，三示玦。壯士入，目眥拆。謀臣怒，玉斗裂。網彌天，龍有翼。龍一去，難再得②。

①原注：「叶。」

②原注：「謝云『滎陽之網，龍幾再困，危乎殆哉！』潘云：『句短意壯。長者可學，短者不可到。雖舊格亦罕見此。』何孟春云：『李賀詩：「坐上真人赤龍子。」李白詩：「焉知高光起，自有羽翼生。」先生此章，想見鴻門之會，

英雄滿前，老龍跳波，猛虎決蹯，其氣勃勃，萬世一時，誰當復描繪也。』」

新豐行

長安風土殊不惡，太公但念東歸樂。漢皇真有縮地功，能使新豐爲故豐。人民不異山川同，公不思歸樂關中。漢家四海一太公，俎上之對何匈匈，當時幸不烹若翁①。

① 原注：「潘云：『句意渾古，無一字不合作。結更有力。』」

淮陰嘆

營門晝開齊犬吠，蒯生相人先相背。古來鳥盡良弓藏，近時刎頸陳與張。功成四海身無地，歸楚楚疑歸漢忌。極知猶豫成禍胎，時乎時乎不再來。君王恩深辯士走，淮陰胸中血一斗。婦人手執生殺機，赤族不待君王歸。君王歸，神爲惻。獨不念秋毫皆信力，舍人一嗾彭王殂。淮陰之辭真有無？噫吁嚱！淮陰之辭真有無①？

① 原注：「謝云：『漢高於此，真少恩哉！千載之恨，殆有甚於此者，猶幸不出於婦人耳。三復此作，爲之扼腕。』潘云：『千載疑獄，非老吏不能判，此引呂后嗾告彭越事爲證，非拘成案者。』」

臣不如

劉氏盟，吕氏争。臣不如陵吕氏獗，劉氏絶臣不如勃？平乎平乎智有餘，胡爲甘此兩不如①。兹言非智還非愚，平乎竟爾爲身圖②。

①原注：「潘云：『提掇數字，出便分曉。』」

②原注：「謝云：『説得平透。』」

殿上戲

殿上戲，丞相嗔，丞相勿嗔吾弄臣。臣可弄，不可狎，節使不來臣已殺。君王有道臣職遂，細柳營中親按轡①。

①原注：「謝云：『意勝詞。』潘云：『此意故不可少。』」

宜陽引

宜陽小兒身姓竇，弟爲傭，姊爲后。山中岸崩壓不殺，自言相有封侯法。朝上書，夕召見，生不記家猶記縣。眼前喜極翻作悲，一朝富貴從天來。左圖書，右賓友，兄弟賢名世希有。古來寵禄易驕奢，今人尚憶貧時否①？

①原注：「潘云：『據事直述，亦可以觀矣。』」

潁水濁

魏其侯家客醉舞，一語不回丞相怒①。相家貴人半膝席，斬首穴胸那復惜。籍郎按項項不俯，潁川諸豪同日捕②。魏其眦裂東朝東，首鼠不决轅駒窮。潁川水濁灌滅宗，誰令併殺老禿翁。相門白日嘯二鬼，越明年春武安死。誰言死速不如遲，幸未淮南語泄時③。

①原注：「叶。」

②原注：「叶。」

③原注：「謝云：『其紆曲乃爾。』潘云：『組織史傳以成樂章，可誦可戒。』」

數奇嘆

匈奴七十戰，戰戰不得當。一當遂失道，憤激摧肝腸。君恩念數奇，將令抑不揚。白頭耻下獄，飲泣横干將。敢也報父仇，寧爲刺客死路傍。隴西世節氣，此志亦可傷。陵乎爾誠才①，胡爲辱死天一方？

①原注：「潘云：『婉辭之責，甚於戟指。』」

文成死

文成封，五利封，神仙只在東海東。文成死，五利死，天下神仙皆妄耳①。漢家武皇帝者英，昔何懵矣今何明。君不見百年身，萬年計，前秦皇，後唐帝②。

①原注：「潘云：『只此六句，何必費辭。』」

②原注：「何云：『許渾詩：「百年便作萬年計。」唐帝，謂憲宗也。』」

牧羝曲

嗟汝陵，咄汝律，羝可乳，節不可屈。咄汝律，嗟汝陵，寧爲我死，不作汝曹生①。生入朝，身已老，有淚猶沾茂陵草②。天遣生還入畫圖，不然誰識冰霜貌③。

①原注：「潘云：『句意律兀，甚稱題目。臨江節士辭恐不及。』」

②原注：「潘云：『意極忠愛。』」

③原注：「潘云：『結亦新意，然佳處却不在此，可與知者道耳。』」

問喘詞

少陽用事春猶淺，道傍死人春不管，丞相停車問牛喘。君不見陳平辯，周勃免，誰曾問春淺深牛近遠①。

① 原注：「謝云：『差强人意。』潘云：『音節自會。』」

馮婕妤

圈門畫開熊不守，婕妤當前衆嬪走。荷君光寵捍君危，不然安用賤妾爲。君身如山妾如葉，君有不虞安置妾①。亦知倉卒非買恩，恩多妒深翻在睫。馮婕妤，昔非勇，今非怯，掖庭佞兒何喋喋②！

① 原注：「潘云：『體貼得實意出。』」

② 原注：「潘云『用事自活。』」

明妃怨

莫倚朱顏好，妍媸無定形。莫惜黄金貴，能爲身重輕①。一生不識君王面，不是丹青誰引薦②。空將艷質惱君懷，何似當時不相見。君王幸顧苦不早，不及春風與秋草。却羡蘇郎男子身，猶能仗節長安道。休翻胡語入漢宫③，只恐伶人如畫工。畫工形貌尚可改，何况依稀曲調中④。

① 原注：「潘云：『反意激語，下四句更激。』」

② 原注：「謝云：『説得宛曲，怨而不傷。』」

③ 原注：「謝云：『又生一意。』」

④原注：「潘云：『古今詠明妃甚多，殆無復措手處，此篇新意叠出，恨不使前人見之。』」

九折阪

九折阪，七尺身。回車爲孝子，叱馭爲忠臣。孝子身爲親，忠臣身爲君。七尺身，九折道①，叱馭歸來人未老。回頭試問回車翁，何曾得葬琅琊草②？

①原注：「潘云：『又此一轉，更覺精神。』」

②原注：「何云：『末句訊告年老就征而卒於道也。』」

尚方劍

中書勢重儒臣輕，天下善類皆爲朋。漢家賢傅生負氣，死不再逢刀筆吏。君王奮怒威莫當，宫掖纔容免冠地①。漢家佞臣多戴頭，借劍不報蕭公仇，當時只問安昌侯②。

①原注：「謝云：『纔字妙。』」

②原注：「潘云：『千載慨然。』」

四知嘆

故人知君，君不知故人。下有厚地兮，上有蒼旻。縱不吾知兮，吾心有神①。金獨何爲兮至吾門，吾閉吾門兮省吾身②。

①原注：「潘云：『此用原語點化説。我知二字尤切。』」

②原注：「潘云：『此二句直從意外生意，又進一步。使關西聞此，未必不懼然而起也。』」

美新嘆

昭陽禍水噴火滅，賊莽勢熾哀平折。宮中臘日椒酒芳，金縢策秘符命昌。漢家老婦不姓吕①，猶握漢符爲漢主。遺民獨有龔勝存，餓死不入新都門。美新大夫那肯死，元是五侯門下史②。

①原注：「潘云：『用事極有斟酌。』」

②原注：「謝云：『亦豈所謂自污者乎？』潘云：『拈出此語，更逃不得。』」

兩虎鬬

中原野龍斗未休，兩虎私鬬真龍憂。雌虎哮風雄虎避，龍顔一開天爲霽①。君不見邯鄲虎鬬龍不知，關中祖龍不敢欺，當時豈復争雄雌？

①原注：「潘云：『句好。』」

嚴陵山

劉文叔，加我足。侯君房，瞋我目。平生若遺吾喪我，有目如盲足如跛。安能城市復山林，朝往暮還無不可①。君不見嚴陵山水高復深，誰哉更識先生心？

①原注：「潘云：『説出士得已焉之意，甚快活。』」

弄潮怨

莫弄潮，潮水深。殺人莫射潮，中有孝女魂①。魂來父與遊，魂去父與沉。潮能殺人身，不能溺人心。潮水有盈縮，人心無古今②。

①原注：「潘云：『展轉痛恨。』」

②原注：「謝云：『理到之言。』」

斷絃曲

晨聽焦桐聲，夜聞斷絃音。阿女有父資，家學在一琴。生書五經石，死給十吏札。阿女有父能，八分乃遺法。司徒坐上嘆，胡雛别時哭。阿女有父情，情鍾爲誰篤①。有書何必教，有女翻爲辱。君看荀爽女，一死萬事足②。

①原注：「潘云：『比事精甚。』」
②原注：「潘云：『結更精緊。』」

縛虎行

布將騎，公將步，天下紛紛可横騖。卿爲客，我爲虜，卿爲一言無不可①。下邳域南繩縛虎，曹公不怒劉公怒。董卓丁原在何處，布乎布乎嗟汝布②。

①原注：「叶。」
②原注：「潘云：『句意天成。』」

鸚鵡曲

大兒孔文舉，小兒楊德祖，餘子碌碌不足數。身著岑牟前擊鼓，禰生狂呼老瞞沮。我辱衡，衡辱我①，我欲殺之猶雀鼠。一投荆，再送楚，黄鶴磯頭賦鸚鵡。鸚鵡才多爲舌誤②，舉世何人不相妒。生莫逢，仇主簿。

①原注：「叶。」
②原注：「潘云：『偶託一興，意自可人。』」

漢壽侯

漢壽侯，義且武。冠三軍，振華夏①。斬仇將，報知者②。身不可留臣有主③，老瞞不追猶有度。誰其仇者吴陸吕，歲十二月侯出走④，吴人縛侯生縛虎。生縛虎，死猶怒。髯如虬，眼如炬。吁嗟漢乎天不祚，有馬不踐中原土，侯身雖亡神萬古。

① 原注：「叶。」

② 原注：「叶。」

③ 原注：「潘云：『伸此以抑彼耳。彼陸與吕何爲者哉！』」

④ 原注：「叶。」

五丈原

五丈原頭動地鼓，魏人畏蜀如畏虎。營門不開呼者怒，揮戈指天天宇漏①。將星墮空化爲土，煉石心勞竟何補。侯歸上天多舊伍，羽爲前驅飛後拒。忠魂不逐降王車，長衛英孫朝烈祖②。

① 原注：「叶。」

② 原注：「潘云：『表出北地王風節，恨孔明不及爲之佐耳。千古之恨，何時消得！』」

東門嘯

上東門，東羯雛嘯。寧謦王郎識奇兆，單車快馬追不還。寧知夜死排墻間，當時預恐亂天下。天下蒼生竟誰誤，一家三窟本身圖①。青州非羯還非胡，何須更嘆東門雛②。

① 原注：「潘云：『結正衍罪。』」

② 原注：「謝云：『蕭墻之禍往往如此。』」

南風嘆

夕陽亭前車不發，南風吹塵暗城闕。凌雲醉客噤不言，蛙聲亂起華林園。城頭篦車走轔轔，洛陽少年美如玉。宫中夜半牝鷄啼，千門萬户皆翻覆。金墉城，城近遠①，朝來暮去誰能免？九原若見楊家姑，應問婦來何太晚②。

① 原注：「叶。」

② 原注：「謝云：『奸險相圖往往如此，豈復顧其後哉！』潘云：『晚字極有含蓄。』」

聞鷄行

城頭鷄鳴聲不惡，祖生夜舞司州幕。南來擊楫向中流，殺氣横秋盡幽朔。手提一劍馴兩龍①，黄河以南無戰鋒。十州父老皆部曲，誰遣吴兒作都督。中原未清壯士死，遺恨吴江半江水。

① 原注：「潘云：『豪俊可人。』」

晉之東

西晉盛，南風競，二十四友皆爲佞。北師來①，東海追，四十八王皆不歸。前奉觴，後執蓋，忠臣灑泪翻就害。萬里中原士馬空，銅駝尚在宫門外。宋家二帝俱入金，神州陸沉古猶今。黄旗紫蓋渡江水，碧嵩清洛愁人心。晉之東，非失據。宋之南，竟何處②？

① 原注：「叶。」

② 原注：「潘云：『感慨古今。』」

伯仁怨

呼伯仁，百口累。卿卿不聞伯仁出①，醉叱群奴殺諸賊。卿負我，我負公，軍中應對聲如鐘。三言不答二賢死，義未滅親先殺士②。君不見王彬哭友不拜兄，幽冥未必無知己。

① 原注：「叶。」

② 原注：「潘云：『辭嚴義正。』」

氏帶箭

秦鞭斷江江逆流，八公草木皆爲仇。山頭鶴唳争回首，城南老氏帶箭走。雄兵百萬如倒山，三十年來一翻手。君不見捫虱翁，遺言莫遣西師東。婦人孺子徒爲忠，燕山饑鷹思弄風①，歸來但哭陽平公。

① 原注：「潘云：『句與事稱往復見之。』」

五斗粟

五斗粟，不屈人。五株柳，不出門。舉世不我容，上作羲皇民。羲皇夢不見，一枕三千春①。

① 原注：「潘云：『古意黯然，似不欲更道一語。』」

燕巢林

胡馬來，飲淮浦。春燕歸，巢江樹①。石頭城，立不住。狼居胥，在何處？耕問奴，織問婢，誰遣書生論兵事，萬里長城元自棄。生不逢，檀道濟。

① 原注：「潘云：『託興慨然。』」

氈狗嘆

石頭城中鎮將死，父忠臣，兒孝子。袁家小兒匿不住，乳母怒，門生喜。殺郎君，要賊利，天地鬼神須鑒汝。鬬場開，氈狗戲，狗噬狂生如噬矢。狗亦有知能報主，齊朝司空空姓褚①。

①原注：「潘云：『非此異事，不能發此奇語。』」

鮮卑兒

鮮卑胡，漢兒是汝奴。夫爲汝耕，婦爲汝①織纑。使汝温飽相歌呼，胡爲虐彼無寧居？漢土著鮮卑汝客作一匹絹一斛粟②。爲汝擎③賊使汝樂，胡爲疾彼同剽掠④？高丞相，三軍主。能胡言，能漢語⑤。胡爲爪牙漢肝腑，姦雄桀驁不足數，猶能虎視中原土。君不見鮮卑小兒難共事，河南行臺徵不至。

①原注：「謝云：『添此二字，便覺峥嶸。』」

②原注：「叶。」

③原注：「有本作擊。」

④原注：「潘云：『用事協律，每出天成，乃知恒言常事無不可被絃歌者。』」

④原注：「潘云：『二句結括得更精神。』」

高涼洗

刺史召，君勿行。妾不知兵，能知刺史情。刺史反，君勿戰。妾先請戰，歸與君相見①。吁嗟乎！高涼娶婦得婦力，不見刺史但見賊。太原亦有娘子軍，誰道軍中無婦人②。

① 原注：「潘云：『作婦人語便似。』」

② 原注：「潘云：『意更好』」

涼風臺

涼風堂前池水赤，赤星射空虹貫日。斛律美人生把玦，死向青天待明月①。君不見晉陽書中臨絶語，曾爲樂陵求樂處。百年無罪君莫冤，濟南何在是誰言，不須更問華林園。

① 原注：「潘云：『古意精語。』何云：『斛律光字明月。此句又寓光擘手事。』」

歸母怨

母告兒：「饑不得汝食，寒不得汝衣，汝身榮盛吾何爲？」兒告母：「寒不見母寒，暑不見母暑，死若有知應得睹。」齊使還，周兵起。天遣來，來送死，洛陽不死長安死。殿前一殺數十人，母身在否無兒存，丁寧莫遣齊師聞①。

①原注：「潘云：『與鮮卑兒同評。』」

晉州急

晉州告急君莫歸，勸君更爲殺一圍。晉州城陷君莫拔，閣裏濃妝待時發。晉州城敗君莫退①，馬上著褘猶按轡。琵琶絃絶爲何人，啼聲嗚嗚春向晨。當時同生願同死，各向長安作胡鬼②。

①原注：「叶。」

②原注：「潘云：『亦是本色。』」

和士開

五雜組，二美女。往復來，和士開。不得已，出刺史。五雜組，一簾珠。往復來，侍中盧。不得已，降詔書。五雜組，婁領軍。往復來，賂餘珍。不得已，出國門①。

①原注：「潘云：『用古體入新事，别是一格。』」

吴老公

吴老公，薄心腸。夕河南，旦貞陽。詐書實報恩作殃，一身非魏還非梁。彼窮歸義棄不祥，公心不薄爾可忘。梁家養客如養狼，狼入彼室壞彼堂。當時許媾惟朱張，溧陽公主誰家郎，樂遊絲竹令人傷①。

① 原注：「潘云：『老公地下聞此，其愚亦少瘳乎？』」

長江險

長江險，天可恃。齊三來，周再至。隋兵强，竟何事。兵入城，吾有計。樓高入天井入地，生同歡娯死同避。國有二嬪無一士①，回首長江如屣棄。君不見古來人和方地利，天爲吴王還魏帝②。

① 原注：「潘云：『名言名言。』」
② 原注：「潘云：『亦差强人意耳。』」

姦老革

姦老革天下，寧有多許賊？潼關以東大有人，悔不盡殺江都民。民不欲多多即亂，安得龍舟數千夫八萬。君不見江都城外人圖儂，那能更到丹陽宫①。

① 原注：「潘云：『蒙蔽之禍，可爲永鑒，言不必盡意耳。』」

太白行

太白經天照城闕，甲光侵肌冷如鐵，秦王袍沾楚王血①。龍攀鳳附不自由，何乃棄君來事仇，危言逆耳誰爲謀？古來天子不觀史，飾詞佞筆徒爲耳，胡不自修爲謗弭。

①原注：「潘云：『七字殆不忍讀，校之「薛王沉醉壽王醒」，不得不少露矣。』」

譬樹行

莫愛庭前樹，一愛百譬隨①。向非諫臣言，不知佞者誰。不知尚自可，不去安用知②。甘言終幸憐，逆耳先防辱。那將君王樹，不及太尉足③。

①原注：「潘云：『曲盡世態。』」

②原注：「潘云：『句句緊切。』」

③原注：「潘云：『又進一步說。』」

亡賴賊

亡賴賊，逢人殺。難當賊，不平殺。爲佳賊，臨陣殺。爲大將，見賊殺①。少年作賊不愛身，逢時幸作干城臣。宮中一言後宮易，終負先朝爲國賊②。

①原注：「潘云：『又別是一格。』」

②原注：「謝云：『脱不得此一字。』」

機上肉

李唐天下猶有主，兒欲與韋母欲武①。武家廟食唐爲周，唐宗肉骨皆仇讎。周廷酷吏開告密，白頭司空反是實。司空不死唐不亡，天意豈在廬陵王。中興功業回天地，盡是司空門下吏。二凶雖除五王族，痛恨當年存機肉②。

① 原注：「潘云：『拈出便是。』」

② 原注：「謝云：『禍生於不足畏，往往如此，況明在所可畏者哉！』」

韓休知

内家伎樂喧歌酒，外庭宰相還知否，語罷封章驚在手①。君王對鏡念蒼生，一身甘爲韓休瘦。嗚呼！曲江以後無此賢，梨園羯鼓聲震天②，何由再見開元年。

① 原注：「潘云：『觸景指事，無不可寫。』」

② 原注：「謝云：『説得好！説得好！』」

卿勿言

卿勿言，朕自思，南詔覆師君不知。卿勿憂，朕自保，范陽弄兵苦不早。卿邪誰邪高與楊，非姚非宋還非張。有言如此尚不用，豈有藥石針膏肓。君不見咸陽老人能直諫，何曾得睹君王面①。

①原注：「謝云：『噬臍何及。』潘云：『曲盡事理。』」

腹中劍

腹中劍，中自操，一日不試中怒號。構仇結怨身焉逃，一夜十徙甘爲勞。生無遺憂死餘恨①，恨不作七十二冢藏山坳②。

①原注：「謝云：『添一恨字，即精神十倍。』」

②原注：「謝云：『究極姦狀。』潘云：『謝公評後，更覺精神百倍矣。』」

青巖山

青巖山，甄郎高風不可攀，禄山使者封刀還。入東京，見黄蓋，帝敕僞官階下拜。鄭虔貶死王維生，故人獨有蘇源明。君不見舞象悲啼樂工哭，賊斫工尸分象肉①。

①原注：「潘云：『二象雖死，亦流芳千古矣。此語更激。』」

馬嵬曲

唐家國破君不守，獨載蛾眉棄城走。金甌器重不自持，玉環墮地猶回首。前星夜入紫微垣，王風凈掃長安氈。上皇卷甲三川外，父老含悲長慶前。世間萬事多反覆，自古歡娛不爲福。君不見西宮露刃迎，何如坡下屯兵宿①。

① 原注：「潘云：『此用唐體詠唐事。』」

曳落河

曳落河雖多，如我劉秩何，幕中擊劍笑且歌。回紇意已輕唐家，朔風捲火隨塵沙①，牛車載甲空倒戈。義軍四萬同日死，野老痛哭陳濤斜。陳濤斜，爲誰哭，明日上書甘放逐②。

① 原注：「叶。」

② 原注：「潘云：『責備賢者。』」

睢陽嘆

將軍有齒嚼欲碎，將軍有眦血成淚。生爲將星死爲厲，盡是山川不平氣。二人同心金不利，天與一城爲國蔽。强兵坐擁瞋相視，孝子忠臣竟誰是。千載功名亦天意，君不見河南節度三日至①。

① 原注：「潘云：『死中求活，亦不經人道語。』」

河陽戰

裨將退，元帥怒。先取廷玉後僕固，牙旗颭地高掣空。將軍號令如雷風，逆賊夜散潼關東，元功獨冠中興中，營蠅斐錦難爲忠，空令憤死田神功①。

①原注：「潘云：『語壯而激。』」

令公來

令公死，回紇至。令公來葛羅拜①，後却三軍前一騎。回紇盟，吐蕃退，令公度量包天地。君不見長安城章敬寺，眼中那有軍容使②。

①原注：「叶。」

②原注：「謝云：『千載之憤，安得此公？』潘云：『證得單騎，事更好看。』」

司農笏

司農手中無寸鐵，奪笏擊賊賊腦裂①。賊未死氣雖已折，奉天天子雙淚横。十年棄卿真負卿，臣身區區勞記憶。平原太守曾未識②。

①原注：「潘云：『七側句惟老杜能之近來似此者絶少。』」

②原注：「潘云：『委曲規諷，正自動人。』」

養兒行

朝廷養公公養兒，兒爲心腹股肱誰？當時意氣各相許，兒不負公公負主。養兒至死心不易，寧不爲兒不爲賊①。君不見入朝告變，歸殺身此兒非養。寧非真養兒，身死名不腐，惟有真兒心獨苦②。

①原注：「潘云：『能道石郎意中事。』」

②原注：「潘云：『并李郎心事亦道出。』」

問中使

問中使，幾日發，長安老臣當死。死不難，中使答，言從大梁至，大梁賊耳。胡稱使，君不見，吐蕃使者中道亡。相臣節度死鳳翔，老奸有貌幸不揚①。三年飽食居廟堂，澧州客死非人殃。

①原注：「潘云：『幸字妙。』」

侍中走

平涼壇西鼓聲吼，伏兵大呼侍中走。君王正喜邊兵休，武將盡賀書生憂。邠寧飛書夜半至，西平老臣先掩涕。君心多猜謀不足，平涼不伏長安伏。枉伐大安園上竹①。

①原注：「潘云：『亦守在四夷意。』」

永貞嘆

王郎索飯黄扉裏，鄭州相公呼不起。六街鬼魅夜攫人，公門白日成官市。紛紛逐客不足嗟，河東司馬文章家①。江湖浪客河間婦②，世事榮枯一翻手。詩翁莫賦永貞年，後來何代無此賢③。

①原注：「謝云：『文章弊正在此。』」

②原注：「潘云：『就用文章家語。』」

③原注：「潘云：『説得是。』」

鄭歇後

鄭歇後，登臺司。國事去，嗟何爲。唐之衰，風不競，天下紛紛非一鄭。君不見宋家養士得士力，無數忠賢水中溺①。

①原注：「謝云：『綮能自知，不可盡貶。』潘云：『唐之無人一至於此，亦可以諷矣。』」

白馬河

白馬河，河水深可投，清邪濁邪同一流。萬古不滌衣冠羞，人生到此紛鴻毛①。紛鴻毛，竟何益？唐之亡，非此日②。

① 原注：「叶。」

② 原注：「潘云：『更不必著議論語。』」

王凝妻

妾生愛身如愛玉，玉可玷，身不可辱。生不逢，魯男子①，彼氓何知妾爲耻。揮刀斷臂不自謀，已看此臂爲妾仇②。不恨妾身出無主，但恨妾身爲婦女。君不見中原將相誇男兒，朝梁暮周皆逆旅③。

① 原注：「潘云：『用事好。』」

② 原注：「謝云：『意勝詞。』潘云：『詞亦甚稱。』」

③ 原注：「謝云：『説得長樂翁出。』」

十六州

契丹助晉兵，一號三十萬①。晉家報契丹，一數一匹絹。三十萬絹未足惜，一十六州空棄擲。遂令宋統成偏安，中原以北無幽燕。金元相承二百載，慟哭衣冠化兜鎧。至今五鎮接三邊，不備西陲備東海②。

① 原注：「叶。」

②原注「潘云：『可爲作俑者戒。』何云：『西陲，今陜西邊地。東海，遼海也。謂不備西陲而備東海，今日之備皆當時爲之也。』」

鎖繼恩

小事糊塗，大事不糊塗，繼恩一鎖成鴻圖。太宗雄鑒絶代無，武功刎頸秦王殂，當時趙相非吕徒。誰復糊塗如此乎①，宗乎善矣爲孫謀②。

①原注：「潘云：『因此識彼。』」

②原注：「叶。何云：『太宗所以爲孫謀則善矣。』」

急流退

吕丞相，眼欲穿。錢樞密，興已闌。君有輕士心，臣有制命權。命在我，不在天，明日拂衣遊華山①。

①原注：「叶。謝云：『有激之言，不覺至此。』潘云：『讀至此，亦可翩然而起矣。』」

城下盟

澶州城南見黄蓋，澶州城北胡兵退，南朝相公方鼾睡。讒言後出功臣猜，城下一盟成禍胎，孤注之説何危哉。城下盟，君不辱，猶勝金陵與西蜀①。當時若耻城下盟，縱寇不追真大錯②。

①原注：「謝云：『說得是，做得是。』」

②原注：「潘云：『如此做便是。』」

金陵問

王安石，還聖人，熙寧天子空稱神。程夫子，真聖徒，一言非訐還非諛。世更有人如此無？古來君相關氣運，河南不問金陵問。一時言，千載恨①。

①原注：「謝云：『可恨尚不止此。』潘云：『此根固自不小。』」

崑崙戰

崑崙關頭戰骨枯，龍衣裹血紅模糊。軍中喧言老儂死，不是彼儂安有此。將軍貴實不尚功，世上安有將軍忠。君不見漢皇一赦雲中守，武將紛紛皆藉口①。

①原注：「潘云：『信然，信然。』」

安石工

端禮門，金石刻，丞相手書姦黨籍。長安役者安石工，不識人賢愚，但識司馬公。卑疏不敢預國事，幸免刻名爲後累。匹夫憤泣天爲悲，黃門夜半來毀碑。碑可毀，亦可建。蓋棺事，久乃見。不見姦黨碑，但見姦臣傳①。

①原注：「謝云：『暗中摹索，亦可識。』潘云：『此篇音節頓挫，意氣激烈，殆不可及。結句闖爲方石冉駁，乃得此，無遺憾矣。』」

夾攻誤

夷狄自相圖，古稱中國利。遼亡金已猖，金滅元愈獺。如何夾攻策，竟蹈前車弊。惜哉鷸蚌功，誤爲脣齒累。一誤國不支，再誤國不祀。咄哉宋君臣，千載傷失計①。

①原注：「潘云：『亦是名言。』」

奇才嘆

奇才復奇才，二聖一語孤臣哀。孤臣哀，淚如雨，衆欲殺臣臣有主。不然安得夢中身，天上語①？

①原注：「潘云：『悲喜萬狀，於一二語盡之。蘇公有知，不能不爲一賞也。』」

兀朮走

金山廟前鼓聲起，江頭走却四太子。緋袍玉帶墜復跳，華人頓足胡兒喜①。君不見和尚原頭走禿胡，天爲中原留逆雛②。他時再作江南圖，韓公吴公還有無？

① 原注：「潘云：『畫得出。』」

② 原注：「潘云：『節節寫出。』」

兩太師

和議是，塞外蒙塵走天子。和議非，軍前函首送太師。議和生，議戰死。生國仇，死國耻。兩太師，竟誰是①？

① 原注：「潘云：『畢竟無一是者。』」

金字牌

金字牌，從天來。將軍慟哭班師回，士氣鬱怒聲如雷。聲如雷，震三陲，幽薊已復無江淮①。仇虜和，壯士死②。天下事，安有此③。國之亡，嗟晚矣。

① 原注：「叶。」

② 原注：「潘云：『六字盡之矣。此外雖萬言亦不能盡。』」

③ 原注：「潘云：『此六字亦不可少。』」

三字獄

朋黨譎，天下惜。惜不惜，貶李迪。三字獄，天下服。服不服，殺武穆①。奸臣敗國不畏天，區區物論真無權。崖州一死差快意，遺恨施郎馬前刺。

①原注：『潘云：「抉出鬼膽。」』

參謀來

新將代，舊將去。參謀來，軍有主。受命犒，不受戰。參謀行，真獨斷①。宋家養兵二百秋，大功竟屬書生收。翻令愧死劉揚州②。君不見陝西歸來笏畫地，遺恨他年六州棄。

①原注：「叶。」

②原注：『潘云：「揚州非真愧者，借此表見參謀功烈耳。」』

千金贈

相門深深夜不扃，百年恩重千金輕。二人辭受本同情，君王但賞辭金名①。嗚呼！一檜死，一檜生。君王孤立臣爲朋。誰哉更問胡邦衡②。

①原注：『潘云：「如此難叙事，叙出便別。」』

②原注：「謝云：『振古如玆。』」

濟陽怨

宫中快行過巷門，巷中皇子心如焚。相臣引入舊班裏，我胡爲猶在此？殿頭燭影坐者誰，殿帥捽頭聽詔詞。君爲臣，臣就國①。父子幽明不相白。湖州義兵翻作殃，身死猶貽諫官謫。濟陽冤，冤不極。

①原注：「潘云：『此六字亦盡。』」

金大將

汝何官，金大將。汝何名，陳和尚。好男子，明白死。生金人，死金鬼①。脛可折，吻可裂，七尺身軀一腔血。金人憤泣元人誇，爭願再生來我家。吁嗟乎！衣冠左衽尚不耻，夷狄之臣乃如此。

①原注：「潘云：『頭頭是道。』」

戚里婿

戚里婿，城貴妃。社内侍，董丞相。無私交，難共事。臺兵不待章奏批，丞相出城君不知。丞相出，天下惑。君不知，竟何國①。

①原注：「潘云：『結亦痛快。』」

木綿庵

多寶閣中歡不足，木綿庵前新鬼哭。裂膚拉脅安足論，天下蒼生已無肉。君王不誅監押誅，父仇國憤一時攄。監押死，死不滅，元城使者空嘔血①。

①原注：「潘云：『往往於比屬處見精神。』」

冬青行

高家陵，孝家陵，鱗骨盡蜕龍無靈。唐義士，林義士，野史傳疑定誰是。玉魚金粟俱塵沙，何須更問冬青花。徽欽不歸梓宫復，二百年來空朽木。穆陵遺骼君莫悲，得葬江南一抔足①。

①原注：「潘云：『根中有根。』」

趙承旨

趙承旨，誰家子？王維詩畫鍾繇書①，不獨行藏兩相似。文山令子燕京臣，臨川貢士官成均②。名家大儒亦如此，雪樓之徒安足齒③。

①原注：「潘云：『用事切。』」

②原注：「謝云：『千古誰復雪得。』」

③ 原注：「潘云：『是，是。』」

劉平妻

誰謂虎力猛，赤手亦可屠。誰謂妾無身，妾身雖在不如夫。妾身與夫争虎口，生同道塗死川藪。呼兒拔刀兒不怖，厲聲摧山虎爲沮。携夫夜歸車下宿，蓐食趨程烹虎肉①。夫身有死死不孤，生當爲君西擊胡②。

① 原注：「潘云：『壯哉。』」

② 原注：「謝云：『見成語，自是用得好。』潘云：『往見《四烈婦》詩，音韻鏗鏘，氣格高古，以爲奇作，後始見全本，首首奇絶。昔人謂一人不數篇者，殆不可以概天下士也。具眼者當自知之。』」

尊經閣

尊經閣，閣高不可攀。前有文宣宫，後有鍾陵山①。

① 原注：「潘云：『似不盡意。』」

花將軍歌

花將軍，身長八尺勇絶倫，從龍渡江江水渾。提劍躍馬走平陸，敵兵不能逼，主將不敢瞋。殺人如麻滿川谷，遍體無一刀槍痕。太平城中三千人，楚賊十萬勢欲吞。將軍怒呼縛盡絶，罵賊如狗狗不狺①。檣頭萬箭集如猬，將軍願死不願生作他人臣。郜夫人，赴水死，有妻不辱將軍門。將軍侍婢身姓孫②，收屍葬母抱兒走，爲賊俘虜隨風塵。寄兒漁家屬漁姥，死生已分歸蒼旻。賊平身歸竊兒去，夜宿陶穴如生壙。亂兵争舟不得渡，墮水不死如有神。浮槎爲舟蓮爲食③，空中老父能知津。孫來抱兒達行在，哭聲上徹天能聞。帝呼花雲兒，風骨如花雲④，手摩膝置泣復嘆，雲汝不死猶兒存。兒年十五官萬户，九原再拜君王恩。忠臣節婦古稀有，嬰杵尚是男兒身⑤。英靈在世竟不朽，下可爲河嶽，上可爲星辰。君不見金華文章石室史，嗟我欲賦豈有筆力回千鈞⑥。

① 原注：「潘云：『奇句險語。』」
② 原注：「潘云：『長短緩急，妙得節會。』」
③ 原注：「潘云：『只此數語，寫出許多事，如在目前。』」
④ 原注：「潘云：『疊出「花雲」二字倒押韻，妙極，妙極。』」
⑤ 原注：「潘云：『又是一意。』」
⑥ 原注：「潘云：『此篇卓詭奇絶，而圓活流動如珠走盤，非心得手應，斷不至此。《木蘭辭》後，何可多見。司馬遷每以奇事試筆力，予於此亦云。』」

擬古出塞五首

總戎戒行旅，器仗貴堅完。典衣買刀劍，胡地多苦寒。公家例頒與，私債復相干。兒出貧尚可，親老無盤餐。燈前背面啼，强語達夜闌。鷄鳴鼓角動，上馬各據鞍。潛行始出境，面别情實難。逢人語妻孥，堂上有舅姑。

軍行視旂旐，聞向黄河曲。相顧問姓名，同伴爲骨肉。星分良鄉爨，月傍井陘宿。民貧苦供給，縣官告不足。掾吏飽肥羊，馬饑奴無粟。營門號令肅，鷄狗不敢掮。起居有常節，幸得免笞辱。

河曲二千里，外險中廣夷。胡兒十萬騎，倏忽路無歧。邊軍戒輕入，壯士氣不持。帷幄計深密，功成在何時。糧儲日不繼，淹留懼愆期。邊疆古有患，上將重興師。吾知荷戈役，生死長相隨。

邏騎朝出塞，胡來屢衝突。我軍摧其鋒，殺氣滿川窟。將驕聞裹瘡，戰勝多白骨。兵家貴萬全，豈足較毫髮。十金買首功，百金紀勳伐。京軍得先陞，邊卒長獨没。卑情思上達，疏賤不得謁。日暮獨無言，岧嶢見宫闕。

頻年討北虜，往歲征南蠻。七年六出師，師出無空還。將軍盡封侯，鐵券誓河山。白衣領蔭襲，立在執戟班。先朝麒麟畫，位次迥莫攀。功疑古惟重，此義故不删。君恩實浩蕩，感泣徒潸潸。諸公固當爾，而我獨何顔。

夜過邵伯湖

蒼蒼霧連空，冉冉月墮水。飄飄雙鬢風，恍惚無定止。輕帆不用楫，驚浪長在耳。江湖日浩蕩，行役方未已。羈棲正愁絶，况乃中夜起①。

① 原注：「《麓堂詩話》：『莊定山最愛「冉冉月墮水」之句，余南行詩也。但「蒼蒼霧連空」上句，殊未稱耳。』」

藤蓑次陳公甫韻

采藤復采藤，日夕費斤斧。製爲身上蓑，人古衣亦古。借問製者誰，白沙乃蓑祖。冉冉緑蓑衣，蕭蕭白沙渚。披蓑向江水，顧影還獨語。愛此勿輕捐，春江正多雨。

玉堂下直

岸幘斜陽下，疏林開遠山。新凉灑衣袂，爽氣清容顔。林端見初月，素彩生雲間。褰裳步花影，欲動愁闌珊。向來竹林遊，暫到已復還。寧知一畝内，迥若離市闤。浮生且爲樂，及此一日閒。

平陰武愍王輓詩

十有四年秋八月①，胡笳吹塵暗城闕。漢家天子親出師，旌旗如山令不發。將軍意氣如蜚熊，腰間寶劍雙白虹。長戈一麾四十萬，六合慘淡多悲風。胡天冥冥夜飛雪，將軍奮呼山石裂。平生鐵石舊肝腸，化作烏鳶口中血。君王龍馭今在途，臣身已死誰爲扶。中興功業吾豈敢，君王獨歸臣不返。裕陵松柏自年年，臣歸祔葬橋山邊。英魂或助天飆起，長爲狼山掃夕煙。

①原注：「己巳。」

捕魚圖歌

貧家捕魚多用罾，富家捕魚多用網。貧家不如富家利，一網得魚長數丈。江花夾岸江水深，此時尺魚如寸金。岸高罾小扳不足，漁歌哀咽愁人心。家家賣魚向江浦，大船小船不知數。大船魚好多得錢，小船悠悠竟朝暮。長沙遊子思故鄉，安得坐觀江水傍。買魚沽酒對明月，我雖不飲强舉觴。我家海子橋西住，中使饋魚長比箸。居民未識忍獨嘗，自倚闌干放教去。吾生有興不在魚，披圖見畫已有餘。無家無業豈足問，但願四海赤子同鮮腴。

題丁御史同年墨竹走筆長句

浙江之東縣新昌，乃在千岩萬壑之中央。側身重足恐無路，五步一澗十步岡。君家茅堂此卜築，白石叢抱青篔簹。西接林薄南通塘，低者出地高出墻。江南此物賤如草，買種不費鍤與筐。野生石迸小如指，一夜風吹還尺强。煙鋤雨櫛歲屢改，舊葉换盡新梢長。青苔白石凈如掃，吴紵越羅生雪霜。脱巾箕踞坐其下，野叟林夫相與狂。吹洞簫，飛羽觴，鳴玉琴，舞《霓裳》，陰風颯颯左右至，耳熱不受秋山涼。醉中恍惚無定所，顛倒萬籟隨宫商。忽如壯士入沙場，鐵騎夜蹙陰山疆。不聞鼓角動，但見予戟森開張。忽如仙人來帝傍，翠環金節聲鏘鏘。不聞鸞鶴叫，但見雲中雙鳳凰，蛟龍起舞鬼陸梁。復如扁舟渡瀟湘，九疑山前鷓鴣泣，二女聞之雙斷腸。是時騷人醉半醒，孤棹萬里回滄浪。十年宦遊隔江海，此興落落何由償。深知良工心獨苦，愛畫不減青琳琅。往時王孟端，近者夏太常。二公之畫世所藏，此物胡爲在君堂？君心自有百煉剛，見此意氣俱飛揚。烏臺退食宴佳客，看竹不礙肩輿郎。我當攜琴載雙鶴，坐子林間青石牀。

題程亞卿所藏劉進畫魚

劉生亦是丹青豪，近來作畫無此曹。平明退直呼濁醪，半酣脱却宫錦袍。戲將禿筆作鱗介，已覺四壁生風濤。風濤洶湧向何處，岸閣江空起煙霧。東風一夜吹水渾，翠鬣紅鬐不知數。桃花柳絮時吐吞，輕蘋亂荇交繽紛。圓光倒射日成凸，滅影下没天無痕。群嬉若共衆芳狎，遠逝忽與洪波奔。千形萬態極幻化，倉卒逢之安可論。就中巨者稱赤鯉，卓犖頗似鯨與鯤。仰窺河漢若咫尺，俯視江海如罍盆。岩巒變，風雨作，走天吴，驅海若。流雲掣電同揮霍，噴沫浮漚滿寥廓。鋒鏑參差見鬣腭，劍戟峥嶸露頭角。直遣飛騰動鬼神，寧誇震撼傾山嶽。若非溟渤即洞庭，不然豈得通幽靈。幽靈汗漫入恍惚，始信丹青有奇骨。劉生劉生良已工，誰其愛者司徒公。華堂錦軸粲盈丈，仿佛坐我龍門中。龍門高，高幾許？葉公畫龍龍出走，此物胡爲在庭宇？知公自是人中龍，會向人間作霖雨。玉如意，金叵羅。激高堂，揚練波。文王在沼民共樂，君子有酒吾當歌。我生解詩不解畫，潦倒不覺雙顔酡。吁嗟乎！吾當奈爾丹青何！

畫松爲顧良弼主事題

畫松不必真似松，風骨略與畫馬同。畢宏曹霸兩奇絶，妙意止在阿堵中。君家素壁光如雪，上有虬枝老垂鐵。晚歲長同怪石寒，炎天耻受高雲熱。江翻樹轉争喧豗，十步九戰何時開。陰房半扃山鬼嘯，海水不斷天風來。城南野人頗醇古，坐愛凉秋滿虚宇。安得移來十丈青，高價如山棄如土。知君此興迴莫攀，謂予苦絆風塵間。携琴載鶴招使去，我家自有徂徠山。

題邵容城所藏幽松圖

種松谿邊長十丈，高雲對屋團青障。中有幽人愛讀書，苧袍紗帽秋蕭爽。青苔白石坐移時，衡門晏起獨開遲。山中繁實雨初落，下面垂蘿風倒吹。十年南北江湖夢，野樹孤雲遞迎送。此地材同新甫良，多居官比藍田重。酌君美酒聽我歌，東園桃花能幾何。丈夫功業在晚節，君今尚壯非蹉跎。

蔣御醫黄頭月桂圖

一月一花開，開時月常好。黄頭少年何翩翩，每見花開被花惱。紅顔綉羽紛葳蕤，暖風吹春春力微。芳心艷影莫相妒，共保春光在遲暮。君不見江花欲落江水深，憑仗黄頭過江去。

沈刑部所藏墨竹歌

沈郎之貌古不妍，滿懷清思如湧泉。手中墨竹風裊裊，坐我一片瀟湘天。貪愁吟鬢灑霜雪，已覺紗帽隨風偏。人道湘靈解鼓瑟，此中似有泠泠絃。自言得此意蕭索，中夜不敢高堂眠。問誰作者夏太常，平生翰墨江海傳。雪堂無人老可死，此物價重黄金錢。近來畫竹有數家，世人皆愛我不憐。我非能畫却能看，别有苦思通幽玄。病眼揮毫不成字，小者如栗大者拳。西鄰奚老髮半白，東鄰陸郎美少年。清歌苦調兩不厭，爲子和我滄浪篇。

早朝遇雨道中即事

長安五月霖雨多，六月更急如翻河。通宵到晚不得寐，茅屋欲破愁嵯峨。攬衣當户未能出，却坐蓬窗聽疏密。縱道君恩屢放朝，端居未敢忘巾櫛。九衢燈火迷西東，輕蓑瘦馬隨疲童。道傍行子顧且笑，謂予亦在泥塗中。感渠相念不相識，問之不答還匆匆。如聞身是營中卒，畚鍤欲赴朝天宫。古來王事稱靡鹽，予亦勤勞竟何補。爲渠慚愧久低回，雨急嚴城聽鳴鼓。

荷鷺圖爲薛御史作

秋山泬寥秋水闊，一夜天風起蘋末。萬籟凋餘錦樹空，繁花落盡紅衣脱。鵁鶄鸂鶒俱無聲，沙邊白鷺如有情。幽禽相呼落日暝，尺鯉下避寒潭清。寒潭直下幾千尺，落羽回波共蕭瑟。獨立遥憐海嶼青，低飛不礙江雲白。詩家畫格還相宜，却憶江南初見時。雍陶池上風雨集，摩詰田中煙火遲。吾生頗似巢籠鳥，十年塵土長安道。萬里滄浪一片秋，安得閒身此中老。

題朱儀中雨圖

菰叢蒼蒼集煙渚，山頭濕雲半爲雨。垂蘿繞屋茅覆墻，石燕林鳩似相語。桃花落盡梅子黄，南湖北泖俱茫茫。黄泥道路白頭浪，知是江南煙水鄉。長安溽暑秋過半，雨濕書牀盡糜爛。三年詩逋坐盈案，拂君畫圖爲君嘆。閉門覓句無人催，呼童捲送休徘徊。君看白石最深處，紙背猶濕青莓苔。

鱖魚圖爲掌教謝先生作

泮池雨過新水長，江南鱖魚大如掌。沙邊細荇時吐吞，水底行雲遞來往。其間種類多莫辨，短者如針細如綫。三年養得鱗甲成，萬里空嗟畫圖見。一官薊北復巴西，丹青不改鬢成絲。遥憐天路飛騰地。

長記春風長養時。宦途萍水紛無迹，再見此圖三嘆息。遠行珍重寄雙魚，魚中定有長相憶。

彭學士先生所藏劉進畫魚

魚爲水族類最稠，近時畫手安成劉。生綃如雲筆如雨，恍惚變態不可求。大者獨立爲豪酋，小者列從分奴騶。翻身晌沫日弄影，一一如在空中遊。風鬐霧鬣卷復散，頃刻巨浪高山丘。上摩虚無拂倒景，下逐遠勢歸長流。初疑聚石作九島，咫尺之地皆汀洲。又如然犀照牛渚，海若露叫群靈愁。問渠類象誰指示，或者神授非人謀。畫圖貴似不必似，却恐有意傷雕鎪。擬將天地作畫筍，此語吾傳蘇子由。江湖茫茫隔塵土，吾欲遠挂珊瑚鉤。臨淵之羡亦徒爾，况乃物幻無停眸。詩成日暮酒半醒，蕭蕭落木高堂秋。

王世賞席上題林良鷹熊圖

坡陁連延出林麓，孤鷹盤拏熊蹜伏。金眸耀日開蒼烟，健尾捎風起平陸。由來異物乃同性，意氣飛揚兩撑矗。山跑野掠紛路歧，何事相逢輒相肉。側睨翻疑批亢來，迅步直欲空壁逐。乾坤蒼茫色慘淡，落木蕭颼滿空谷。群豺斂迹百鳥停，萬里長空齊注目。是誰畫者誠崛奇，筆勢似與渠争速。坐間賓客皆起避，階下兒童駭將蹴。當筵看畫催索詩，卷帙不待高閣束。平生搏擊非我才，欲賦真愁成刻鵠。微酣對此髮雙竪，酒令詩籌復相督。頓令拙劣成粗豪，一飲步兵三百斛。

劉尚質南樓題王舜耕山水圖

溪聲潺湲雜林壑，山勢蜿蜒去還却。浮雲欲起未起時，半在溪頭與山脚。入空高鳥飛欲盡，背屋斜陽慘將落。更無剩地與閒人，縱有紅塵何處著。南畝老翁雙鬢斑，筆法頗似高房山。少年豪宕老疏放，往往醉墨留人間。平生畫癖兼山癖，一見此圖三嘆息。愧我不如樓上人，日日開窗看秋碧。

題畫鷹送羅緝熙南歸

大鷹猙獰爪决石，側目高堂睨秋碧。小鷹倔伏俯且窺，威而不揚豈其雌。雌雄起伏各異態，意氣相看出塵堨。獨立羞將衆羽群，高飛怕有浮雲礙。山寒木落天始風，日色慘淡川原空。人間狐兔自有地，慎勿反擊傷鵷鴻。畫圖仿佛是誰作，宛似韝臂間落。高堂匹練長風生，萬里炎荒盡幽朔。我生奇氣空嶙峋，揮毫對此不無神。送渠羽翼朝天去，亦是雲霄得意人。

徐用和侍御所藏雲山圖歌

何人醉寫雲山圖，浮雲澒洞山糢糊。空明射地日漏影，稍覺樹林開扶疏。平原蒼莽不知處，忽有細路通榛蕪。茅堂枕山半閣水，卷幔正對前峰孤。幽人深居不出户，縱有鄰舍無招呼。低頭把卷苦吟諷，語暗不辨楚與吴。中流棹歌似相答，欲斷未斷聲嗚嗚。雲多水闊望不見，知是滄洲舊釣徒。長安六月晴復雨，若非塵土還泥塗。城中見山如見畫，剛可仿佛求形模。山猶可見水莫涉，尺潦豈足容長艫。十年舊游憶南國，歲月催人非故吾。鸚鵡洲前漢陽樹，此景此詩今有無。因君此圖意披豁，便欲買棹遊江湖。

題魯京尹所藏雙鷹圖

霜風摵摵空林響，朔氣隨空入蕭爽。兩鷹意氣殊絶群，俯視平川如一掌。玄雲著樹凝不飛，野日照地寒無輝。掓身欲下不肯下，似覺深山狐兔稀。丹青落手翩欲活，韝上驚看錦絛脱。江湖浩蕩水烟深，萬里陽臺渺天末。時維八月炎暑空，兩鷹角立如争雄。周旋九絃隘八極，此意豈在風塵中。知公有才非搏擊，我意亦欲辭樊籠。只應共逐鵷鸞去，去上丹山十二重。

題陸寬瘦竹卷

江南陸郎瘦於竹，種竹城東玉河曲。未論千尺勢能長，剛道兩竿軒也足。耻隨桃李鬬芳腴，祇共松杉伴幽獨。茅茨可奈霜雪冷，韋布不受風塵辱。平生幽賞底須多，愛此清風不盈掬。絶勝長安酒肉徒，醺花殢月空迷復。近從畫竹得篆法，坐對凉陰刻寒玉。終教筆硬可通神，且賞骨多能勝肉。江左詩翁太瘦生①，墨竹篆書皆絶俗。莫言汝瘦不如渠，好爲名家繼清躅。

① 原注：「金本清太僕號太瘦生。」

題畫二首

霜枯古樹秋颯颯，枝間老猿罷騰踏。戲將長臂撲遊蜂，半似相欺半相狎。岡巒高下路東西，由來異類不同栖。應憐野徑穿花去，不作空山抱樹啼。君不見場中有菓房有蜜，共趁園林好風日。丁寧慎勿采桃花，留結山中千歲實。

玄猿倦向青林坐，聲斷長空碧雲破。林間疏網落蜘蛛，正向連蜷掌中墮。絲輕臂軟如不勝，欲掣未掣還騰騰。極知物性解人意，應向畫圖觀世情。由來異類有强弱，幸是相逢不相虐。猶勝虛堂萬縷絲，無數飛蟲挂檐角。

畫禽

高棲野雀低飛燕，長在峰頭與溪面。竹鷄啼徹雨初晴，山脚泥深路如綫。崖根老樹回餘青，樹間雙鵲閑無聲。祇應識得山中樂，無復人間送喜情。

四禽圖

樛枝老樹幽巖裏，山鵲雙棲掉長尾。高鳴俯搦勢不停，似向春風矜爪嘴。山頭錦鷄金作冠，身披五采成斑斕。遠從紅日霽時見，更向碧山深處看。人言此物真絶特，同是山禽不同格。休將綠水照毛衣，只恐桃花妒顔色。

空山雨過枇杷樹，黄顆累累不知數。金衣公子正多情，驚墮金丸欲飛去。海榴花殘紅子新，沙上凫鷖來往頻。每從水淺花深處，遥見隔花臨水人。山禽關關水禽語，脈脈幽期似相許。莫負天晴日暖時，一春江上多風雨。

碧林紅葉驚飛鳥，江上秋風下來早。雁去鴻辭煙水空，蒹葭落盡芙蓉老。原頭鶺鴒如有知，應憐歲暮得同棲。枝間戴勝聲不住，應憶春園初降時。山林動物各有託，野雉分明出叢薄。見説豐年少網羅，低飛不及高飛樂。

江南山深冬日暖，湖冰無澌湖水滿。幽林晚徑斷人行，落盡梅花春不管。山茶花發争芳菲，翠翎蠟觜相光輝。烟生錦嶼寒猶戀，雪滿銀塘夜未歸。疏林落羽紛凌亂，回首青霄各分散。溪上鴛鴦獨有情，春來冬去長爲伴。

題　畫

風林不定驚枝裊，上有修翎兩山鳥。溪邊獨鷺短絲垂，影落晴波秋渺渺。鴛鴦鸂鶒似争春，錦毛繡翼相鮮新。寒烏數點寂相背，頗學山翁避貴人。山鷄兩翼花如剪，未勝鵝群嬌宛轉。曲水亭前路有無，黄陵廟下湖深淺。窮崖老樹猿倒懸，彼何色者白與玄。山中麢子未生角，錯立不知誰後前。世間飛走各有性，詩人自古歌魚鳶。莫將藻繪作物假，此物自是無聲篇。

悼竹

園南舊植千竿緑，高者如墻大如屋。風狂雨急墻屋翻，榦折叢低共傾覆。忽驚舞罷鴻門會，怒斗紛紛碎蒼玉。復似驪山墜石餘，數百書生葬坑谷。初疑鳳羽墮當空，更訝籜龍身在陸。翠落瓊飛不復完，頓使泥沙污人目。憶昔新移近水隈，瘦骨棱層不盈束。晨澆恐被風日燥，晚護幸免霜雪酷。十年長養成亦艱，一旦摧頹勢何速。我時夜半驚水至，崛起蒼黄問僮僕。彼駃不識人意勞，祇顧囊衣與甑粟。觀里桃花何足論，堂前楠樹猶堪録。無家更欲買山林，有徑誰當伴松菊。前軒好竹只數個，頗覺幽懷看未足。春來擬欲探萌芽，蒼苔慎勿迷雙躅。

左闕雪後行古柏下有作

長安城中雨成雪，退食衝寒過東闕。蒼然古柏勢横空，數尺盤拏成百折。玉龍戰罷纏碧綃，流涎噴沫凝不飄。仙人掌上露初凍，五老峰頭冰未消。飛花拂面吹還轉，步屧穿林印猶淺。鶴氅衣輕動欲翻，水精簾重寒初捲。風骨昂藏夐出塵，儼如佩玉拖長紳。須知世有後凋質，元是仙家不老身。

題夏仲昭墨竹横卷蓋陳緝熙先生故物也

崑山夏老能筆耕，開雲種玉看峥嶸。千條萬葉入霄漢，世間草木空有名。來持琅玕叫閶闔，坐使燕石無光晶。北人貴竹如貴玉，直以高價酬丹青。衡開丈幅直逾咫，不見枝梢見根柢。恍疑湘浦推篷行，颯雨驚飆過雙耳。九疑山高望不極，影落洞庭清徹底。靈籟時來天樂風，釣竿不動珊瑚水。珊瑚水冷魚龍藏，此翁一去魂茫茫。江山有神故物在，環珮無聲凉夜長。東吴老子圖書散，南國諸生思未忘。重向玉堂修竹譜，須將偃竹記篔簹。

學士柏

翰林後堂有二柏，竹巖柯先生所種也，東陽承詔受業，今三十年，柏已鬱然，而先生棄諸生久矣。間出題課諸吉士，弋陽汪俊抑之有「一日百匝行樹底」之句，悵然感之，因衍爲一篇，以識不忘。

我行樹陰日千匝，雨葉風枝自蕭颯。惟有諸生識我情，傍人不解空嘲狎。我見先生種樹年，我身尚短樹及肩。枝蟠江山地可縮，手斡造化天無權。瓊臺翠閣何森爽，院柳庭花敢争長。芘蔭長留六月陰，盤回直與孤雲上。材堪五鳳難爲用，根到九泉終不枉。零落青袍幾故人，琮琤玉佩空遺響。當時院長文安公，柯亭劉井相西東。百年遺愛豈獨此，此樹欲比人中龍。樹猶如此我何似，已愧斑白非兒童。名收榱桷有先後，壽比金石無終窮。下堂再拜想顔色，仰面正拂長髯風。

四禽圖

鸜鵒色不如鸚鵡，强向筵前學人語。網羅西下隴山空，毛羽雖佳不如汝。鐵衣金背雙雕楹，世間無處無弓矰。試聽内苑籠中語，空誦彌陀六字名。

珊瑚出海海見底，誰掣長竿臨海水。黑風驅霧捲冥蒙，化作禽飛向空起。北人未熟南禽名，嶺外方言如鳥聲。由來珍異非國寶，須識君王刦貢情。金堤柳色黄于酒，枝上黄鸝嬌勝柳。歌聲宛轉色娉婷，種種春光無不有。春來何遲去何速，回首紅顔憶騎竹。急須携酒聽黄鸝，莫待楊花眯人目。春山潑黛青淋漓，山際春禽雙畫眉。山光物色兩濃淡，苦欲問春春不知。古來尤物皆成怪，誰遣山禽入圖畫。西京京兆今不歸，林郎爲了風流債。

畫　鷹

卑枝詰屈高枝舉，小鷹低回大鷹怒。殺氣森森動碧寥，千山落葉紛無數。雲霄意概風霜姿，傲睨六合無雄雌。夢迷東海未歸路，興在秋原初下時。吁嗟乎！巢有羽兮穴有肉，莫遣鵷鸞空側目。

題沈啓南所藏郭忠恕雪霽江行圖真蹟

洛陽老狂眼雙白，揮豪醉呼聲裂帛。手持造化奪天工，頃刻雲烟變朝夕。有時點染入毫忽，决眦未須論寸尺。平看側睨部位勻，叠見層分了無隔。更聞篆法書絶倫，二物殊科乃同格。前身合是顔平原，骨蜕空山兩無迹。君看雪霽江行圖，杳若張帆向空碧。沙明水浄天地闊，遠樹平川晴歷歷。兩舟供載百物具，細者銖藏巨山積。老稚相看宛有情，傭工僕夫皆受職。世間畫手自有數，此狂一去難再得。宣和舊物出内局，書題瘦箸印方石。風塵澒洞河洛空，流落江南歲三百。天球河圖廟不守，微物猶關世因革。富家珍惜何足論，終作貧兒一朝食。姑蘇沈郎亦好奇，袖裏黄金輕一擲。定知仙筆可通神，恐有六丁隨霹靂。桓玄竊取吾所笑，一月爲君頻拂試。還君頗覺未忘情，摹本爲予君莫惜。

① 原注：「世傳忠恕尸解事，與魯公正同。」

長江行

大江西來是何年，奔流直下岷山巔，長風一萬里，吹破鴻蒙天。天開地闢萬物茁，五嶽四瀆皆森然。帝遣長江作南瀆，直與天地相周旋，是時共工怒觸天柱折，遂使后土東南偏。女媧補天不補地，山崩谷罅漏百川。有崇之叟狂而顛，坐看萬國赤子淪深淵。帝赫怒，罰乃罪。神禹來，乘四載。驅大章，走豎亥。黄龍夾舟穩不驚，直送馳波到東海。朝離巴峽暮洞庭，九派却轉潯陽城。縈紆南徐萬餘里，更萬餘里通蓬瀛。君不見黄河之水天上下，其大如股空縱横。長游清濟出中境，曷敢南向争權衡。千流萬派瑣瑣不足數，雖有吐納無虧盈。下亘厚地，上摩高空。日月出没，蛟龍所宫。奇形異態，不可以物象，但見變化無終窮。或如重胎抱混沌，或如顥氣開穹窿。或如織女拖素練，或如天馬馳風鬃。空山怒哮飽後虎，巨壑下飲渴死虹。或如軒轅鑄九鼎，大冶鼓動洪鑪風。或如夸父逐三足，曳杖狂走無西東。或如甲兵宵馳，聚嘯滿山谷。或如神鬼晝露，萬象出入虛無中。吁嗟乎長江！胡爲若兹雄，人不識，無乃造化之奇功。天開九州，十有二山。南北並峙，江流其間。堯舜都冀方，三苗尚爲頑。魏帝倚天嘆，征吴但空還。吁嗟乎長江！其險不可攀。古來英雄必南騖，我祖開基自江渡。古來建國惟中原，我宗坐制東南藩。如知天險不足恃，惟有聖德可以通乾坤。長江來，自西極，包人寰，環帝宅。我來何爲？爲觀國。泛吴濤，航楚澤。笑張騫，悲祖逖。壯神功。歌聖德。聖德浩蕩如江波，千秋萬歲同山河。而我無才竟若何，吁嗟乎，聊爲擊節長江歌。

風雨嘆 吴江舟中作

壬辰七月壬子日，大風東來吹海溢。崢嶸巨浪高比山，水底長鯨作人立。愁雲壓地濕不翻，六合慘澹迷乾坤。陰陽九道錯白黑，烏兎不敢東西奔。里人蒼黄神屢變，三十年前未曾見①。東村西舍喧呼遍，牒書走報州與縣。山隧谷泅豺虎嗥，萬木盡拔乘波濤。洲沉島滅無所逃，頃刻性命輕鴻毛。我方停舟在江皋，披衣踞牀夜復晝，忽掩青袍涕雙透。舉頭觀天恐天漏，此時憂國况思家，不覺紅顔坐凋瘦。潼關以西兵氣多，胡笳吹塵塵滿河，安得一洗空干戈。不然獨破杜陵屋，猶能不廢嘯與歌。世間萬事不得意，天寒歲暮空蹉跎。嗚呼！奈爾蒼生何。

① 原注：「正統甲子歲。」

夜過仲家淺閘

日維乙未月丙戌，青天無雲月東出。舟人喧豗夜濤發，翻沙轉石紛出没。是時水淺舟在地，閘門崔嵬晝方閉。閘官醉睡夫走藏，倉卒招呼百無計。民船棄死争赴閘，檝倒檣摧動交碎。舟人號咷乞性命，十里呼聲震天地。我時兀坐驚舂撞，攬衣而起心徬徨。同行無人僕隸散，獨與船月相低昂。攀崖陟磴不得上，咫尺如在天一方。流行坎止信有數，向來蔑視淮與江。霜風欺人衣袂薄，呼童酌酒累數觴。燈殘酒醒閘亦過，北斗墮地天茫茫。

徐州洪蘇墨亭書坡老石刻後有序

「郡守蘇軾、山人張天驥、詩僧道潛月中遊」題名十六字，在徐州百步洪岸石，石半入水，水落輒隱隱見沙沫間，篙師漁人不能識，而崖石險絶，又非士大夫所暇尋閲者，故於世無傳焉。成化壬辰，予過徐，放舟洪下，畏險岸行，偶見此字，嘗爲詩紀之。又八年庚子，予與洗馬羅君明仲校文南畿歸，工部主事尹廷用實理洪事，邀坐蘇墨亭，則此石已爲君所伐致，置之亭壁矣。因與明仲各賦一詩遺尹君，留之亭中。九月望日。

我昔彭城初泊舟，岸行百步觀洪流。手披荒蘚看古石，上有坡翁舊時刻。沙衝水嚙四百年，字畫半滅風神全。我行見此三嘆息，此物乃在風塵間。冬曹尹君真好事，自掃巉巖鑿蒼翠。山靈助喜河伯愁，白日驪珠照平地。孤亭素壁高巃嵷，登堂見字如見翁。山人在前僧在後，尚憶扁舟遊月中。崖端刻頌唐宗業，水底沉碑杜預功。直將談笑爲故事，似與百戰争豪雄。高才直節古今少，片石價比千金同。由來一代不幾見，况我異世懷高蹤。憑君一拓數千本，遍使四海揚清風。

墜馬後柬蕭文明給事長句并呈同遊諸君子

我在黄門夜燕歸，徑驅健馬疾若飛。馬蹄翻空身墮地，豈獨塵土沾人衣。徒行却叩黄門宅，主翁醉睡驚倒屣。東軒大床許借我，筋骨屈强眠不得。二郎擁臂下中庭，左曳右挈蹣跚行。西鄰乞藥走僮僕，東家貰酒來瓶罌。大郎慰問不停口，以手熨抑重復輕。黄門對床卧答語，獨夜沉沉何限情。黄門朝回我起坐，南屏潘郎跨驢過。西臺驄馬隨東曹，復有同官兩寮佐。周郎哭子涕未乾，聞疾赴予如拯墮。群嗟衆唁增我憂，獨喜南屏向予賀。憶當墮馬城東阿，前有深渠後坡陀。置身隙地不盈丈，或有神鬼相撝訶。兹行未必不爲福，對酒盡醉且復歌。詩成臂病不能寫，黄門健筆如操戈。庭空客散日在户，夜踏肩輿代徐步。道逢東曹送我歸，舉袂却之猶返顧。入門强作歡笑聲，實恐衰顔驚老父。閉門穩卧病經月，幸是閑官寡書簿。高吟朗諷猶舌存，欹坐仄書書屢誤。故人入坐時起迎，拄杖徐行轉愁仆。黄門父子時過問，愛我情多豈予助。平生骨肉欣戚同，世上悠悠幾行路。宦途夷險似有數，墮馬爲君今兩度。作詩病起謝黄門，各保千金向遲暮。

文敬墜馬用予韻見遺再和一首

我馬西行東客歸，歸心落日争分飛。長安城中一掌地，顛倒鞭鞚隨裳衣。君時别向中書宅，兩日吾門斷雙屐。寧知此厄忽相遭，怪事驚從武昌得。東曹舊僦尚書庭，當階跛曳止復行。曲身正自憑几杖，伸臂强可持杯罌。拳如崔家獨足鷺，風雨不動垂絲輕。誰其賞此句獨苦，吾荷武昌無限情。四當軒前花下坐，病足蹣跚爲花過。詩才與病應力争，酒興鄉心復相佐。歸來病劇吟愈工，作勢猶疑馬前墮。故將奇事發高懷，衆口慰君君可賀。憶當散發林中阿，掃石自坐青盤陀。肩行板輿步笻竹，左麈右箑隨麾訶。風檣浪楫見亦慣，倉卒不廢嘯與歌。誰令冠屨執羈策，頓覺平地生鋋戈。安樂窩中長閉户，萬事茫然入推步。如何物理異人情，墮甑有時猶却顧。羊家臂折登三公，塞上髀傷歡老父。定知時運迭乘除，或者神靈司籍簿。南人漫作知章嘲，北客善騎寧免誤。嗟予亦是長安人，二十年來幾顛仆。向來病卧苦岑寂，劇飲豪吟賴君助。言酬德報理則然，况是前車覆同路。世間墮者亦無數，共説郎官好風度。即看走馬向亨衢，莫待驅馳歲云暮。

文敬攜疊韻詩見過且督再和去後急就一首

苦欲留君君又歸，翩然上馬力欲飛。與君未罄連夕話，復遣僮僕牽君衣。問君墜卧城東宅，病足幾時能著屐。倉皇不肯戒前車，道上泥深行豈得。君時坐笑當空庭，笑予亦怯泥塗行。有如醉者醉初醒，戒客不遺操樽罍。當時我悔不子戒，我足子肩誰重輕。世間豈獨我與子，慎勿局促傷高情。黄門筵中客滿座，回首光陰如鳥過。宦途顛蹶亦有之，不見黄門已州佐。人言官重不如身，我身幸全何害墮。自斷吉凶皆付天，不須重問粱丘賀。聞君此語唯復阿，如病得醫逢扇陀。亦知身世等夢幻，實恐名教遭譏訶。孫臏刖膝尚酣戰，幼輿折齒還高歌。何如欒正一傷足，憂心抱痛如創戈。君方大笑復出户，五十漫勞嗤百步。試教鮑老復當場，豈免狐疑更狼顧。昔聞達奚走奔馬，曾説此兒還此父。吾曹豈是馳驅才，自合儒官守文簿。前言戲君君不知，極辯爲予無乃誤。今宵且作風月談，莫更塵途論輿仆。君歸我坐時獨吟，頗覺詩成少神助。知君此興正不淺，却似輕車隨熟路。歌長韵險亦有數，我已三賡君兩度。急須走筆償我逋，莫道詩來天已暮。

得文敬雙塔寺和章招之不至四疊韻奉答

問君朝回胡不歸，西馳急脚走若飛。云承部檄籍戎伍，歲給纊布頒冬衣。浮圖東望瑜伽宅，尺地西垣懶回屐。祇應官事了痴兒，怪底可人招不得。想當岸幘坐公庭，東曹號令方風行。直窮妙思入權度，豈有暇日消盤罍。栖遲鞅掌自有地，向來笑口未可輕。閑官飽食太倉粟，使我刺促難爲情。埋頭日向書堆坐，歲月都將病中過。久知筋力負驅馳，我已愧子郎官佐。今年墮馬復病目，目病雖輕不如墮。併抛筆硯委塵埃，且免墓諛兼厦賀。兩旬面壁西檐阿，禪心不動如袛陀。門前索文如索債，遜謝不敢加嗔訶。官稽私負兩不辦，爲君重和墮□歌。興來作字大如掌，眼暗僅辨點與戈。

塵多路長不出户，繭足還思墮□步。淖險真停疋馬迎，情深屢枉高軒顧。卧無小吏驚報衙，行愛嬌兒解隨父。擬借東曹度支手，記取玉堂風月簿。從知身病是閒時，病裏不閒誠大誤。嗟予病起身亦健，又被君詩壓將仆。我兼二病君但一，寧不少留爲我助。知君尚有逸駕才，我馬虺隤當避路。七擒八克古有數，白戰共君今幾度。我歌又竟君不來，欲效魯陽揮日暮。

若虚詩來欲平馬訟五叠韻答若虚并柬文敬佩之

馮郎墮馬長安歸，身病在床思奮飛。我時病墮忽兩月，幾度爲渠驚倒衣。邵郎近墮橋頭宅，右足獨拳愁躡屐。三人墮馬渠最傷，畢竟墮同誰失得。西涯書屋東曹庭，詩筒絡繹東西行。木緣詩墮不爲酒，玉山自倒非金罍。馮郎談虎色獨變，閉口不問重與輕。吾宗白洲不墮馬，亦作墮語真多情。喧争浪譃兩當坐，頗覺風流成罪過。向來曲直未分明，旁引諸家爲證佐。訟當坐人不坐馬，勝負在詩寧在墮。馮郎欲作旁觀人，負汝何悲勝何賀。白洲老吏直不阿，手持三尺無坡陀。欲令虞芮成禮讓，不遣秦越相譏訶。不然健訟化勁敵，衹恐吴儂圍楚歌。南山一判不可改，昨夜東壇聞止戈。詩家紛紜各門户，爾我不須分跬步。世間夷險自有途，騄駬駑駘竟誰顧。古來相馬獨孫陽，有子分明不如父。白洲乃欲賣我馬，却付東鄰酒家簿。人雖千慮有一失，我馬雖駑亦應誤。君看三馬二馬良，馮馬最良先我仆。白洲有馬誇健强，縱免墮傷爲盗助。詩成我亦判渠歸，良馬勿與駑争路。佳辰美景亦有數，莫遣閒情嬲襟度。急呼邵李招馮郎，下馬共醉西涯暮。

讀柳拱之員外嚴宗哲主事楊應寧舍人倡和長句戲次韻一首

詩壇森嚴陞復楯，白戰雄呼氣難忍。西鄰有客興亦酣，睥睨重圍目雙眕。居然地隔如秦越，或者神交同白稹。故知宮角本諧聲，復恐圓方不相準。向來蹇鈍費鞭策，已分駑駘謝騋牝。灰餘萬念偶一生，腐木經秋發孤菌。諸君才力各强健，東飛俊鶻西飛隼。擬隨磅礴共盤旋，弱羽真愁向空隕。霜天閉門坐不出，背擁寒爐曲成蚓。强呵凍墨吟小詩，力困冰毫如荷盾。枯腸夜渴吻亦乾，綆短瓶空誰爲引。回首不如年少時，滿堂坐客誇聰敏。韓公道德日已負，後山精力空應盡。逢場作戲亦偶然，不覺詩成爲韻窘。文章同時不易得，三傑古稱吴富尹。君今並是湖南英，鄉邑吾猶限封畛。閑官未免鉛槧累，户外催逋時接軫。長歌終曲誰使予，歌罷獨吟還自哂。

石鼓歌

昔聞石鼓在太學，鼓形穹窿石犖确。髫年釋褐隨班行，未識研覃與揚搉。始官翰林歲分獻，晚以代祀觀尤數。我思古人不可見，健筆雄詞兩超卓。宣王謨烈繼成康，况有文章存古朴。是時風俗蓋渾灝，其臣拜誦俱堅確。勒功太廟告中興，講武岐陽猶獵較。於時旋凱奏鐃歌，於時揚言播聲樂。靈祇地不愛圖書，列石天然謝雕琢。垂垂股折屋漏痕，隱隱昏星露芒角。初如淮徐振師旅，壯士當場鳴劍槊。又如申甫端冠紳，擯相聯階舞于箾。年深歲長世運改，誰向鴻荒究綿邈。嬴劉以後無此文，直與混沌疑隳大鼎存銘識，分清濁。驟看筆勢尋風骨，細剔苔痕認斑駁。原抛野擲墮榛莾，冬經雪霜夏冰雹。暗中摸索似毁明堂露榱桷。當時十鼓一爲臼，猶幸農家事春戳。愛惜應勞神護訶，搜尋不厭山磽确。亦可知，辨口尚煩泣楚璞。聖朝天子方好儒，森列戟門護重幄。聞之興慕且興敬，以手摩挲防擊撲。我生學篆希前蹤，下視俗書羞齷齪。家藏舊本出梨棗，楮墨輕虚不盈握。行年七十始研求，老臂支撑目昏眊。拾殘補缺能幾何，以一涓埃裨海嶽。太原宋生生好奇，鐵筆爲予親刻斫。吁嗟往者不復還，庶免方來盡漫剥。請從祭酒告諸生，誦此衣冠日薰濯。

列朝詩集丙集第二

李少師東陽今體詩一百九十首

孝宗皇帝輓歌詞十首

此日真何日，陰雲掩上臺。晦冥天色變，嗚咽水聲哀。舊恨齊山嶽，遺恩遍草萊。萬方同一慟，痛哭轉成雷。

聖德同天縱，皇圖與日升。乾維中斷絶，坤軸乍崩騰。輦蓋辭雙闕，河山護六陵。生成真罔報，攀送竟何能。

恭己同虞帝，祇臺比夏王。内廷無女謁，外囿絶禽荒。富有天和養，終期曆數長。彼蒼何弗吊，民物共摧傷。

聖道通三極，王言似《六經》。面開天日表，書作虎龍形。杞國憂方劇，華胥夢不醒。萬年金匱在，遺訓炳丹青。

鶴髮承顔日，龍樓問寢辰。寧宫同奉養，九廟極精禋。孝可通金石，誠能動鬼神。徽稱高萬代，垂憲及千春。

畎畝蒼生念，閭閻白屋情。覽章時昃日，露禱必深更。歲旱憂疑獄，天寒憫戍兵。尚遺寬恤詔，朝野共吞聲。

極意窮幽隱，虚懷仰治平。近臣常造膝，閣老不呼名。道合君臣義，恩深父子情。化機元不偶，天意竟何成。

玉几終宵坐，彤闈徹曉通。孫謀思祖訓，家教託儲宫。天語丁寧際，龍顔髣像中。此身真隔世，地下倘相從。

海宇熙平日，乾坤夢幻間。虹流始華渚，龍卧已橋山。蕘莢驚新换，湘筠憶舊斑。翠華天上去，無路可追攀。

靈駕歸何處，茂陵西更西。日輪埋地軸，雲路隔天梯。月迥鳴鑾静，山圍簇仗齊。玄宫松柏裏，瞻望轉凄迷。

南京謁孝陵有述

禮樂千年會，腥膻四海空。商周終愧德，唐漢敢論功。鳳曆歸真統，龍山繞舊宫。秋風霸陵樹，落日鼎湖弓。萬國謳歌在，餘生覆載中。小臣瞻拜地，江漢亦朝東。

重謁孝陵有述

龍虎諸山會，車書萬國同。星躔環斗極，王氣繞江東。地湧神宫出，橋分御水通。丹爐晨隱霧，石馬夜嘶風。日月無私照，乾坤仰聖功。十年瞻望地，雲樹鬱葱葱。

胡忠安公輓詩四十韻

文廟臨朝日，英皇復辟年。我公臺鼎貴，臣職始終全。舊錫恩榮榜，仍居侍從員。皂囊繁出入，彤陛儼周旋。擾擾群疑會，皇皇《四牡》篇。路應窮地軸，歲屢變星躔①。曉謁班留笋，宵歸炬擁蓮。至今天上語，不遺外人傳。少海驚波定，金縢密疏虔。論功同李泌，辱命豈張騫。南國非旁郡，東僚亦左遷。獻陵貽睿想，宣室問遺賢。典禮煩咨岳，爲舟億濟川。廟廊資治理，帷幄贊兵權。討逆東平漢，從征北過燕。從容陳俎豆，談笑却戈鋋。仗鉞風塵際，留司雨露邊。兩曹兼掌握，三少累登延。紫詔蛟龍織，珍羞玳瑁筵。篆分銀印細，花簇錦袍鮮。棨戟城西第，桑麻海上田。雲霄三接近，優遇一時專。緑野家山在，丹心聖主憐。挂冠雙鳳闕，歸棹五湖船。老子元知足，陶朱不愛錢。弟兄頭總白，賓客户常闐。面受婁公唾，身無董氏紘。恩魚隨網散，馴犬上階眠②。碑板尋常見，醫方次第詮。瓮留京口釀，瓶引惠山泉。壽愷堂何愧，忠安謚有焉。相臺秋正坼，卿月夜虚圓。異骨殊凡品，前身本解禪③。浮生過九十，空界出三千。海内文章伯，人間富貴仙。姓名兒女説，簪笏子孫聯。桃李當時盛，葭莩後代連。高山嗟仰止，先輩已茫然。日月居諸裏，江湖涕淚前。賦詩裨國史，詎有筆如椽。

①原注：「公受密命巡行四方，前後十有七年。」

②原注：「公有犬，當庭卧，公出入必避之。」

③原注：「公自言天地和尚後身。」

立春日車駕詣南郊

暖香和露繞蓬萊，彩仗迎春曉殿開。北斗舊杓依歲轉，南郊佳氣隔城來。雲行複道龍隨輦，霧散仙壇日滿臺。不似漢家還五畤，甘泉誰羨校書才。

元日早朝

九門深掩禁城春，香霧籠街不動塵。玉帳寒更傳虎衛，彤樓曉色聽鷄人。簾前樂應紅燈起，階下班隨彩仗陳。朝散東華看霽日，午煙晴市一時新。

雪後早朝

六日長安雪滿城，五更鐘鼓一時晴。冰精宫冷雲猶凍，鳷鵲樓高月正明。朝馬不嘶金勒静，院燈無影玉堂清。祇應天上寒如許，怪底人間夢不成。

元日早朝

紫殿朱闌白玉坡，天風吹樂下雲和。城頭星斗知春早，苑外旌旗拂曙多。龍集載看新歲紀，鳳池初暖舊恩波。擬將無逸陳周戒，咫尺君門奈遠何。

郊祀喜晴有述

碧消煙盡露華凝，目極瑤壇第九層。清珮綏隨馳道月，絳籠高應午門燈①。風傳廣樂聲初下，天近燔柴氣已升。人意可占神意悦，萬年靈祚永堪膺。

① 原注：「郊祀時，樹大燈籠與正陽門燈相應。」

十八日聽傳臚有作

金蓮影與赭袍明，華蓋前頭次第行。黄紙數行丹詔字，鴻臚三唱甲科名。雲邊曉日中天見，夢裏春雷昨夜聲。歸向長安聽人語，聖朝羅網盡豪英。

十九日恩榮宴席上作

隊舞花簪送酒頻，清朝盛事及嘉辰。星辰晝下尚書履，風日晴宜進士巾。圍撤漢科三日戰，苑看唐樹九回春。丹心未老將頭白，猶是當年獻策身。

賜藕

衹向名花看畫圖，忽驚仙骨在泥塗。輕同握雪愁先碎，細比餐冰聽却無。郭北芳菲懷故里，江南風味憶西湖。渴塵此夜消應盡，未羡金莖與玉壺。

院中即事

硯冰呵墨印開封，獨坐高檐落葉中。籌唱有聲催短日，氅披無力御長風。羸驂向晚還思秣，老鶴驚寒欲唳空。遥羡玉堂諸院長，酒杯能緑火能紅。

分獻次青溪太宰韻　時青溪分得星辰二，是日立春。

星壇對立本聯班，複磴憑空不易攀。良久夜方移斗柄，早時春已到人間。朱旗影隔天門静，玉佩聲隨閣道還。舊日同年今並命，共從光霽識威顔。

齋居和舜咨侍讀院署見寄韻

緑槐庭館坐春風，十九年前此興同。未老身猶書卷裏，不眠人在漏聲中。大鵬南去雲連海，群鶴西飛日繞空。燈火憶君連夕話，不勝幽思滿齋宫。

齋和居世賞編修韻

半夜開門雪滿坡，清吟無奈玉人何。人間路與紅塵隔，天上春隨翠輦過。靈吹下時神語寂，瓊樓高處曉寒多。笙簫本是虞廷樂，不爲秋風遣棹歌。

大行皇帝輓歌辭二首

北闕南都象鎬豐，我皇身自際時雍。祇應龍種如高帝，何止虹髯似太宗。草木有情皆長養，乾坤無地不包容。因思二十年前事，長躡仙班侍九重。

聖朝偃武修文日，共道王言似《六經》。宋史重施新衮鉞，孔庭增飾舊籩鉶。垂衣共仰升龍象，賜墨皆成翥鳳形。回首茂陵松柏樹，春來還向裕陵青。

五月七日泰陵忌晨二首

曾上鸞坡侍玉堂，朝衣新惹御袍香。傳宣暖閣①天顔近，奏近年臺②午漏長。化國有人悲短夢，幽都無地仰餘光。從容顧命分明語，一日傷心淚萬行。

① 原注：「在奉天門後。」

②原注：「在中左門東。」

秘殿深嚴聖語温，十年前是一乾坤。孤臣林壑餘生在，帝里金湯舊業存。舜殿南風難解愠，漢陵西望欲銷魂。年年此日無窮恨，風雨瀟瀟獨閉門。

答奚元啓次韻

詩老龍門晝不關，東壇西社幾人還。看君秃筆何曾住，笑我高眠盡日閒。實怕行塵多似雨，更憐官馬瘦如山。無因一見春風面，空把清詩對病顔。

黄土道中李員外同年留宿

雨澹荒溪野水昏，蕭條鞍馬入空村。平沙問渡逢漁子，深樹聞鐘隔寺門。白飯青芻非舊主，細泉嘉果得名園。東曹一榻分燈意，夜下虚庭白露繁。

九峰書屋和曹時和韻

江上草亭新卜築，已聞揚子著書成。每逢社日聊隨俗，久住青山却有情。霜入晚松經歲老，雨繁春筍過鄰生。小堂若許臨江閣，杖履無須匹馬迎。

次韻答邵户部文敬

葛巾芒屨坐題詩，衹欠江邊一釣絲。藥檢舊囊書欲遍，夢回春枕事多遺。人情更與新年別，草色寧知要路私。獨在捲簾深處望，西山無數雨晴時。

和若虚郎中贈行韻

赤日黄塵馬倦行，石橋山店有官程。城頭路盡千峰隔，袖裏詩來兩腋清。蟬雜柳風秋漸遠，鶴翻松露夜還驚。欲知小吏將詩意，記取柴門剥啄聲。

與顧天錫夜話和留别韻

時天錫謫永州府同知。

路轉三湘去更深，潞河西岸浙東潯。潛鱗自足波濤地，别馬長懷秣飼心。湘女廟前山似黛，柳公亭下石如林。徵科亦是公家事，民力江南恐未禁。

和韻寄答陳汝礪掌教

寂寞天涯嘆所依，海風江月意俱違。茱萸歲改身仍建，苜蓿秋荒馬不肥。白雪屢傳新調寡，青雲半覺舊人非。家山不隔長安路，應倚南樓望夕暉。

遊城西故趙尚書果園與蕭文明李士常陳玉汝潘時用倡和四首

漫憶江湖萬里遊，西園風景似南州。青苔地濕頻經雨，白苧涼生不待秋。塵事已醒前日夢，歲華空白幾人頭。松醪載得渾拚醉，莫遣飛花浪作愁。

官曹無計可招尋，坐愛林風滿素襟。醉後頗思醒酒石，貧來須辦買山金。花蹊柳徑稀疏見，茗碗冰壺次第斟。欲問五陵歌舞地，幾家園樹得成陰。

句入西園字字清，葛衣紗帽稱閒行。苔侵翠壁應全遍，果熟青林已暗生。流水斷堤人共遠，片雲孤鳥意俱輕。閑官愛説山中話，爲有歸田録未成。

殘樽繫馬立斜陽，忽送秋聲滿樹涼。花落始知留客久，雨來偏爲作詩忙。山堂竹户寒猶閉，石徑苔泥滑不妨。獨有園人愛沾灑，不隨僮僕問歸裝。

予素不善飲文明詩來有西涯爛醉欲人扶之句且以二樽見惠步韻答之

夢斷高陽舊酒徒，坐驚神語落虚無。若教對飲應差勝，縱使微醺不用扶。往事分明成一笑，遠情珍重得雙壺。次公亦是醒狂客，幸未粗豪比灌夫。

飲士常新居和席上聯句韻

寂寞官曹似隱居，清風時動一牀書。花應旋種欄將滿，客不頻來席尚虛。詩好忽驚傳錦字，酒狂真欲換金魚。多情愧有東鄰卜，已辦城西款段車。

遊白秉德西園次韻

行逐溪流過野亭，望疑山色繞空冥。池魚自躍非因餌，園蝶還飛不受扃。傍渚幽花憐寂寞，舞風疏柳愛娉婷。郎君門地清如水，不待平泉石已醒。

次韻體齋病起見寄

坐倚孤筇卧擁衾，重門未放野寒侵。疑蛇已辨杯中影，病鶴長懷海上心。詩券負來應漸釋，方書驗後懶重尋。燈前細認銀鈎筆，不待平安報好音。

雪後飲胡彦超冬官歸叠席上韻

馬蹄衝雪叩君門，坐愛飛花撲酒尊。簾未捲時先作陣，屐曾來處已無痕。寒檐葉落蛛絲墮，老樹巢傾鶴夢翻。今夕定知何夕是，好風明月未堪論。

和王世賞韻

石門惟許白雲留，我亦何心戀此遊。竹裏行厨煙未午，水邊蕭寺葉先秋。行貪覓句忘吹帽，醉怯登高不上樓。詩景滿前誰會得，野僧名是遠公流。

邵東曹墮馬傷足次武昌韻

十年雙足躪詞場，我亦憐君墜後傷。歷塊敢誇千里俊，乘船翻笑四明狂。扶顛老僕空隨路，學僕嬌兒更倚堂。應似崔家亭下鷺，獨拳秋雨向寒塘。

次韻賀彭閣老先生二首

吏部銜清帶翰林，路隨仙步轉高深。人間别有登雲地，天下空勞仰斗心。瀛海新波添夜雨，玉堂喬木長春陰。歸來更覺門如水，不受車塵半點侵。

半生名行重儒林，吏隱官曹歲月深。文靖舊無旋馬地，敏中元有耐官心。川原暖入三春雨，殿閣凉分六月陰。欲效禹偁書院壁，向來官序敢相侵。

次韻答愧齋先生

歷歷星霜歲屢移，病來雙鬢幾莖絲。故人別久翻疑夢，往事心勞尚有期。天上浮雲初變日，江南芳草未青時。祇應千里神交地，不識人間是路歧。

次韻寄題鏡川先生後樂園二首

藥欄花圃背堂開，一日朝回幾度來。范老心終念廊廟，寇公家不起樓臺。海邊釣石鷗盟遠，松下棋聲鶴夢回。多少舊題詩句在，碧紗籠底認青苔。

緑陰繁處小堂開，野蝶園蜂自去來。細草有情雙駐屐，遠山無數一登臺。幽花坐愛栽時滿，俗客空教到後回。病起三年猶未賞，短垣多雨長莓苔。

次夏提學韻

衣袖歸時雨盡沾，卧聞涼葉響虚簷。鳥情幽寂將依樹，苔意貪緣欲上簾。静裏祇應閒尚在，病來長與懶相兼。讀書自笑成何事，細取蟲魚幾字添。

得匏菴觀造雨篛詩輒次韻

結構親勞較短長，棟材應不棄餘良。平分屋角三重溜，巧借檐陰二尺凉。闉外青山猶可送，簾前紫燕莫愁妨。從今穩作城東客，雨笠煙蓑不用將。

佩之饋石首魚有詩次韻奉謝

夜網初收曉市開，黄魚無數一時來。風流不鬥蓴絲品，軟爛遍宜豆乳堆。碧碗分香憐冷冽，金鱗出浪想崔嵬。高堂正憶東鄰送，詩句情多不易裁。

謝原博惠笋叠前韻

翠籠清笋一時開，爲有清風竹巷來①。池鳳羽毛應比秀，籜龍鱗甲漫成堆。襪材有派分洋穀，綳錦無心門馬嵬。莫笑北人曾煮簣，久從湘客問烹裁。

①原注：「原博居修竹巷。」

佩之惠笋乾自稱玉版老師謂原博冬笋爲吴山少俊叠韻奉謝

玉版山深石路開，東軒真被籠盛來。飽諳南國煙霞味，不入長安酒肉堆。老覺禪心終苦淡，瘦看詩骨共崔嵬。叢林年少休相笑，脱却緇衣更懶裁。

謝于喬送楊梅乾無詩用前韻奉索

深夜柴門闔更開，楊梅香送滿罌來。霜乾淺帶層冰結，紅爛紛成萬粟堆。坐愛春盤裝磊落，憶從秋樹採崔嵬。莫教俗却先生饋，佳句重煩答後裁。

寄應寧提學用留别韻

天上詞垣近省闈，十年毛羽愛追飛。南池水暖鷗重化，西華風高雁未歸。絶足風塵須獨步，初心道德肯相違。網羅剩有求才意，未放山林老布衣。

代石留别用前韻

鈍質親勞琢更鎪，又隨筐篚過旁州。相逢却有摶沙恨，欲往先防見玉羞①。君義比金誰合斷，我心非水亦分流。如聞翰苑將移篆②，願與鈐封一處收。

① 原注：「體齋家有玉印。」

② 原注：「予攝篆久，體齋以新秩當受篆。」

用韻答邃庵

嶽麓峰前湘水陰，思歸無計豁煩襟。亦知吴越非吾土，未必功名是我心。地上青山隨處有，鏡中華髮逐年深。故人只在鄰州住，空谷他時聽足音。

用韻答邵國賢

種樹長安不作陰，幽居何處解冠襟。閒逢北客論山價，老向南枝識鳥心。江水縱平終是險，惠峰雖好未爲深。祇應棹入荆溪去，遥聽吴歌答楚音。

陵祀歸得賜暖耳詩和方石韻四首 時和者頗衆，類爲騎字所苦。

烏紗巾上透凉颸，一髮君恩力未辭。賜暖宫貂同日戴，冒寒郊馬有人騎。耳聞明主如絲詔，心似窮民挾纊時。明向玉階還再拜，羔羊重續退公詩。

輕華弄日暖含颸，短髮蒙茸亂不辭。狐掩敝裘慚並價，馬驚寒影怯初騎。寧同趙服隨胡制，不似齊冠污肉時。寄語春風莫吹却，多情長誦感恩詩。

拂面寒生雪後颸，十金貂價豈容辭。駿驤祇解戎冠着，狐貉空隨獵馬騎。禮重鄘人歌鼠日，功多楊子拔毛時。君恩不與炎凉變，欲和唐宫賜葛詩。

午門晴旭颺輕颸，拜領温綸竟莫辭。八座敢誇三珥貴，千金不换五花騎。休論孟德頭風事，絶勝楊侯耳熱時。老去毛君頭未秃，玉堂閒寫賜貂詩。

厓山大忠祠二首

國亡不廢君臣義，莫道祥興是靖康。奔走耻隨燕道路，死生惟着宋冠裳。天南星斗空淪落，水底魚龍欲奮揚。此恨到今猶不極，厓山東下海茫茫。

宋家行在日南遷，虜騎長驅百萬鞭。潮海有靈翻佑賤，江流非塹枉稱天。廟堂遺恨和戎策，宗社深恩養士年。千古中華須雪耻，我皇親爲掃腥膻。

聞狼山捷

北風吹卷洞庭波，飛舸還經孟瀆河。今日勝兵方有算，向來遺孽本無多。中宵驛使傳書捷，兩岸歡聲入棹歌。聞説西南猶轉戰，幾時甘雨洗天戈。

京都十景録八首

瓊島春雲

瑶峰獨立倚空蒼，雲去雲來兩不妨。旋逐春寒生苑樹，更隨晴日度宫墻。玉皇居處重樓擁，太史占時五色光。若與山龍同作繪，也須能補舜衣裳。

太液晴波

太液池頭春水生，更無風雨只宜晴。鳥飛不動朱旂影，魚躍時驚綵柑聲。天上銀河非舊路，人間瀛海是虚名。何如周囿開靈沼，長與君王樂治平。

居庸叠翠

劍戟森嚴虎豹蹲，直從開辟見乾坤。山連列郡趨東海，地擁層城壯北門。萬里朔風須却避，千年王氣鎮長存。磨崖擬刻燕然頌，聖德神功未易論。

薊門煙樹

薊丘城外訪遺蹤，樹色煙光遠更重。飛雨過時青未了，落花殘處緑還濃。路迷南郭將三里，望斷西林有數蜂。坐久不知遲日霽，隔溪僧寺午時鐘。

盧溝曉月

霜落桑乾水未枯，曉空雲盡月輪孤。一林燈影稀還見，十里川光澹欲無。不斷鄰鷄催短夢，頻來征馬識長途。石欄橋上時翹首，應傍清虚憶帝都。

金臺夕照

往事虚傳郭隗宫，荒臺半倚夕陽中。迴光寂寂千山斂，落影蕭蕭萬樹空。飛鳥亂隨天上下，歸人競指路西東。黄金莫問招賢地，一代衣冠此會同。

南囿秋風

别苑臨城輦路開，天風昨夜起宫槐。秋隨萬馬嘶空至，曉送千旓拂地來。落雁遠驚雲外浦，飛鷹欲下水邊臺。宸游睿藻年年事，况有長楊侍從才。

東郊時雨

鳴鳩將雨過東林，細草青郊望轉深。潤入土膏春脈脈，暝含山色晝沉沉。尋花問柳遊人興，荷鍤扶犁野老心。見説帝城多景物，春晴未必勝春陰。

河　燈

火裏蓮花水上開，亂紅深緑共徘徊。紛如列宿時時出，宛似流觴曲曲來。色界本知空有相，恒河休嘆劫成灰。憑君莫話然犀事，水底魚龍或見猜。

横塘春水

君家住在横塘北，長見洲邊春水生。窈窕斜通山澗曲，分明直與釣磯平。比鄰鵝鴨應無數，近渚鳧鷖亦有情。明日看花到南岸，小舟摇蕩不須撑。

團墩秋月

庾亮樓前月正明，謝公墩上雨初晴。清光照我雙吟鬢，此夜懷人萬里情。隔竹流螢看不見，繞枝羈鳥宿還驚。天涯一望鄉心切，腸斷秋山笛裏聲。

梅澗

僻地沙寒水更清，老梅偏向澗邊横。風吹落瓣仍低隕，石壓傍枝却倒生。野鶴對人輕欲舞，蹇驢銜雪瘦能行。山翁只在山中老，看盡春光不入城。

題敷五菊屏

先生深卧菊花叢，曲几圍屏杳窕通。本爲紅塵辭俗眼，豈因多病怯秋風。交情盡付炎凉外，身計聊憑吏隱中。相過不嫌憔悴質，祇應風味與君同。

體齋西軒觀玉簪花偶作

小園紆步玉堂陰，堂下花開白玉簪。浥露餘香猶帶濕，出泥幽意敢辭深。冰霜自與孤高色，風雨長懷采掇心。醉後相思不相見，月庭如水正難尋。

風雨種竹 以下次陳錦衣廷用韻。

石欄沙路雨聲乾，爲欠蕭蕭一兩竿。深帶土膏從地底，暝移茅屋過江干。方于辰日依時種，影待晴天拂翠看。試倚蓬窗聽疏密，布袍沾盡不知寒。

夜窗聽雨

瀟瀟殘雨入深更，半灑疏窗半拂楹。芳草池塘應有夢，落花庭院不勝情。聽疑野寺昏鐘遠，望憶江船夜火明。明日曉晴須出郭，葛衣藜杖一時輕。

柳岸垂綸

釣魚磯上晚風多，拂拂垂楊渺渺波。行過酒家來別岸，坐移林影下前坡。聊將短日供長綫，又見新條綰舊蓑。老去衹應家在此，不須盤石更垂蘿。

糁徑楊花

漠漠楊花帶遠天，舞如輕雪糁如氈。行當僻處隨人到，風向多時著意偏。地濕似沾前夜雨，日斜猶揚隔溪煙。春光到此真須惜，莫愛牀頭沽酒錢。

幽懷四首

雨深門巷半蒼苔，十日幽懷鬱未開。剛道官閒忙又惜，偶教身健病還來。酒杯尚籍驅除力，詩債慚非應答才。猶有舊堂堪繫馬，水邊鷗鷺莫驚猜。

坐看幽意滿青苔，雨徑烟扉濕不開。藥裹半封塵未掃，棋聲欲定鳥還來。爲園每課山僮業，弄筆先憐稚子才。我瘦不緣詩思苦，騷人相見勿頻猜。

墻根老樹碧生苔，門捲疏簾一半開。巖影乍晴雲欲散，雷聲忽動雨還來。長堤隔水疑無路，瘦馬衝泥念不才。朝往暮歸緣底事，衹須形影自相猜。

懶携行杖踏莓苔，寂寂殘樽對雨開。開口只應心獨語，閉門休問客誰來。幽居有道堪藏拙，巧宦逢時亦自才。試問白頭冠蓋地，幾人相見絶嫌猜。

自　笑

鼓角聲寒不出樓，一燈無語照春愁。蒼茫却醒并州夢，寥落真停漢水舟。事偶隨人翻自笑，吏非知己戒輕投。閉門只合昏昏醉，强飲無過一盞休。

卜居一首東南屏

目下園亭秋氣陰，故人相見暫開襟。買田陽羨蘇公計，客舍并州賈島心。老至尚誇詩力健，病回猶怯酒杯深。歸來謾作鐙前話，却喜妻兒是賞音。

九日盆菊盛開將出郭有作

買得長安擔上秋，南山只在屋西頭。花開正好逢佳節，身病那堪復遠遊。昨夜月明空對酒，晚來風急怕登樓。多情重有鐙前約，爲報花神作意留。

重經西涯

缺岸危橋斷復行，野人相見不通名。轆轤聲裏田田水，楊柳枝頭樹樹鶯。看竹東林無舊主，買山南國有新盟。不知城外春多少，芳草晴煙已滿城。

再經西涯

拂樹穿雲二里堤，緑陰深處鵓鳩啼。背城古路車塵少，隔岸人家酒幔低。清愛野僧來紫衲，醉扶童子當青藜。相逢却恐知名姓，不向慈恩寺裏題。

重經西涯

渺渺平田水滿湖，早秋天氣雨晴初。灘聲赴壑如相競，鳥影凌空半欲無。未采蘋花憐寂寞，旋栽松樹見扶疏。經過自與行吟約，未覺何顒此興孤。

西山和許廷冕劉時雍汪時用三兵部韻四首

鑒泉鱗石照無泥，細草青蒲意欲齊。寂寂坐溪看雨到，亭亭駐勒近鶯啼。社中詩友驚頻換，湖上山名問不迷。興發便須呼筆札，酒酣欹側雁行題。

春流曲折去還來，細路縈迴合更開。花落幽人愁未到，日斜歸鳥併相催。祇園紺老雙林樹，古洞青緣半壁苔。紅袖碧籠俱寂寞，新詩讀罷重憐才。

幾家煙火隔林微，林下相逢盡衲衣。老樹欹危當野徑，片雲輕薄駐巖扉。金床寶刹無年歲，碧海紅塵有化機。可待白頭成斂翼，高林未倦已知非。

半嶺香臺石磴斜，諸空縹緲送天花。新開塔寺雄西郭，舊賜經幢出内家。避暑亭前泉帶雨，回龍殿下水明霞。太平天子無巡幸，頭白山僧誦《法華》。

西　山三首

日日車塵馬足間，夢魂連夜到西山。近效地在翻成遠，出郭身來始是閒。雲裏蕩胸看縹緲，溪邊洗耳聽潺湲。秋風忽散城頭雨，先爲遊人一解顔。

下馬溪橋散步行，暑風絺紵入林清。村殽野飯匆匆發，碧水青山面面迎。踏盡平堤憐草緑，到來幽谷見雲生。西湖勝事年年別，幾日愁多不出城。

望盡孤雲入杳冥，翠微深處一茅亭。高臺地迥秋先至，古榻僧閒晝亦扃。詩思更隨流水遠，醉魂還爲碧山醒。憑虚試徹凌雲調，應有遊人下界聽。

己亥中元陪祀山陵道中奉和楊學士先生韻四首

十年三赴四陵朝，又逐諸公一舉鑣。龍尾道瞻回輦近，馬蹄塵送入山遥。天開野色川原凈，日山城頭霧雨消。無數晚花秋樹裏，未須風物向春饒。

夜深燈火下齋宫，路轉西岩却向東。四塞河山今古在，諸陵雲霧往來同。煙叢簇簇溪藤暗，秋葉蕭蕭嶺樹紅。獨愧兩都詞賦手，玉堂椽筆待名公。

馬頭殘夢不成酣，似覺薰風爲指南。官燭罷燒猶有月，朝衣初脱尚餘風。回鞭懶赴城東宴，揮麈聊同石上談。記得曩時曾宿地，翠微深處一禪庵。

路盡郵亭始入京，水村山郭幾經行。逢人借屋寧知姓，信馬題詩不記程。沙浦雁回風忽斷，石梁魚落水初清。瓊樓合在層霄外，莫遣微雲綴月明。

春興八首

塵沙無日不春陰，伏枕偏驚抱病心。憂國暗催青鬢改，避名翻愛碧山深。水禽聲動寒猶咽，風柳條長弱未禁。客去客來門自掩，老夫渾欲謝冠簪。

柳絲花片滿芳洲，長爲溪山感舊遊。急雨過窗醒短夢，驚風入樹攪離愁。歸帆欲挂三江水，病脚難登百尺樓。老去不知春興減，向來一月罷梳頭。

高歌曾扣隔江船，楚泛吳游興渺然。山寺夜鐘眠裏月，洞庭春水坐中天。翠籠鸚鵡空愁思，碧海鯨魚幾歲年。一語故人三嘆息，始知清廟有朱絃。

病懷愁緒冗難栽，空望單于萬里臺。月落平沙南雁下，雪殘荒戍北花開。關山遠帶風塵色，閫幄誰當節制才。胡馬不肥春草細，過河消息幾時來。

六年書詔掌泥封，紫閣春深近九重。階日暖思吟芍藥，水風香憶種芙蓉。登臺未買千金駿，補衮難成五色龍。身病益愁愁轉病，老來歸思十分濃。

帝城芳意入春濃，快馬輕車處處逢。宮樹巧藏鶯百囀，苑雲深護月千重。愁來擬斷杯中物，病起還支石上筇。得似玉堂風月地，少時遊賞幾從容。

瓮山西望接平坡①，匹馬雙童幾度過。十載衣冠朋舊少，五更風雨夢魂多。湖邊漁榜驚鷗鳥，樹里僧房隱薜蘿。飛盡桃花還燕子，一年春事竟如何。

小疊峰巒淺作池，幽堂長是見春遲。風傳翠篠聲先到，雨換青松葉未知。江上帆檣經幾駐，城南第宅已三移。君恩若放山林去，始是雲霄得意時。

① 原注：「寺名。」

病中言懷 四首

三年病後强趨朝，又擁重門卧寂寥。夢繞千山心不定，枕欹雙臂力全消。籠燈月暗疑無影，園雪風稀未滿條。睡起忽然忘握髻，不勝愁鬢晚飄蕭。

瓦爐初冷更添香，更漏沉沉月轉廊。身老病隨年共至，愁多心與夜争長。塵編倦拂時防蠹，壠樹新移尚怯霜。自笑閒情緣底在，向來公事已全荒。

身病何如目病難，極知昏眊勝衰殘。愁來强閣東門淚，老去從欹杜甫冠。新酒縱篘仍斷飲，好書雖借懶開看。枕邊莫道無餘事，猶有詩成字未安。

門掩疏籬雪滿池，夜寒惟有病先知。冰輪影薄當窗近，竹葉聲稀到枕遲。三徑業荒秋去後，十年心苦夢醒時。一身經濟元無術，醫國如今合付誰？

郊行二首柬張遂逸親家

樓頭鐘鼓報新晴，又是城南一度行。剛得閑時身已老，未曾經處路猶生。平沙遠水如江色，落葉疏林似雨聲。欲問郊園幽寂地，野橋山寺不知名。

芒鞋隨意踏青莎，一日溪頭幾度過。高樹夕陽人影亂，斷橋幽澗水聲多。思鄉擬作東都賦，遠俗猶聞隔院歌。不向晚凉移席坐，好懷佳賞奈君何①。

① 原注：「是日溪林爲俗客所據，别席避之，向夕一賞而罷。」

遊嶽麓寺

危峰高瞰楚江干，路在羊腸第幾盤。萬樹松杉雙逕合，四山風雨一僧寒。平沙淺草連天在，落日孤城隔水看。薊北湘南俱在眼，鷓鴣聲裏獨憑欄。

與趙夢麟諸人遊甘露寺

澗篠巖杉處處通，野寒吹雨暗空蒙。垂藤路繞千年石，老鶴巢傾半夜風。淮浦樹來江口斷，金陵潮落海門空。關書未報三邊捷，萬里中原一望中。

泛南池有懷南溪聖公

輕舟别浦路迢遥，危石虚亭影動摇。雲去好山争入座，雨來新水欲平橋。多情留客空杯酒，舊事傷心但柳條。今日我來還我去，小山叢桂竟誰招。

次王古直哭兆先韻柬方石二首

剛道人琴一夜亡，故人明日報哀章。才如卞玉元居楚，業比童烏不姓楊。華表城頭真浪語，干將地下有遺光。畫圖指點趨庭事，恨殺多情杜古狂。

極知世事如春夢，不信人生是晝遊。今日眼看埋玉樹，當年心許撞煙樓。空煩掛劍來吴季，却悔藏書似鄴侯。回首西湖湖上水，一時和淚共東流。

聞孔氏女至

南風吹送北河舟，有女東來慰白頭。病裏心情無那老，别來風景又經秋。鵲聲報日書先到，雨脚乾時泪始收。預想離程還在眼，難將一笑解千憂。

寄莊定山

六峰東面一江横，此老逃名竟得名。山屋到秋驚雨破，野舟終日任潮生。消愁物已杯中辦，得意詩還枕上成。三十年前擕手地，寺門斜月晚鐘聲。

寄莊孔暘二首

買斷溪南十頃烟，還家無復夢朝天。身如元亮歸田日，詩似東坡過嶺年。蓬島謫來仙骨在，釣臺高處客星懸。十年未洗紅塵耳，誰聽清風石上絃。

背郭誅茅草蓋堂，邊江種柳樹爲墻。舟中夢醒聞春雨，樓上詩成坐夕陽。南紀壯遊餘歲月，北扉遺草舊封章。清時例有逃名客，見説嚴陵本姓莊。

送李提學若虚侯僉憲公矩

十載同官别更同，一朝分送兩青驄。湖南使節經江右，浙上行船過泖東。面帶冰霜生朔氣，手栽桃李待春風。他年冠佩還朝地，誰奏天曹第一功。

送儲静夫主事之南京吏部兼寄夏廷章

萬里晴空一鶴飛，野雲溪雪避光輝。不應銀海妨回棹，未許緇塵得上衣。南國地誇山水麗，東曹官愛簿書稀。多情定與吾鄉彦，石假峰前詠落暉。

送范秋官以貞謫鳳翔判得真字 吏部擬謫廣南，特改兹郡。

早聞長策動楓宸，十載郎官謫命新。家遠漫爲秦嶺客，恩深不作播州人。一身且向閒時病，萬事還從定後真。蕭索郡齋山樹裏，坐看黄葉漸回春。

送唐都憲出鎮薊州諸關

居庸東下接榆關，千尺層城萬仞山。秋有桑麻生事足，夜無烽火戍樓閒。帳前貔虎知嚴令，歲晚風霜識壯顔。略試一方經濟手，歸來重補舊朝班。

送蔣宗誼推官之金華

北來南去幾星霜，又見分符出帝鄉。三入越山身更遠，重遊京國夢難忘。也知吏法兼詩老，未必才名與命妨。臺省祇今須俊傑，看騎驄馬問豺狼。

聞劉東山司馬致仕之命是日得謝方石祭酒到家日所寄詩感而有作

十年兩度送君歸，聽說鄉山興欲飛。歲久兒孫頭角變，日長賓客往來稀。平橋着板通樵徑，老樹盤根作釣磯。强欲相從無舊業，定於何處解朝衣。

木齋先生將登舟以詩見寄次韻二首

十年黄閣掌絲綸，共作先朝顧命臣。天外冥鴻君得志，池邊蹲鳳我何人。官曹入夢還如昨，世路論交半是新。仄柁欹帆何日定，茫茫塵海正無津。

暫從中秘輟絲綸，同是羔羊退食臣。偶爲庭花留坐客，豈知宫樹管離人。杯餘尚覺情難盡，棋罷驚看局又新。極目春明門外路，扁舟明日定天津。

東山先生有兩廣之命奉寄

聽漏西堂黯不眠，憶君如在夜燈前。可堪環堵三年病，又上南州萬里船。縮手未閒終坐巧，逾垣欲避轉愁偏。行藏在我今須識，縱不由人也屬天。

少保商先生壽七十

白頭歸老荷君恩，一代勳名衆所尊。自古年華稀七帙，本朝科甲重三元。海中仙子長生籙，洛下先生獨樂園。怪見臺光映東壁，郎官又侍紫微垣。

哭商懋衡侍講

科甲文章有父風，詞林接武更誰同。講經春殿爐烟暖，校藝秋闈燭影紅。門閥並高緣有弟，頭顱未白早稱翁。生年五十還非夭，不道人間是夢中。

哭青溪倪太宰先生

握手藤牀肉未寒，重來不覺淚汍瀾。山川一代英靈盡，人物三朝作養難。班史舊編家繼有，山公新啓世傳看。平生愛國憂民意，仕路誰堪語肺肝。

再哭青溪

海内衣冠失老成，夢中精爽尚平生。杏園醉後千花擁，柳院歸時一字行。舊事蒼黄空過眼，暮年幽獨轉傷情。不須更作三同會，又聽城西《薤露》聲①。

①原注:「時體齋亦已捐館。」

章恭毅公輓詩

極知天下無難事,聞道先朝有直臣。萬死不輸三寸舌,一生誰是百年身。英靈地已歸河嶽,遺草天應護鬼神。欲殉朱雲借時劍,九原重斬負恩人。

楊武選輓詩

楊名仕偉,文敏公之孫,謫台州通判,卒於途。其妾建安朱氏,遣使乞詩。

十載長安夢未醒,離堂風雨思冥冥。書隨洛下舟中犬,身逐台南水上萍。衛國精靈應寂寞,郭家池館半凋零。寡妻稚子銜哀意,誰作張圓死後銘。

蘇臺曲五首

秋水光于黛,新妝愛日斜。隔溪深不語,孤棹入菱花。

草深香徑合,花冷屧廊空。惟有吴宫水,春城四面通。

樓臺春後掩,環珮月中行。莫上胥門望,寒潮昨夜生。

國亡身亦虜,却載五湖槎。借問西施女,何如張麗華。

張王舊時宫,零落數枝柳。不是春風生,芳菲詎能久。

西湖曲五首

湖波緑如剪，美人照青眼。一夜愁正深，春風爲吹淺。
不信湖中好，儂身别有家。翻愁歲華盡，不敢采蓮花。
風落平沙稻，霜垂别渚蓮。西湖三百畝，强半富兒田。
草碧明沙際，霜紅試雨初。官船蕩素槳，驚散一雙魚。
莫唱西湖曲，湖邊歌舞稀。儂家年少日，游冶誤芳菲。

玉簪花

昨夜花神出蕊宫，緑雲裊裊不禁風。妝成試照池邊影，祇恐搔頭落水中。

題趙仲穆挾彈圖

東風挾彈小城春，遊騎飛韁不動塵。道上相逢休借問，衛家兄弟霍家親。

讀漢史

緑囊方底殿屏東，密使潛書晝夜通。落盡仙桃春不管，更教雙燕舞西風①。

①原注：「此詩爲萬昭德而作。」

燕

繡户朱簾有路歧，別時嫌早到嫌遲。主家只解憐毛羽，涴盡雕梁不自知。

柯敬仲墨竹

莫將畫竹論難易，剛道繁難簡更難。君看蕭蕭祇數葉，滿堂風雨不勝寒。

黄鶯

柳花如雪滿春城，始聽東風第一聲。夢裏江南舊時路，隔溪煙雨未分明。

春園雜詩四首

桔橰庭邊非我家，城南小園繰水車。直恐此身終是客，門前有地不栽花。
庭下獮猴如小兒，攀花折果不停時。爲憐野意厭羈馬，放著林間高樹枝。
手插河邊楊柳枝，眼看成樹復成絲。不見雪花飛滿地，豈知春去已多時。
病來無力與春争，看盡花開草又生。莫道東君不識面，舊紅新緑也關情。

漫　興四首

縱酒由來不愛身，吟詩對局總傷神。若教此事渾抛却，枉作山林解綬人。
井口轆轤聞水聲，園中菜畦渾欲平。呼童引水放教去，一夜池頭蛙亂鳴。
老眼昏花懶看書，猶將朱墨校蟲魚。閒心自是難抛得，抛得閒心便有餘。
衡嶽山高鴻雁稀，荆溪水深魚蟹肥。此身若問歸何處，我已無家何處歸。

茶陵竹枝歌十首

溪南溪北樹縈迴，洞口桃花幾度開。楓子鬼來天作雨，雲陽仙去水鳴雷。
楊柳深深桑葉新，田家兒女樂芳春。刲羊擊豕禳瘟鬼，擊鼓焚香賽土神。
銀燭金杯映綺堂，呼兒擊鼓膾肥羊。青衫黄帽插花去，知是東家新婦郎。
緑鬢荆釵雙髻螺，青裙高繫小紅靴。阿婆舊是茶城女，教得娃兒能楚歌。
拍拍東風燕子寒，捲簾花絮若爲看。夜深雨脚何曾睡，春水平於養鴨欄。
儂餉蒸藜郎插田，勸郎休上販茶船。郎在田中暮相見，郎乘船去是何年。
春盡田家郎未歸，小池涼雨試絺衣。園桑緑罷蠶初熟，野麥青時雉始飛。
白紙黄墳野草生，柳烟桐火照清明。楚娥不識秋千戲，兩兩沙頭接臂行。

渚蘭汀芷不勝春，極浦遥山豈解顰。誰在長安殢花柳，山中閒煞採芳人。
溪上春流亂石多，勸郎慎勿浪經過。莫道茶陵水清淺，年來平地亦風波。

長沙竹枝歌十首

三十六灣灣對灣，人家多住白茅間。直過洞庭三百里，長沙城北是彤關。
南船北船滿洞庭，蕭公祠前牲酒馨。二妃枉作君王后，君看君山山自青。
汨羅江頭春水生，汨羅江上楚歌聲。人間若解三閭苦，水底魚龍亦有情。
馬殷宫前紅水流，定王臺下暮雲收。有井猶名賈太傅，無人不祭李潭州。
江頭彩旗耀日明，船上撾鼓不停聲。湖南樂事君記取，五月五日潭州城。
潭洲城邊多野田，黄茅白葦遠連天。莫言楚國無生理，畝地如今倍直錢。
湘江女兒愁落暉，湘江江上鷓鴣飛。行人試看君山竹，竹不成斑君始歸。
戎門旌節擁高臺，軍士南邊戍未回。紅巾小兒齊擊鼓，知是官船江上來。
湘江水深天下清，何如隴頭秋月明。離人到此不得醉，况是高樓吹笛聲。
長沙少年無奈春，青衫白面不生塵。勸君莫向湘潭住，江燕銜泥解涴人。

李秀才兆先八首

兆先字徵伯，西涯先生之子也。生十餘歲，能爲歌詩古文，驚其長老，以蔭爲國子生。年二十七而夭，天子爲致賻焉。娶五經博士潘辰之女，亦能詩，後徵伯六年卒。

送人

南國騷人憶薜蘿，每逢尊酒一酣歌。隔年鄉信春前至，入夜歸心夢裏過。舊路漸隨燕樹遠，故山偏傍越溪多。陽和到處流澌盡，時送東風與碧波。

送李士綸南還

碧水長衫映黑頭，歸時還及洞庭秋。家山别後無鄉信，霄漢從來有壯遊。慚我屋廬占上國，送君魂夢繞中洲。東園甘旨堪供養，正值西風白稻秋。

漫興

小園散步暫徘徊，黯靄陰雲去復來。深樹欲秋黄落葉，斷階經雨碧生苔。頻搔短髮和愁亂，静掩蓬門待客開。無限幽懷酣睡裏，日華亭午夢初回。

春日答所知

草堂無事起常遲，閑愛逢春静愛詩。十日濃陰常帶雨，一池空碧漫生漪。青回院柳鶯猶澀，開到園花蝶未知。三尺短墻君共我，韶光如此合分誰。

絶　句四首

酒家高樓臨水邊，門前柳枝好繫船。北人過來醉一晌，南人住此又經年。

堤上茅房已可憐，中流無家更泊船。去住彼此兩不顧，日落荒城生暝煙。

行人折柳寄相思，又見春風换故枝。若問無情閑歲月，恰是新條未出時。

秋來賈客淚霑巾，路草墻花各自春。莫向中流歌楚調，舟中多是贛州人。

謝侍郎鐸一十二首

鐸字鳴治，台之太平人。天順八年進士，選庶吉士，授編修。歷官南京國子祭酒，移疾歸。復起爲禮部侍郎兼祭酒，正德三年致仕。卒，謚文肅。李西涯曰：「謝方石出自東南，人始未之知。在翰林學詩，時自立程課，限一月爲一體，如此月讀古詩，則凡院課及應答諸作皆古詩也。故其所就，沉著堅定，非口耳所到。既其老也，每出一詩，必令予指疵，不指不已。予有所質，亦傾心應之，必使盡力。予嘗作《厓山》詩，一聯渠意不滿，予以爲無可易，渠笑曰：『觀子胸中似不止此。』最後曰：『廟堂遺恨和戎策，宗社深恩養士年。』渠又笑曰：『微我，子不至此。』予又爲端禮門樂府，以爲末句未盡，往復再四，最後乃躍然而起。」二公同年同館凡十餘年，輯其聯句倡和詩，題曰《同聲集》。及李公當國，謝自田間再起，而唱酬不異往日。又有《後集》、《續集》若干卷。當國家承平，詞館優閒無事，以文字爲職業，而先輩道義之雅，僚友切摩之誼，亦具見於此。因録詩而及之，亦可以三嘆也。

次儒珍韻

莞海東頭去路賒，獨乘羸馬到君家。十年夢裏相尋處，依舊青山兩岸花。

病中有懷呈十五叔父

夕陽西下隔秋陰，三徑門前舊竹林。無復驚塵隨別夢，獨憐多病損閒心。絶交書在從人棄，漫興詩成每自吟。此路近來休更問，欲將青鬢謝朝簪。

題扇面寄郭鈞心

建水南行舊路斜，石橋青竹野人家。相思不及雙飛鳥，紅雨溪頭又落花。

長信詞

芍藥春深映曲欄，海棠枝上雨初殘。合歡扇在君須記，莫放秋風一夜寒。

新寒

十月風高冷欲凝，近陽樓閣怯先登。渾河水落初嘗騎，漕驛星馳已報冰。上將驅麾還筆札，内庭恩渥但金繒。深愁薄力知何賴，濁酒新寒漫不勝。

病中懷黄世顯李賓之

十日高眠晝起遲，緩尋方藥得中醫。不才豈是官無事，多病惟應志未衰。門巷雪深妨過馬，江湖歲晚益多歧。衣冠論説今如此，舊簡殘燈亦自疑。

古木寒鴉圖

懸崖老樹如懸藤，虬枝屈鐵相崚嶒。陰風晝號不作雨，衆鳥辟易争奔崩。寒鴉何來色悲壯，兩兩枝頭屹相向。仰參寥廓失狐疑，熟視煙雲欲狼抗。有時飛上朝陽殿，許身願逐雕梁燕。朝陽老鳳噤不鳴，鶴種鵷雛紛斥譴。君不見江都日暮楊柳花，至今腐草羞啼鴉。

有旨百官帶暖耳陸庶子廉伯限韻用東西涯

九陛門深障曉飈，暖寒初致感恩辭。争先敢羨偷狐手①，再拜真同賜馬騎。掩耳功高知不世，續貂名在愧乘時。炎凉幾作班姬扇，戀戀誰存贈别詩②。

①原注：「時有出諸袖中者。」

②原注：「予嘗有《别暖耳》詩。」

湯婆次韻

老來無復念專房，净掃蛾眉只素妝。提甕未能忘出汲，抱衾空自熱中腸。守宫分在聊隨例，團扇恩深豈有常。一點貞心只如水，不妨人世幾炎凉。

邸報

北窗幽夢正逡巡，忽聽南來邸報頻。鳴馬一空還立仗，震雷百里尚驚人。痴心敢自渾忘世，浪迹猶憐未絶塵。感慨不知圖報地，白頭羞殺老詞臣①。

① 原注：「四月十二日科道官悉逮詔獄。」

捩船

捩船又報五更開，浪静風恬亦快哉。歸路早知如此穩，尊罏未熟已歸來。

次西涯春興韻

雲滿青山水滿池，可堪歸思轉遲遲。光榮在我真何益，愧負平生秖自知。閒憶野芳春興減，坐憐庭樹午陰移。路歧堪恨還堪笑，病骨生從未老時。

張修撰泰四十首

泰字亨父，太倉人。天順八年進士，選庶吉士，授檢討，遷修撰。卒年四十有九。亨父爲人坦率，絶去厓岸，恬淡自守，獨喜爲詩。雖不學書，亦翩翩可喜。李西涯序其《滄洲詩集》曰：「先生於文無所不能，而必工於詩，縱手迅筆，衆莫能及。及其凝神注思，窮深騖遠，一字一句，寧闕然而不苟用。晚乃益爲沈著高簡之辭，而盡斂其峭拔奔洶之勢。蓋將極於古人，而不意其遽止也。」亨父之詩，其見推於西涯而惜之如此。唐元薦論本朝之詩曰：「弘治間，藝苑則以李懷麓、張滄洲爲赤幟，而和之者或流於率易。」在當時蓋以李、張並稱，今長沙爲臺閣之冠，而亨父之名知之者或鮮矣。人不可以無年，信哉！

傷春曲

東風吹春染柳條，晴花捲雪烘不消。陌頭小輦輕遥遥，緑波無情漫藍橋。小雨生寒暖猶薄，盡日無眠倚朱閣。昨夜梨雲入夢香，腰肢舞困鞦韆索。

春寒曲

鞦韆索上顛風生，儂家小院寒輕輕。柳眼低徊曉凝碧，花顔欲破春無情。半捲朱簾羅袖薄，芳塵妒繡窗間落。安得巫山十二屏，飛入瑶臺護香幕。

河仙謡

銀河迢迢界秋昊，碧沙兩岸生瑶草。冰輪半浸練影寒，兎杵聲乾桂花老。錦鷄宫對烏鵲橋，鸞車輾雲天女嬌。河西郎君雙髻小，牽牛耕煙種蘭茗。翠帔仙裙笑相遇，星羅斗帳穠香護。嬴女吹簫慶合歡，羿姬獨宿啼清露。天上恩情惟此夕，求巧女兒那刺促。踆烏不管經年思，須臾入上扶桑枝。

初寒曲

金錢弄霜寒淺淺，小閣雲簾朝不捲。飄風赴闥羅袂單，翠襖出箱香冉冉。薰爐試手龍媒温，半牀衾被愁黄昏。芙蓉落瓣荷榦秃，幽梟還傍南塘宿。

雨沙

老鯤呼乾北溟水，燭龍銜火燒餘滓。一片狂沙乘斷飆，飛度江南數千里。誰言天上無行人，空中亂落車馬塵。青皇嚴令禁不得，掩却人間明媚春。羲和想迷西崦路，午景徘徊愁作暮。鼎湖神后擬重來，鬼蚩妒口吹黄霧。陰氣野霾韜百靈，煙埃眯眼花冥冥。海天月浪洗一夜，明朝水緑山還青。

採蓮曲

翡翠樓臨鸂鶒水，朱簾捲曉香風起。靚妝揺蕩湖色澄，一様芙蕖鏡光裏。蒲深柳暗人跡稀，麥歌聲里雙鳧飛。攀紅採緑日易晚，夕燈愁對文君機。金羈白馬誰家醉，桂楫迎秋減芳意。荷葉經霜缺舊圓，藕腸欲斷絲還繫。

元旦

天上寒星斂曙鐘，海隅佳氣溢晴空。東華湧出曈曨日，南極吹來長養風。丹鳳曆端觀夏正，瑶華枝上見春工。體元天子調元相，管領民歸玉燭中。

和武季文早春遊宴

日滿寒塘冰漸開，細泉聲裏覺春來。物華天與新雙眼，酒量吾應長一杯。野色放青回凍草，暗香凝雪上晴梅。病軀方藉風光慰，敢問朝簪染素埃。

遊仙詞十七首

扶桑帝子快彎弓，百發金丸赤水東。驚起北溟雙巨翮，等閒飛到九光宫。

十二瓊樓麗紫清，銀河隔座瀉秋聲。翠鸞扶起瑶臺月，人在仙家第五城。
海風吹緲蔚藍天，山湧芙蓉月湧蓮。對對凌波塵襪小，相逢多是水中仙。
蓬萊水淺不容舠，欲借瑶池養六鰲。王母裁書報龍伯，仙源祇好灌蟠桃。
龍女携筐到日南，扶桑摘葉飼冰蠶。繅絲倩得鮫人手，爲織紅綃製舞衫。
仙人天上好樓居，門外離離種白榆。一曲洞簫吹向月，夜深驚起海中烏。
魚軒碾破水中天，霧鬢風鬟從列仙。鼉鼓冬冬敲向月，洞庭君女嫁涇川。
碧沙瑶草帶銀潢，天女停梭夜采香。也覺九霄風霧冷，不裁雲錦寄牛郎。
熊盈娘子董雙成，王母前頭一對行。天陌偶逢秦弄玉，相將鳳管和鸞笙。
蟠桃熟醞九華漿，阿母臨池不自觴。已賺穆王馳八駿，又教青鳥報劉郎。
廣寒宫殿月中開，誰奉君王到上來。朝士無緣攀逸駕，只聽歸唱紫雲回。
二妃天上遇重華，錦瑟瑶琴樂帝家。世上狂夫休浪想，對樗蒲鬭紫蘭花。
鶴笙鸞駕隔蒼煙，天上那知更有天。不向九霄歌《白雪》，怕人知是小詩仙。
金闕西厢玉案前，衆中誰是掌書仙。欲披小券支風月，借與琅函五色箋。
紫泥壇上火流紅，夜半天神降竹宫。玉器七千陳湛露，翠蛾三百舞靈風。
白雀主人乘白龍，老劉翻領太山封。天翁亦自讓捷足，莫怪凡夫争長雄。
楊回不嫁倪君明，東島西池各自行。從女九千公有伴，任他青鳥自逢迎。

吹笛士女圖

冰簟銀牀倚石屏，芭蕉凉露濕秋庭。貞心試託湘江竹，吹向流雲與鳳聽。

長門月

昭陽歌吹晚風移，金屋春寒獨睡遲。何事西宫楊柳月，一彎猶似妒娥眉。

海城春望

一帶浮光界遠田，數村花柳簇春煙。誰家酒幔招人醉，摇蕩東風出樹顛。

長門春思

露重花垂泣，煙深柳暗顰。如何清禁裏，有此斷腸春。

春日睡起

春眠仍值酒初酣，奈可梁間燕二三。好夢斷來何處續，落花風雨滿江南。

足夢中句

挾笙吹鶴度瀛州，霧顯雲窗玉女留。夜半酒醒人不見，滿庭明月桂花秋。

東風

最是東風管别離，年年吹發緑楊枝。行人去日曾攀折，每到春來有所思。

宿雁圖

理卷霜毛宿晚汀，旅魂應自繞秋冥。西風莫攪蒹葭水，月苦沙寒易得醒。

漢宫詞

被寒燒盡郁金香，侍女無言立近牀。一樣玉壺傳漏點，南宫夜短北宫長。

舟中暮歸

斷柳殘沙不掩堤，葦叢幽稱水禽棲。半江斜照將秋色，相送歸船到竹溪。

若耶溪

南風雨過若耶深，蓮女菱歌亂別心。後夜繁霜凋緑蓋，洞房歸去理秋砧。

二陸來酌聞鄰家絃索聲二首

夜闌燒燭對殘樽，欲罷猶憐客未醺。鄰舍兒童能解事，琵琶聲裏惜離群。
酒淺燈寒醉不成，隔墻絃語若爲情。太平兒女中原樂，不是蛾眉出塞聲。

溪上

溪上閒行日未斜，石橋南北見桃花。避人魚入深深水，傍母鳧眠淺淺沙。渡口孤舟依野店，磯頭一徑到漁家。何時謝却塵中事，來就田園學種瓜。

江南春和杜牧韻

細雨輕煙釀翠紅，年年川谷自春風。傷心莫話南朝寺，多在吴王禁苑中。

陸太常釴三十六首

釴字鼎儀，崑山人。天順癸未會試第一，廷試第二，授編修，遷修撰。孝宗在東宫，侍講讀，進止閑雅，最爲得體。及即位，進太常少卿、翰林侍讀，充經筵日講官，將進講，忽得末疾，給驛歸，卒於家。李西涯曰：「張亨父、陸鼎儀少同筆硯，未第時皆有詩名。亨父天才敏絶，而好爲精煉，奇思硬語，間見疊出，人莫攖其鋒。鼎儀稍後作，而意識超詣，凌高徑趨，擺落塵俗，雖或矯枉過正，弗恤也。二人者，天假之年，其所成就不知到何等地位，而皆不壽以死，豈不重可惜哉！」鼎儀沉静好學，解悟過人，而矜嚴自持，人少當其意者。有《春雨堂稿》，藏於家。

明仲鳴治師召亨甫賓之同過得復字

李君願有攜，陳謝欣迫促。開門候軒車，羅張亦相逐。展席蔽我軒，衣袂頗連屋。往事一笑中，閒言坐成福。止吟惜幽情，折翰不遠復。爲謀知未諧，破戒誨不速。向來馳數箋，空費兩家僕。猶憐君子争，勝負各清淑。暮雨過西山，清風動遐谷。盤飧愧交情，終宴無餘馥。但喜有文辭，明珠動成掬。人情苦難常，世事易反覆。所嗟二三子，慰我頗暄燠。何當維白駒，於此看信宿。

春初，聞賓之以詩止詩，不覺失笑，乃戲以《八止詩》簡之，而賓之遂有鷄酒之約，予初未嘗止詩，亦不承約，姑俟其破戒。

未幾，賓之果渝約，予乃徵前物，賓之以詩分理不能直，因歸咎於鳴治、師召督責之過，令各助費，二公欣然從之，實閏二月二十六日也。是日退朝，遇明仲、孟陽於直廬，約當俱來。已而明仲果來，亨甫近予舍，亦爲予至。分韻賦詩，凡得六首。退而羅、李二公皆有紀述，復有校讎，增予卷軸。是雖一時之戲談，然他日林壑之間發而視之，有不勝其感者矣。

丁酉歲六月九日雨中病逸識。

西山詩次李賓之韻壬辰年十二月

巒巒分陰陽，乾清已高發。順哉地漫衍，乃復有凌越。於地起峰巒，如人有筋骨。敷與意何休，敦圉勢不杌。靡始亦靡終，誰驅復誰拔。敢言肘腋超，未信靴尖蹶。正看如扆屏，側睨像重褐。山經漫連渠，禹貢祗□□。要是上界府，允爲真人窟。參差綠玉簪，窈窕青□□。堯階疋鳳儀，漢野巨鱗崒。密雲暗西郊，萬騎宿□□。潰圍虩鬩降，賜胙諸侯謁。擲蓋稷門懸，分兵井陘□。開張華夷分，隱蔽星月汩。顛林遭披翻，醜虜受□□。藏禽湏虞圍，露玉眇目旻。群牽罥幅幐，毒斧施□□。狼狐瞫莫羈，夔魍趡難罰。祭星①贅瘻疣，金界□斸掘。山屐躡胡靴，馬柳②繫牛橛。汲幽踝落阱，□□膝跕卼。岩空覆堂虛，石爛蒸火焞。嶂作尻尾高，泉爲曼倩咄。旋砂銅鉛零，寸碧磨心凸。蹲踞虎貼乙，軒舉翅連鶻。胡元偶包懷，穢氣尚鬱孛。應慚受非封，有意惡人訐。今將詩洗汗，猶以椎彈蝎。幸留元放徒，且住金堂閥。已爲明時峰，秀比謝家羯。天池水色澄，玉女窗煙馞。雄來意將回，勢走靳復吶。谽谺何玲瓏，剜剥非剞劂。檐蔔香中林，幽偏剛十笏。弱語舊契中，懶殘曾接鐝。十年隔雲霓，方寸已塵暍。

相諧磁與針，相别火與波。白題局鹽車，赤鯇跂泥淈。終纏組綬區，未離琅當③□④。輕烟幂秋冠，短樹暗春襪。因花想其容，聞吹駭其艷。焦枯笑頭童，傴僂疑臏尳。或時蔚色浮，有似釜羹鬵。枸杞老化龐，梗楠大遮軏。木客時出偵，經僧鬧無歇。雲宫熛闕開，蘚壁白坍没。深拗□□填，衆呎風爲哮。黿趹贔屭存，榜額珠露揭。神肩□□蛇，澗尾架小筏。願子携永行，臨危鎮膽骲。垂懸□□蘇，環珥帝畿戯。當夫直徑間，時有車載跋。中□□□弓，殪兕馱黑舣。任馬銜負嬴，高蛩載跛蹷。屋少□□稠，民慵牛代坒。金碧塗么麽，膏脂用輕忽。鸞輿□□年，梐枑近猶兀。珮多照乘遺，骨鮮專車歿。夭蛇尚屈鬱，異事誠恍惚。野實名玉皇，嘉形如小月。□□黄流離，尖㟖青斧鉞。掇拾未周詳，張皇愧孤孑。蓋以三千兵，坐收西突厥。何當考輿圖，羅縷盡毫髮。鉤簾水種傳，入思心兵愲。遥憐此時形，凍合如拳蕨。彼情方休休，吾意使矻矻。安得百賁育，肩致不吾伐。却笑愚公愚，留渠且遮閼。

① 原注：「臺名。」
② 原注：「昂。」
③ 原注：「黑索。」
④ 原注：「音掘，逆矛鉤。」

傅檢討席上得樂字

西飛白日誰能縛，歲月長驅蛇赴壑。今日梨花族零落，昨日紅顔已消索。江頭柳絲渾綽約，兒女腰肢不勝弱。水面鳧鷺白雪毛，雲中冠蓋黄金閣。風和雲暖萬物遂，閉門不出真大錯。君看楊花在苑墻，朝來飛作誰家泊。上蔡黄犬寧復來，銀海玉魚那更躍。高歌取酒爲君酌，東牛未勝西鄰禴。花外銅壺兩箭多，天邊碧瓦烟光薄。青春留連笑語傳，高情正作蓬麻託。開圖指點認前輩，正始風流宛如昨。已知叔夜不自堪，應放祖生先我着。功名得失非所愕，世事浮雲付遼漠。敬言森然斂揮霍，亦復大語相唯諾。忘情不復鼓胡嚨，百事傾倒何其樂①。

① 原注：「是日作敬言，又爲大語，皆酒令也。」

齋居閱東坡定惠院詩次韻遣興

前歲青綾卧玉堂，今年樺燭春坊夜。美景良朋往事中，清香宴寢疏簾下。天空月白久不寐，雪重枝高坐聞瀉。門外材官護衛嚴，城頭烏尾依栖亞。新春人事懶不出，齋閣詩情誰復借。歸扇玉帛未足誇，撫景豐穰端可謝。天王垂誠在竹宫，齊民望駕窺茅舍。促辦誰催入夜齋，大烹已壓官槽蔗。出陪正怯病軀免①，宜勸還思巨觥怕。貪榮戀寵不知極，官謗紛紛得無罵。

① 原注：「余以病不出郊壇。」

再　次

庭窗月落窗户幽，燈影離離照良夜。吾儕口業不容己，白戰相凌未相下。蘭焚膏滅不自惜，緑髮紅顔暗中瀉。隔床頹呼喜彌明①，當坐相識畏陳亞。少年心事老人身，風情一夕聊相借。僵僮誤觸屏風倒，臘淚半欹燈暈謝。黄紙紅旗競世塵，青谿布襪抛江舍。可憐麋鹿强冠裳，横出終應似姜蔗。百年勳業安可期，四十頭顱那復怕。鄭虔樗散與時違，猶幸曾無官長駡。

① 原注：「汪庶子頹然先卧。」

同寮諸公會飲倪侍讀宅

東閣朝回踏曉驄，垂鞭並過玉河東。烟籠紅日三株樹，寒近清霜五柞宫。諸儒未醉黄封酒，唇乾舌强清容皺。呼觴熾炭煩主人，未脱杯盤棋在手。長圍縱獵騁心目，勢促情窮甘自守。不知朱顔坐此消，反慮追歡落人後。滿堂賓客議論雄，妙論何曾默相受。聰明正愧劉光伯，人事所遭十遺九。淹留轉覺白日静，鞍馬盡迴僮僕剩。故人坐我膠漆中，杯深不復知予病。侵晨赴宴夕未歸，人影在東猶挽衣。可憐契分宛莫逆，海内知心似此稀。堪嗟世人多貴耳，賀監高樓憶劉子。峴山千古悲無名，豈知高名長不已。當爲諸公面服膺，不須沈石勒山銘。

送邵文敬主事

珊瑚木難世所罕，才華見羨難爲款。日短天寒客欲行，詩壇别後誰爲伴。用之非宜復可惜，千倉萬庾塵初滿。淮河濤瀾九月高，研亳陳墨猶餘浣。西歸汝弼南行邵，草聖一時誰付管。黄門蕭郎不苟作，羅趙前頭覺余懶。七辰滯下出無力，自送邵君情不暖。白日風沙憶放籌，幽人宴坐漸樗散。

走筆戲贈若庸司訓

故人别我有所往，手提木鐸猶餘響。鄭虔本是樗散翁，永新之行愁鞅掌。官卑濩落携二子，阿奴絡秀隨行李。向非懷抱如江河，誰能落日秋風裏。朅來遺我兩翼鵝，荔枝滿盤堆紅螺。繼以少陵村雨詩，感君思意何其多。我腹内痞不堪俯，殘書剩紙空如堵。詩成欲遣雪兒歌，酒賤無因爲君酤。細雨黄花豈送行，秋來並作愁人苦。猗嗟人生好事稀，吴塘路上牽君衣。

題畫

萬里青天起崖石，韓愈城南之寸碧。孤雲欲去且爲留，轉眼蛟龍忽狼籍。崖中獨樹挽青銅，崖下流泉擲飛帛。峰巒屈折隱高賢，花木蕭疏隔飛翮。合浦洲前落日明，東風吹散笛中情。芙蓉半老胭脂苑，楊柳輕籠翡翠城。輕舟細馬平生願，畫裏題詩眼更清。

范啟東哀辭

先生昔爲子弟員，戲筆畫花花焉然。少師①索將送畫苑，惜哉妙質親朱鉛。朱鉛萬斛迴高壍，壯士狂歌不成陷。一時丹青坐頽靡，獨有先生不營繕②。明朝皂帽紫絨衣，杖藜還看白雲飛。功名過眼如掣電，嘆息斯人古亦稀。

①原注：「姚廣孝。」

②原注：「一時畫士俱授營繕所官，獨啟東不授。」

次韻王元勲主事

一飯棲賢地，居然久約中。微凉庭過雨，亂碧草生風。荷葉遮門近，檐花映水空。若非簪組繫，便可老農同。

泊舟

遠道孤舟客，荒樹獨樹煙。淺沙寒映水，輕漱暗鳴船。淡月遺墟裏，春燈斷夢前。緑林豪客在，童僕夜妨眠。

題畫

芙蓉城外錦生香，樓閣憑虚晚更凉。欲把書筒乞南使，不知何處是金堂。

寄絹陳雲泉

白米新炊夜夜香，糟牀應聽雨琳琅。只愁濕却陶公葛，爲寄官家壓酒囊。

送李善寶

燈火高堂夜坐移，情親應惜報歸期。梅花别路春愁盡，舟到渝東柳暗時。

寄郭用常

烏棲殘葉夢迴時，月滿闗山有所思。無數人家吹玉笛，未應俱是斷腸辭。

三月十八日與亨甫歸自城西並玉河而北見宫樹參差山日隱映時已薄暮無人聲獨二騎云

差參宫樹殿東西，樹裏青山落日低。回首旌旗猶未定，晚來風起玉河堤。

瓊林醉歸圖

金羈細馬出明光，碧色羅衣錦繡香。行過玉河三百騎，少年争説李東陽①。

①原注：「同年二百五十人，獨東陽最少，時年十七也。」

四時詞四首

滿地花陰翡翠凉，半簾紅霧水晶香。黄鸝似惜春無主，啼遍宫門不過墻。

柳花臺榭汗銷香，荷葉池塘趁晚凉。十里翠萍魚點破，軟沙深處見鴛鴦。

架上絺衣捲翠絲，手中團扇怯風吹。侍兒不識人心别，還把紅鹽灑竹枝。

夢斷巫山獨擁衾，笙歌聲迴夜沉沉。無情不似銅龍漏，滴碎長門一寸心。

玉河

玉河橋下斷水流，流盡西風不見鷗。縱然收得霜紅葉，磨滅多情一半愁。

寄亨甫

送别無詩却有情，看山猶記别時程。滄洲隱隱連河間，落日城頭一騎行。

玉堂視篆送王學士赴南京

玉堂清迴似仙家，竹石叢中吏守衙。視篆衹應成故事，汲泉還爲浣陳砂。琪花夜静流金液，槐樹春深集乳鴉。豈向東山長吏隱，北門猶待制黄麻。

次韻答劉郎中席上之作

光陰傾與篆煙消，十八年華似昨朝。久負君恩慚老大，已衰心力嘆飄蕭。官閒自可從鄉飲，情到因忘對客謡。一笑春紅真漫耳，傍人已道色全饒。

次韻答亨甫

水繞城圍二萬家，市門潮落露寒沙。橋憐白塔吟風葉，路憶新堤卧雨花。自愧兒童辭邑里，每因朋舊惜年華。他時歸卧吴江上，應借滄洲十頃霞①。

① 原注：「白塔，亨甫屋邊橋；新堤，予家宅河也。」

三月三日大雪同亨父次前韻 亨父名雪爲水精霞。

樓前寒蝶過東家，階下春江走白沙。静裏移燈疑有影，酒邊吹白半無花。深隨柳色添芳絮，巧與詩人鬬鬢華。老眼平生貪素雨，不知更有水精霞。

戲簡文量

連娟新月照黄昏，無事知君静掩門。醉裏無功應自適，愁來仲孺與誰論。金魚定想嬌兒覓，鸞鏡難望舞影存。昨夜天風欺獨客，青綾吹透不成温。

戲簡文量

樽前誰遣雪兒歌，司馬風情晚更多。銀蠟影偏人已醉，紫檀聲斷欲如何。歸來尚想桓伊笛，醒後空慚學士波。戲問韋娘今健否，青樓元自不曾過。

十月二十八日，予與文量晚酌朱懋暹外，懋暹以教坊弟子王秀侑觴，夜深風冽，琵琶絃屢斷，而懋暹以洞簫繼之，已而秀舍絃按拍清歌數曲。中有所謂學士波者，余不解，文量哂之曰：「此方言也。」文景醉甚，戲問秀：「杜韋娘安否？」秀茫無以對，因相與撫掌而罷云。

次韻文量留别之作時文量有俵馬之役三首

玉署詞臣未賜茶，閤鈴剛被吏人撾。論心舊喜來今雨，撫掌新聞報落霞。使節川河懷遠道，朋簪詩酒惜春花。無緣更作聯牀話，空對宫槐看暮鴉。

漁陽草樹不逢茶，柳外春聲聽摻撾。淺水菰蒲寒帶雨，遠村廬舍曉銜霞。内臣大僕連行色，竹耳風蹄起玉花。明日郊原見芳事，牧人旗夢擁歸鴉。

和林匹馬百斤茶，羸小如羊不受撾。内地百年蕃字育，春原一片總雲霞。傷心遠地無償力，失喜當官印有花。好念窮檐殘櫪下，尚餘瘡尾啄寒鴉。

齋居次鳴治韻

秀句修然洗黛紅，也應齋閤萬情空。只知圓澤緣將盡，不謂芳卿恨尚同。夢裏芙蓉歸別殿，海中桃竹寄書筒。相思何限西垣興，猶記分泉落月中。

集句答若庸用來韻二首

經句出飲欲空牀，自笑平生爲口忙。戰退玉龍三百萬，人間惟有鼠拖腸。

去歲兹晨捧御牀，詞頭夜下攬衣忙。北窗高卧君休笑，剩有千山入肺腸。

列朝詩集丙集第三

王威寧越 一十五首

越字世昌，濬縣人。景泰二年進士，廷試日，旋風掣其卷颺去，逾年高麗貢使携以上進，占者曰：「此封侯萬里之徵也。」天順中，以御史超拜右副都御史，巡撫大同，進太子太保兵部尚書。成化十六年，偕汪直、朱永出塞，大破虜於威寧海，封威寧伯，十七年，佩征西前將軍印，鎮大同、延綏，直敗，奪封，編管安陸。弘治七年，虜犯西塞急，公年七十有二，起總制寧夏、甘、涼，經略哈密，復大破虜于賀蘭，加少保兼太子太傅。十一年卒於軍，贈太傅，謚襄敏。公姿表英邁，慷慨英發。歷西北諸鎮，身經百十餘戰，其於邊徼阨塞、虜情羯夷、將士情僞，無不了若一二。出奇制勝，動有成算。獎拔士類，驅使材勇，撈籠顛倒，人皆樂爲之用。在延鎮夜雪，張燈豪飲氈帳中，小校偵虜事者刺報甚悉，公喜，以金甌酌酒坐而飲之，已即以金甌與之，校得賞益暢其所欲言，公大喜，指女伎尤麗者謂曰：「若無妻乎？以此予女。」紅鹽池之役，半夜襲虜，以逆風往返，虜不爲備，以其能用小校退卒置間諜，得向導之力也。威寧喜爲詩，粗豪奔放，不事雕飾，酒酣命筆，一掃千言，使人有横槊磨盾悲歌出塞之思。至云：「鬢爲胡笳吹作雪，心因烽火煉成丹」，則又讀而悲之。

與李布政彦碩馮僉憲景陽對酌

相逢無奈又離群，樽酒休辭飲幾巡。自笑年來嘗送客，不知身是未歸人。馬嘶落日青山暮，雁度西風白草新。別恨十分留一半，三分黄葉二分塵。

次趙廣文韻

欲問黄花借落英，老從籬下避虚名。可憐世態如雲變，安得人心似水平。終日遣懷唯仗酒，幾年絶口不談兵。溪山只在衡門外，贏得清閒了此生。

次韻答馬大理天禄

幾經破虜戰場中，回首微勞總是空。樂水我常慚智者，移山誰不笑愚公。閒來愛飲三杯酒，老去羞談兩石弓。虚負聖恩無以報，葛衣何敢怨凄風。

獨坐感懷

倚遍曲闌愁似海，滿庭風雨晝冥冥。呼門有客憐孤注，競醉無人問獨醒。離恨春隨芳草緑，歸心暮入遠山青。舊時學得幽蘭操，彈與鍾期一段聽。

走筆送謝大參

捲地風寒聲冽冽，夜深吹落關山雪。夫君何事遠相過，一片冰花凍鬚結。便呼斗酒澆離腸，談笑氣吞胡海熱。三十年來契闊情，無端又作匆匆別。屈指長安多故人，見君應問天涯客。爲言兩鬢已婆娑，獨有此心猶似鐵。吁嗟我老不足憐，塞上征夫淚成血。

丁亥中秋

瑟瑟西風吹雨晴，可憐佳節在邊城。百年人有幾時健，一歲月無今夜明。魯酒爲誰澆戰骨，商歌空自怨和盟。睢陽已死汾陽老，羞對兒曹説用兵。

寄王宗貫冡宰

謫居古郢兩年多，往事傷心可奈何。正是賈生方忌器，不知曾母已投梭。閏年我值黄楊厄，下里誰聽《白雪》歌。寄與同年老冡宰，平生才氣半消磨。

自詠

自嘆儒官拜將官，談兵容易用兵難。世間惟有征夫苦，天下無如邊地寒。髮爲胡笳吹作雪，心經烽火煉成丹。朝廷公道明如日，俯仰無慚處處安。

春寒

二月邊城雪尚飛，年年草色見春遲。不知上苑新桃李，開到東風第幾枝。

謝安圖

高卧東山歲月多，放情聲妓欲如何。後來始爲蒼生起，却聽桓伊席上歌。

長安懷古

渭水橋邊獨倚闌，望中原是古長安。斬蛇赤帝留神劍，墮淚銅仙泣露盤。宫錦爲帆天外落，霓裳成隊月中看。不堪回首風塵後，北斗城荒雁塔寒。

過紅石山

冬來天氣正嚴凝，紅石山高策馬登。風向眼中吹出淚，霜于髯上凍成冰。平胡豈止如擒虎，用將何須似養鷹。記得去年經此地，鐵衣流汗苦炎蒸。

夜坐

感昔懷今坐夜深，悠悠身世任浮沉。三緘已錮金人口，百煉難消鐵漢心。春甕有天藏酒聖，草堂無地着書淫。不知誰是鍾期耳，乘月時來一賞音。

寄王司馬公度

坎止流行總付天，功名何用苦憂煎。樽中有酒宜歡飲，世上無人再少年。六國竟銷蘇子印，萬金空鑄鄧通錢。悠悠世事俱成夢，但得清閒即是仙。

村樂

愛飲村醪懶賦詩，此中真趣有誰知。教成白鶴如人舞，買個黃牛當馬騎。除草澗邊春意足，銜雲洞口夕陽遲。吟成獨坐空庭久，正是紗窗月上時。

倪尚書謙三首

謙字克讓，江寧人。生有奇質，目光如電，體有四乳。正統四年進士，一甲第三人。歷編修，至學士。下獄，謫戍開平。赦還復官，與子岳同入史局，改南京掌院，終南禮部尚書。成化十五年卒，贈太子少保，謚文僖。詩集多至二千餘首。

童戲圖

曲闌護春小園内，芳草芊綿織新翠。屏山牡丹開暖風，吹墮輕紅粉香碎。誰家兒女蜀錦襠，柔髮初剃靛色光。兩兩三三戲晴晝，歡呼競出花臺傍。鞦韆木架雙旗插，綵繩低垂畫板滑。向前推送身轉高，架上連環韵鳴軋。脚尖背蹴香塵飛，珠汗微沾金縷衣。丹青假面恣塗抹，舞腰更把斕斑圍。嫦娥並坐遺針綫，手弄折枝情戀戀。花腔小鼓閒不敲，竹馬金鐃拋地遍。玉蜆撲蝶意自痴，紫蘭緣葉紛離披。君不見聖主仁恩致蕃育，四海民物陶春熙。

雪景爲毗陵陳公懋賦

江天雨雪路盡迷，層峰壁立瓊瑶梯。蒼松凍合玉髯老，翠篠寒壓銀梢低。屋底幽人常閉户，最愛銀華絶纖污。碧窗半啟捲書幃，手把青緗映輕素。村南有客隱者倫，一肩壺榼來叩門。遥知相對飲五斗，紅光滿面春風温。人間此景良不惡，林泉似傍蘭陵郭。會須乘興訪元龍，共倚江樓招白鶴。

南郊草堂爲陳天錫賦

選勝南郊結草堂，幽清絶似午橋莊。林鳩唤雨山光暝，畦稻舒花水氣長。携酒秋清觀納稼，杖藜春晚看條桑。粢盛獻享修祠罷，合族筵開樂未央。

柯詹事潛二首

潛字孟時，莆田人。景泰二年狀元，官至少詹事，兼翰林院學士，掌院事，教習庶吉士，承詔受業者李賓之諸公也。翰林後堂有二柏，爲先生手植，號學士柏。造瀛洲亭以臨之，而劉文安爲院長，渫井於其旁。柯亭劉井，詞林至今以爲美譚。喪亂之餘，鞠爲茂草，不知遺迹今何如也。

山水圖爲兵部郎中王恕題

玉堂清署春風前，焚香看畫皆神仙。畫中風物得真意，峰巒隱約披雲煙。大山如龍欲飛去，小山盤盤如虎踞。奔流一道破山來，散作濤聲滿江樹。遠村微茫三兩家，古渡無人横斷槎。近村茅屋蔭榆柳，門前沃土饒桑麻。别有高亭向洲渚，斜日滿簾水禽語。滄波浩浩欲吞天，蜃氣昏昏欲成雨。初疑匡廬山下落星灣，又似洞庭湖上之君山。瓊宫貝闕倚霄漢，無乃蓬萊方丈非人間。我生慣識山中樂，隨意雲樓與山閣。故鄉一别今十年，石洞梅花幾開落。臨圖忽憶舊遊踪，便欲沿溪上丘壑。此身留滯未應歸，回首江天雲漠漠。

僊溪龍華寺

寶幢山下烟霞古，老樹如龍欲飛舞。花氣薰成五色雲，泉聲散作千林雨。我愛溪山事事幽，錦袍辞踏東風遊。題詩净掃岩頭石，把酒還登竹外樓。空門自與人間别，夜榻焚香卧清絶。明朝長嘯拂衣歸，閒却溪風與山月。

楊侍郎守陳三首

守陳字維新，鄞縣人。景泰二年進士。官至吏部右侍郎，兼詹事府丞。贈禮部尚書，謚文懿。在翰林三十餘年。有《東觀》、《鑾坡》、《桂坊》諸集，李西涯爲序。

不寐

客夜耿無寐，其如鐘漏稀。入簾霜氣重，當户月華微。切切候蟲語，蕭蕭寒葉飛。擁衾成永嘆，不是爲無衣。

送僧歸吴

一錫南飛度碧空，寶坊遥在白雲中。定知門外青松樹，别後新枝已向東。

春寒

二月燕城暖漸回，北風吹雪遍樓臺。春寒畢竟無多日，桃李何須怨未開。

劉讀學儼一首

儼字宣化，吉水人。正統七年狀元，除修撰。官止太常寺少卿，兼侍讀學士。贈禮部侍郎，謚文介。有集行世。

宫詞

霜月照簾櫳，開簾獨凝佇。玉闌花斂房，金井桐垂乳。風傳百和香，羊車往何許。嘿嘿整雲鬟，鵶啼俄向曙。

彭宫保華一首

華字彦實，安福人。景泰五年會元，選庶吉士，授編修。成化二十一年，以禮部侍郎入直内閣。二十三年，以宫保爲尚書，致仕。弘治九年卒，謚文思。

明妃曲

抱得琵琶不忍彈，胡沙獵獵雪漫漫。曉來馬上寒如許，信是將軍出塞難。

丘少保濬八首

濬字仲深，瓊山人。少孤，七八歲能詩，敏捷驚人。景泰五年進士，改庶吉士，歷官掌詹尚書。

弘治四年，年七十餘，兼文淵閣大學士，直内閣。八年卒於官，贈太傅，謚文莊。公博極群書，尤熟國家典故。平生作詩幾萬首，口占信筆，不經持擇，亦多緣手散去，今所存《瓊臺集》尚千餘首。

輓伏羌伯

一代知名將，三邊屢建功。帝憐何力義，人比秺侯忠。異鳥鳴牙上，盤蛇墮鏡中。九原終不作，大樹起悲風。

座中有搊箏者作白翎雀曲因話及元事口占此詩

胡運消沉漢道興，氈車宵遁土城平。興隆無復殘笙譜，劈正誰知舊斧名。起輦谷前駝馬迹，居庸關外子規聲。不堪亡國音猶在，促數繁絃叫白翎。

得過且過

得過且過，多福何如少遭禍，紇干山頭凍羽乾，真信鳳凰不如我。得過且過①。

① 原注：「華山有鳥名寒號蟲，方春時鳴曰『鳳凰不如我』。至冬毛羽皆落，則又鳴曰『得過且過』。藥中五靈脂即其糞也。」

行不得也哥哥

行不得也哥哥，十八灘頭亂石多。東去入閩南去廣，溪流湍駛嶺嵯峨。行不得也哥哥①。

① 原注：「金兵追宋隆祐后至章貢，幾及之。時人有詞曰：『天晚正愁予，春山啼鷓鴣。』蓋言行不得也。」

不如歸去

不如歸去，中華不是胡居處。江淮赤氣亘天明，居庸是汝來時路。不如歸去①。

① 原注：「元至正十六年，子規啼於居庸。」

過會通河有感

清江浦上臨清閘，簫鼓叢祠飽餕餘。幾度會通橋上過，更無人説宋尚書。

客中對月

萬里思歸客，傷心對月華。欲憑今夜影，回照故園花。

金陵即事

六朝宫闕久蒿萊，紫蓋黄旗帝運開。鳷鵲漏傳雲外觀，鳳皇簫奏月中臺。千山峰勢連吴遠，萬里江流自蜀來。此日金陵非昔日，子山詞賦莫興哀。

何尚書喬新五首

喬新字廷秀，廣昌人。景泰五年進士，除刑部主事。歷官副都御史、南京刑部尚書。弘治初，召爲刑部尚書，請老去。謚文肅。有《椒丘文集》。博學多聞，爲詩多援據典故。

秋　懷二首

驚飆撼庭樹，秋氣慘悲凉。玄鳥已遠逝，群鴻亦南翔。幽人抱遐思，攬衣起徬徨。念昔少壯日，志輕杜與房。淹留竟何成，鬢髮倏已蒼。平津爲漢輔，汲生老淮陽。感彼積薪嘆，凄然令心傷。

籬菊翹芳花，井梧墮輕碧。榮悴諒有時，世情何役役。寒蛩亦何求，嘒嘒號永夕。端居澹無營，玩物聊自適。春華雖可娱，適口美秋實。得馬未足欣，亡羊亦非戚。生年知幾何，撫卷悼往迹。乃知滿匱櫝，不若道傍櫟。

題蘇李泣别圖

黄雲黯欲暮，歸騎慘將發。釃酒上河梁，羞與故人别。後會不可期，請與君永訣。祁連山前箭，沙漠窨中雪。君心與我志，各欲效忠節。老親坐誅夷，此志遂蹉跌。今君獲生還，竹帛炳貞烈。顧我墜家聲，有懷共誰説。韓王昔降虜，茅土世不絶。念我先飛將，守邊號瑰傑。臣罪固當誅，臣族詎宜滅。嗟嗟全軀臣，誰肯爲論列。我心豈忘歸，望鄉心如爇。親族靡孑遺，念之肝腸裂。慟哭送歸旌，哀哀淚成血。君歸謁茂陵，毋爲遂結舌。寄語霍將軍，此心宜識察。

題金人出獵圖

陰山寒飆捲晴雪，白草蕭蕭凍欲折。戎王校獵曉合圍，萬騎蹴冰如蹴鐵。狐裘狐帽紫絨絛，上凌大磧下深壕。虜騎咆哮聲震地，毛群無計可潛逃。駕鵝戛戛來何許，一片晴雲蔽天宇。海青直上鷙且雄，頃刻平蕪灑紅雨。紛飛鶻鸛與鶖鶬，雨血風毛墮獵場。群酋獻獲戎王笑，割鮮野食駝蹄香。金輪半墜西山缺，繞管嘲轟向甌脱。解鞍縶馬未肯眠，笑擊黄獐飲其血。白旗忽動斡難河，猛士更比金源多。柴潭已涸蔡州破，狡兔雖肥奈爾何。

柴潭樓 在汝寧。

金源立國雄且武，蹴宋殲遼跨中土。豈知中葉漸陵夷，虓闞憑陵有蒙古。燕京南遷到汴京，花帽不守杏花營。黄河已失合達死，猶欲假息懸瓠城。懸瓠頷頷近荆楚，京湖亦有復仇舉。長圍已合效魚麗，痴心尚恃柴潭固。柴潭樓下碧漪漪，上有伏弩下潛螭。一朝決之入汝水，螭亡潭涸竟奚爲。幽蘭軒中苦復苦，分取遺骸藏宋圄。當年忠烈冠華夷，惟有忠臣忽斜虎。

馬少師文升一首

文升字負圖，禹州人。景泰二年進士，爲御史。歷官左都御史、兵部尚書。弘治十四年，拜吏部尚書。正德初，坐朋黨除名。贈太傅，謚端肅。立朝五十餘年，名聞夷夏，事具國史。

秦隴道中

問俗昔曾過隴山，西征今復出秦關。雁聲叫日迷寒渚，楓葉經霜帶醉顔。世路羊腸千里曲，功名蝸角幾人間。林間鸚鵡能言語，笑我年來兩鬢斑。

劉宫保大夏一首

大夏字時雍，華容人。天順八年進士，選翰林庶吉士，出爲職方郎中。歷官右都御史，總督兩廣，拜兵部尚書。正德初，逆瑾矯詔繫詔獄，謫戍肅州。瑾誅，復官，致仕。贈太保，謚忠宣。公讀書東山草堂，人稱東山先生。有集若干卷。

西山道中

曉來聯騎踏晴沙，風景蒼蒼一望賒。幾處白雲前代寺，數村流水野人家。鶯啼别墅春猶在，馬到西山日未斜。回首不知歸路遠，九重宫殿隔煙霞。

倪宫保岳一十一首

岳字舜咨，上元人。父文僖公謙，奉命祀北嶽，母夢緋衣神人入室，生公，遂名岳。公瑰偉秀異，目光炯炯，望之若神。天順元年進士，入翰林爲編修。歷侍講，至學士。弘治中，爲吏部尚書。贈少保，謚文毅。本朝父子爲翰林，得並謚文，自公父子始。並有集行世。

題胡馬圖

大磧飛沙白於雪，北風怒號海冰裂。髯胡把控正愁寒，地上騏驎汗成血。騏驎元出渥水中，朝刷天河暮崆峒。飄飄四駿盡龍種，風神各異筋骨同。紫燕飛兔思騰踏，走狗蒼鷹氣蕭颯。雄姿自足畫圖傳，奇材豈與駑駘合。一匹雖瘦標格存，試出還空冀北群。伏櫪誰能保終惠，行邊猶解策高勳。可憐共飽沙場草，無由一騁千里道。天涯霜露莽蕭條，衹恐驊騮易衰老。髯胡髯胡不敢騎，好從重譯獻彤墀。玉臺閶闔閟清峻，却看黄帕蓋鞍時。

孟春奉陪廟享紀事而作

祠殿森嚴楯陛重，雍歌初徹燎煙濃。虞周典禮千年合，文武衣冠百辟從。日影漸移高閣漏，露華猶拂御街松。却瞻天仗東風裏，冉冉霓旌導六龍。

孟冬時享齋宿院中和韻答克勤賓之二同年

玉署沉沉隱畫墻，柳陰深覆御溝傍。鈎陳天近通三接，奎璧星明共一堂。地迴自驚塵土隔，雲深翻覺路歧長。叨參此會元非偶，二十年餘白鷺行。

甲辰正元奉命南郊看牲

漏轉重城夜不扃，兩街高炬燭青冥。影連貔虎塵隨路，香拂犧牲月滿庭。已信卜郊嗤魯史，却看在滌重周經。明朝復命紅雲殿，鵠立金門候曙星。

弘治紀元戊申二月十三日侍從親耕籍田用程學士韻二首

南郊晴旭晃鑾儀，天路無塵進輦遲。京兆青箱依耒耜，教坊花鼓應旌旗。明禋早致先農享，粒食仍歌后稷詩。聖主重民親稼穡，此生何幸際昌期。

貔貅萬竈繞城坳，禮重親耕指近郊。豐稔早占穜穋種，泰和端葉地天交。弄田何足論鉤盾，勞燕真看出大庖。詔許三農瞻日表，不須前蒲纛擁梢①。

① 原注：「時有詔，庶民終畝者許拜謁廷下。」

齋宫候駕次西涯學士韻

銀河如璧護重關，翠輦初臨大祀壇。映日牙旗環禁旅，連空甲騎擁祠官。風雲已覺争春麗，雨雪先驚入夜寒。禮罷天門重整佩，歡騰萬國正迴鑾①。

① 原注：「是日大雨雪。」

新春感事

烽火邊城鼓角悲，黄沙漠漠北風吹。關山遠隔雲中戍，車馬新屯霸上師。賈誼有才思報國，杜陵多病爲憂時。侍臣誰有如椽筆，擬撰燕然第二碑。

同寅章德懋黄仲昭莊孔昜以言事去職爲之太息書此自示不寄三人

悠悠往事不堪論，默默窮愁淚暗吞。敢向明時傷遠謫，獨憐壯志付空言。楚人但識湘閭去，漢室誰知汲黯存。愧我同官未同事，端居真已負君恩。

厓山大忠祠

人間惡鳥棲金屋，海上樓船駕颶風。國破忠臣惟有死，天亡卷土亦無功。英雄俯仰成遺恨，元氣分明託數公。千古翔龍何處是，精魂依舊繞行宫。

芳池春水

芳池一曲接銀河，分得天家雨露多。新漲受風牽翠縠，好山隨月墮青螺。百年蘋藻沾餘澤，三月魚龍涌漫波。猶記臨流泛春酌，倚闌同和濯纓歌。

章尚書懋一首

懋字德懋，蘭谿人。成化二年舉進士第一人，入翰林，除編修。與莊昶、黄仲昭諫内廷張燈，杖闕下，謫知臨武縣。羅倫亦以論起復謫官，時稱翰林四諫。改南京大理評事，陞福建按察僉事，致仕。家居二十餘年，召爲南京祭酒，陞南京禮部侍郎，辭去。嘉靖初，進南禮部尚書，致仕，年八十六。謚文懿。

禁中聞鶯

禁苑花深晝漏遲，鶯聲遥在萬年枝。不隨舞袖歌《金縷》，却伴仙《韶》奏玉墀。長信夢回欹枕處，瑣闈吟罷倚闌時。東風空費如簧舌，不道明廷有鳳儀。

董尚書越二首

越字尚矩，寧都人。成化五年進士及第第三人，入直經筵，出使朝鮮。多所撰述，官至翰林學士南京工部尚書。贈太子少保，謚文僖。集四十二卷，李西涯爲序。

和彭先生入閣述懷韻

鵾翮凌摩在絳霄，玉清高處領群僚。寧無尺五歸時論，會有登三報治朝。商弼夜深方入夢，堯衢日出已聞謡。頭顱自信多公道，白髮從渠不肯饒。

和師召太常留别韻

地近蓬萊尺五天，青綾番直記當年。多才已獻《長楊賦》，感舊頻歌《伐木》篇。燭秉夜闌真夢寐，車當明發且留連。晨霜匹馬趨朝路，却憶南州正晏眠。

謝少傅遷二首

遷字于喬，餘姚人。成化乙未狀元。弘治八年，以少詹學士入直内閣，歷官少傅禮部尚書、武英殿大學士。康陵即位，忤逆瑾，罷歸。嘉靖六年再召，晋謹身殿，次年致仁。贈太傅，謚文正。

偶興

曲徑疏籬擁薜蘿，晚風紅落豆花多。南山夜半牛堪飯，東海門深雀自羅。遺恨未酬三顧寵，清時誰解

《五噫歌》。謾將舊硯臨池洗，莫遣餘生待墨磨。

習靜

一塵不到水邊亭，掃石焚香晝掩扃。方沼萍開魚掉尾，高崖松動鶴梳翎。窗臨絶澗涵虚白，山隔重湖送遠青。更是晚來群動息，空庭仰卧數流星。

梁少師儲一首

儲字叔厚，順德人。成化十四年會試第一。正德五年，以禮部尚書直文淵閣，加少師，歷華蓋殿。正德十六年致仕。嘉靖四年卒，年七十七，謚文康。有《鬱洲集》若干卷。

元夜

尊前休問夜如何，且聽佳人達曙歌。圓月向人偏皎潔，緒風吹面正清和。星從左個將春至，雁向南樓帶字過。翹首五雲最深處，千觴應助聖顔酡。

劉少傅忠一首

忠字司直，陳留人。成化戊戌進士，授翰林編修。性峻少通，幾三紀始拜翰林學士。正德初爲講官，規諷剴切，將陞南禮部侍郎，進吏部尚書，用焦芳薦，徵入翰林。正德五年，以吏部尚書入直文淵閣，進武英殿。次年致仕。嘉靖二年卒，贈太保。謚文肅。

武廟哀詞和魯南韻

千古橋陵舊竁開，斷鰲無力挽天回。三邊曾納戎王款，九廟親俘漢濞來。淚竭華夷枯海瀆，神游冥漠馭風雷。十年講幄承恩澤，白首荒山不盡哀。

費少師宏六首

宏字子充，鉛山人。年十六，領鄉薦。十九，登成化丁未進士，廷試第一人。正德六年，以禮部尚書直文淵閣。九年致仕。嘉靖初召還，六年致仕。十四年再召，進華蓋殿，卒於位，贈太保，謚文憲。公在武廟時，以守正拒寧庶人，事具國史。世廟再起枋政，上政暇輒與討論詩詞，御製詩輒命恭和，至盈卷帙。御製七言詩，有「眷兹忠良副倚賴，未讓前賢專令名」之句，安仁深忌，疏言詩詞小技，猥勞聖躬，且使宏窺意指，竊恩遇以凌朝士，假結納以救過。上報之，殊弗爲動，亦不甚譙責也。當時大臣其忮悍無禮如此。

次邃庵西涯兩公先帝忌辰悲感倡和之韻

傷心垂矢與和弓，此日哀思九宇同。花壓玉欄應厭世，烏依金粟自呼風。物資乾始疑天墜，憂切豐亨在日中。禁苑久叨供奉職，至今淚血灑殘紅。

南吏侍羅圭峰考滿赴京至良鄉以折臂乞歸中批遽從之作此奉寄

咫尺論心恨未能，薊門南望睇空凝。憂時定復添華髮，醫國真應屬折肱。歸喜冬檐支睡枕，行當霜路蹴層冰。欲知諸老拳拳意，不減韓翁惜孔丞。

十二日早發良鄉復雨

出郭朝來正喜晴，通宵飛雨又縱横。泥污厚土乾何日，雷殷秋山怒未平。老馬識途空有志，寒蟬抱葉欲無聲。雲師爾罪真難赦，何敢常韜日月明。

雪中崇之送麻姑一尊謝以前韻

醒眼寒窗對白虛，馬軍夜值卧瓶初。呼童旋覓團臍蟹，謀婦方烹巨口魚。蕉葉淺斟能稍稍，梅花開放正疏疏。心交久矣醇醪醉，豈必盱泉味有餘。

謝姜寬送芋子

芋魁相送滿筠籠，應念冰盤苜蓿空。此日蹲鴟真損惠，當年黄獨漫哀窮。蒸時不厭葫蘆爛，煨處還思榾柮紅。自是菜根滋味好，萬錢誰復羡王公。

食梅

夏木陰陰雨氣寒，半黄肥顆摘林端。齒輪赤子先拚軟，眉爲蒼生故自攢。調劑功微慚玉鉉，賜沾恩重憶金盤。一株留取當階樹，贏得花時索笑看。

楊少師廷和二首

廷和字介夫，新都人。成化戊戌進士。正德三年，以南京户部尚書入直東閣。嘉靖二年，晋太傳，不拜。以議大禮忤旨，力求去，令致仕，尋削籍。隆慶初，詔復故官，謚文忠。公博通經濟，相業蔚然，具在《視草餘録》及子慎所撰行狀，事在國史，不具列焉。

送周少宰秦府分封

少宰分封出御批，一函新册爛金泥。恩波入渭天潢近，使節臨關華嶽低。銓事暫辭流内外，民風兼問陜東西。肩輿不覺驅馳倦，餘興猶能及品題。

送神武蔡千户致仕還湖州 進士中孚之父。

神武持冠歸舊隱，赤松相伴話長生。車前紫氣青牛引，天上新聲彩鳳鳴。軍務不關惟白戰，醉鄉何處是烏程。太湖合是逃名地，畫舫絃歌自在行。

毛少保紀二首

紀字維之，掖縣人。成化二十二年進士。弘治十三年，以禮部尚書入直東閣，晋武英殿。嘉靖三年致仕。謚文簡。嚴分宜作墓誌，稱其平居手不釋卷，老而彌篤，作文渾厚典實，一根於理。

武廟輓歌二首

玉輦今何處，宸遊事已空。淚多湘水竹，悲切鼎湖弓。汗簡千年後，鈞天一夢中。空餘舊戎帳，金甲凜霜風。

北伐威方震，南征駕始回。永違天日表，獨使肺肝摧。帳殿三秋迴，鈴歌萬國哀。羊車空永巷，寂寂望重來。

楊少師一清四首

一清字應寧，雲南安寧人。父徙巴陵，又徙丹徒。年八歲，以奇童薦入翰林。成化八年進士。由中書舍人歷提學副使、太常卿。弘治中，以副都御史出理馬政。正德中，以右副都御史再出總制陝西諸邊，入爲户、吏二部尚書，直内閣。嘉靖初，即家起兵部尚書，提督軍務陝西，召入内閣，罷歸。謚文襄。公生而隱宫，貌類寺人，才情敏給，汲引士類，海内争趨其門。提學陝西，賞識李獻吉，召置門下，故《石淙類稿》屬獻吉評點行世，而獻吉乃亟稱公之詩筆與長沙並駕，蓋當成、弘時長沙爲一世宗匠，獻吉並舉楊、李，不欲使專主齊盟，軒楊正所以輊李也。文章千古事，非一家私議，而獻吉之用心如此，於兩公則何所加損哉！

將至涼州

雉堞連雲十里城，將臣開府此屯兵。山連虎陳千年固，地接龍沙一掌平。塞上馬嘶春草緑，村中人和凱歌聲。祇因邊徼無烽火，忘却關山是遠行。

五月七日先皇帝忌辰次涯翁先生詩韻

白頭攀望鼎湖弓，猶憶含香侍從同。周詠恩深餘《湛露》，虞絃響絶更薰風。傷心遺詔龍沙外①，注目宸容豹尾中。六載歸朝無寸補，輕車空踏軟塵紅。

① 原注：「一清在邊聞遺詔。」

希大司馬扈駕至淮安便道過江訪余石淙精舍感今憶昔口占一首

停雲回首意如何，楊子江頭一棹過。老去多情憐水石，閒來開眼看風波。門墻舊侶雕應盡，燈火通宵話轉多。更約扁舟和月宿，荻花深處聽漁歌。

嘉靖四年奉詔督師西征再蒙温旨有趙充國馬援之褒感而有述

西北風塵帝顧多，老臣承詔出巖阿。便宜欲上趙充國，矍鑠還非馬伏波。十乘戎行新節鉞，三邊精采舊關河。極知君命如山重，感激渾忘兩鬢皤。

林宫保俊二十一首

俊字待用，莆田人。成化戊戌進士，刑部員外郎。極論妖僧繼曉，下獄，謫姚州判官。用王三原論救，叙復南部，擢雲南副使、湖廣按察使，移疾歸。起拜右僉都御史，提督巡江，改撫江西，復召以副都御史出撫湖廣，改四川，平藍、鄢諸寇，加右都御史。嘉靖初，召爲工部尚書，改刑部，抗論時政，多所執奏。上詰責甚峻，以不得其職乞致仕，八疏乃允，加太子太保致仕。謚貞肅。公舉進士，李長沙亟稱之曰：「當以文名世。」楊石淙評其詩曰：「詩宗唐杜，晚乃出入黄山谷、陳無己間。初視之若有隱澀語，久而咀嚼，悠然有餘味焉。」

兵書峽 在歸州薌溪口。

巫峽山西來，昂伏知幾變。扶輿轉磅礴，渾沌開生面。中擘行懸流，晴碧天一綫。石根浪文摺，龕竇相貫穿。最高壁斗間，衣褶横素練。參差綴紅雪，黄雲覆葱蒨。其巔翳叢木，深窈兀古殿。三竅連嵚崟，殘簡隱約見。世傳此兵書，異人之所撰。大始留至今，文字磨滅半。坤靈護取將，赤日下雷電。吾聞蜀漢地，吴魏經百戰。趙宋亦後服，俘囚始郡縣。皇明取明昇，旋凱不遺箭。急峽掌爲平，安流歌禹甸。祇今瓤溪航，上下日百遍。誰悲蜀道難，烟景有餘戀。理極亂恒倚，黄巾焰微煽。飛書數上聞，宵旰重西眷。素翁久收局，詔起填行院。兵寄老一身，支撑出門倦。仗劍追昔遊，征衫淚爲濺。辭家日千里，許國心一片。瀕春雨綿密，溯峽風良便。願言掃妖氛，黄石授終卷。

鐵門扇

瀼西一舍許，兩山勢回合。巨石狀城門，鐵衣護周匝。楚蜀相犬牙，乾坤互辟闔。當關一夫守，萬馬不敢發①。雲龕入玲瓏，元氣深吐納。風搜群竅開，水樹聲互答。推蓬暫此情，巫山事雜沓。

① 原注：「葉。」

嚴田王節婦紀

十九入君門，一歲不曾滿。夫君事遠征，臨別意款款。鴻雁各有歸，水流不復返。繁華一春夢，命薄遭世短。姑邊猶遺孩，婦影燈長伴。嫁被雙鴛鴦，相隨穴中暖。

嚴田仇節婦紀

晴時一轉瞬，花開不常好。委身事夫君，百歲期長保。梅實猶未仁，孤墳已青草。簾前語春燕，未與傷懷抱。有生終有滅，值幸遲與早。孤存亦夫存，念之憂心擣。爲植墳上松，松長妾應老。

東林寺

初日上蒼凉，峰巒接大荒。懶雲依鳥徑，馴虎卧僧廊。水碧聰明井，燈青慧遠堂。禪心秋共寂，徙倚近香牀。

別鄉人

驛路迷燕浦，官梅動越吟。相看今日意，同是故鄉心。鶴徑寒沙口，漁船緑柳陰。滄洲有奇事，未老欲抽簪。

題清上人山房

亂松深古寺，衰謝白雲期。生滅慧燈盡，晴陰定磬知。檐虚江色遠，日薄鳥聲遲。杖錫西來意，曹溪亦幾支。

瑞州行臺除夕

彩仗泥牛罷曉鞭，春來歲去重相憐。客途風雪庚申夜，官燭文書癸亥年。經略才疏懸鑄錯，誅求政苦望更絃。東巡回作澄清地，具紙歸心到上前。

文峰書院次韻

太平端合老人龍，卧隱城南江上峰。筆訮草《玄》高起冢，膏因繼晷慣燒松。花間得句諸兒續，月底吹簫二客從。閉户著書秋更晚，隔溪煙樹夕陽重。

讀唐人錢起詩黄綬罷來多遠客青山何處不愁人之句

林園樂事頗相關，不换神仙祇一閑。芒徑也須存白菊，愁人元不是青山。將雛野鶴飛還舞，釀蜜崖蜂去却還。凉月孤舟自濃睡，乘流知下幾溪灣。

右埡寫懷

露宿官山月轉晴，山埡老淚寄蒼生。檄書夜下秋前捷，野哭時懸枕上聲。墟落鳶鴉荒骨亂，石田狐鼠晚蒿平。經心門井溪來血，流入瞿塘水尚腥。

北巖寺

兩川摇扤尚遲留，耳落邊聲結素愁。草閲陣旗江郭靖，雲移仙蓋野堂幽。時危附髀思屠狗，日短歸心寄飼牛。忝竊三朝今老憊，驅馳何計足消憂。

到芋原志喜

眼前三日是回程，萬死天容脱此生。官燭對牀翻老淚，城笳落耳誤邊聲。峽江今度風波隔，驛使初傳猿鳥驚。卧病老臣無氣力，勉叉雙手賀昇平。

勸駕述懷次東所韻

霜前黄葉漫秋山，瘦竹疏花共晚閑。老去筋骸翻自念，日來雲水信相關。經心楊柳三眠外，作意棋枰一著間。好是内庖羞獨割，凍梨慚改故時顏。

盛山紀事

朐䏰霜青白雁群，小堂對柏日西曛。繁星江接巴文水，淡墨山開盛字雲。井切三潮兵幸洗，岡當一火玉爲焚。具知野骨封候券，静夜冤聲觸處聞。

通川感事

老銷髀肉愧征鞍，目對人心日轉難。盡索丁奇翻戊校，幾烹丙穴侑辛盤。馬鳴路黑邊塵滿，巷哭堂深短燭寒。惆悵亂階誰首事，范陽無地葬衣冠。

風木爲康子肅題

遼鶴斷歸期，攤書賴拄頰。山月冷不眠，雨聲戰寒葉。

秋齋爲周彦通題

暑伏涼又生，蟲吟葉已故。壯日苦不常，翻書落寒蠹。

題畫

獨屋芝草香，蘅門落松子。輕舟泛芙蓉，明月在秋水。

閨懷

幽絃不成聲，手生欲誰訴。平安兩字書，開落幾花樹。

看梅偶成

消息東風兩月前，西湖索莫老逋仙。雪蓬昨夜還扶醉，移近梅花一處眠。

喬少保宇三首

宇字希大，樂平人。成化甲辰進士。受經李長沙、楊石淙之門，與李獻吉、王伯安切摩爲古文。累官吏部尚書。謚莊簡。公參贊留都，當威武南幸之日，有社稷功。世廟初，以議禮去，高卧不起。正、嘉之間，巋然爲巨公長德。殁後三十餘年，王元美爲晋臬，訪其詩，序而刻之。要之，公固不必以詩傳也。

舟中次楊郎中君謙韻

聞説江南唱子規，北人初聽不勝思。祇看世路長爲别，不道仙舟尚有期。漁浦杳聞煙外笛，酒家遥認月中旗。郎官白雪難爲誦，欲和空慚下里詞。

幕府山

説着看山興欲飛，湖西雙徑踏霏微。寧辭九日登高會，況是諸軍奏凱歸。林外鐘聲開宿靄，江頭帆影送斜暉。亦知歡會何終極，霜露休教上客衣。

秋風亭下泛舟

荒庭寥落野烟空，漢武雄才想像中。簫鼓應聲開晝鷁，帆檣飛影動晴虹。山分秦晉群峰斷，水入河汾兩派通。少壯幾時還老大，不須回首嘆秋風。

王僉都雲鳳三首

雲鳳字應韶，遼州和順人。父佐，南京户部尚書。六歲時，尚書公與坐客論《易》，及「馬爲行地之物」，公從旁問曰：「何者爲行天之物？得非龍乎？」坐客大驚。成化甲辰進士，授禮部主事。疏劾太監李廣，下獄，降知州，陞陝西提學僉事。歷副使、按察使，召爲國子祭酒，以右僉都御史巡撫宣府。丁尚書憂，服闋遂不起。甲辰歲，晋人得儁者，公與王瓊、喬宇號「河東三鳳」，厥後皆爲名卿。虎谷、晋溪、白岩三公名滿天下，事在國史，不具列。

玉泉亭次石邦彦韻

八駿西游何處蹤，白頭僧老記曾逢。雲邊羽蓋擎仙掌，樹裏樓船駕海龍。日下晚山投宿雁，煙迷秋浦渡寒鐘。紅蓮似抱美人恨，愁倚霜風憔悴容。

晚步天津

山光翠疊老龍鱗，故國遺墟草自新。世事盡隨伊闕水，行人獨踏漢宫塵。北邙高冢元無主，金谷殘花不繫春。却恐杜鵑今再至，天津橋上客傷神。

送　客

春濕蒸雲雨欲絲，飄飄遊子别離時。愁看陌上青青草，送盡行人總不知。

王尚書鴻儒一十四首

鴻儒字懋學，南陽人。少穎悟，讀書過目不忘。爲府史佐書，郡守段容思見而奇之，使爲弟子員，教以經術，蔚爲大儒。成化丁未進士。由户部主事歷官吏部侍郎、南京户部尚書。謚文莊。相臺崔銑稱其闓朗光大，言無支浮，服儒誦書，弗因官輟。邊武得權，政門旁雜，鼠憂飲泣，如困葛藟，嚴却介之義，絶養交之私，上下遠近，咸推爲大雅君子云。

自興縣赴保德州途中作

緣崖狹徑半空行，俯瞰川原夢亦驚。疏樹帶烟低若薺，方塘涵水小於枰。雲邊紫塞臨蕃帳，天際黄河繞漢京。莫遣壯心容易耗，青編不載腐儒名。

擬楊鐵厓小游仙五首

酒壚客舍已塵埃，憶與回公舊往來。鐵笛一聲塵夢醒，岳陽樓下水如苔。

太華峰頭夜半過，鐵船摇蕩玉池波。山精竊修希夷睡，偷采池中十丈荷。

方壺圓嶠月初生，海色如銀萬頃明。一片綵雲當面墮，東華童子召飛瓊。

戲抛白鳳下清冥，黄鶴樓頭雨正晴。十八女郎歌勸酒，人間誰識是龍精。

一别良常歲月賒，茅君相念寄瑶華。五雲閣吏無人换，猶是當年蔡少霞。

京華秋興三首　時武廟南幸。

鳷鵲高寒紫殿陰，金壺銀箭夜沉沉。洞簫賦美當誰聽，紈扇詞工謾獨吟。暫狩長楊沿漢制，終思茂草戒虞箴。屬櫜猛士應多從，傾耳西風玉輦音。

病憐歸計苦難成，形影蕭然在帝京。中世功名殊不易，殘年去就自須輕。寶符臨代胡應遁，玉馬朝周客已盈。未睹金根還紫禁，菊花何意向人明。
漭漭黄雲覆白沙，鐵衣萬騎迫中牙。氈裘逾漠烽才息，虎帳傳餐士不嘩。金矢射麋寒磧遠，玉鞭盤馬夕陽斜。凱歌入塞期非遠，鵠望應憐百萬家。

自渾源赴大同道中

僕從衣裘薄，溪山冰雪深。西風吹劍首，曉日照琴心。慷慨平胡策，凄凉出塞吟。書生徒有志，但恐二毛侵。

沁州道中

十年江左宦情闌，此日并門復强顔。細柳依依標北道，生烟漠漠護前山。數聲清管鳴蛙沸，一點黄塵探騎還。回首中原渺千里，白雲飛處是鄉關。

讀東漢外戚傳

金貂赫奕侍中家，恩託椒房寵莫涯。連苑高樓臨紫陌，傾城名妓按紅牙。君王自是光明燭，豎子終爲頃刻花。所惜覆車無戒者，青編常遺後人嗟。

至後三日雨雨連夜復三日

江南冬月氣猶温，風雨瀟瀟至後繁。鍾阜雲迷禪寺塔，秦淮潮上酒家門。閒來訪戴難乘興，老去遊吴易斷魂。何似鄉關醉呼騎，短衣衝雪獵平原。

送范齋李先生致仕還吴

春色俄看到枳花，江東行客理歸艖。世途水馬波難溯，吾道人龍迹已遐。安世平生多氣節，少陵老去憶桑麻。袖中未有留戡疏，羞向燈前看莫邪。

馬左都中錫五首

中錫字天禄，故城人。成化甲午省試第一。乙未，舉進士，拜刑科給事中，疏劾萬昭德之弟，再疏再得杖，瀕死不悔。出爲雲南僉事，改陝西，陞大理少卿，以右副都御史巡撫宣府。武廟初，起撫遼東，召爲兵部侍郎。劾罷瑾黨冒邊功傳陞者，瑾恨之，矯詔改南京工部。尋罷官，械繫遼東，盡鬻田廬，償遼鎮芻糧，乃得褫職爲民。瑾誅，起撫大同。流賊抄掠山東、河北，召爲右都御史，往督軍務，陞左都御史，掌院事。以老師玩寇，徵下獄，逾年，以疾卒。御史盧雍追疏其冤，予祭一壇。天錫早慧，三歲識字，七歲能賦詩。爲文有雋才，刊落凡近，於詩尤工，評者謂其體格早類許渾，晚入劉長卿、陸龜蒙之間。

述懷和敖静之韻

幾年騎馬走黄塵，富貴邯鄲一欠伸。世上鷄蟲無了日，山中猿鶴已嗔人。文園卧病思封禪，宣室求賢問鬼神。讀罷古書長太息，小簷花落又殘春。

西掖晚歸有感時事聊賦述短章用呈同志者

矮窗缺月照人寒，殘雪留檐凍木乾。衰信已憑雙鬢寄，世緣聊作一枰看。斜封官好空批敕，神武門高未挂冠。誤却登山與臨水，十年騎馬走長安。

早春自述

杏花雨過柳花風，睡起憑闌酒正中。一碗午茶鏖醉北，半溪春水帶愁東。泥香乳燕窺簾入，巢拙鳴鳩借樹同。試問春光還幾許，少年人病已成翁。

次敖静之九日言懷韻

騎馬聞鷄有底忙，一秋憔悴沈東陽。身隨杖竹空存節，鬢比籬花不耐霜。帝載八年紛奏績，王師六月苦周章。何須更落西風帽，黄葉填門獨舉觴。

晚渡咸陽

野色蒼茫接渭川，白鷗飛盡水連天。僧歸紅葉林間寺，人喚斜陽渡口船。表裏山河猶往日，變遷朝市已多年。漁翁看破興亡事，獨坐秋風釣石邊。

陸少保完三首

完字全卿，長洲人。成化丁未科進士，拜御史。正德七年，以都察院都御史討流賊，殲之於狼山殲焉。拜兵部尚書，改吏部。武宗崩，追論宸濠復護衛事下獄，謫戍鎮海，卒於泉州。旅次多暇，自次其詩文爲《水村集》二十卷。少保才氣雄傑，江海殲渠，勳在社稷，而不克以功名終。博雅好古，精于鑒賞。余得其所次集草稿，惜其遂無傳也，爲略存之。

王元章作墨梅並題長句書其後

月落參横興已空，鑒湖清淺夜推篷。消磨不盡惟豪氣，猶在疏花淡墨中。

武城道中夜聞作吴語而歌者仿佛竹枝遺響因爲二章

數間茅屋隱平沙，隔岸微聞唤酒家。若道消愁全仗酒，也停雙櫓倩人賒。

不奉君歡又一年，背人啼向落花前。當初自愛儂如玉，今日如花更可憐。

周宫保用八首

用字行之，吴江人。弘治壬戌進士，授行人，遷南京工科給事中，出爲廣東參議。歷副使布政，召爲右副都御史。歷吏、刑二部侍郎，工、刑二部尚書，以左都御史加太子少保，特詔爲吏部尚書。卒於位，贈太子太保，謚忠肅。公歷宦四十餘年，忠公勤恪，顧自喜爲詩，動盈卷帙。書法俊逸，尤善繪事。余嘗爲公諸孫永年删定其詩得百餘篇，今録其什之一云。

静觀

地偏心更遠，卧起了無嘩。養拙從吾道，流年感物華。讀書餘左氏，看竹但西家。數點朝來雨，新開木槿花。

至徐州

遠戍收宵柝，高風動雪車。三年同旅雁，一飯厭河魚。赤葉寒林曉，黄茅野市虚。昔時溪水上，日出卧深廬。

沽酒

一春白髮鬬絲長，無奈春歸喚酒嘗。日曬一林梅子熟，風吹滿店柳花香。漢江初潑葡萄緑，銀海頻浮琥珀光。消得百年三萬日，不妨還醉六千場。

簪花

老去風流敢自誇，開筵對客許簪花。百年回首仍春色，三月于人且物華。乘興不須憎白髮，聞歌猶復戀烏紗。花前草笑山翁醉，剩有青錢付酒家。

落　花四首

幾日繁花亦有姿，便教飛盡只空枝。明年有約休孤我，昨夜無風欲怨誰。蜂慰苦心甘辦蜜，蠶羞衰鬢薄縈絲。鶴林縱謂猶堪賞，携酒明朝已怕遲。

妝華倚艷欲無功，到處芳菲入眼空。薄影淒迷聊借月，後時衰謝不緣風。簾鈎淡浥聞幽鳥，篆迹依稀見小蟲。清曉關情應不免，數枝惆悵杏園東。

撼白欺紅恨已多，新詞莫遣雪兒歌。數株欲借群芳後，三月猶看幾日過。錦席剩香留一瓣，銀屏深影蹙雙蛾。離魂轉覺難憑藉，盡日風吹無奈何。

滿樹春紅已覺稀，數枝低閣午風微。裁將織女愁中錦，盡著秋娘嫁日衣。南國何人歌芍藥，東山此日憶薔薇。中園未忍違孤賞，拾得餘芳肯暮歸。

劉侍郎玉八首

玉字咸栗，萬安人。弘治丙辰進士，授監察御史。正德初，抗論劉瑾八黨，罷歸。瑾誅，起河南僉事、福建副使，陞南京僉都御史。以舟師援安慶有功。世宗即位，留掌都察院。明年，以刑部侍郎閑住。贈尚書，謚端敏。羅欽順誌其墓，謂博通載籍，尤長於天文、地理，凡軍謀、師律、儀章、法制，皆詳究其本末。楊慎選定其集，凡三卷。

回龍驛

牽路繞村斜，舟行聽早鴉。負囊趨遠渡，提瓮立平沙。日出雲生葉，風回浪起花。太行天際碧，吾亦憶吾家。

歸途

晚晴回玉勒，歸路擁瓊花。紫霧蒸山氣，清輝蕩日華。削波冰挂壁，髡樹凍凝槎。勞役何須問，窮生更可嗟。

世降

六籍逮狂秦，三王迹已陳。虞淵初息駕，滄海又揚塵。猿鶴皆君子，豺狼有故人。祇存丹竅理，常與日華新。

宿房村下

歷歷數長亭，舟行晚未停。歸雲衣疊嶂，落雁字寒汀。古渡稀聞棹，孤村遠見燈。壯懷慚旅泊，禁漏憶晨興。

謾　興

縛茅爲屋倚山椒，名姓人傳太古樵。白石曉炊雲出甑，清泉夜釀月盈瓢。釣魚懶過雙溪堰，驅犢時臨獨木橋。寄謝長官休物色，多年洗耳向唐堯。

寄輓陸水村

垂老南遷已斷魂，更堪荒草塞孤墳。鄱陽尚恐吴藩重，袁盎寧忘漢室尊。千古是非勞士論，百年榮辱誤君恩。交遊落落誰青眼，獨向天涯酹酒尊。

大　梁　城

大梁城上四無山，渺渺嵩行百里間。宋苑梁臺何處在，黄河流盡鳥飛還。

新春謾興

杖藜門外問浮槎，路隔溪南處士家。梅子漸肥栀子瘦，黄鸝啼盡雨中花。

許少傅贊一首

贊字廷美，靈寶人。弘治丙辰進士。襄毅公進之子也。由推官徵拜御史，改翰林編修。正德中。謫外，稍遷僉事。歷布政使，入爲刑部侍郎，陞尚書，改吏部。嘉靖丙辰，以一品六載考績入直文淵閣。乙巳冬，乞休忤旨，削籍歸里。謚文簡。公德性温粹，意氣凝定，讀書爲文，老而不倦。有《松皋集》行世。

初入棧道

梁漢起天中，形連百二雄。萬山争地立，一路與雲通。樹杪過人影，崖頭嘯虎風。我行三月暮，悵望華陰東。

趙武靖輔一首

輔字良佐，鳳陽人。成化三年，爲都督同知征夷將軍，平兩廣蠻，封武靖伯。建州酋董山入寇，充征虜將軍總兵，左都御史李秉督軍，率漢番京邊官軍五萬討之，縱兵深入，多所斬獲。山降，誅之，進封流侯。世襲伯爵。

奉和觀車駕祀南郊

御堤新築淨無埃，大駕親承祀事來。風定罏煙浮衮冕，日高仙仗護蓬萊。鸞旂紛擁雲衢合，雉扇遥迎翠輦開。更有羽林嚴宿衛，桓桓多是出群才。

王揮使清一首

清字一寧，濟寧人。都指揮。

塞上感懷

西風關外雪初晴，懷古思鄉百感生。玉帳枕戈人萬里，鐵衣傳箭夜三更。夢回絶域烏桓地，戰罷空山敕勒營。烽火微茫天去遠，月中鴻雁送秋聲。

邵嚴州珪二首

珪字文敬，宜興人。成化己丑進士。官至嚴州太守。李西涯云：「邵文敬善書，工棋，詩亦有新意，如『江流如白龍，金焦雙角短』之類。又有『半江帆影落尊前』之句，人稱爲邵半江。今其詩名《半江集》，殊無佳什，不免楓落吴江之嘆。録楊用修《詩鈔》所取二首。

胡冬官梅花圖

江南江北霏霏雨，漁榜漁罾短短籬。斜出一枝青鳥外，東風掩映水仙祠。

馬鬭虎

天門名馬真龍媒，萬里新自流沙來。先皇知爾才磊落，放入虎圈與虎搏。霜蹄蹴踏虎即斃，英風颯爽來天際。當時觀者應嘆嗟，唐家豈有拳毛騧。

夏評事鍭四首

鍭字德樹，天台人。成化丁未進士，除南京大理評事。懇疏乞終養，居鄉砥礪名節，游泳詩文。年八十三。詩名《赤城集》。

前有樽酒行

玉壺乳酒一色同，素手提來笑春風。笑春風，聽我歌，流光火急將奈何。默坐青軒散桃李，不如抱盞發陽阿。乘健出遊遨，開懷恣歡謔。前有一樽酒，何用銀球繫牀脚。

遊金山寺還舟中流作

縱是裴公寺，能忘魏子心。帆開吴日落，鐘度楚雲深。半餉分南北，中流弔古今。江山雖好在，無奈二毛侵。

巾山

雙峰遥濕處，少頃雨聲稠。野鼠行詩卷，山禽掠酒籌。海天先得暮，江月只宜秋。一笛誰家發，隨風到上頭。

廣　陵

九曲池亭龍氣消，誰家《水調》共蘭橈。眼前亡國無多恨，江水東邊是六朝。

張興化琦 二首

琦字君玉，鄞縣人。家貧，弱冠遊學吴、楚間。每誦讀至夜分，與其徒吸水噀面，醒則又誦讀。弘治戊午，舉於鄉。明年，第進士，年已及艾矣。授南大理評事，歷寺正，多所平反。陞興化知府，監司累上治狀。以疾力乞骸骨，陞本司左參政致仕。歸二十年而卒。自少至老，刻意攻詩，嘔心刻腎，力去陳言，有《白齋集》十卷，覽者多憐其攻苦焉。

黄昏步溪上見煙月可愛

明月在天煙在溪，烟中看月無光輝。沙禽熟眠潮未響，野火歷亂船初歸。天邊楊柳誰家樹，烟月相含不知數。此時幽景記不真，莫是江南夢歸路。

春詞

乳鶯啼急柳枝低，江雨晴來草葉齊。九十日春無酒伴，落花如夢到棠梨。

楊主事榮六首

榮字時秀，餘姚人。成化壬辰進士。以工部都水主事視河，壽寧家干禁，置於法，卒爲蜚語所中，下詔獄。釋歸，尋卒。襟度夷曠，南冠而縶，不廢吟詠。書學懷素。尤善寫竹。孫大章，官至刑部左侍郎。

江西旅懷

客夢家千里，鄉心柳萬條。片雲遮海嶠，一雨送江潮。戀闕綈袍在，懷人尺素遥。春光看又晚，何處灞陵橋。

宿武陽川

天外鳥歸盡，川原月上初。落花孤嶼寂，殘燭短篷虚。異語聞商税，長歌識夜漁。因悲湖海迹，已是十年餘。

虢宫送河丞市馬

野色正蒼蒼，秦山半夕陽。雕弓雙羽箭，寶劍百金裝。夜月臨關白，秋雲壓塞黄。君休市千里，當寧漢文王。

子規啼

江天夏夜露氣清，山鳥忽作腸斷聲。莫道啼多不解意，催人歸去最分明。

村南逢病叟

星星黄髮被雙肩，甲子推來近百年。昨日病來猶諱死，教兒忙辦買神錢。

吴宫

畫楝雲消夜氣清，宫前溝水作秋聲。如何醒得吴王醉，多少花枝壓禁城。

鮑員外楠二首

楠字良用，歙縣人。成化甲辰進士。弘治中，累官南京户部員外郎。

題畫作

茅齋半食蒼巖腹，老樹如蛟瞷寒緑。出門買得東吴船，載酒歸來江上眠。剗却横洲一千尺，長將醉眼傲江天。

舟中

野渡溶溶春水，夕陽點點寒鴉。欸乃數聲何處，行人一棹天涯。

杭布政濟二首

濟字世卿，淮字東卿，宜興人。濟仕至布政使，淮至都御史。與李空同結社，謝政之後，兄弟徜徉林壑，倡和成集。

次韻楊柳枝詞

玉溝縈繞水煙涼，嫩葉垂垂窣地長。百尺宮墻遮不盡，飛花猶自入昭陽。
東風裊裊拂朱闌，萬樹千條露未乾。玉篴聲中人不見，倚樓煙雨正春寒。

杭都御史淮〔一〕一首

〔一〕「都御史」，原刻卷首目録作「副都」。

送徐石東僉憲潮南分韻得瀟湘

瀟湘他日夢，今上合江亭。天闊浮吴楚，山青入洞庭。鷓鴣春渺渺，斑竹雨冥冥。舟楫雲中見，依稀帝子靈。

浦麗水瑾五首

瑾字文玉，無錫人。正德辛巳進士，授麗水令，尋卒。博贍有文。與邵文莊善，每有著述，多與商榷。子應麒，官至宫坊贊善。

閒居漫興五首

草堂幽事許誰分，石鼎茶煙隔户聞。長日如年雙燕睡，晴風似酒百花醺。軟莎新步青絲履，濃墨閒書白練裙。稍待溪南荷芰滿，扁舟十里看紅雲。

雨熟枇杷樹樹香，緑陰如水晝生凉。客疏却喜階苔厚，身懶初便簟竹光。陽羨紫茶團小月，吴江白苧剪輕霜。投壺散帙還隨意，消得人間白日長。

此身閒外復何求，長日安居事事幽。隔竹敲茶妨鶴夢，臨池洗墨戲魚浮。風牽翠帶翻階草，雨濕紅銷落海榴。散盡飛蟲生晚色，月明已上水東頭。

高梧樹下足凉風，滿地清陰一畝宫。階戰閒看排陣蟻，檐喧静覓課衙蜂。日斜天外初微雨，雲薄樓西忽斷虹。客至莫談塵底事，年來多病耳初聾。

南里橋東一草堂，烏皮隱几竹方牀。池萍漲雨青浮岸，鄰樹分陰緑過墻。乳燕出時炊麥熟，繭蛾飛後曝絲香。不知何處炎蒸在，日日清風灑葛裳。